FRIDA MATTHES

Von der Liebe und den Jahren dazwischen

Weitere Titel der Autorin:

Vom Glück und den Tagen dazwischen

Über die Autorin:

Frida Matthes arbeitete viele Jahre für Funk und Fernsehen. Nach hunderten Reportagen über Fabergé-Eier, Hundeernährungsberatung, Höhlenkäse und andere Phänomene fühlte sie sich gut gerüstet für die fiktive Welt des Schreibens. Sie hat unter Pseudonym inzwischen einige Bücher veröffentlicht – und dabei Platz 1 der SPIEGEL-Bestsellerliste erobert. Frida Matthes lebt mit ihrer Familie in Köln.

FRIDA MATTHES

Von der Liebe und den Jahren dazwischen

ROMAN

lübbe

Dieser Titel ist auch als E-Book erschienen.

FSC
www.fsc.org
MIX
Papier aus verantwortungsvollen Quellen
FSC® C014496

Originalausgabe

Lektorat: Melanie Blank-Schröder
Titelillustration: © www.buersosued.de
Umschlaggestaltung: www.buerosued.de
Satz: two-up, Düsseldorf
Gesetzt aus der Minion
Druck und Verarbeitung: GGP Media GmbH, Pößneck
Printed in Germany
ISBN 978-3-404-18094-3

1 3 5 4 2

Sie finden uns im Internet unter www.luebbe.de
Bitte beachten Sie auch: www.lesejury.de

Lebenskrisen sind wie Auffahrunfälle.
Man sieht sie nicht kommen.

HENRIETTE HENKEMEIER

Montag, 9. Juli, 4:49 Uhr

To-do-Listen sind selbst beim Autofahren eine wichtige Sache. Ohne meine Liste wäre ich mal wieder aufgeschmissen. Wobei die im Moment so überschaubar ist wie der Verkehr auf der Autobahn vor mir.

- *Euskirchen*
- *Trier*
- *Luxemburg*
- *Metz*
- *Nancy*
- *Dijon*
- *Lyon*
- *Marseille*
- *Toulon*
- *Saint-Mandrier-sur-Mer*

Montag, 9. Juli, 5:01 Uhr

Patrick spinnt, wenn er meint, ich sei durchgedreht. Ich bin doch die Einzige hier, die den Durchblick hat.

Montag, 9. Juli, 5:12 Uhr

Okay, ich habe zwar den Durchblick, kann aber im Moment kaum was sehen, weil ich plötzlich heulen muss. Und mit den Tränen ist es ja immer so eine Sache. Nicht nur die Nase schwillt an, auch im Kopf passieren merkwürdige Dinge. Mit der Tränendrüse plustern sich gleichzeitig bestimmte Gehirnregionen auf, sodass die Nervenbahnen überlastet werden und es im Kopf ein großes Durcheinander gibt. Jedenfalls kann ich nicht gleichzeitig heulen und denken. Oder ein Auto steuern. Zum Glück komme ich gerade an einem Rastplatz vorbei.

Montag, 9. Juli, 5:24 Uhr

Sieben vollgeschnäuzte Taschentücher später legt sich der Wirbelsturm in meinem Kopf, und ich kann meine Gedanken wieder ein bisschen ordnen.

1. Ich fahre nach Frankreich, um unsere Tochter zu retten, die einen schrecklichen Fehler macht.
2. Ja, ich gebe zu, dass ich vielleicht nicht ganz unschuldig bin an diesem schrecklichen Fehler.
3. Ich bin aber auf gar keinen Fall allein schuld.
4. Auch wenn mein Mann mir das einreden möchte, der sich gern aus allem raushält, nur beim Beschuldigen anderer (besonders mir) eine Ausnahme macht.
5. Patrick ist ein sturer, uneinsichtiger, egoistischer, bequemer Idiot, dem nur noch seine Karriere wichtig ist.
6. Meine Ehe hängt an einem spinnennetzdünnen Faden.
7. Falls man überhaupt noch von einer Ehe reden kann.
8. Ich hoffe, Nelli vergisst ihre Kunstsachen nicht und Ida nimmt den Umschlag mit dem Geld für den Ausflug mit, den ich ihr hingelegt habe.

Da wird mir auf einmal bewusst, dass ich nicht zu Hause bin, wenn meine Kinder aufstehen. Dass sie sich ohne ihre Mutter waschen und anziehen und für die Schule fertig machen müssen. Das ist in den vergangenen achtzehn Jahren bisher nur zwei Mal passiert. Einmal vor drei Jahren, an dem Tag, an dem mein Vater gestorben ist. Und das zweite Mal im letzten Winter, als ich diese scheußliche Grippe hatte. Und jetzt lasse ich sie wieder allein! Also, mit Patrick. Aber das kommt in Sachen Schulorganisation aufs Gleiche raus.

Plötzlich sehe ich es genau vor mir: Nelli und Ida rennen wie die aufgescheuchten Hühner durchs Haus auf der Suche nach ihren Biomappen und Deutschbüchern und taumeln dann ohne Pausenbrot und Trinkflasche zerzaust in die Schule. Und warum? Weil ich sie im Stich gelassen habe.

Und da sitze ich auf einmal nicht mehr am Steuer meines Autos auf einem Rastplatz, an dem um diese Uhrzeit ein zerbeulter bulgarischer Lieferwagen, ein Klohäuschen mit offen stehenden Metalltüren und mehrere orangefarbene Müllcontainer eine deprimierende Kulisse bieten, sondern ich hocke in der Küche in meinem Elternhaus mit meinem Bruder Thomas am Frühstückstisch, damals am ersten Tag unseres neuen Lebens. Ich bin fünfzehn, und obwohl unser Vater schon immer für uns das Frühstück gemacht hatte, fühlt sich alles anders an, jetzt, da unsere Mutter ausgezogen ist. Wir schweigen und kauen, und das Brot schmeckt wie Sand.

Und wenn ich mir damals eines geschworen habe, dann war das, niemals meine Kinder so im Stich zu lassen. Und jetzt habe ich es doch getan. Ich bin losgefahren wie von Sinnen, und Patrick ist unheimlich wütend auf mich, und ich weiß wirklich nicht, was aus uns werden soll, vielleicht habe ich auch ihn verlassen, damit ich nicht erleben muss, wie er mich verlässt. Auf einmal lässt das Schluchzen nach, und mit dem Versiegen der Tränen weicht alle Energie aus mir. So sitze ich kraftlos und mit geschwollener Nase da und starre auf das Lenkrad mit den integrierten Schaltern für die Musikanlage – vier Pfeile auf Drucksensoren, mit denen man sich auf seiner Playlist vorwärts und rückwärts bewegen und Lieder, für die man nicht in Stimmung ist, überspringen kann. Auf Knopfdruck die Emotionen wechseln. Wäre schön, wenn es das im echten Leben auch gäbe.

Ich bin komplett versunken in dem Anblick, da klopft jemand an mein Auto, und vor Schreck schreie ich auf. Ein speckig glänzendes Gesicht mit halb getönter Gruselbrille glotzt mich durch die Scheibe an, brabbelt irgendwas und bedeutet mir, die Scheibe runterzufahren. Ich ordne den Mann dem zerbeulten Lieferwagen vor mir zu. Vielleicht ist er aber auch gerade aus dem Gebüsch gestolpert, nachdem er den Lieferwagenfahrer verspeist hat. Ich meine, jeder weiß doch, dass einsame Rastplätze der Anziehungspunkt für Kriminelle aller Art sind!

Hastig drehe ich den Autoschlüssel rum und starte den Wagen. Der Mann macht Anstalten, gegen meine Scheibe zu rotzen. Vielleicht zieht er aber auch nur ein bulgarisches Schimpfwort tief aus seiner Kehle. Jedenfalls faucht er irgendwas und haut einmal kräftig aufs Autodach, es knallt wie ein Kanonenschlag. Ich gebe Gas und brause davon. Im Rückspiegel sehe ich, wie er mir kopfschüttelnd nachsieht und dann zu seinem Lieferwagen schlurft. Mein Herz braucht ungefähr zweiunddreißig Kilometer, um sich von dem Schrecken zu erholen.

Montag, 9. Juli, 6:03 Uhr

Ich passiere eine Brücke, tief unter mir fließt die Sauer, und ich bin in Luxemburg. Ohne Patrick habe ich seit zwanzig Jahren keine Landesgrenze mehr überquert. Obwohl ich mich so schlecht fühle, weil ich Nelli und Ida zu Hause mit ihrem Vater allein gelassen habe, fahre ich weiter. Es ist wie ein innerer Plan, dem ich ausgeliefert bin. Ich bin nun mal hauptberuflich Mutter und da kann ich nicht sagen: Nein, die Aufgabe übernehme ich nicht, die ist mir zu anstrengend oder zu unangenehm. Wer hunderte Stinkewindeln und Dutzende mit Pipi und Mageninhalt vollgesogene Laken abgezogen hat, der scheut sich doch wohl nicht vor einer Fahrt nach Frankreich …

Ida hat heute Schwimmen! Und der Badeanzug, den sie beim

letzten Mal wieder einmal nicht zum Trocknen aufgehängt hat, ist noch im Wäschekorb. Da wird sie ihn nie finden! Die Sportlehrerin schreit gern mal Kinder an, wenn sie ihr Sportzeug vergessen haben. Ich muss eine Nachricht schicken!

Montag, 9. Juli, 7:19 Uhr

To-do-Liste

- *Benzin*
- *Kaffee*
- *Klo*
- *Internet*
- *Proviant*

An der nächsten Raststätte mit Restaurant fahre ich raus, nachdem ich mich vergewissert habe, dass ausreichend Publikumsverkehr herrscht, was die Wahrscheinlichkeit deutlich reduziert, von bulgarischen Fernfahrern oder streunenden Kannibalen bedrängt zu werden. An der Tankstelle ein kurzer Moment der Verwirrung. Die Zapfsäule will, dass ich zuerst meine Kreditkarte einschiebe, bevor sie bereit ist, mir Benzin zu geben. Andere Länder, andere Tankstellen. Angesichts des in Technik manifestierten Misstrauens gegenüber den Kunden frage ich mich, wie es dazu kommen konnte, dass man im Voraus bezahlen muss. Vor meinem geistigen Auge kavalierstartflüchtende Schurken, die mit quietschenden Reifen das Weite suchen.

Auf dem Parkplatz quetsche ich mich zwischen zwei SUVs, die es beide mit den Parkplatzmarkierungen nicht so genau nehmen oder meinen, mit der Größe ihres Wagens unbeschränkte Parkerlaubnis zu erhalten. Ich merke mir die Nummernschilder, nur für den Fall, dass mein schönes Auto gleich Schrammen aufweist. Dann gehe ich aufs Klo und ziehe mir anschließend an einem Automaten einen Kaffee. Obwohl es eigentlich keine große Sache sein sollte, bis hierhergekommen zu sein, fühle ich einen gewissen Stolz, es allein geschafft zu haben.

Als ich mein Handy anschalte, plingen die Nachrichten herein. Ida schreibt, ich soll ihr französische Schokoladen-Crêpes mitbringen. Zehn Packungen! Und sie fragt, wann ich endlich wieder nach Hause komme.

Mamaphone: Wahrscheinlich schon morgen Abend (mit vielen, vielen Schoko-Crêpes!). Ich vermisse dich, pass auf dich auf! Wenn ich wieder da bin, spielen wir wieder 4 gewinnt! Hab dich lieb. Kuss. Mama P.S.: Dein Badeanzug ist im Wäschekorb!

Nelli ist immer noch sauer auf mich und fragt mich nur in ihrem typisch vorwurfsvollen Ton, wo ich ihr Haarband hingelegt hätte. Als ob ich das wüsste!

Mamaphone: Vielleicht ins Badezimmerregal neben die Bürsten? Eins liegt auch auf der Ablage im Flur (wo es nicht hingehört!!!). Hab dich lieb. Kuss. Mama

Und dann eine Nachricht von Patrick. Mit zitternden Fingern öffne ich sie, in der Hoffnung, dass er mir etwas Nettes schreibt. Wie zum Beispiel, dass er mich vermisst. Dass er versteht, warum ich gefahren bin, und mir viel Glück wünscht. Stattdessen lese ich:

Patrick: Wo sind die Spülmaschinentabs?

»Das darf doch nicht wahr sein«, murmele ich. Mein Mann weiß nicht, wo die Spülmaschinentabs sind?

Mamaphone: In der Schublade neben der Spüle.

Mamaphone: Wenn da keine mehr sind, dann neue Packung im Keller im weißen Schrank, unterstes Fach.

Mamaphone: Für heute Abend hatte ich Reis-Erbsen-Auflauf geplant. Ida muss auch Erbsen essen, sonst gibt es keinen Nachtisch!!!! WICHTIG!!!

Mamaphone: Bitte daran denken, dass Ida morgen mit dem Rad zur Schule fahren muss wg. Fahrradprüfung.

Mamaphone: Bitte Nelli dran erinnern, dass sie Emilias Mutter die Kopie von dem Diff-Wahlzettel geben muss. Der ist in dem Umschlag neben dem Telefon. Steht Eva Kramer drauf.

Ich sehe, dass er die Nachrichten sofort liest, die beiden Häkchen werden blau. Ein paar Minuten warte ich darauf, dass er mir antwortet. An der Statusanzeige lese ich, dass er schreibt. Ich warte gespannt. Was wird er mir mitteilen? Wird er mich bitten umzukehren? Wird er mir weiter Vorwürfe machen und mir die Schuld in die Schuhe schieben? Was ich ziemlich unfair fände. Ich meine, klar hat er gesagt, ich soll mich nicht einmischen. Aber mein Plan hätte auch ganz wunderbar aufgehen können. Und dann wäre er mir jetzt dankbar gewesen. Ich konnte nicht tatenlos zusehen, wie unsere Tochter Saskia von diesem Kerl umgarnt wurde, der viel älter ist als sie. Er hat sie in seine Villa an der Côte d'Azur eingeladen! Unsere kleine Abiturientin, die sich um ihr künftiges Studium kümmern sollte.

Nein, ich musste etwas unternehmen, und das habe ich getan. Obwohl das wirklich nicht leicht war. Und vielleicht moralisch nicht ganz einwandfrei. Ob das nun gut war oder schlecht, das ist mir egal. *Es war richtig*. Es hat halt nur nicht funktioniert.

Aber gar nichts zu unternehmen, wenn die Tochter im Begriff ist, sich in den komplett falschen Mann zu verlieben, ist doch nun auch keine Option. Und wenn Patrick sich einmal dafür interessieren würde, was in dieser Familie vor sich geht, wenn er mit mir zusammengearbeitet hätte, um die Familie zusammenzuhalten, wäre das vielleicht auch nicht passiert! Patrick und ich sollten ein Team sein. Ein Team, das bei Siegen und bei Niederlagen zusammenhält. Sind wir aber offensichtlich nicht mehr.

Ich starre weiter auf das kleine Wörtchen … *schreibt* unter seinem Namen auf dem Display, das mir anzeigt, dass er zumindest virtuell mit mir verbunden ist. Aber anstatt dass eine Nachricht ankommt, verschwindet das Wort. Einen Moment steht nur noch *Patrick online* da. Dann ist auch das »*online*« weg.

Ich schalte das Handy aus und beginne zu verstehen, was es bedeutet, wenn Ehen wegen »unüberbrückbarer Differenzen« in die Brüche gehen. Ich habe das immer für eine Floskel aus dem Reich von Adel und Prominenz gehalten. Aber es ist tatsächlich die bittere Realität.

Neun Tage vorher

*Älterwerden ist gar nicht schlimm.
Man darf nur nicht drüber nachdenken.*

HENRIETTE HENKEMEIER

Samstag, 30. Juni, 9:48 Uhr

Eine der besten Errungenschaften des Alters ist, dass man aus seiner gesammelten Lebenserfahrung eine Strategie entwickeln kann, die einen befähigt, im täglichen Chaos einen kühlen Kopf zu bewahren.

Meine Strategie sind To-do-Listen. An das, was nicht ganz oben auf der Liste steht, verschwende ich keinen Gedanken. Wenn mir etwas einfällt, das ich erledigen muss – und das ist eine ganze Menge –, dann schreibe ich es auf und arbeite es ab. Schön der Reihe nach. Und das Beste ist: Sobald es auf der Liste steht, brauche ich es mir nicht mehr zu merken. Auf den Zettel, aus dem Sinn, das ist mein Motto.

Im Augenblick auf meiner To-do-Liste ganz oben: *Brandteig machen für meine berühmten Eclairs*. Ich habe nämlich groß eingeladen anlässlich meines (vierundvierzigsten) Geburtstags, den ich übrigens ganz gelassen nehme. Auf meiner Agenda ist sowieso kein Platz für eine Lebenskrise. Nicht dass ich eine hätte. In meinem Alter steht man mit beiden Beinen so fest im Leben, dass einen nichts mehr umhauen kann. Schon gar nicht so eine lächerliche Nummer. (Ich behaupte: Wer schon mal eine Zahl jenseits der Achtzig auf der Waage gesehen hat, den kann eine Vierundvierzig nicht schocken.)

Zu meinem vierzigsten Geburtstag, ja, da war ich drauf und dran, eine Lebenskrise zu kriegen, das gebe ich zu. Aber die ist dann (zusammen mit meiner Party) ins Wasser gefallen, weil Ida Scharlach und Nelli das Bein gebrochen hatte und Saskia sich auf dem Höhepunkt des Pubertätswahnsinns befand (der bis jetzt anhält). Tja, und weil mich meine drei Töchter so auf Trab hielten, hatte ich keine Gelegenheit, ausnahmsweise selbst der Mittelpunkt des Dramas zu sein. Zum Glück!

Die Sache mit den Lebenskrisen wird meiner Meinung nach heutzutage sowieso völlig überbewertet, du meine Güte. Das ist ja fast so schlimm wie diese Laktoseintoleranz. Oder Burnout. Oder wie diese eingebildeten Volksgebrechen alle heißen, mit denen die Leute um Aufmerksamkeit heischen. Nein, solche Divaallüren können sich andere vielleicht leisten, ich nicht. Schließlich bin ich nicht nur Managerin einer Familie mit drei Töchtern, sondern auch Elternpflegschaftsvorsitzende in Idas Klasse, stellvertretende Schulpflegschaftsvorsitzende im Anne-Weitzer-Gymnasium und Organisatorin der Bürgerinitiative »Verkehrsberuhigung Storchenweg«. Da muss ich in jeder Lage Haltung bewahren. Und das tue ich, so wahr ich Henriette Henkemeier heiße.

»Mami, kann ich was Süßes?«, fragt Ida, die in die Küche kommt. Sie trägt ein buntes Sommerkleid, ihre blonden Haare hat sie zu zwei Zöpfen geflochten, und unter dem Arm trägt sie wie immer ein Buch.

»Nein, Schatz«, antworte ich, »wir haben gerade erst gefrühstückt. Und vor dem Mittagessen gibt es keine Süßigkeiten, das weißt du doch.«

»Du bist so gemein«, faucht Ida.

Aber solche Beschimpfungen bin ich von meinen Kindern gewohnt. Das ist der Preis, den man für eine gute Erziehung voller Prinzipien bezahlt.

»Und warum isst du dann Süßigkeiten?«, hakt Ida mit einem Blick auf die offene Pralinenschachtel auf der Arbeitsplatte nach.

War ja klar. Ida wäre nicht Ida, wenn sie nicht Haarspalterei betreiben würde. Meine Jüngste ist nämlich trotz ihrer acht

Jahre äußerst spitzfindig. Unsere kleine Professorin nennen wir sie auch.

»Die darfst du nicht haben, die sind mit Alkohol«, antworte ich reflexhaft und reiße die Schachtel an mich. »Außerdem esse ich nur den Rest auf, damit ich die Packung endlich wegschmeißen kann.« Ich stopfe mir das letzte Mon Chéri rein und stecke die Verpackungsteile recyclinggerecht in die verschiedenen Mülleimer. »Siehst du. Wieder etwas aufgeräumt.«

Positives Denken, eine der wichtigsten Eigenschaften einer Mutter.

»Das ist total unfair«, befindet Ida. »Nur weil du erwachsen bist, darfst du alles machen, was du willst.«

Ich lache laut auf. Weil ich aber nicht anfangen möchte, Ida aufzuzählen, was ich den lieben langen Tag alles machen *muss*, was ich kein bisschen will (Haare aus dem Abfluss entfernen, Kinder und Ehemann zur Einhaltung von Pflichten und Terminen antreiben, Butterbrotdosen mit verschimmelten Überresten unter dem Bett finden, an Saskias letztes bisschen gesunden Menschenverstand appellieren – ach, die Liste ist endlos), sage ich fröhlich: »Falsch. Weil ich Geburtstag habe, darf ich alles, was ich will. Wo ist eigentlich Papa?«

Ida zuckt mit den Schultern und schaut auf die Uhr, die über dem Kühlschrank hängt. »Eben war er oben.«

Ich seufze. Entweder bereitet sich Patrick innerlich auf die Strapazen des Tages vor, indem er mit seinem Handy im Bett liegt und Nachrichten liest, oder er befolgt die Anweisungen seiner Fitness-App, um sich körperlich für die schwere Aufgabe zu stärken, die ihm bevorsteht. Er soll nämlich nachher den Tisch für das Büfett aufbauen. Die Hoffnung, dass er sich anderweitig nützlich macht, habe ich seit gestern endgültig aufgegeben.

»So, was wollte ich jetzt tun?«, sage ich, um jeden Gedanken an den deprimierenden gestrigen Abend zu verdrängen. Ich kann trotzdem nicht verhindern, dass mir die Schamesröte ins Gesicht steigt. Oder ist es Wut? Wahrscheinlich beides. Aber egal. Eclairs. Eclairs stehen ganz oben auf meiner To-do-Liste. Man muss Prioritäten setzen. Sich nicht im Kleinklein verzetteln und hundert Dinge gleichzeitig machen wollen. Wie Brandteig machen *und* sich darüber aufregen, was der eigene Ehemann doch für ein Waschlappen ist. Nein. Multitasking ist was für Dreißigjährige. Ab vierzig weiß man, dass das bloß Raubbau an den eigenen Kräften ist. Ich bin sehr stolz auf mich, dass ich das mittlerweile verstanden habe und auch umsetzen kann. Und es sogar noch schaffe, mich selbst dafür zu loben. Muss auch mal sein. Wo es sonst keiner tut.

Samstag, 30. Juni, 10:01 Uhr

»Wo ist mein pinkes T-Shirt?«, schreit Nelli, die plötzlich in der Küchentür erscheint und mich so erschreckt, dass mir beinahe die Kaffeekanne aus der Hand geglitten wäre, die ich gerade spülen wollte.

»Dir auch einen guten Morgen«, sage ich spitz.

Nelli nickt ungeduldig, als ob es eine Zumutung wäre, die Frau zu grüßen, die sie geboren hat, um für sie seit zwölf Jahren rund um die Uhr Nahrung, Kleidung, Hausaufgabenberatung und Taxifahrten bereitzuhalten.

»Also, wo ist das T-Shirt?«

»Keine Ahnung, wo *du* es hingetan hast.«

»Mann, Mama!«, schnauzt sie mich an und verschwindet so schnell, wie sie gekommen ist.

Ich habe nicht mal Zeit, ihr hinterherzurufen, dass sie noch frühstücken muss, denn schon muss ich mal wieder meine Qualitäten als allwissendes Orakel unter Beweis stellen.

Ida, die immer noch auf die Uhr schaut, fragt: »Mama, wieso kann man die Zeit nicht anhalten?«

Tja, als Mutter bin ich selbstverständlich qualifiziert, solche Fragen kindgerecht zu beantworten.

»Hm … Das ist halt so mit der Zeit. Hier, probier mal den Schokopudding, und sag mir, ob er gut ist!«

Ich reiche ihr einen kleinen Löffel, den sie grinsend in die Schüssel mit der Eclair-Füllung taucht.

»Lecker!«, kräht sie.

»Und jetzt spiel doch was mit Lasse.«

Lasse ist der vierjährige Nachbarsjunge, den seine Mutter rübergebracht hat, um noch schnell in den Supermarkt zu hetzen. Ich bin auf Widerworte gefasst, aber da steht Ida schon auf.

»Mach ich. Ich weiß auch schon, was wir spielen. Wir spielen Schule. Und ich bin seine Lehrerin! Wir machen Philosophie.«

Ich stutze, weil ich mich frage, welche philosophischen Fragen eine Achtjährige mit einem Vierjährigen besprechen kann. Aber ich werde durch die Türklingel abgelenkt. Katrin ist pünktlich wie immer, denke ich erfreut. Ich schnappe mir den Kunststoffmüll. Kein Weg umsonst, ist auch eines meiner cleveren Mottos, die mir helfen, locker all meinen Verpflichtungen nachzukommen.

»Schön, dass du da bist«, begrüße ich meine beste Freundin.

Draußen schmeiße ich erst den Müll in die richtige Tonne, dann fällt mir auf, dass ich noch mal eben schnell den Fußabtreter ausschütteln könnte. Solchen Pipikram erledige ich am liebsten sofort, den muss ich gar nicht erst auf meine To-do-Liste schreiben.

»Nun lass dich doch erst mal umarmen!«, ruft Katrin, schließt mich in die Arme und gratuliert mir herzlich zum Geburtstag.

Sie hängt ihren schwarzen Trenchcoat an die Garderobe und steckt die Ray-Ban-Pilotenbrille, die sie bei jedem Wetter trägt, in ihre wilden Locken, die sie seit einigen Jahren mit dem Farbton Mahagoni vor dem Grauwerden schützt. Was mich daran erinnert, dass ich auch endlich mal eine Tönung ausprobieren muss. Mein Friseur stochert in letzter Zeit immer so missmutig in meinen mittelbraunen Haaren rum und macht so kryptische Andeutungen. (Obwohl … *so* kryptisch sind sie auch wieder nicht. Ich weiß schon, was er mit »Haare verlieren im Laufe der Zeit die Pigmente« meint. Aber er ist einer dieser Typen, die immer um alles *gebeten* werden wollen. Als ob ich ihn anbettle, damit er mir die Koloration »Haselnuss« in die Haare schmiert, die beim Drogeriemarkt keine fünf Euro kostet, für die er allerdings achtzig kassiert.)

»Fang bitte damit an, die Servietten zu falten«, sage ich zu Katrin. »Danach kannst du das Hähnchen mit der Marinade bestreichen.« Ich deute auf ein Blech mit Hähnchenkeulen, das ich auf der Arbeitsplatte vorbereitet habe. »Ich muss jetzt den Brandteig rühren, das Wasser kocht schon.« Schnell ziehe ich den Topf vom Herd. Wenn nämlich zu viel Wasser verdampft, stimmt das Mengenverhältnis zum Mehl nachher nicht mehr und der Backpleite ist Tür und Tor geöffnet.

Katrin schaut entmutigt auf den Berg frisch gebügelter weißer Servietten. »Ich verstehe echt nicht, warum du nicht einfach Papierservietten nimmst.«

»Da kann man doch gleich eine Küchenrolle auf den Tisch stellen«, sage ich. »Es gibt ja nicht nur Käsesticks und Kräuterbutter wie früher, sondern richtig feines Essen. Dazu muss dann auch die Serviette passen.« Ich rühre mit dem Schneebesen so schnell das Mehl ins Wasser, dass mein Arm fast abfällt. Amateure machen das vielleicht mit dem elektrischen Mixer, aber wirklich echt ist es nur handgemacht. »Ich dachte an Bischofsmützen«, weise ich Katrin an, die angefangen hat, die Servietten tatsächlich in plumpe Vierecke zu falten.

»Bischofsmützen?«

»Das ist eine bestimmte Falttechnik.«

»Echt jetzt?« Sie schüttelt ihren Kopf. »Du kennst verschiedene *Falttechniken* für Servietten?«

»Du musst sie erst in der Mitte falten«, antworte ich ungerührt, »dann die obere Ecke nach unten und die untere Ecke nach oben, danach drehst du die Serviette um und knickst …«

»Hä? Kapier ich nicht.« Katrin runzelt die Stirn. »Sollen wir sie nicht einfach rollen? Ich meine, du lädst doch nicht die Queen zum Dinner ein.«

Ich atme einmal tief durch. Wenn ich jemanden gebraucht hätte, mit dem ich jede Anweisung verhandeln muss, dann hätte ich eine meiner Töchter um Hilfe gebeten. Aber gut. Wie man in meinem Alter weiß, hängt der Erfolg einer jeden Organisation vom Improvisieren zur richtigen Zeit ab.

»Meinetwegen«, gebe ich nach, denn ich habe keine Zeit für weitere Diskussionen oder gar Faltnachhilfe, ich muss dringend die Eier in den Teig rühren. Irgendjemand hat mal wieder in meinem Kühlschrank rumgewühlt. Ich schaufele mir den Weg an diversen Joghurtbechern und Aufschnittdosen vorbei und bekomme die Eier zu packen, aber beim Rausziehen stoße ich mit dem Ellenbogen an die Buttermilch, die Patrick stets nur drei Viertel leer trinkt und mit halb offenem Deckel zurückstellt. Sie kippt um. Zum Glück trage ich meine olle Jogginghose, auf der ein paar Flecken mehr gar nicht auffallen. Das ist eben auch ein Vorteil meines Alters, den ich genieße: einfach mal scheiße aussehen und sich nicht dran stören. (Nachher mache ich mich natürlich richtig schick.)

Das Telefon klingelt. »Kann mal einer rangehen?«, brülle ich in den Flur. Mit *einer* meine ich hauptsächlich Patrick. Aber der rührt sich nicht. Immerhin kommt Ida von oben runtergesprungen, mit Lasse im Schlepptau. Sie geht ans Telefon. Lasse läuft an ihr vorbei ins Wohnzimmer. Ida sagt ein paarmal »Ja« und beendet das Gespräch. Auf dem Weg ins Wohnzimmer fange ich sie ab. »Wer war das?«

»Eine Nora oder so«, sagt Ida. »Irgendjemand hat gebrochen, und sie weiß noch nicht, ob sie kommen können.«

Katrin wirft mir einen Blick zu. »Der Noravirus hat mal wieder zugeschlagen.« Sie kichert. »Was ist nur mit dieser Familie los?«

»Pscht«, mache ich und lausche.

»Was?«, fragt Katrin. »Ich hör gar nichts.«

»Eben«, sage ich und gehe ins Wohnzimmer.

Wusste ich es doch! Gespenstische Stille bedeutet immer Gefahr!

Samstag, 30. Juni, 10:37 Uhr

Ida beobachtet fasziniert, wie Lasse auf einem Stuhl steht und seinen Arm bis zur Schulter ins Aquarium getaucht hat. »Was machst du denn da?«, frage ich den Nachbarsjungen fassungslos.

»Ich angele einen Fisch«, kräht Lasse. »Ich will ihn töten. Ida hat gesagt, ich darf das.«

»Ida! Wieso hast du Lasse das gesagt?«

»Hab ich gar nicht!«, protestiert sie sofort. Wirklich, wenn ich jedes Mal einen Euro bekommen würde für das Hören dieses Satzes, wäre ich eine gemachte Frau. Ich sehe sie scharf an. »Ich hab Lasse nur erklärt, wieso man zum Beispiel einen Fisch töten darf, aber keine Katze«, erläutert Ida mit ihrer Professorenstimme. »Weil man Fische isst und Katzen nicht. Und man darf Tiere töten, wenn man sie essen will. Das steht so in meinem Philosophiebuch.«

»So«, sage ich streng. »Lasse, komm da sofort runter. Der Philosophieunterricht ist vorbei. Ida, gib Lasse eins von deinen T-Shirts und häng das nasse Hemd über die Badewanne. Und dann spielt Lego.« Ich scheuche die beiden in den Flur. Dort fällt

Lasse doch noch was zu dem Thema ein. »Mama haut immer die Wespen kaputt, aber sie tut sie gar nicht essen«, ruft er verwundert. »Das ist doch komisch!«

Bevor Ida ihn auf dumme Gedanken bringen kann, rufe ich streng: »Es werden hier heute überhaupt keine Tiere getötet und gegessen.«

»Und was ist das da?« Ida zeigt anklagend auf das Blech mit Hähnchenkeulen, die Katrin gerade mit der Marinade bestreicht. »Die waren schon vorher tot«, sagt Katrin entschuldigend.

»Ida, geht hoch und spielt Lego«, knurre ich.

Die beiden trollen sich.

»Erwachsene reden manchmal richtig dummes Zeug«, sagt Ida oben zu Lasse. Natürlich extra so laut, dass ich es hören kann. Dieses kleine altkluge Biest.

»Wieso nimmt deine Nachbarin ihren Sohn eigentlich nicht mit zum Einkaufen?«, fragt Katrin.

»Miriam hatte es total eilig. Sie hat gesagt, sie schafft es mit Lasse nicht. Und ein Kind mehr oder weniger fällt hier doch gar nicht auf. Ach, du Schreck. Der Teig!« Schnell schlage ich fünf Eier unter.

Puh, das hat gerade noch mal geklappt. Der Teig ist gelungen.

Na also. Wird doch. Ich spritze den Teig in acht Zentimeter langen Würsten aufs Backblech. Katrin hat die Hähnchenkeulen fertig mariniert und verlangt nach weiteren Aufträgen. Ich überantworte ihr den Dip für die Gemüseplatte und schiebe das Blech mit den Eclairs in den Ofen. »So. Das hab ich«, freue ich mich. »Jetzt die Suppe.«

»Du machst dir aber auch immer eine Mühe«, sagt Katrin, halb tadelnd, halb bewundernd.

»Ach, das ist doch keine Mühe. Das ist nur eine Frage der Organisation.«

Ich lächle und streiche ein paar Punkte von meiner To-do-Liste.

Samstag, 30. Juni, 10:51 Uhr

Wir liegen super im Zeitplan. Katrin rührt den Frischkäse für den Dip cremig, ich veredele die Suppe mit Sahne und Muskatnuss, da kommt Saskia herein. Seit sie ihr Abitur bestanden hat, meint sie, bereits die Weisheit des Alters erreicht zu haben. Sie weiß alles besser. *Alles*. Zum Beispiel ist sie felsenfest davon überzeugt, dass nur sie entscheiden kann, was für sie richtig ist und was nicht, und dass sie in dieser Familie unheimlich unfair behandelt wird und ich sowieso nur ein Ziel habe, nämlich, ihr das Leben zu versauen. Ein falsches Wort von mir, und sie fühlt sich in ihrer kruden Theorie bestätigt. Weswegen ich in letzter Zeit jede kritische Bemerkung in ihre Richtung vermeide. Was nun wirklich nicht leicht ist bei einer Achtzehnjährigen, die weder eine bestimmte Berufsausbildung anstrebt noch Ambitionen hat, wenigstens mit einem Übergangsjob eigenes Geld zu verdienen, und die auch im Haushalt keinen Finger rührt, dafür aber große Reden über ihre Unabhängigkeit schwingt.

Ich finde meine Fähigkeit, ihr gegenüber nicht die Beherrschung zu verlieren, wirklich außerordentlich. So eine Kontrolle über ihre Gedanken haben sonst nur in jahrzehntelanger Meditation geschulte Zen-Buddhisten. Vielleicht kann ich mich damit mal in einem Shaolin-Kloster bewerben und den Jungs noch was beibringen. Ich meine, einen Haufen Ziegelsteine mit der Handkante zu zerdeppern, kann nicht mehr Konzentration erfordern, als angesichts der blasierten Arroganz meiner Tochter nicht völlig auszurasten. Wie sie sich wieder auf der Küchenbank fläzt!

Natürlich kommt sie nicht auf die Idee zu fragen, ob ich Hilfe brauchen kann. Nee. Sie hat Wichtigeres zu tun. Nachrichten checken. Ich glaube mittlerweile, das Handy ist an ihrer Hand festgewachsen. Und dann diese Klamotten wieder! Heute trägt sie ein T-Shirt, das neckisch über die Schulter rutscht. Du meine Güte! Das macht sie doch nur, weil sie *keinen blassen Schimmer* hat, auf welche Gedanken Männer beim Anblick einer nackten Schulter kommen. Und was ist das? Da blitzt ja ein BH-Träger aus roter Spitze hervor. Trägt sie etwa … *Dessous?* Ich glaub, es hackt! Ich meine, *für wen* sollte sie Dessous anziehen? Sie ist doch gar nicht mehr mit dieser trüben Tasse zusammen.

Aaron. Beine wie ein Storch, aber was für eine große Klappe! Prahlt mit seinen Abinoten, als ob er schon sein Astronautendiplom und ein Angebot für den NASA-Chefposten in der Tasche hätte. Geh dich erst mal waschen, Junge. Dauernd die Hände bekritzelt wie ein Sechsjähriger. Und dann dieses zu einer klebrigen Tolle geformte Filzhaar! Sieht aus wie ein Insektenhotel. Würde mich nicht wundern, wenn der Borkenkäfer darin sein Unwesen treibt. Wenn Aaron in fünf Jahren kahl ist, wissen wir jedenfalls, warum.

Ich mag gar nicht dran denken, wie sich dieser windige kleine Angeber an meiner Tochter vergreift. Oder haben sie sogar schon Sex gehabt? Sie hat sich nichts anmerken lassen, aber sie gibt sich ja sowieso total verschlossen mir gegenüber. Keine Ahnung, ob sie noch Jungfrau ist oder ob sie sich von irgendeinem hormontriefenden Kerl zu irgendwas hat überreden lassen. Ich hoffe nicht! Ich hoffe, sie hebt sich für den Richtigen auf. Für einen, der es sich mit Anstand und Aufrichtigkeit und ernsten Absichten verdient hat! Ich hoffe *so sehr*, dass sie nicht eines der bedauernswerten Mädchen ist, die sich vom nächstbesten Großmaul verführen lassen, nur um dann fallen gelassen zu werden wie eine heiße, beschädigte Kartoffel – zum Gespött der Allgemeinheit. Das tut nämlich doppelt weh! Ich weiß, Saskia gibt sich immer so stark, aber sie ist noch ein kleines Mädchen. *Mein* kleines Mädchen. Unschuldig und verletzlich.

»Ich lass mich übrigens tätowieren«, sagt Saskia gerade. Ich hätte fast die Suppenprobe durch die Küche geprustet.

»Eine Schlange«, redet sie ungerührt weiter, ohne von ihrem Handy aufzuschauen. »Oder eine Rune.«

»Rune?«, stammle ich entsetzt. »Das ist doch Nazizeug.«

»Mama!« Saskia schnaubt. »Runen haben doch nichts mit Nazis zu tun. Außer ein paar vielleicht. Ich will eine *Shadowhunter*-Rune.« Sie schnalzt überheblich mit der Zunge. »Aber du weißt bestimmt nicht, was das ist. Das ist eine Serie über Dämonenjäger.«

»Du willst dir ein Dämonenzeichen eintätowieren lassen?«, frage ich immer noch fassungslos.

»Nein«, gibt sie zurück und rollt genervt mit den Augen. »Das Zeichen eines *Shadowhunters.* Auf Deutsch«, fügt sie hinzu, als redete sie mit einer grenzdebilen Oma, »heißt das Schattenjäger.«

Auf Deutsch ist das Schwachsinn, liegt mir auf der Zunge. Aber ich reiße mich zusammen. Ist nicht leicht, doch ich kann das. Shaolin halt! Ich meine, ihre derzeitige Lebensaufgabe besteht einzig und allein darin, nachzudenken, was sie mit ihrer Zukunft anstellen möchte. Und dann kommt so was dabei raus? Ein *Runen-Tattoo?* Halleluja.

Natürlich werde ich versuchen, ihr diese idiotische Idee auszutreiben. Allerdings nicht, indem ich auf Konfrontationskurs gehe. Nein, ich setze stattdessen auf subtile Pädagogik. Sozusagen ein niedrigschwelliges Angebot für den Intellekt. Vielleicht ist ihre Fähigkeit zu Einsicht und vorausschauendem Denken noch nicht komplett futsch.

»Und so was willst du dir wirklich machen lassen?«, frage ich ganz ruhig. »Dich mit irgendeinem Symbol aus einer Fernsehserie fürs Leben zeichnen?« Ich wende mich an Katrin. »Stell dir vor, wir hätten uns *Baywatch* auf den Arm tätowieren lassen!«

»Hihi …« Katrin kichert.

»*Baywatch*?«, fragt Saskia. »Dieser Bademeisterfilm mit Dwayne Johnson?«

»Nee, das Original. Die Fernsehserie mit David Hasselhoff«, erklärt Katrin. »Die Serie war eigentlich saudoof, aber Anfang der Neunziger hat jeder sie gesehen.«

»Stell dir vor, wie dämlich wir uns heute vorkommen würden, wenn wir *Baywatch* in unsere Haut eingraviert hätten«, bekräftige ich.

»Absolut«, sagt Katrin. »Das wäre echt bescheuert gewesen. Ich hab die Sache mit den Tätowierungen sowieso nie verstanden. Was soll daran schön sein?« Sehr gut. Ich wusste, dass ich mich auf Katrin verlassen kann. Wenn schon nicht auf mich, hört Saskia vielleicht auf sie. »Brustimplantate dagegen sind was anderes«, plappert meine Freundin weiter. »Ich war ja damals drauf und dran, mir die Brüste aufmotzen zu lassen. Wegen Pamela Anderson und so.«

»Echt jetzt?«, fragt Saskia mit glitzernden Augen.

Na bravo. So viel zum Thema Katrin und Pädagogik.

»Na klar«, sagt meine Freundin und seufzt. »Wer weiß, wie mein Leben verlaufen wäre, wenn ich Körbchengröße D gehabt hätte. Vielleicht wäre ich jetzt mit einem superreichen Schönling zusammen.«

Saskia kichert. »Lass das doch jetzt noch machen, Katrin. Du bist viel jünger als Mama, da lohnt sich das noch.«

Danke. *Vielen, vielen Dank*.

Samstag, 30. Juni, 11:02 Uhr

Um zwei Minuten nach elf ein seltener Gast in meiner Küche: mein Mann. Er duftet nach Rasierwasser und sieht total schick aus. Mit seinem neuen hellgrauen Hemd und der makellos blauen Jeans. Wie man sich eben anzieht als Compliance-and-Risk-Manager, der zwar unheimlich wichtige Dinge regelt, der aber auf keinen Fall schmuddlige Hausarbeit verrichtet.

»Hey, Katrin«, sagt er verdächtig gut gelaunt, und dann lächelt er mich auch an, als wäre gar nichts gewesen. »Na, wie geht es dem Geburtstagskind?« Er will mir meine Hummeltaille umfassen.

»Ich muss die Suppe umrühren«, sage ich.

»Einen Kuss werde ich von meiner Frau doch wohl bekommen«, sagt er.

Pff! Gestern Abend hätte er noch ganz andere Dinge von mir bekommen können. Aber da wollte er ja nicht. Er hatte *Wichtigeres* zu tun. Ich gebe ihm hastig einen Schmatzer auf den Mund.

»Und denk dran, gleich musst du den Tisch aufbauen.«

Er nickt. »Mach ich.«

Lasse kommt rein, er sieht bedrückt aus. »Was ist los, Lasse?«, frage ich alarmiert. Hoffentlich hat er kein Insekt in der Kehle stecken.

»Ich hab Pipi in die Hose gemacht.«

Ich atme erleichtert auf und wische die Horrorbilder von Rettungswagen und Luftröhrenschnitt und einer hysterischen Miriam aus meinem Kopf. »Das kann passieren, Lasse.«

»Der Dip ist irgendwie versalzen«, murmelt Katrin.

»Da ist auch Aa drin«, sagt Lasse.

»Ich sehe mal im Kellerkühlschrank nach, ob da noch Frischkäse ist.«

Katrin springt auf, da klingelt es an der Tür. Miriam, denke ich erfreut, du kommst gerade rechtzeitig. Aber es ist meine Mutter, die mit großem Hallo in den Flur drängt. Auch das noch. Sie sollte doch erst heute Nachmittag kommen, mit den anderen Gästen. Meine Mutter ist wie ein Spülmittelkonzentrat, das man vor dem Gebrauch auf eine große Menge verteilen sollte. Mist. Und ich habe meine ollen Klamotten an, weil ich beim Großkochen immer ins Schwitzen gerate und Schürzen hasse. Ich weiß jetzt schon, wie sie bei meinem Anblick die Lippen zusammenpresst und dann abfällig nickt – ihre typische Mäkelmimik. Und wenn sie das macht, fühle ich mich sofort wieder jung. Aber nicht auf die gute Art.

»Hallo, Annegret«, begrüßt Patrick meine Mutter und umarmt sie herzlich. »Patrick, *du* siehst ja heute schick aus«, sagt Annegret, und ich höre deutlich ihre Missbilligung für meinen Jogginghosen-Zottelfrisur-Aufzug heraus. »Ich ziehe mich auch gleich um«, versichere ich meiner Mutter schnell.

Und dann ärgere ich mich sofort wieder, weil ich mich so beflissen rechtfertige. In meinem Haus kann ich doch wohl rumlaufen, wie ich will!

»Na ja«, sagt meine Mutter gönnerhaft. »Das riecht auf jeden Fall ja schon wieder köst…«

Sie schnuppert, als sie bemerkt, dass der Essensgeruch verseucht ist, und verzieht ihr Gesicht auf der Suche nach der Ursache für den Gestank.

»Lasse hat Aa in die Hose gemacht«, erkläre ich. »Patrick, zieh ihn doch bitte um, bevor du den Tisch aufbaust.«

»Ich kann leider nicht«, sagt Patrick zerknirscht, »ich muss in die Firma.«

»Waaas? Jeeetzt?«, rufe ich, entsetzt darüber, wie schrill meine Stimme klingt.

Ich meine, er hat zwar die letzten Wochen andauernd am Wochenende gearbeitet, weil es irgendwelche Probleme gab, die ich immer nur ansatzweise kapiere. (Genau wie ich ewig gebraucht habe, um mich an seine neue Berufsbezeichnung zu gewöhnen, die er seit seiner Beförderung vor anderthalb Jahren hat. *Compliance-and-Risk-Manager*. Ich meine, er ist eigentlich Biochemiker. Reicht das nicht?)

»Ja, bei diesem neuen Kombinationsprodukt ist was schiefgegangen während der Analyse des toxikologischen Screenings. Und da müssen wir die Richtlinien einhalten, sonst fliegt uns das ganze Ding um die Ohren.«

Ich versuche, die Informationen zu verarbeiten. »Macht die Auswertungen nicht deine Assistentin?«

Die Assistentin heißt Doreen Forstbach und sieht aus wie Natalie Portman, wie Patrick mir mal erzählt hat, als wir eines Abends gemütlich einen Film sahen. Wonach es bei mir mit der Gemütlichkeit vorbei war. Wer will denn, dass sein Mann eine Assistentin hat, die aussieht wie eine Hollywoodschauspielerin?

»Ja.« Er seufzt. »Das ist ja das Problem. Ich muss ihr bei allem über die Schulter schauen.«

Ich starre auf Patricks Outfit. Wieso hat er das schwarze Jackett an? So schick muss er sich doch nicht machen an einem Samstag, an dem sein Chef nicht in der Firma ist. Aber ich kann irgendwie nicht klar denken, weil der Duft, den Lasse verströmt, meine Wahrnehmung vernebelt.

»Und … und der Tisch?«, stammle ich.

»Entschuldige, Schatz«, sagt Patrick. »Ich bin so schnell wie möglich zurück.«

Das sagt er doch immer, denke ich und starre einen Moment auf die Haustür, die hinter ihm ins Schloss fällt.

Aber das ist nicht schlimm, fällt mir ein.

Einer der größten Vorteile einer langjährigen Ehe ist doch, dass man mit jedem Jahr seine Erwartungen mehr runterschraubt. Und je kleiner die Erwartungen, desto geringer die Enttäuschung. Wie praktisch!

Nelli kommt die Treppe heruntergesprungen. Obwohl sie sich beeilt, sieht es grazil und elegant aus. Seit zwei Jahren macht sie Ballett, und das merkt man ihren Bewegungen an. Sie stürzt sich mit einem begeisterten Lächeln in die Arme meiner Mutter.

»Omi!«, jubelt sie und herzt sie richtig. »Hast du uns was mitgebracht?«

»Magdalena Henkemeier«, mahne ich grimmig, »so was sollst du nicht fragen.«

»Ach, lass sie doch«, korrigiert mich meine Mutter. »Natürlich habe ich euch was mitgebracht.«

Natürlich. Dabei habe ich ihr schon tausendmal gesagt, sie soll den Kindern nicht so viel schenken.

»Oh, Omili, ich hab dich so liiieb!«, ruft Nelli.

Ja, solche Liebesbezeugungen würde ich auch gern mal hören. Aber ich bin ja hier für die Erziehung zuständig, und Erziehung ist nun mal kein Purzelbaumschlagen. Applaus kann man dafür jedenfalls nicht erwarten.

»Nelli, dein Croissant liegt immer noch da«, brumme ich ärgerlich. »Iss mal was.« Nelli nickt, macht aber keine Anstalten, in die Küche zu gehen.

Katrin kommt aus dem Keller. »Im Kellerkühlschrank ist auch kein Frischkäse, mit dem ich den Dip strecken könnte«, sagt sie, »aber ich habe die Tischverlängerungsplatten mit hochgebracht.«

Ich werfe ihr einen dankbaren Blick zu, während ich überlege, wo um alles in der Welt mein Reservefrischkäse sein könnte und wie ich meine To-do-Liste umstrukturieren muss, um Patricks Ausfall zu kompensieren. Für einen Moment bin ich handlungsunfähig. Den nutzt meine Mutter natürlich sofort, um sich wichtigzumachen.

»Dann gehe ich jetzt diesen Lasse umziehen, der Gestank ist ja nicht zum Aushalten!«, bestimmt sie mit einem anklagenden Seitenblick auf mich, was mich sofort aufregt. Als wäre ich für

Lasses Malheur verantwortlich! Und als hätte ich diesen Haushalt nicht im Griff!

»Ich kann das auch machen«, biete ich schnell an.

»Lass mal«, sagt meine Mutter gönnerhaft und macht sich auf den Weg nach oben. »Dann können wir gleich mal gucken, was ich euch mitgebracht habe, nicht wahr, meine Kinder?«

»Au ja«, schreien Ida und Nelli, und auch Lasse klatscht verzückt in die Hände.

Ich starre ihnen hinterher, wie sie die Treppe hinaufsteigen. Es ist unfassbar, wie meine Mutter sich in meine Familie drängt. Und dabei andauernd versucht, mir ein schlechtes Gewissen zu machen. Dabei sollte *sie* diejenige sein mit dem schlechten Gewissen. Ich würde mich jetzt gern richtig darüber aufregen, aber ich habe leider alle Hände voll zu tun.

Samstag, 30. Juni, 11:27 Uhr

»Also«, sage ich zu Katrin, »neuer Plan. Nummer 1: Du baust den Tisch auf. Patrick ist garantiert nicht früh genug zurück aus der Firma. Nummer 2: Ich kümmere mich um den vermurksten Dip.« Ich probiere ihn. »Och, so schlecht ist der nicht. Ich mische noch ein bisschen Joghurt drunter und einen Spritzer Zitrone, dann ist er lecker.« Ich nehme wahr, dass Katrin mich anstarrt. »Was ist los?«, frage ich. Langsam werde ich etwas nervös.

Aber Katrin kann gar nicht aufhören, mich anzustarren. »Hab ich richtig verstanden? Patrick ist in die Firma gefahren?«

Ich nicke. »Ja, das bringt meinen Zeitplan ganz schön durcheinander.«

»Warum muss er denn *samstags* zur Arbeit? An deinem Geburtstag?«

»Wegen irgendeiner Auswertung.«

Katrin verzieht das Gesicht. »Und ist diese Doreen *Portman* auch heute da?«

»Ja.« Ich nicke und schneide eine Zitrone in zwei Hälften.

»Und das kommt dir nicht verdächtig vor?«

»Doch, natürlich.« Mit zwei Drehungen habe ich die Zitrone ausgequetscht. »Ich meine, wir haben schon seit Ewigkeiten keinen Sex mehr gehabt, da kann es schon sein, dass er fremdgeht.«

»Das sagst du so nebenbei? Und du willst nichts dagegen tun?«, fragt Katrin entsetzt.

»Doch, natürlich«, sage ich. »Hey, jetzt schmeckt der Dip richtig gut. Noch ein paar Basilikumblätter, dann ist er perfekt.«

»Aber *was* willst du machen?« Katrin ist fassungslos.

Ich nehme meine To-do-Liste und tippe auf Nummer 26: *Patrick fragen wg. Affäre.*

»Du schreibst so was auf eine To-do-Liste?«, fragt Katrin verblüfft. »Auf Platz *26?*«

»Du hast recht. Also, die Hähnchen sind fertig, der Dip auch, das und das …« Ich streiche zufrieden einige Sachen durch. »Es steht jetzt auf Platz 18.«

»Wie kannst du nur so ruhig bleiben?«

»Was soll ich denn machen? Ich kann doch nicht wegen jeder Kleinigkeit von meinem Plan abweichen!«

Auch so ein Vorteil des Alters. Man wird einfach gelassener. So eine Art Fels in der … Aaah! Was ist das? Aus dem Backofen quillt dunkler Qualm. »O mein Gott«, schreie ich, »die Eclairs!« Ich reiße die Ofentür auf. Zu spät. »Das ist das Ende!«, kreische ich. Und dann schleudere ich vor Wut das Tablett mit den brikettartigen Teigklumpen auf die Terrasse. Obwohl das auf keiner To-do-Liste steht.

Samstag, 30. Juni, 13:21 Uhr

Miriam hat Lasse eben abgeholt. »Das hat aber lange gedauert«, hab ich verwundert zu ihr gesagt. »War bestimmt viel los.«

»Ja.« Miriam hat gelacht. »Riesenschlange vor der Kasse und

was für ein Gedränge! Man denkt immer, eine Hungersnot steht bevor. Danke noch mal und bis später.«

Erst als ich die Tür geschlossen hatte, fiel mir auf, dass Miriam anders aussah als heute Morgen. Da hat Katrin allerdings schon mit dem Latte macchiato gewinkt. Jetzt sitzen wir auf der Terrasse und verschnaufen. Ich habe mich natürlich längst wieder beruhigt. Bei verunglücktem Backwerk kann man schon mal kurz aus der Fassung geraten. So viel Arbeit umsonst! Aber solche Dinge passieren eben. Kein Grund, den Kopf in den Sand zu stecken. Nach vorne schauen und die Tiefkühltruhe plündern, auch eines meiner wertvollen Lebensmottos. Statt Eclairs gibt es eben Schokopudding und Miniwindbeutel aus dem Eisfach.

»Vorausschauende Vorratshaltung«, sage ich zu Katrin. »Vorausschauende Vorratshaltung ist wirklich das A und …« Mein Handy klingelt. Ein WhatsApp-Anruf. Von meinem Mann. Ich ziehe die Augenbrauen hoch. Und gehe ran. Aus irgendeinem Grund melde ich mich mit »Henkemeier«. Aber Patrick merkt gar nicht, wie seltsam das ist.

»Hi, Schatz«, ruft er.

Fahrgeräusche dringen durch den Hörer. Wieso hört es sich an, als wäre er auf der Autobahn? Er sollte doch im Büro sein. Mir wird irgendwie kalt.

»Wo bist du?«, frage ich.

»Ich muss noch was erledigen, im Zusammenhang mit der …«

»Da vorne rechts«, höre ich eine Frauenstimme im Hintergrund.

»… Analyse«, vollendet Patrick den Satz. »Es dauert etwas länger als gedacht. Ich komme, sobald ich kann.«

»Gut«, sage ich mechanisch.

»Bis später.«

»Gut«, wiederhole ich und beende das Gespräch.

»Was war?«, fragt Karin.

»Weiß nicht. Er ist unterwegs im Auto. Mit einer Frau.«

Katrin zieht eine Grimasse. Dann schüttelt sie den Kopf. »Spinnt er? Erst fährt er zur Arbeit, und danach düst er noch durch die Gegend. An deinem Geburtstag!«

Ich raffe all meine Selbstbeherrschung zusammen. »Es gibt sicher für alles eine logische Erklärung«, sage ich tapfer. Wie zum Beispiel, dass er eine Affäre hat.

Nein. Nein. Nein. Dreh nicht durch. Das kannst du dir nicht leisten. Es bringt auch nichts. Viel besser ist es, mit totaler Vernunft daranzugehen und optimistisch zu bleiben. Genau. Bevor ich nicht weiß, was wirklich los ist, gehe ich davon aus, dass alles in Ordnung ist. Wie mit dem Knoten in meiner Brust. Da hatte ich zwei Wochen Panik, und was war's? Ein harmloser Fettknubbel.

»Guck!« Ich halte ihr zum Beweis mein Handy unter die Nase. »Immerhin wird mir noch virtuelle Zärtlichkeit zuteil. Er schickt mir ein Kuss-Emoji. Es ist alles okay. Bestimmt ist alles okay.«

»Ja«, wiederholt Katrin. »Bestimmt ist alles in Ordnung.« Sie nippt an ihrem Kaffee. »Ich kann mir das auch nicht vorstellen. Ich meine, klar ist Patrick attraktiv. Aber er ist eigentlich nicht der Typ für eine Affäre.«

»Das stimmt. So was erfordert ja viel Energie. Und Aufwand«, nicke ich bestätigend. »Allein die ganze Lügerei und so. Das ist doch viel zu kompliziert für Patrick.«

»Genau«, sagt Katrin. »So was macht er nicht.«

»Nee«, sage ich. »Mein Mann ist vermutlich auch für eine Affäre viel zu faul.« Wir prusten los. Ein bisschen hysterisch vielleicht, aber immerhin. »So!« Ich wische mir die Tränen aus den Augen und klatsche in die Hände. »Dann machen wir uns mal an den Rest.«

Samstag, 30. Juni, 14:23 Uhr

Noch siebenundneunzig Minuten, bis die Gäste eintreffen. Das Büfett ist aufgebaut. Katrin ist nach Hause, sich umziehen und Steven abholen, ihren Freund. Patrick ist immer noch nicht wieder da.

Was mir jetzt auch egal ist. Ich habe schließlich alles im Griff. Essen fertig, Haus fertig, jetzt muss ich nur noch selbst in einen vorzeigbaren Zustand gebracht werden, damit ich gleich die strahlende Gastgeberin geben kann. Ich schnappe mir mein hellblaues Geburtstagskleid und die Nylonstrumpfhose. (Ich gebe es zu: Die Nackte-Beine-Zeiten sind vorbei. Verdammte Besenreiser.) Als ich Unterwäsche aus der Kommodenschublade hole, erstarre ich. Ich erhasche nämlich einen Blick auf dieses … *Teil*, das ich mir idiotischerweise gekauft habe, um nicht ungevögelt ins neue Lebensjahr zu starten. Was leider ziemlich schiefgegangen ist.

Und da sind sie doch wieder – die Erinnerungen an den gestrigen Abend, den ich so schön geplant hatte. Mit einem leckeren Essen zu zweit und einem guten Wein. Und es lief auch bestens. Patrick kam tatsächlich zur verabredeten Zeit, die Kinder hatte ich mit Butterbroten vor dem Fernseher abgespeist und danach hochgeschickt, damit Patrick und ich Ruhe hatten. Er erzählte von seiner Arbeit und wie streng sein Chef ist, dem gegenüber er jetzt für die Einhaltung der Regularien und Unternehmensphilosophie verantwortlich ist. Obwohl Patrick etwas müde aussah, wirkte er erstaunlich gut gelaunt.

Als ich sicher war, dass die Kinder im Bett waren, sagte ich zu ihm, ich würde auch schlafen gehen. Aber anstatt mich hinzulegen, zog ich mich oben um. Ich wusste natürlich, dass es ein Wagnis war. Unser Liebesleben war die letzten Monate ziemlich eingeschlafen. Im November hatte ich die Grippe, danach kam dieses unsägliche Weihnachten, das ja immer so besonders werden soll, die stressigsten Tage im Jahr, im Januar hat es Patrick erwischt, Bronchitis. In der Zeit war es noch verständlich, dass wir zu müde waren. Aber dann kam der Frühling, und es tat sich immer noch nichts. Dauernd war was mit den Kindern oder mit Patricks Job oder seinem Hobby (er hat das Joggen wieder für sich entdeckt, als Ausgleich für die gestiegene Arbeitsbelastung). Ich habe auch unheimlich viel zu tun. Mein Tagwerk fängt früh an, und wenn man abends einmal auf dem Sofa liegt, ist es nicht mehr leicht, sich aufzuraffen zu Matratzensport.

Tja. Und dann ist es ja auch so, dass man sich irgendwie an den sexlosen Zustand gewöhnt. Wenn erst einmal die Erotik abhandengekommen ist, ist es schwer, sie wieder zu starten. »Sollen wir die nächste Folge *Modern Family* gucken oder vögeln?«, löst nicht gerade ein erotisches Feuerwerk aus. Nein, zu einer gelungenen Verführung gehört die richtige Stimmung. Und ich würde mich heute vorwagen und für die richtige Stimmung sorgen.

Es prickelte und kribbelte in mir, als ich in diesen spitzendurchzogenen Fetzen stieg. Um meinen Auftritt dramatisch aufzupeppen, nahm ich meinen Sommermantel und schlüpfte sogar in meine hochhackigen Stiefel. Ich hatte Glück und begegnete keinem Kind, das noch mal aufs Klo musste, im Flur. Das Licht im Wohnzimmer war vorteilhaft gedimmt. Mein Mann lag auf dem Sofa. Der Fernseher lief. Natürlich lief der Fernseher. Irgendeine Tierdoku. Aber die würde er gleich vergessen, denn ich würde *seine* tierischen Instinkte hervorlocken. Ich ging aufs Ganze.

»Hallo, schöner Mann«, säuselte ich.

»Ach, ich dachte, du wolltest ins Bett«, sagte Patrick und starrte weiter auf die Nahaufnahmen von Korallen.

»Ich hab's mir anders überlegt«, sagte ich, überwand mich und ließ den Mantel von den Schultern gleiten. Da stand ich dann vor ihm, mit diesem hautengen, durchsichtigen Fetzen, an dem an entscheidenden Stellen der Stoff fehlt.

Er stutzte. »Hey, interessantes Outfit«, sagte er, als ob ich das Affenkostüm von Karneval anhätte.

Auf die Idee, den Fernseher auszuschalten, kam er nicht. Ich stöckelte vor ihm auf und ab, immerhin verfolgte er mich mit den Augen. Da setzte ich mich zu ihm auf das Sofa, entwand ihm mit geübtem Griff die Fernbedienung und schaltete die Glotze aus. Er schaute mich gespannt an, als ob er auf den Anpfiff wartete. Du meine Güte, dachte ich, wenn ihm das Navi nicht sagt, wohin die Reise geht, dann hat er keine Ahnung, was er tun soll.

»Nun«, hauchte ich, um in meiner Rolle als verführerischere Fremde zu bleiben, »was geht diesem schönen Mann durch den Kopf?«

Und da fragte er: »Wusstest du, dass sich Clownfische von einem Männchen in ein Weibchen verwandeln können?«

»Nein«, sagte ich gedehnt. »Das wusste ich nicht.«

»Wenn das älteste Weibchen stirbt, wird das älteste Männchen zum Weibchen. Krass, oder?«

»Ja«, erwiderte ich mit zusammengebissenen Zähnen. »Das ist krass.«

Da saß ich in diesem mehr als gewagten Outfit, und er belehrte mich über verblüffende Phänomene aus dem Tierreich. Aber vielleicht war das seine Art, seine eigene Verunsicherung zu überspielen. Ich meine, da überfiel ich ihn an einem Freitag nach einer anstrengenden Arbeitswoche ohne Vorwarnung mit einer Kampfansage aus eindeutigen Dessous. Was hatte ich mir nur dabei gedacht? Plötzlich merkte ich, wie straff der Stringtanga saß und wie eng der BH war, der meine Brüste nach oben quetschte. Vielleicht sehe ich auch einfach nur total lächerlich aus, schoss es mir durch den Kopf. Ich meine, wenn mein Mann nicht mal ein kleines bisschen sexuelles Interesse heucheln kann, dann bin ich vielleicht viel weniger begehrenswert, als ich mir das vorgestellt habe. Mit wackligen Knien und flammenden Wangen stand ich auf und nahm meinen Mantel.

»Was ist?«, fragte er.

»Ich geh ins Bett.«

»Soll ich mitkommen?«, bot er an, ohne sich zu rühren.

»Nee, lass mal. Brauchst du nicht.«

Dann stakste ich nach oben, riss mir meine Sexy-Woman-Verkleidung vom Leib und verkroch mich ins Bett. Ich kann mich nicht erinnern, mich jemals so geschämt zu haben! (Na gut. Das stimmt nicht ganz. Es gibt einen Vorfall in meinem Leben, der noch viel, viel schlimmer war. Eine Blamage apokalyptischen Ausmaßes. Aber die war in einem anderen Leben. Vor Patrick.)

Eine Weile hoffte ich noch, dass er doch nachkommen würde, dann vermutete ich, dass er den Fernseher reflexhaft wieder eingeschaltet hatte und gebannt von irgendwelchen Launen der Natur war.

Heute Morgen hat er sich zu mir rübergerollt und angefangen, mit geschlossenen Augen meinen Speck zu kneten. Aber erstens schien es mir eine Art Pflichtprogramm zu sein, eine Wiedergutmachung für gestern, und zweitens war ich nicht in Stimmung, weil ich im Geiste schon meine To-do-Liste für den heutigen Tag durchgegangen bin. Zum Glück kamen da sowieso die Mädchen rein, um für mich *Happy Birthday* zu singen, so konnte dieser sexuelle Anbahnungsversuch auf natürlichem Wege abgewendet werden. Tja, so ist der Lauf der Dinge, denke ich und stopfe den Lingerie-Fetzen ganz nach hinten in die Schublade.

Am Anfang einer Beziehung denkt man ständig an den Sex, den man hat. Dann denkt man nur noch an den Sex, den man nicht hat. Vielleicht kommt auch irgendwann der Zeitpunkt, an dem man gar nicht mehr an Sex denkt, weil er einem nicht mal mehr fehlt. Und ehrlich – ich bin jetzt in einem Alter, in dem mir diese Aussicht durchaus verlockend erscheint. Da bräuchte ich auch so sündhaft teure Dessous nicht mehr zu kaufen und könnte das Geld für sinnvolle Sachen ausgeben. Schokolade zum Beispiel.

Samstag, 30. Juni, 14.47 Uhr

Auf dem Weg ins Bad kommt mir Nelli entgegengesprungen. In einem violetten Tutu. Sie dreht ein paar Pirouetten vor mir. Meine Mutter erscheint am Ende des Flurs und klatscht entzückt in die Hände.

»Wunderbar, mein Schatz. Ganz wunderbar.«

»Guck mal, Mama. Oma hat mir ein neues Tutu geschenkt«, ruft Nelli atemlos.

»Toll«, sage ich.

Meine Begeisterung hält sich in Grenzen. Nicht nur wegen des Überangebots an Geschenken, mit dem meine Mutter die Zuneigung meiner Töchter erkauft. Es ist auch so, dass ich Nellis Ballettbesessenheit langsam übertrieben finde. Ballett mag ja ein wunderbarer Sport sein und gut für die Haltung und die Körperbeherrschung und diesen ganzen anderen Firlefanz, aber die Trainingsvorschriften sind so streng. Da darf man nicht in schlabbrigen Sportklamotten hereinschlurfen, nee, da herrscht Zucht und Ordnung und Spagat.

Allein Nellis Frisur! Neuerdings bindet sie ihre dunkelblonden Haare immer zu einem straffen Knoten, allzeit bereit, den *Schwanensee* zu tanzen. Nellis Ballettlehrerin sieht mit ihren aufgemalten Augenbrauen so verbiestert aus, als hätte sie sich in ihrem Leben noch jeden Caramel Frappuccino verkniffen. Das ist doch nichts für eine Zwölfjährige, die einfach Spaß haben soll! Ich meine, ich habe nichts dagegen, dass Nelli Ballettunterricht nimmt. Aber mittlerweile ist sie so fixiert darauf, dass sie jedes Geländer als Übungsstange benutzt und sich dehnt und biegt, als gäbe es nichts anderes, das wichtig ist. Ich habe ja ihre neue beste Freundin Andrea im Verdacht, dass sie Nelli anstachelt. Deswegen halte ich gar nichts davon, dass wir sie darin auch noch bestärken.

Nelli dreht sich noch ein paarmal wie ein Kreisel, dann springt sie im Spreizsprung zurück zu meiner Mutter. »Wie schön«, ruft die seufzend aus. »Und wie schlank du bist, wirklich, du siehst aus wie eine Primaballerina.« Stimmt, fällt mir jetzt auf. Damals nach dem Beinbruch war Nelli mal eine Zeitlang moppelig, aber jetzt ist sie wirklich sehr schlank. Meine Mutter fängt meinen Blick auf und sagt, wieder mit diesem abfälligen Kopfnicken: »Bewegung ist wirklich das A und O für die Figur.«

War ja klar, dass sie mir wieder mit ihrem Yoga-Geschwätz kommen würde. Nur weil sie seit ihrer überraschenden Frühpensionierung dauernd in irgendwelche Gymnastikkurse rennt, denkt sie, ich hätte für so was auch Zeit. Ich verdrehe heimlich die Augen und husche ins Badezimmer.

Samstag, 30. Juni, 16:00 Uhr

Ich überlege, ob ich nicht einen Blog über das Gastgeben schreiben soll. Ich hätte wirklich einige wichtige Tipps. Zum Beispiel für die Stunde, bevor die Gäste ankommen. Das ist nämlich die sensibelste Phase der ganzen Vorbereitung. Die Gastgeberin arbeitet die letzten Punkte auf ihrer To-do-Liste ab, schiebt Bleche in den Ofen und trifft andere Maßnahmen zum zeitgerechten Temperieren des Essens. Gleichzeitig versucht sie, sich in entspannte Partylaune zu bringen, um den Gästen nicht als derangiertes Nervenbündel entgegenzutreten. Dazu ist es hilfreich, sich ein schönes Getränk zu nehmen, gern alkoholischer Natur, und Musik aufzulegen, die gleichermaßen schwungvoll wie relaxt ist. Nicht hilfreich in diesem Zusammenhang ist die Anwesenheit von Nörgelprofis, wie meine Mutter einer ist.

Ich suche gerade meine CD von Billie Holiday, die mich mit ihren alten Swingschnulzen immer in gute Laune versetzt, als sie reinkommt.

»Ach, das sieht aber wirklich toll aus«, lobt sie und lässt den Blick über den reich bestückten Büfetttisch wandern. »Ich verstehe nur nicht, warum du schon die deftigen Speisen aufgetragen hast, wo die Leute um diese Uhrzeit nur Kuchen wollen.«

Natürlich versteht sie es nicht. Meine Mutter versteht sowieso überhaupt nichts von Haushaltsführung, wenn ich das hier mal kritisch anmerken darf. Aber weil ich an meiner entspannten Partylaune arbeite, sage ich nichts. Kurz vor einem Fest sollte man auf keinen Fall mit einer Partie Beleidigungspingpong anfangen.

Also erkläre ich geduldig: »Regel Nummer 1 für entspanntes Gastgeben: Erledige deine Arbeit vor Eintreffen der Gäste, sonst bist du die Einzige, die ihre Party nicht genießen kann.«

»Aha«, sagt meine Mutter unbeeindruckt. »Du scheinst ja wirklich alles im Griff zu haben.«

»Das habe ich.«

»Ich muss schon sagen«, sie wiegt anerkennend den Kopf, »du machst das wirklich großartig. Wie du diese überschaubare Aufgabe managst …«

Jetzt sackt mein Stimmungskurs doch kurz in den Keller. Das war schon der zweite Aufschlag von ihr und vielleicht, nur vielleicht … bin ich doch zu einem Return gezwungen.

»Überschaubar?«, frage ich lauernd. »Was meinst du mit *überschaubare Aufgabe?*«

»Na ja. Deine Arbeit hier im Haus. Die ist ja nicht gerade mit hohen Anforderungen verbunden.«

Sie lacht ein gehässiges Headhunterlachen. (Nicht dass mich schon mal ein Headhunter kontaktiert hätte. Aber ich kann mir vorstellen, dass diese Wichtigtuer so lachen.)

Meine gute Laune platzt wie eine Seifenblase. Meine Mutter geht mir derart auf die Nerven, dass es kaum auszuhalten ist. Kann sein, dass sie in ihrem Beruf erfolgreich war und als Assistentin der Geschäftsführung von Dukona Solutions Hervorragendes geleistet hat. Aber das gibt ihr doch noch lange nicht das Recht, an meinem Lebensentwurf rumzumeckern, wie es ihr in den Kram passt. Mir geht eh auf die Nerven, wie sie in letzter Zeit versucht, sich mir und meiner Familie aufzudrängen. Als ob ich nicht wüsste, dass sie das nur macht, weil sie in den Ruhestand gezwungen worden ist. Freiwillig hätte sie nie mit der Arbeit aufgehört.

»Ich habe mich entschieden, für meine Familie da zu sein«, informiere ich sie kühl. »Weil das für eine Familie das Beste ist.« Ich sehe sie scharf an. Sie soll jetzt bloß nicht den Fehler machen, den Ball wieder zurückzuschleudern. Wenn sie nämlich weiter darauf rumhackt, dass ich *nur* Hausfrau und Mutter bin, werde ich mal Geschütze auffahren, mit denen ich ihre Selbstzufriedenheit pulverisiere. Anscheinend merkt sie aber, dass sie sich auf dünnem Eis bewegt, denn sie sagt nichts und zieht nur die Mundwinkel in ihre Mäkelstellung. Na also. »Auch, wenn du das nicht verstehen kannst«, ergänze ich noch, »ich bin zufällig sehr zufrieden mit meinem Leben. Es gibt keinen erfüllenderen Job als den einer Familienmanagerin. Nur damit du das auch mal weißt.«

»Schon gut, schon gut«, sagt meine Mutter. »Es tut mir leid.« Ich stutze. Meine Mutter entschuldigt sich? Das sieht ihr ja gar nicht ähnlich. Gerade denke ich erstaunt, dass ich damit wohl die Partie Beleidigungspingpong für mich entschieden habe, da fügt sie hinzu: »Ich konnte ja nicht ahnen, dass das dein wunder Punkt ist.«

Jetzt reicht es mir! »Das ist nicht mein wunder Punkt«, schreie ich. »Aber ich kann dir sagen, was *dein* wunder …«

»Was ist das denn für gruseliges Geschrei?«, fragt Ida, die in dem Moment ins Wohnzimmer platzt.

»Äh …«, erwidere ich verwirrt. »Oma und ich …« Ich überlege noch, wie ich dem Gebrüll einen pädagogisch wertvollen Anstrich verleihen kann, als Ida mich zum Glück unterbricht.

»Ist das wieder diese Billie Urlaub?«

»Ach so«, sage ich erleichtert, »du meinst die Musik. Ja, das ist Billie Holiday. Und diese Musik ist schön. Ich bekomme davon gute Laune.«

»Das ist auch nötig«, gibt meine Mutter spitz zurück. Ich werfe ihr einen giftigen Blick zu, aber sie wendet sich an Ida. »Komm, Spatz, ich flechte dir mal die Zöpfe neu.«

»Okay, Oma.«

Die beiden gehen Hand in Hand hoch. Ich starre ihnen mürrisch hinterher. Pff. Wenn ich Ida die Haare machen will, sträubt sie sich, als ob ich sie ihr *abrasieren* wollte. Meine Mutter dagegen braucht nur mit dem kleinen Finger zu wackeln, und schon laufen ihr alle hinterher. Aber auch jetzt widerstehe ich der Versuchung, mich über die Ungerechtigkeit der Welt aufzuregen, ich habe schließlich gleich eine gute Gastgeberin zu sein. Kaum konzentriere ich mich wieder auf die entspannte Melodie, da höre ich die Haustür.

»Da bin ich wieder«, ruft Patrick aus dem Flur.

Ach was. Mister Ich-bin-angeblich-bei-der-Arbeit beehrt mich mit seiner Anwesenheit. Wenn er denkt, ich würde jetzt den roten Teppich für ihn ausrollen, hat er sich geschnitten. Dafür habe ich viel zu viel zu tun. Zum Beispiel geschäftig an der Platte mit der Zucchini-Lachs-Terrine rumzufummeln und die Dekorationszitrone ein bisschen hin und her zu schieben.

»Hallo, Schatz. Wow! Hier sieht es toll aus!«, ruft er übertrieben begeistert, als er ins Wohnzimmer spaziert. Natürlich sieht es hier super aus. Ich habe den ganzen Tag geschuftet, während er … während er … Plötzlich steigt mir sein Rasierwasser in die Nase. Hat er vielleicht so viel Rasierwasser aufgetragen, damit es etwaige Fremdgerüche übertüncht? Womit sich seine Assistentin wohl einnebelt? Bestimmt mit Hypnotic Poison von Dior. Diese Schlampe.

»Was ist?«, fragt er. »Riech ich komisch?«

»Ich weiß nicht«, sage ich und schnüffle an ihm. Er hebt den Arm und steckt die Nase in seine Achselhöhle. »Alles bestens«, befindet er grinsend.

»Wo ist dein Jackett?«, frage ich.

»Das habe ich noch im Auto. War doch zu warm.«

Aha, denke ich. Dabei ist es heute bedeckt, und wir haben kaum zwanzig Grad. Er sieht trotzdem aus, als hätte er geschwitzt. Seine kurzen hellbraunen Haare sind ein bisschen strubbelig, und auf der Jeans ist ein Staubfleck. Als ob sie auf dem Boden gelegen hätte. Vielleicht in irgendeinem Stundenhotel, das es mit der Reinlichkeit nicht so genau nimmt. Ich starre ihn an und denke: Vielleicht betrügt er mich tatsächlich. Vielleicht ist es nicht nur ein Hirngespinst, sondern die pure Realität. Diese Erkenntnis breitet sich plötzlich wie Frost in mir aus, ich bin wie von einer Eisglasur überzogen. Einen Moment kann ich mich nicht rühren.

»Ist was?«, fragt er, während er sein Smartphone aus der Tasche zieht, das gerade gebrummt hat. Er grinst über eine Nachricht und schreibt sofort zurück. Ich fange innerlich an zu zittern. Mit wem tauscht er denn so dringende Nachrichten aus? Und warum lächelt er dabei so? Der Schockfrost hat mich fest im Griff. So fest, dass ich den Mund öffne.

»Patrick …«, fange ich an, aber da klingelt es an der Tür, und die Eisglasur bekommt Risse. Puh. Gerade noch rechtzeitig. Beinahe hätte ich gegen *Entspanntes Gastgeben Regel Nummer 2* verstoßen: Frag deinen Mann niemals unmittelbar vor Eintreffen der Gäste, ob er eine Geliebte hat, selbst wenn es ganz oben auf deiner To-do-Liste steht. »Wir müssen noch Bier in den zweiten Kühlschrank legen für später«, sage ich und verspüre auf einmal das dringende Bedürfnis, mich ins Bett zu legen, mir die Decke über den Kopf zu ziehen und nie wieder aufzustehen. Stattdessen setze ich mein strahlendes Gastgeberinnenlächeln auf und öffne die Tür.

Samstag, 30. Juni, 16:35 Uhr

Gesellschaft ist und war schon immer die beste Versicherung gegen Trübsal jeglicher Art. Kaum sind die ersten Gäste eingetroffen, denke ich nicht mehr daran, dass Patrick vielleicht eine Affäre hat, meine Mutter eine Nervensäge ist und meine Töchter, allen voran Saskia, mich in den Wahnsinn treiben. Im Gegenteil: Plötzlich bin ich mir wieder sicher, dass alles in Ordnung ist. Nicht in bester, aber in Ordnung. Und den Rest kriege ich auch noch hin.

Also lächle ich und plaudere und lache klirrend und sause umher wie ein Bienchen, hänge Jacken auf, bringe Getränke und bitte darum, sich am Büfett zu bedienen. Katrin und Steven sind mit Jason da, Stevens dreizehnjährigem Sohn aus erster Ehe, ein paar Mütter, die ich von Kindergarten und Schule kenne, die natürlich ihre Kinder mitgebracht haben, und Patricks Bruder Dirk mit seiner zehn Jahre jüngeren Jule, die nach wie vor an ihm klebt wie eine Klette. Nach und nach trudeln die Gäste ein. Das ist das Schöne an den Feiern in meinem Alter: Es legt keiner mehr darauf an, sich mit Verspätung wichtig zu machen. Und die meisten gehen auch früh wieder, weil alle so kaputt sind. Dann kann man sich aufs Sofa fläzen und die müden Beine hochlegen.

Der Kuchen wird eifrig gespachtelt, ein paar meiner Gäste haben wohl das Mittagessen ausfallen lassen und machen sich bereits über die herzhafte Abteilung her. Siehst du, Mutter, ich weiß, was ich tue. Aber auf so was achtet meine Mutter natürlich nicht, weil sie gerade dabei ist, sich vor meinen Freundinnen aus der Elternpflegschaft zu produzieren, indem sie über ihre famosen beruflichen Erfahrungen in der Männerwelt referiert. Sie scheint sich für eine Art Genie zu halten, weil sie es so lange mit einem cholerischen Chef ausgehalten hat. Wie man dagegen einen Kuchen ohne Backmischung backt oder eine glückliche Ehe führt, davon hat sie keine Ahnung.

Patrick hat sofort in einer Ecke den Fußballstammtisch eröffnet und analysiert mit Dirk und den anderen Jungs die Aufstellung der Nationalmannschaft. Jeder interpretiert seine Gastgeberrolle anders. Mein Mann ist eben der Fußballmoderator. Was natürlich ein Fulltime-Job ist und einen so in Beschlag nimmt, dass man auf keinen Fall zwischendurch dreckiges Geschirr wegräumen kann. Oder die Anzahl der Limonaden im Auge behalten, die die jüngste Tochter in sich hineinschüttet. Oder seine mittlere Tochter hochschicken, damit sie ihr Tutu aus- und ein vernünftiges Outfit anzieht. Auch seine älteste Tochter maßregelt er nicht, als sie sich ein Glas Sekt nimmt. Nein, Patrick geht das alles nichts an, er plaudert völlig tiefenentspannt. Von einem schlechten Gewissen wegen seiner Affäre keine Spur. Ich weiß nicht, was mir das sagen soll.

Die schmutzigen Kuchenteller häufen sich, und ich bitte Saskia, mir in der Küche zu helfen. Sie stöhnt zwar auf, als wäre es eine Unverfrorenheit, sie zu behelligen (vielleicht auch nur, weil ich ihr das Glas aus der Hand nehme), zankt dennoch nicht mit mir. Immerhin scheint sie zu wissen, dass eine Szene vor Publikum peinlich für sie wäre.

Während wir die Teller in die Spülmaschine räumen, sagt sie: »Wahrscheinlich auf die Schulter. Oder auf den Oberarm.«

»Schulter? Oberarm?«, frage ich verwirrt, denn in Gedanken

überschlage ich gerade, wann ich am strategisch günstigsten die Spülmaschine anstelle. Sie stöhnt aggressiv.

»Hast du mir mal wieder nicht zugehört? Das Tattoo!«

»Ach ja, das Tattoo. Hatte ich einen Moment lang verdrängt.« Ich spüle die Gabeln mit der Hand, weil wir die bestimmt gleich wieder brauchen. Ich kann es immer noch nicht fassen. Saskia soll eine Entscheidung treffen, ob sie auf Lehramt studieren möchte, Fotografin werden oder eine Schreinerlehre machen will. Meinetwegen kann sie auch eine Ausbildung zur Tierpräparatorin anstreben, wenn sie nur endlich ein Berufsziel anstrebt! Ich frage mich, ob es Widerborstigkeit, Faulheit oder einfach Ausdruck der allgemeinen Erschlaffung der jungen Generation ist, dass meine Tochter einzig und allein über die dauerhafte Verschandelung ihres Körpers nachdenkt. »Und du willst das wirklich machen lassen?«, frage ich seufzend.

»Mal sehen. Vielleicht.« Sie beobachtet mich mit zusammengekniffenen Augen. »Ja, sehr wahrscheinlich. Ich glaub, ich mach das.«

Ich weiß, dass sie mich provozieren will. Natürlich will sie das. Ich lass mich nur nicht provozieren. »Was sagt denn Papa dazu?«, frage ich.

Sie zuckt mit den Schultern. »Der ist doch immer cool. Der sagt, wenn ich das unbedingt will, soll ich es machen.«

Na klar, Patrick ist immer cool. Wenn ich neunzig Prozent der Zeit nicht zu Hause wäre und mich für die Erziehung nicht verantwortlich fühlen würde, könnte ich die Marotten meiner Kinder auch besser ertragen. Abgesehen davon wette ich, dass er nicht mal von seinem Smartphone hochgeschaut hat, als Saskia ihn gefragt hat. Patrick liest *Spiegel Online*, als hinge sein Leben davon ab, jederzeit über die Machenschaften von Donald Trump oder Jürgen Klopp informiert zu sein. Oder über den Roboterslalom bei den technischen Winterspielen. Oder was noch so an unsinnigen Nachrichten durch das Netz wabert – Patrick kennt sie alle. Nur was seine Frau denkt oder was seine Kinder so treiben, davon hat er keinen blassen Schimmer.

»Papa muss es ja wissen«, sage ich spitz. Dann beiße ich mir auf die Lippen. Wenn ich jetzt noch was sage, fängt Saskia wieder mit Berlin an. Neulich hat sie verkündet, dass sie in die Hauptstadt ziehen möchte. Was sie dort machen will, das hat sie noch nicht näher definiert. »Hauptsache, so weit weg wie möglich«, hat sie boshaft zu mir gesagt. »Damit du mich nicht mehr beobachten kannst wie eine Spinne ihr Opfer.«

Ja, als Mutter muss man einiges aushalten. Aber das kann ich. Weil ich ja weiß, dass alles, was ich tue, zum Besten meiner Kinder ist. Und Saskia ist noch ein Kind, Volljährigkeit hin oder her. Sie ist chaotisch, unorganisiert und vor allem naiv. Sie lässt sich total leicht beeinflussen. Nur leider nicht mehr von mir. Dabei hätte ich so einen guten Einfluss auf sie.

Samstag, 30. Juni, 16:52 Uhr

Ich komme gerade mit einem Korb voller Brot aus der Küche, da treffe ich Patrick im Flur. »Ah, da bist du ja«, sagt er, als ob es eine Überraschung wäre, mich in meinem eigenen Haus anzutreffen. Für einen Moment denke ich, er will was Nettes sagen, mir ein Kompliment machen, irgendeine Bezeugung unserer Nähe verkünden, stattdessen fragt er nur: »Haben wir Tonic Water? Jule hätte gern einen Gin Tonic.«

»Nein«, sage ich entschuldigend. »Haben wir leider nicht. Ich dachte, dass wir damit gar nicht anfangen sollten, weil sonst nachher alle so was wollen. Und dafür hätten wir dann auch mehr Eiswürfel gebraucht.«

Er schnalzt genervt mit der Zunge, als wäre es ein unverzeihlicher Fehler, Gästen nicht jedes Chichi-Getränk anbieten zu können, und geht zurück ins Wohnzimmer.

Samstag, 30. Juni, 17:16 Uhr

Die Kinder sind alle im Garten, und ich hoffe, das Wetter hält. Vorsorglich lege ich einen Aufnehmer auf die Fußmatte, damit sie dort ihre Schuhe abtreten können, falls es regnet. Dann nehme ich mir endlich was zu essen und setze mich auf den einzigen freien Platz. Kaum habe ich die erste Gabel im Mund, wird mir klar, warum der Platz noch frei war. Es ist der Stuhl neben Hilde. Ohne Umschweife überfällt sie mich mit einer ihrer Wutreden, die sie stets mit einer verbalen Überschrift ankündigt.

»Impfpflicht!«, verkündet sie und legt sofort los über die bildungsbürgerlichen Schwachköpfe, die denken, vegane Ernährung alleine würde vor Masern und anderen Tröpfcheninfektionen schützen, und die mit ihrer Ignoranz die ganze Menschheit dem Untergang entgegentreiben. Puh. Patrick steht bei Dirk und Jule. Als er zufällig in meine Richtung schaut, werfe ich ihm einen Hilfe suchenden Blick zu, aber irgendwie guckt er an mir vorbei, jedenfalls bemerkt er mich nicht, und ich bleibe gefangen in Hildes Laberbann. Hilde ist meine Mitstreiterin bei der Bürgerinitiative »Verkehrsberuhigung Storchenweg«. In meiner anfänglichen Begeisterung für jemanden, der Stadtratsvertretern völlig unbeschwert auf die Nerven geht, habe ich den Fehler gemacht, sie einmal zum Geburtstag einzuladen. Und jetzt komme ich aus der Nummer irgendwie nicht mehr raus. Als es an der Tür klingelt, bin ich erleichtert. Ich stehe gerade auf, da bedeutet mir Patrick, dass er schon gehen werde. Na super. Da macht er sich *einmal* nützlich und dann im falschen Moment. Trotzdem ergreife ich die Gelegenheit zur Flucht. Ich lasse Hilde mitten in einem Redeschwall sitzen, um meinem Mann an der Haustür beizustehen. Was nicht wirklich notwendig gewesen wäre, denn ganz offensichtlich braucht mein Mann keine Hilfe, um die Gäste zu begrüßen. Im Gegenteil: Miriam, die mit Lasse hereinkommt, wirft sich Patrick in ihrem schicken, tief ausgeschnittenen Kleid regelrecht an den Hals. Und mein Mann wirkt tatsächlich erfreut. Und dann sagt er auch noch: »Toll siehst du aus! Warst du beim Friseur?«

Sieh mal an, mein Mann weiß doch, was ein Kompliment … Moment mal! Jetzt erst fällt mir auf, dass er recht hat. Miriam hat eine neue Frisur! Aber … das würde ja bedeuten, dass sie Lasse gar nicht bei mir abgeladen hat, um *lebensnotwendige Einkäufe* zu machen, sondern dass sie beim Friseur war.

Während mir vor Verblüffung über ihre Dreistigkeit der Mund offen steht, fährt sie sich mit einem befreienden Lachen durch die Haare. »Ich war bei Starstyling. Hab ich mir heute gegönnt!« Sie legt mir vertraulich die Hand auf den Arm. »Ich hatte das so nötig, was für mich zu tun. Das musst du wirklich auch mal machen, Henriette.«

Mich überkommt spontan das dringende Bedürfnis, ihr einen Teller Kartoffelsalat ins Gesicht zu klatschen. Ob das auch unter die Kategorie »mal was für mich tun« fällt?

»Das ist übrigens Max«, sagt Miriam, und da erst fällt mir auf, dass im Eingang noch ein Gast steht. »Mein Bruder. Ich wusste, dass du nichts dagegen hast, deswegen habe ich ihn einfach mitgebracht.«

»Kommt rein«, sagt Patrick und geht dann mit Miriam ins Wohnzimmer, wo unsere Nachbarin mit großem Hallo die anderen Gäste begrüßt. Ich bin mit Max einen Moment im Flur allein. Ich schätze ihn auf Mitte dreißig. Er hat dunkle Haare ohne graue Schläfen, auch sein Dreitagebart ist noch voll pigmentiert. Nur in seinen braunen Augen scheint ein bisschen Grau mit hineingemischt zu sein, was ihnen eine ganz besondere Färbung gibt. Mit diesen graubraunen Augen blickt er mich auf eine Art an, die mich wissen lässt, dass er weiß, wie er auf Frauen wirkt. Er gibt mir eine warme, trockene Hand.

»Ich hoffe, du hast wirklich nichts dagegen, dass ich einfach mitgekommen bin«, gurrt er mit einer Stimme wie ein Sommerregen, der auf das Dach einer Veranda prasselt. Und obwohl ich seine Masche durchschaue und normalerweise auch einen sehr klaren Standpunkt vertrete, was das unangekündigte Mitbringen von Extragästen angeht, schmilzt mein Ärger schon im Ansatz zu einem butterweichen Klecks und verrinnt zwischen unseren Handflächen.

»Äh … Nein, natürlich nicht«, sage ich. »Komm rein.« Er bleibt jedoch stehen und tippt mit dem Zeigefinger auf eines der Urlaubsfotos von Mykonos an unserer Wand.

»Das ist aber ein tolles Bild. Hast du das gemacht?«

»Ja. Die meisten Fotos hier sind von mir.«

Er lässt seinen Blick über die Bilder schweifen und nickt anerkennend. »Das hier ist auch toll.«

Ich muss grinsen. »Das ist eins meiner Lieblingsfotos.« Es zeigt einen Tisch nach einem langen Abend auf Sizilien. Eine Vase mit üppigem Blumenstrauß, Teller, ein Rest Brot, eine leere Flasche Wein, zwei Gläser und eine Flasche Limoncello, der so eiskalt war, dass die Gläser beschlugen. »Das war auf unserer Hochzeitsreise«, sage ich lächelnd.

»Gute Perspektive«, sagt Max, der weiter mein Foto betrachtet. »Hast du eine Ausbildung in die Richtung gemacht?«

»Nein.« Ich lache. »Überhaupt nicht. Ich knipse einfach nur gern ein bisschen rum.«

»Nee«, widerspricht er. »Tust du nicht. Du hast einen guten Blick fürs Detail.«

Auch wenn er wie ein Frauenheld wirkt, scheint es ehrlich gemeint zu sein. Erstaunlich, wie mich sein Kompliment freut. Noch nie hat einer meine Fotos gelobt. Die meisten gehen achtlos daran vorbei. Und Patrick sagt zu jedem Bild sowieso nur »schön«.

»Interessierst du dich nur privat dafür, oder hast du was mit

Fotografie zu tun?«, frage ich, weil ich auf einmal neugierig auf unseren Überraschungsgast werde.

»Ich bin tatsächlich professioneller Fotograf«, sagt er. Gerade will ich fragen, was er genau für Bilder macht, da kommt Patrick in den Flur und sagt gut gelaunt zu mir: »Schatz, jetzt muss ich dich mal kurz in die Küche verbannen.«

Hinter ihm stehen Dirk und Jule, und ich kann ihnen ansehen, dass sie irgendwas im Schilde führen.

»Na, das ist ja wohl nichts Neues«, sage ich und ernte einige Lacher.

Jule drückt mir noch ein Glas Sekt in die Hand und schiebt mich in die Küche. »Dauert nur ein paar Minuten«, verspricht Patrick.

Samstag, 30. Juni, 17:41 Uhr

Ich hätte es wissen müssen. »Ein paar Minuten« in der Welt meines Mannes sind dehnbar. Aber ist nicht so schlimm. Ich habe noch eine Flasche Sekt im Kühlschrank gefunden. Auf meinem Handy höre ich Billie Holiday. Pff! Als ob ich irgendwen bräuchte, um mich auf meiner Geburtstagsparty zu amüsieren. Oder sonst irgendwo. Ich meine, ich bin vierundvierzig. Ich kann mich auch allein beschäftigen. Die Spülmaschine verkündet zum Beispiel mit einem Piepen, dass sie bereit ist, ausgeräumt zu werden. Während ich gedankenverloren die Gläser von drohenden Wasserflecken befreie, höre ich durch die geschlossene Tür meinen Mann und Dirk durch den Flur schnaufen. Klingt, als würden sie was Großes schleppen. Oh, ich weiß. Er hat mir eine Palme gekauft! Seit Jahren wünsche ich mir eine, um auch im Wohnzimmer unter Palmen entspannen zu können. Oh, das wäre toll! Und der Beweis, dass mein Mann mich vielleicht doch noch liebt und nicht seine Hollywoodassistentin.

Aber wieso dauert das so lange? Eine Palme reinschleppen

und hinstellen ist doch eine Sache von wenigen Minuten. Na ja. Das gibt mir die Gelegenheit, in der Küche ein bisschen klar Schiff zu machen. Zum Beispiel muss die Puddingschüssel gespült werden. Da ich Zeit habe und allein bin, mache ich das mit einem der effektivsten Spülprogramme, die ich kenne: Fingerspülen.

Da geht die Tür auf. Zum Glück ist es nur Patrick. Man möchte ja nicht von jedem erwischt werden, wie man bis zum Ellenbogen in der Puddingschüssel hängt.

»Hey, Schatz, du kannst kommen«, sagt er.

»Okay«, sage ich, stelle schnell die ausgeleckte Schüssel in die Spüle, wasche mir die Finger und nehme mir vor, total überrascht zu tun, wenn ich die Palme sehe.

Samstag, 30. Juni, 18:23 Uhr

Geschenke würdevoll anzunehmen ist eine Kunst, über die ich auch in meinem Gastgeber-Blog schreiben werde. Wenn Tante Erna mit einer mundgeblasenen Kristallscheußlichkeit aufwartet oder Freundin Franzi ein Eierbecherset in Gestalt der Familie Simpson überreicht, muss man Haltung bewahren und Heiterkeit heucheln. Eltern haben naturgemäß viel Übung im Begeisterungvorspielen, weil ihre Kinder ja alle naslang mit irgendwelchen selbst gebastelten Preziosen ankommen wie Tamburine aus bunt bemalten Papptellern und Kraken aus flusender Wolle. Aber die größte Herausforderung ist ja immer, wenn der Ehemann zum großen Wurf ausholt.

Ich sehe schon an Katrins Gesichtsausdruck, dass sie irgendwie beunruhigt ist. Sie steht in der Wohnzimmertür und beobachtet mich aufmerksam, wie ich hinter Patrick durch den Flur gehe. Als ich an ihr vorbeikomme, weist sie mich allerdings nur darauf hin, dass Schokopudding auf meiner Nase klebt. Was Patrick nicht mal bemerkt hat. Oder er hat es nicht für nötig gehalten, mich darauf hinzuweisen. Nach dem Motto, der Lack ist eh ab, da stört ein bisschen Schokoschmiere auch nicht.

Okay. Schluss jetzt. Sei entspannt, sei überrascht. Patrick dreht sich im Türrahmen zu mir um und grinst mich an. Saskia steht hinter ihm und filmt mich mit dem Handy.

»Ich habe eine Überraschung für dich vorbereitet«, sagt Patrick stolz.

»Das habe ich mir gedacht«, sage ich.

»Dafür bin ich heute bis nach Düsseldorf gefahren.«

»Düsseldorf?«, frage ich verdutzt.

»Ja. Hier in Köln war alles ausverkauft. Zum Glück sind Jule und Dirk mitgefahren, da war es nicht so langweilig.«

»Jule?«, wiederhole ich dümmlich und ein bisschen zu laut. Das war also die Stimme im Hintergrund. »Du warst also gar nicht bei der Arbeit?«, frage ich, um mich zu vergewissern.

»Nur ganz kurz. Danach war ich unterwegs, um für dich ein Geschenk zu kaufen.«

»Oh«, sage ich, und auf einmal habe ich fast Tränen in den Augen, so erleichtert bin ich.

Und da umarme ich meinen Mann und drücke ihn an mich, und er riecht wie immer.

»Hey«, sagt Patrick. »Du hast das Geschenk doch noch gar nicht gesehen.«

Egal, was jetzt kommt: Das ist auf jeden Fall schon mal ein guter Geburtstag.

Ich suche Katrins Blick, und sie grinst verschwörerisch. »Fettknubbel«, flüstert sie kaum hörbar.

Ich gehe also ins Wohnzimmer. Lasse schreit: »Das ist so krass, Mann. Das ist so …« Max fängt den Kleinen ein und bringt ihn zum Schweigen, indem er ihm was ins Ohr flüstert. Meine Mutter stimmt *Happy Birthday* an, das Kollektiv singt beseelt mit.

Ich biege um die Ecke, und da sehe ich … keine Palme. Aber etwas anderes, das sofort ins Auge sticht. Auf unserer Medienbank steht ein Fernseher von der Größe eines Kleinwagens. Auf dem Bildschirm ein Strandfoto von mir. In meinem Rock-Bikini. Ach du meine Güte. Ich meine, in meinem Alter weiß man natürlich, dass man auf Fotos immer bescheuert aussieht. Was allerdings nicht so tragisch ist, weil man mittlerweile begriffen hat, dass es ganz einfach daran liegt, dass man auch *live* bescheuert aussieht. Was den anderen zum Glück nicht auffällt, weil die längst an diesen Anblick gewöhnt sind. Und weil man das in meinem Alter weiß, sollte man sich über verunglückte Schnappschüsse keinen Kopf machen. Es sei denn … Es sei denn, man trägt einen Bikini, in dem man sich fühlt wie Halle Berry als Bond-Girl, in dem man aber, objektiv betrachtet, aussieht wie ein verirrter Tümmler oder ein anderer geselliger Meeressäuger auf Abwegen. Und dann das Ganze auch noch auf fünfundsiebzig Zoll. Allein mein rechter Oberschenkel ist so groß wie unser alter Fernseher.

»Wo ich doch abends so oft lange arbeiten muss«, sagt Patrick, »dachte ich, dass du die zweitbeste Unterhaltung nach meiner Gesellschaft verdient hast. Herzlichen Glückwunsch, mein Schatz!«

Patrick grinst stolz, und ich bin wirklich froh über meine Expertise auf dem Feld des entspannten Gastgebens, die mich davon abhält, loszukreischen oder eine andere völlig angemessene Reaktion auf dieses unsinnige Geschenk zum Besten zu geben.

Samstag, 30. Juni, 19:38 Uhr

Die Party läuft. Allen schmeckt es. Es ist schon ziemlich viel weggefuttert worden. Ich will zu Patrick gehen, um mich noch mal zu bedanken, weil ich das Gefühl habe, dass ich es vielleicht vorhin nicht deutlich genug gemacht habe. Ich meine, er hat sich Gedanken gemacht und nach seinem besten Wissen ein passendes Geschenk ausgesucht. Jetzt haben wir also endlich Internetfernsehen und können der Netflix-Gemeinde beitreten, was unsere Töchter schon ewig gefordert haben. Natürlich weiß ich, dass die Diskussionen um den Fernsehkonsum dadurch nicht gerade weniger werden, aber dafür werde ich bei der nächsten *Bachelor*-Staffel sofort jedes falsche Lächeln und jede gebotoxte Stirn erkennen und meine Favoritenliste ziemlich schnell erstellen können.

Also, wie man sieht, hat mein Alter jede Menge Vorteile. Man kann sogar unsinnigen Geschenken des eigenen Mannes noch etwas Gutes abringen. So, und deswegen möchte ich ordentlich meinen Dank bekunden. Allerdings unterhält er sich schon wieder mit Miriam. Sie blinkt ihn richtiggehend von unten an mit ihren Rehaugen, legt ihm die Hand auf den Arm und lacht. Er lacht mit, als würde er sich bestens amüsieren. Dabei sagt er mir dauernd, wie gestört er sie findet. Offenbar nicht gestört genug, als dass er sich nicht von ihr anhimmeln ließe. Wer weiß, von wem er sich noch alles anbaggern lässt. Und wem er noch alles Komplimente über ihre Frisuren oder ihr Dekolleté macht. Ich habe da schwer die Hollywoodassistentin im Verdacht. Verdammt.

Ich will gerade ein bisschen grollen, da sehe ich Miriams sympathischen Bruder. Max steht am Büfett und nippt an seinem Wein, während er das Angebot sondiert. Mit seinen verwaschenen Jeans und dem eng anliegenden T-Shirt sieht er richtig jugendlich aus. Ein attraktiver Mann, keine Frage. Ich beschließe, dass ich am Büfett einmal nach dem Rechten sehen muss.

»Das schmeckt alles köstlich«, sagt Max, als ich anfange, neben ihm mit geübtem Griff die geplünderte Platte mit den Crêpe-Röllchen neu zu sortieren. »Hast du wenigstens eine Kochausbildung, oder ist das auch wieder nur so ein Hobby von dir, das fast professionell rüberkommt?« Er zwinkert mir zu.

Ich muss schon wieder lachen. »Na ja«, sage ich geschmeichelt. »Kochen ist ja in einer fünfköpfigen Familie eher eine Notwendigkeit als ein Hobby.«

»Nicht auf dem Niveau«, widerspricht Max. »Ich hoffe, dein Mann weiß zu schätzen, dass er hier Sterneküche bekommt.«

»Ja. Solange nicht zu viel Gemüse im Essen ist!« Ich rolle scherzhaft mit den Augen.

Max lacht und berührt mich wie zufällig an der Schulter. »Diese Zucchini-Lachs-Terrine wäre auch toll für ein Picknick«, sagt er.

»Ich liebe Picknicks«, entfährt es mir, und gleichzeitig schiebt sich meine Hand zu ihm rüber und streift freundschaftlich seinen Oberarm. Siehst du, Patrick, denke ich. Ich kann das auch. »Nur leider hat meine Familie dazu nie Lust«, füge ich schnell hinzu. »Patrick sagt immer, die Kultur fängt beim Tisch an.«

»Jeder, wie er meint«, sagt Max achselzuckend. »In Japan gibt es schon seit dem 8. Jahrhundert eine Picknickkultur, die vor allem zur Kirschblüte gepflegt wurde. Und in England war das Picknick im Viktorianischen Zeitalter eine echte Massenbewegung. Damals wurden auch die Picknickkörbe erfunden, in denen man Porzellangeschirr und Silberbesteck transportierte.«

»Ich liebe schöne Picknickkörbe«, platzt es schon wieder aus mir raus. Du meine Güte. Aber er scheint meine Überschwänglichkeit nicht befremdlich zu finden, sondern referiert weiter detailreich über die englische Picknickkultur. Während ich ihm fasziniert lausche, baut sich vor meinem geistigen Auge eine Szene auf: eine schöne Decke am Ufer eines Sees im Schatten einer Trauerweide, Sandwiches, Champagner, Max … Äh … »Hast du mal *Picknick am Valentinstag* gesehen?«, frage ich, um mich selbst von meinen Hirngespinsten abzulenken.

»Natürlich. Ist doch ein Filmklassiker. Möchtest du auch noch Wein?«

Er schenkt mir einfach ein Glas voll. Während wir also Weißwein trinken, verstricken wir uns in eine Unterhaltung über die Programmkinos, die ich früher oft besucht habe. Endlich fange ich an, diese Party zu genießen.

Samstag, 30. Juni, 21:45 Uhr

Aufbruchswelle der Elternfraktion. Die kleineren Kinder müssen ins Bett, sonst kommt »der ganze Rhythmus durcheinander«. Als ob es sich um hochbezahlte Perkussionisten handelt. Aber egal. Immerhin rafft auch Hilde ihre Sachen, einschließlich ihres Mannes Peter, zusammen. Ich habe jetzt schon Angst vor der Verabschiedung. Sie kann einem nämlich auf vier Meter Hausflur noch locker die globale Ungerechtigkeit des Kaffeeanbaus und die gesammelten Verschwörungstheorien über das deutsche Versagen beim Eurovision Song Contest erläutern. Deswegen dränge ich sie richtig zum Ausgang und schaffe es bis auf Armlänge zur Haustür, da dreht sich Hilde zu mir um und verkündet mit dramatischem Timbre: »Hundekotbeutel.«

Mir sackt der Magen ein Stück nach unten.

In dem Moment schallt es durchs Haus: »Lasse ist in den Teich gefallen!«

»Oh«, rufe ich und tue erschrocken, »Hilde, Peter, dann bis bald!«

Ich winke ihnen und eile von dannen. Natürlich habe ich kein bisschen vor, mich um die neuerlichen Kapriolen unseres Nachbarsjungen zu kümmern. Hm. Andererseits kenne ich Miriam. Die ist imstande, ihren pitschnassen Sohn ins Haus zu schleifen, sodass er unser Parkett volltropft, bis ich Handtücher und dergleichen angeschleppt habe. Also eile ich nach draußen. Immerhin ist Lasse schon aus dem Teich gefischt worden. Max' tropfende Hosenbeine zeugen von heldenhaftem Einsatz. Jetzt steht Lasse zitternd auf dem Rasen, und Miriam scheint zu überlegen, wem sie die Aufgabe aufhalsen kann, ihren Sohn trockenzulegen.

»Du machst es dir aber auch immer einfach mit dem Baden deines Kindes«, sage ich gut gelaunt.

»Ja«, prustet Max. »Einmal die Woche sucht sie sich einen Gartenteich in der Umgebung, um Lasse mal gründlich zu waschen.«

Wir grinsen uns verschwörerisch zu. Miriam findet das nicht so lustig, sondern blickt Max böse an.

»Tja«, sage ich zu ihr. »Dann lasse ich euch am besten durch die Garage raus, damit er nicht drinnen alles nass macht.«

»Gute Idee, Henriette«, bekräftigt Max meine Worte. Er wendet sich an Miriam. »Der ist eh durch, Schwesterherz. Bring ihn am besten ins Bett.«

»Oh«, macht Miriam betrübt. »Ja, dann muss ich wohl mal.« Aber anstatt zu gehen, macht sie Anstalten, ins Wohnzimmer zu laufen. »Ich will mich nur noch von Patrick verabschieden«, erklärt sie.

Ich halte sie rasch auf. »Lasse ist echt kalt.« Ich deute auf den bibbernden Jungen. »Ich richte Patrick schöne Grüße aus.« Schon habe ich ihr das Sektglas aus der Hand genommen.

»Max, kommst du auch?«, fragt Miriam. Max wirkt bedauernd, macht aber Anstalten zu gehen.

»Ach, Max. Bleib doch noch was«, bitte ich im nächsten Augenblick. Da ich nicht sagen kann, dass ich gern noch ein bisschen mit ihm flirten würde, erfinde ich blitzschnell einen Vorwand, der nicht mal völlig aus der Luft gegriffen ist. »Meine älteste Tochter interessiert sich für Fotografie. Vielleicht kannst du ihr was über die Ausbildung erzählen.«

Miriam lacht schnaubend. »Ob er das kann?«, fragt sie eingeschnappt. »Natürlich kann er das. Er kann über alles hervorragend erzählen. Ob es stimmt, ist eine andere Frage.«

Wie gemein von Miriam, ihren Bruder zu beschimpfen, nur weil er noch bleiben darf und sie gehen muss! Typisch für jemanden, der sein Kind der Nachbarin aufschwatzt, um sich in Ruhe frisieren zu lassen. Auch Max lässt sich nicht aus der Ruhe bringen.

»Tschüs, Schwesterchen«, sagt er mit gleichbleibend freundlichem Lächeln. Sauer dampft sie ab, und Max schüttelt seufzend den Kopf. »Tja«, sagt er zu mir. »Nicht jeder kriegt das Muttersein so gut auf die Reihe wie du.«

Ich zucke geschmeichelt mit den Schultern. »Na ja«, sage ich bescheiden. »Das ist eben mein Job.«

Er lacht. »Komm, wir trinken noch ein Gläschen, und dann kannst du mich ja deiner Tochter vorstellen, damit ich ihr erzählen kann, was ich über die Ausbildung weiß.«

»Klingt gut«, erwidere ich.

Meine Magenwände flattern wie ein Segel bei einer starken Brise, als er mir in die Augen schaut.

*Wer braucht schon einen Mann zum Tanzen,
wenn man auch mit einem Geschirrtuch
tanzen kann?*

HENRIETTE HENKEMEIER

Sonntag, 1. Juli, 11:27 Uhr

Obwohl ich einiges getrunken habe, bin ich heute kein bisschen in Katerstimmung. Im Gegenteil. Das Lachen kitzelt mir schon den ganzen Tag in der Kehle. Alles scheint in besonders prächtigen Farben zu strahlen. Die Sonne scheint, die Vögel zwitschern, mein Hibiskus hat seine erste prächtige rote Blüte entfaltet, Saskia hat ein mögliches Berufsziel ausgeschlossen. Beim Frühstück verkündet sie, sie wolle auf keinen Fall Agrarwissenschaften studieren. Ich staune, weil ich gar nicht gewusst habe, dass das auch zur Debatte gestanden hatte, aber natürlich lobe ich sie dafür, dass sie vorankommt mit ihrem Entscheidungsprozess. Sowieso ist die Stimmung beim Frühstück gut. Patrick albert mit den Mädchen herum, während ich mit stillem Vergnügen über die gelungene Party nachdenke. Es ist toll, wenn sich der Aufwand wirklich gelohnt hat.

»Was hat Miriam denn gestern alles erzählt?«, frage ich Patrick, nachdem die Mädchen aufgestanden sind.

»Blabla. Irgendwas von ihrer Arbeit und von ihrem Exmann. Ich hab da nur mit halbem Ohr zugehört.«

»Echt? Sah gar nicht so aus. Im Gegenteil. Es sah aus, als ob es dich wirklich mächtig interessiert hätte.« Er grinst und zuckt mit den Achseln. »Und sonst sagst du immer, sie sei so gestört«, setze ich nach.

»Ist sie ja auch.«

Ich warte darauf, dass er mich fragt, worüber ich mich mit Max unterhalten habe. Max hat mir nämlich auch von einer schwierigen Trennung erzählt, wobei er aber nicht ins Detail gegangen ist, weil es ihn viel mehr interessierte, was ich so mache. Im Gegensatz zu meinem Mann übrigens. Der zieht gerade sein Handy aus der Hosentasche und wischt darauf herum. Manchmal habe ich den Eindruck, wir führen eine Ehe zu dritt. Mein Mann, sein Smartphone und ich.

»Ist dir eigentlich aufgefallen, dass Miriams Bruder ein bisschen aussieht wie George Clooney?«, frage ich. »Also der junge George Clooney.«

»Wie? George Clooney? Ach gut, es bleibt trocken heute«, sagt er. »Ich geh nachher mit Dirk Radfahren.«

»Oh«, entfährt es mir enttäuscht. »Wollen wir nicht alle zusammen eine Radtour machen?«

»Du kannst ja die Mädels mal fragen«, bietet Patrick an.

Wobei das natürlich nur ein Vorwand ist. Wo er doch genau weiß, dass es einem Wunder gleichkommen würde, wenn sie Lust auf sinnfreie Bewegung im Freien hätten. Nein, solche Ausflüge muss man Kindern vorschreiben. Sie zu ihrem Glück zwingen. Sonst wird das nichts.

»Na gut.« Ich seufze. »Vielleicht gehe ich dann auch eine Runde Radfahren. Mal sehen, mit *wem*«, füge ich hinzu.

Sonntag, 1. Juli, 12:15 Uhr

Patrick und die Mädels sitzen auf dem Sofa und gucken *Gregs Tagebuch 4*. Gemeinsam! Ich bin überrascht, weil der Prozess, sich auf einen Familienfilm zu einigen, normalerweise länger dauert als der Film selbst. Das neue Heimkino hat ganz offensichtlich einen guten Einfluss auf die Kompromissbereitschaft. Dass ich nicht mitgucken wollte, obwohl es ja streng genommen mein Fernseher ist, wurde kurz, aber wenig überzeugend bedauert. So ist das mit meinen Geschenken. Die gehören sowieso der Allgemeinheit. Zum Glück hat er mir keine Pralinen geschenkt.

Mit Freude mache ich mich ans Aufräumen. Es stört mich kein bisschen, dass mir niemand hilft. So kann ich in Ruhe die letzten beiden Stücke Käsekuchen und den Rest Zucchini-Lachs-Terrine verputzen. Schmeckt auch heute noch hervorragend. Und jetzt spüle ich die Platten, und schon verschwinden sie wieder sauber im Schrank. Ja, Hausarbeit kann eine spaßige Angelegenheit sein. Besonders, wenn man sich Musik anmacht und die Küche zum Tanzsaal umfunktioniert. Ich finde, selbst wenn man dabei Töpfe abtrocknet, ist beim Tanzen das Leben wieder voller Möglichkeiten. Ich könnte mir die Haare in Mahagoni färben! Ich könnte einen Italienischkurs belegen! Und ich könnte aus den saftigen gelben Früchten, die am Zitronenbaum hängen, den ich von Katrin und Steven geschenkt bekommen habe, meinen eigenen Limoncello herstellen. Da habe ich in einer meiner Kochzeitschriften ein Rezept zu gesehen. Ich liebe Zitronenlikör!

Max würde der bestimmt auch gut schmecken. Ich kann mir richtig vorstellen, wie er ihn probiert und meine Kochkünste lobt und mich mit seinen graubraunen Augen anblickt. Hach, es ist so schön, wenn man seinen lieben Mitmenschen Freude bereiten kann mit dem, was man gern tut. Ich ertappe mich dabei, wie ich verträumt vor mich hin lächle in Gedanken an Max' Komplimente. Was im Übrigen völlig in Ordnung ist. Es gehört sogar zu den *Aufgaben* einer Gastgeberin, nach der Party zu überlegen, welche Gäste sich mit ungebührlichem oder nervtötendem Gebaren für zukünftige Einladungen disqualifiziert haben und wer die Ehre hat, auch auf der nächsten Feier willkommen geheißen zu werden. Und Max darf selbstverständlich wiederkommen. Er kann Hildes Platz auf der Gästeliste haben. Um eines klarzustellen: Natürlich weiß ich, dass Max ein brandgefährlicher Womanizer ist. Aber in meinem Alter darf man ruhig mit dem Feuer spielen. Schließlich ist man erfahren genug zu wissen, wie man es wieder löscht.

Sonntag, 1. Juli, 13:24 Uhr

Alle sind ausgeflogen. Patrick ist mit dem Rad unterwegs, Saskia weiß der Geier wo. Irgendwie habe ich sie eben rausgehen hören, aber vielleicht ist sie auch da. (Sie sagt ja nie was, und ich frage auch nicht mehr, weil sie mir sonst wieder vorwirft, ich würde ihr keine Freiheit lassen.) Nelli ist zu ihrer Freundin Andrea. Ich kenne sie noch nicht, sie scheint ihr neuer Star zu sein. Ida ist definitiv oben in ihrem Zimmer und liest. Alles ist aufgeräumt. Kochen muss ich nicht, weil es noch Reste gibt. Keiner will was von mir.

Die unvorhergesehene Ruhe macht mich plötzlich nervös. Was könnte ich Sinnvolles anstellen? Hm. Unkraut zupfen? Nee. Baden? Ja, vielleicht. Oder ich könnte rübergehen zu Miriam und mich nach Lasse erkundigen. Der kleine Kerl wird nach seinem Bad in unserem Gartenteich doch nicht krank geworden sein? Ich könnte ihr vielleicht ein bisschen von der Kartoffelsuppe rüberbringen, die mochte Max auch so gern. Vielleicht würde er sich darüber freuen. Und Miriam natürlich auch. Ja, das wäre eine Möglichkeit. Da ist doch nix dabei. Im Gegenteil: Es ist nur nett, seinen Nachbarn nach einer großen Feier Resteessen zu bringen. Und vielleicht ergibt sich daraus ja dann tatsächlich eine spontane Nachmittagsunternehmung. Eine Radtour zum Beispiel. Ich werde nur noch mal schnell sehen, ob meine Frisur sitzt.

Sonntag, 1. Juli, 13:42 Uhr

»Warum schminkst du dich, Mama?«, fragt Ida, die auf einmal im Badezimmer auftaucht. Vor Schreck rutscht mir der Kajalstift aus, und ich male einen dicken Strich auf mein Augenlid. Ups. Ein bisschen zu dramatisch für einen Sonntagnachmittag.

»Äh …«, sage ich. »Nur so. Weil ich Lust dazu habe.« Ich versuche, beiläufig zu klingen.

»Wieso schminken sich Frauen eigentlich?«, will Ida wissen. »Das ist doch bescheuert.«

»Nein, das ist nicht bescheuert«, sage ich und rubbele mit dem Wattepad über mein Augenlid. »Man macht das, um sich gut zu fühlen. Au ...« Mir ist was von dem Make-up-Entferner ins Auge gekommen. Ich Depp habe mir nämlich so ein bescheuertes Calendula-Augentrost-Biozeugs gekauft, das so dickflüssig ist wie eine Körperlotion. Und ich glaube mittlerweile auch, dass es tatsächlich eine Lotion ist, weil das Make-up damit kein bisschen leicht abgeht.

»Wieso fühlst du dich denn gut, wenn du Farbe im Gesicht hast?« Ida zieht die Stirn kraus vor lauter Nachdenken.

»Weil man dann hübsch aussieht«, sage ich und betrachte mein Auge, das rot und entzündet aussieht. Blödes Biozeugs. Von wegen *Augentrost!* Na gut. Mit ein bisschen Lidschatten wird das schon.

»Und wieso willst du heute hübsch aussehen?«, bohrt meine Tochter weiter.

»Verdammt«, rutscht es mir raus, weil der blöde Make-up-Entferner einen fettigen Film hinterlassen hat, auf dem der bronzefarbene Lidschatten regelrecht klumpt. Dabei wollte ich nur meine blauen Augen etwas zum Leuchten bringen, aber keineswegs geschminkt wirken.

»Wieso willst du hübsch aussehen, Mama?«, lässt Ida nicht locker.

Du meine Güte, jetzt weiß ich, warum die Lehrer beim Elternsprechtag diesen gequälten Gesichtsausdruck aufsetzen, wenn Ida und ich reinkommen.

»Hab ich doch gesagt! Damit ich mich gut fühle«, knurre ich, während ich versuche, den verschmierten Lidschatten mit dem Kupferton aus meiner Naturfarbenpalette auszugleichen.

»Fühlst du dich schlecht, wenn du dich nicht schminkst?«

»Herrje, Ida. Nein. Ich fühle mich nicht schlecht, wenn ich ungeschminkt bin. Ich will das jetzt einfach machen, weil ich Lust dazu habe, okay?«

Sie nickt, als hätte sie es verstanden. Puh. Doch Ida wäre nicht Ida, wenn sie nicht noch eine Frage auf Lager hätte.

»Wieso schminken sich Männer eigentlich nicht? Wollen die nicht hübsch aussehen?«

Oha. Gleichberechtigung – ein äußerst schlüpfriges Terrain! Wenn ich ihr sage, dass Männer das nicht brauchen, dann würde ich ja zugeben, dass Frauen von Natur aus benachteiligt sind und sich erst mithilfe von Kosmetik hübsch machen müssen. Und wenn ich jetzt anfange zu erklären, dass sich auch manche Männer schminken, dass das aber nicht in allen gesellschaftlichen Kreisen akzeptiert wird, dann wird es noch komplizierter! Ich brauche also eine simple Antwort, die keine Fragen mehr aufwirft.

»Du darfst ein Eis haben«, sage ich.

Schwups, ist sie weg. Tja, denke ich zufrieden, als langjährige Familienmanagerin hat man so seine Tricks parat. Mit meinem Make-up bin ich dagegen nicht ganz so erfolgreich – mein linkes Auge sieht aus, als hätte es einen Neurodermitisanfall.

Da klingelt es an der Tür. Nelli, denke ich. Sie wollte nicht lange bei dieser Andrea bleiben. Ich gehe also die Treppe runter und reiße, ohne lang zu überlegen, die Tür auf. Aber es nicht Nelli. Es ist Max. Er steht vor unserer Haustür, eine Rose in der Hand.

Sonntag, 1. Juli, 14:03 Uhr

»Huch«, sage ich. »Das ist ja eine Überraschung! Ich wollte gerade … ich meine, ich habe …«

Irgendwie kommt kein vernünftiger Satz raus. Max, eine Rose, mein Neurodermitisauge, Kartoffelsuppe, Patrick. In meinem Kopf stauen sich die Gedanken und blockieren den Wortfluss. Klassischer Fall von Gripsinfarkt.

»Hey, alles klar?«, fragt er und schaut mich wieder so durchdringend an.

»Natürlich, natürlich!« Ich lache keckernd. »Kennst du das, wenn man sieben Sachen gleichzeitig denkt und am Ende nur Blödsinn rauskommt?«

»Na klar, das kennt wohl jeder«, schmunzelt er. Dann beugt er sich näher zu mir und gurrt: »Ich wollte mich für den schönen Abend bedanken. Und fragen, ob du noch Hilfe beim Aufräumen brauchst.«

»Wie nett!«, rufe ich verblüfft und füge hinzu: »Jemand bietet mir *freiwillig* seine Hilfe an. Dass ich das noch erleben darf!« Weil mir auffällt, dass sich das gar nicht freundlich anhört, gegenüber meiner Familie im Allgemeinen und meinem Mann im Speziellen, räuspere ich mich und schiebe hinterher: »Meine Familie ist so gebannt von dem neuen Fernseher, dass heute niemand auf die Idee gekommen ist, mal mit anzufassen.« Das klang immer noch nicht schmeichelhaft. »Aber das ist ja nicht so schlimm«, füge ich hinzu. »Das bin ich ja gewohnt!« Du meine Güte, es wird einfach nicht besser. »Magst du einen Kaffee?«, frage ich, um von meinem Gestammel abzulenken.

»Gern«, erwidert er und folgt mir in die Küche. »Mann, hier sieht es ja schon wieder picobello aus.«

»Na klar. Ich hab es einfach gern schön.«

»Ja, das merkt man. Du hast wirklich ein Händchen für Dekoration. Das ist mir schon gestern aufgefallen.«

Wie lieb er ist. Und aufmerksam! Und wirklich süß.

Heijeijei. Hab ich gerade wirklich gedacht, er wäre süß?

Na ja, solange ich das nur *denke*, ist es ja wohl kein Verbrechen. Aber es ist schon lustig: Da will man einfach nur dem Ehemann beweisen, dass man auch noch begehrenswert ist, und auf einmal stellt man fest, dass Flirten Spaß macht. Ich konnte natürlich nicht ahnen, dass Max und ich so auf einer Wellenlänge liegen. Was man an der Rose sieht, die er mitgebracht hat und jetzt auf den Tisch legt. Sie ist weißrosa, meine Lieblingsrosenfarbe. Und er ist so taktvoll. Natürlich überreicht er sie mir nicht plump. Man kann schließlich der Ehefrau des Nachbarn nicht einfach eine Rose schenken, ohne dass man sich über die Bedeutung Gedanken machen würde. Nein, es ist schon besser, ich tue nachher so, als hätte er sie hier vergessen. Dann werde ich *vergessen*, ihn daran zu erinnern, und sie in eine Vase stellen und Patrick sagen, jemand hätte sie mir geschenkt. Und weil ich gestern jede Menge Geschenke bekommen habe, wird er sich auch nicht wundern.

Falls er sie überhaupt bemerkt. Ich meine, er hat ja auch nicht bemerkt, dass ich mit Max gesprochen habe. Nachher hat er mit den Jungs einen Boxkampf angesehen und sich gar nicht mehr eingekriegt über die Bildpräzision des neuen Fernsehers. Tja, wenn die Schweißtropfen eines speckigen Boxers untertassengroß über den Bildschirm fliegen, schaut er genau hin. Aber was ich mache, ist ihm völlig egal. Und wenn es ihm egal ist, kann es mir ja auch egal sein.

Sonntag, 1. Juli, 14:05 Uhr

Und dann sitzen wir in der Küche, trinken Kaffee und plaudern. Von der Feier gestern geht es über zum Thema Kinder (nein, er hat keine), dann frage ich ihn, ob er seine Schwester öfter besucht, weil ich ihn noch nie gesehen habe. Da sagt er, nein, er hätte eine Luftveränderung gebraucht, deswegen werde er vorübergehend bei Miriam wohnen. Ich ahne, dass es was mit einer Frauengeschichte zu tun hat, frage jedoch nicht weiter. Er ist hier, bei mir. Das ist die Hauptsache. Wir unterhalten uns über Fotografie. Ich frage nach seinem Spezialgebiet, und es stellt sich heraus, dass er eigentlich Industrie- und Architekturfotograf ist, aber natürlich auch Events fotografiert.

»Fast jeder Fotograf verdient sich mit Hochzeiten und Taufen was dazu.« Max lacht. »Geld kommt nicht vom Himmel geflogen. Das habe ich deiner Tochter gestern erklärt.«

»Gut«, sage ich. »Nicht dass sie denkt, Erfolg als Fotografin zu haben wäre leicht.«

»Genau«, sagt er. »Besonders am Anfang hat man es schwer.«

Wir kommen auf das Thema Reisefotografie, und ich erzähle von einer Ausstellung, die derzeit in Köln läuft. »Bilder einer Frau, die Anfang des 20. Jahrhunderts allein durch die Weltgeschichte gefahren ist. Ich wollte meinen Mann dazu überreden, mit mir hinzugehen, aber so was interessiert ihn nicht.«

»Hingehen, unbedingt«, rät Max, der kurz abgelenkt ist von einer Nachricht, die auf seinem Handy eingeht. »Diese Bilder sind toll. Was die Frau gemacht hat, finde ich extrem beeindruckend.« Schon ist er fertig mit Texten und legt das Handy wieder achtlos zur Seite, um seine Aufmerksamkeit mir zu widmen. »Ihr Charakter spiegelt sich in ihren Fotos wider. Sie war wild. Vielleicht nicht wild, aber ungezähmt. Unangepasst. Weißt du, was ich meine?«

Ich nicke, und dann schauen wir uns an, bis ich verlegen den Blick in meine Tasse senke. »Du hast auch so was Ungezähmtes an dir«, sagt Max herausfordernd. »Unter der braven Fassade brodelt es doch.«

Ich lache laut auf. »Das letzte Mal, als ich etwas Wildes gemacht habe, habe ich den Elternabend geschwänzt und bin mit meiner Freundin ins Kino gegangen.«

»Na, siehst du. Da weiß man, wo es herkommt.«

Diesen Satz verstehe ich nicht ganz, ist ja auch egal. Alles in mir vibriert förmlich. So habe ich mich schon eine Ewigkeit nicht mehr gefühlt! Ein Kribbeln breitet sich in mir aus, und ich komme mir vor wie Frankensteins Monster, als der Strom durch seine Zellen jagt und es langsam zum Leben erwacht. Vielleicht bin ich ja doch noch richtig lebendig! Eine lebendige, sinnliche, begehrenswerte Frau.

»Noch einen Kaffee?«, frage ich beseelt.

»Natürlich. Lass uns das Leben feiern«, ruft Max. »Wir können den Kaffee auch mit Cognac aufpeppen!«

»Du bist ja verrückt«, entfährt es mir übermütig lachend.

Seltsam. Obwohl ich noch nicht viel über ihn weiß, habe ich das Gefühl, diesen Mann schon ewig zu kennen. Diesen Fremden, der in meiner Küche sitzt. Auf Patricks Stuhl. Und meinen Kaffee trinkt. Ich gehe zu unserem Kaffeevollautomaten und mahle die Bohnen und überlege, ob es zu gewagt wäre, Max zu fragen, ob wir nicht zusammen in die Ausstellung gehen sollen. Aber das käme mir vielleicht selbst seltsam vor. Besser wäre es, wenn wir uns dort »zufällig« über den Weg laufen würden und dann auf einmal in einem Hotelzimmer landen, von unseren Gefühlen übermannt, und uns die Kleider vom Leib reißen, noch ehe wir das Bett erreicht haben. Wie in einem französischen Film.

Eine heiße Welle schwappt mir von der Kehle bis in die Knie. Du liebes bisschen. So kenne ich mich ja gar nicht. Aber schenk einer Frau zum Geburtstag einen übergroßen Fernseher, und sie kommt auf dumme Gedanken. Außerdem ist ja nichts dabei. Die Sache mit dem Hotelzimmer wird nur in meiner Fantasie passieren. Und mit einem Mann ins Museum zu gehen, das wird ja wohl noch erlaubt sein. Ich schäume die Milch auf und verwandle Espresso in einen Cappuccino, mit einem Hauch Zimt obendrauf.

»Toll sieht das aus«, sagt Max.

Als er mir das Glas abnimmt, berührt er zufällig meine Hand. Ein Stromstoß schießt durch mich hindurch, in mir flimmert und bebt es. Aufgepasst, das Monster wird lebendig! Er schaut mich mit seinen graubraunen Augen an und ich weiß, er fühlt das Knistern auch. Diese erotische Energie zwischen uns, mit der die Küche aufgeladen wird. Ich erröte und fahre mir durch die Haare, weil ich ganz deutlich spüre, dass er es auch will. Ich meine, natürlich ist es verboten. Dennoch passiert es tausendfach auf der ganzen Welt, dass sich zwei einsame Herzen treffen und sich überwältigen lassen von der Liebe, die manchmal seltsame Wege geht. Gerade, wenn man denkt, man würde in einer Sackgasse stecken, kommt das Leben und weist einem eine neue Richtung.

Ich meine, die Möglichkeit besteht, die *theoretische* Möglichkeit, dass wir es doch tun. Wir sind zwei erwachsene Menschen. Und Ehebruch ist nicht mehr strafbar. Wenn Max und ich uns darüber einig wären, dann wäre es in Ordnung. Nicht für Patrick natürlich, aber der soll einfach eine Doku über kopulierende Schildkröten ansehen. Mehr Sex braucht er ja offensichtlich nicht. Zumindest nicht mit mir.

»Ich habe gerade gedacht …«, fange ich an, da höre ich jemanden die Treppe runterkommen und halte inne, bevor ich den nächsten Schritt gehe. Den *gewagten* Schritt. Saskia steckt den Kopf zur Küchentür herein. Sie trägt ein viel zu kurzes T-Shirt und knallenge Shorts, die kaum ihren Po bedecken, was ich mit einem entsetzten Augenbrauenhochziehen bemerke. Da werden wir gleich ein Wörtchen drüber reden müssen, Frollein. In ihrem Haar, das zu einem Pferdeschwanz gebunden ist, steckt eine verspiegelte Sonnenbrille, und sie kaut Kaugummi.

»Hi«, sagt sie grinsend. Nur nicht zu mir, sondern zu Max. Sie ist kein bisschen erstaunt, dass wir Besuch haben. Gut, dann findet sie es auch nicht seltsam, dass ein fremder Mann auf dem Stuhl ihres Vaters sitzt. Ich überlege gerade, wie ich es trotzdem rechtfertigen kann, dass er hier ist, da fragt sie: »Fertig?«

Ich weiß nicht, was sie meint, Max dagegen schon. Er nickt und steht auf. »Aber so was von«, sagt er. Und ich betrachte diese Szene, ohne sie zu kapieren. Er nimmt die Rose und überreicht sie meiner Tochter. »Als kleines Dankeschön dafür, dass du mir den gestrigen Abend so versüßt hast«, sagt Max.

Sie lächelt souverän und kein bisschen verlegen. »Oh, wie nett. Danke!«

Dann reicht sie mir die Rose, ohne mich anzusehen. »Mama, tu die in eine Vase. Ich weiß nicht, wo die sind.«

»Äh … Ja«, sage ich. »Natürlich.«

»Danke für den Kaffee«, sagt Max zu mir. »War wirklich gut.«

»Äh … Ja«, sage ich wieder. »Natürlich, natürlich gern.«

»Bis später«, verabschiedet Saskia sich. »Wartet nicht auf mich mit dem Essen.«

»Aber … wo geht ihr denn hin?«, frage ich, immer noch völlig verdutzt.

»In irgendeine Fotoausstellung«, antwortet Saskia.

»Ciao«, haucht Max mir zu, und dann spazieren sie aus der Tür in einer Wolke aus Prickeln und Lachen und jugendlichem Leichtsinn.

Ich will noch was sagen, ihnen was hinterherrufen, Saskia ermahnen, sich anständig zu kleiden, oder eine andere Bemerkung zu der ganzen Sache machen, aber ich stehe nur da wie vom Blitz getroffen, das ganze System abgestürzt. Dann wird mir die Ungeheuerlichkeit klar, und ich haste zum Fenster. Und sehe, wie sie zum Auto gehen. Max starrt meine Tochter an wie das achte Weltwunder und lässt seinen Blick an ihren makellosen schlanken Beinen herabgleiten. Er öffnet ihr die Tür zu seinem Cabrio.

Natürlich hat er ein Cabrio. Solche Typen haben immer Cabrios.

Sonntag, 1. Juli, 15:11 Uhr

Ich kann es nicht fassen! Ich bin immer noch völlig außer mir! Was für ein windiger Typ! Was für ein notorischer Schürzenjäger, Schlawiner der allerschlawinersten Sorte! Ich weiß, das Wort gibt es in Wirklichkeit nicht. Aber in Wirklichkeit gibt es doch wohl auch nicht, dass ein *fünfunddreißigjähriger* Mann erst die Mutter anbaggert, um dann mit der Tochter anzubandeln. So eine Dreistigkeit! So eine unfassbare Dreistigkeit!!!

Und ich habe es nicht kommen sehen. Dabei hätte ich es wissen müssen, da er doch Miriams Bruder ist. Und Miriam auch noch nie irgendwas Nettes getan hat ohne Hintergedanken. *Nie!* Miriam schielt auch immer nur auf ihren Vorteil und lügt, wie es ihr passt, um das zu bekommen, was sie will. Und Max hat sich hier nur reingeschlichen, hat sich meine Sympathien *erschlichen*, um dann meine Tochter anzumachen. Ein Mädchen, das gerade mal achtzehn ist, erwachsen vor dem Gesetzgeber, aber im Kopf noch minderjährig. Dieses Schwein. All diese geheuchelten Komplimente – reine Masche. Und natürlich war das Angebot mit dem Aufräumen auch nur Schaumschlägerei. War doch klar, dass schon alles wieder sauber ist. Und gestern hat er keine Anstalten gemacht aufzuräumen. Hat nicht *ein Glas* reingetragen. Oder seinen schmutzigen Teller in die Küche gebracht. Und heute Morgen habe ich die leere Flasche Wein im Gras gefunden, die er mit rausgenommen hatte. Wie verantwortungslos, wo er doch weiß, dass hier Kinder rumspringen, die sich an den Scherben schwer verletzen könnten. Aber nein, an so etwas denkt Max ja nicht. Er denkt nicht daran, wie sich andere fühlen. Oh nein! Er denkt nur an sich. Das ist die Familie Mertens wie sie leibt und lebt, allesamt Egoisten und Soziallegastheniker!

Sonntag, 1. Juli, 15:42 Uhr

Ich höre das Garagentor. Endlich kommt Patrick wieder. Ich kann gar nicht erwarten, ihm zu sagen, was passiert ist. Natürlich werde ich den Bericht etwas abkürzen. Es darf wirklich *niemals* irgendjemand erfahren, wie albern und peinlich ich mich benommen habe. Dass ich fast selbst auf diesen Windbeutel reingefallen wäre und mich wie eine pubertierende Göre an der Nase hab rumführen lassen. Ein paar Komplimente mit Max' öliger Stimme, ein langer Blick in die Augen, und ich habe mich wie was *Besonderes* gefühlt. Habe gedacht, dass ich ihm was *bedeute*. Habe das Höschen runtergelassen. Zwar nur imaginär, aber trotzdem. Was sagt das denn bitte über mich aus?

Ich werde richtig rot vor Scham, wenn ich daran denke, was ich mir gedacht habe. Was ich mir alles *ausgemalt* habe. Ich bin so was von leicht manipulierbar. Und das in meinem Alter! Von wegen Weisheit und Lebenserfahrung! Alles wie weggeblasen, sobald die Hormone Karussell fahren.

Aber eines muss man Max lassen. Er hat das geschickt angestellt. Natürlich wusste er genau, welche Knöpfchen er drücken muss, um mich für sich einzunehmen. Und jetzt ist Saskia ihm und seinen durchtriebenen Methoden ausgeliefert, mit denen er Frauen um den Finger wickelt. Ich meine, wenn ich mit meinen vierundvierzig Jahren schon auf so einen professionellen Schürzenjäger hereinfalle, was wird dann aus Saskia werden? Das arme Ding! Die wird diesem Typen doch *alles* glauben und ihm aus der Hand fressen und vielleicht noch ganz andere Dinge tun, die sie lieber nicht tun sollte. Weil es nämlich so was von klar und eindeutig ist, dass er es nicht ernst meint, sondern nur auf das Eine aus ist. Mir wird heiß und kalt vor lauter Wut, wenn ich nur daran denke, dass sich mein unschuldiges kleines Mädchen vielleicht von diesem … *Kerl* anfassen lässt. Und ich bin auch noch schuld daran, weil ich die beiden einander vorgestellt habe! Ich bin ja so ein Vollidiot!

Sonntag, 1. Juli, 15:52 Uhr

»Sie ist in so einer sensiblen Phase in ihrem Leben. Sie steht an einer Wegkreuzung. Die eine Straße führt in eine glorreiche Zukunft, die andere ist die Sackgasse ins Verderben. Ich sage dir: Wenn sie sich mit diesem Typen einlässt, bucht sie gleich ihren Aufenthalt in der Hölle, Abteilung Schmach und Pein, Unterabteilung Liebeskummer! Und deswegen müssen wir unter allen Umständen verhindern, dass Saskia sich mit diesem Max weiter trifft. Unter *allen Umständen!*«

Mit diesem dramatischen Finale beende ich meinen Bericht über die beunruhigenden Vorkommnisse dieses Nachmittags. Patrick steht verschwitzt in seinem Radlerdress vor mir und verzieht mal wieder keine Miene. Ich schaue ihn herausfordernd an, die Hände in die Hüfte gestemmt. Und alles, was er sagt, ist: »Kann ich nicht erst mal duschen, bevor die Welt untergeht?«

Oh, Freundchen, nicht mit mir! Nicht heute!

»Sarkasmus ist hier fehl am Platz«, blaffe ich zurück. »Wir müssen etwas unternehmen.«

Patrick seufzt, versucht aber immerhin, sich des Problems anzunehmen. »Sie ist also mit diesem Schmierlappen ins Museum?«, fasst er zusammen.

»Ja, ist sie und … Wieso nennst du ihn Schmierlappen?«

»Dass der Typ ein schmieriger Angeber ist, hab ich auf den ersten Blick gesehen«, erklärt Patrick.

»Äh … Ja, klar. Das hat ja wohl jeder.« Schnell lenke ich das Thema wieder in die richtige Richtung: »Und Saskia hat gesagt, wir sollen nicht mit dem Essen auf sie warten.«

»Das sagt sie doch immer.«

»Na und? Es ist was völlig anderes, ob sie sich mit Lisa und Karen trifft oder meinetwegen auch mit diesem Aaron oder ob sie auf einen professionellen Charmeur reinfällt.«

»Also …« Patrick atmet tief ein. »Wir machen Folgendes: Ich gehe jetzt duschen.«

Ich nicke. »Und dann?«

»Dann warten wir, bis sie wiederkommt.«

»Und dann?«

»Dann reden wir mit ihr.«

»Gut. Und dann?«

»Dann erst mal nichts«, sagt Patrick.

»Wie nichts?«, frage ich verwirrt.

»Bevor wir ihr irgendwas verbieten, warten wir erst einmal, ob sie diesen Typen überhaupt wiedersehen will. Vielleicht langweilt er sie auch total oder geht ihr auf die Nerven, und wir brauchen gar nichts zu unternehmen. Das wäre das Allerbeste.«

Er bleibt mal wieder so ruhig, dass ich ausflippen könnte. Aber ich schöpfe auch ein kleines bisschen Hoffnung. Es besteht natürlich – rein theoretisch – tatsächlich die Möglichkeit, dass Saskia Max blöd findet. Andererseits … Andererseits habe ich ja gesehen, wie schnell man auf ihn reinfallen kann, *selbst wenn* man vernünftig ist und mit beiden Beinen im Leben steht. Und wir haben es hier mit einer Achtzehnjährigen zu tun. Mädels in dem Alter sind von Natur aus leicht entflammbar. Sogar noch entflammbarer als vernachlässigte Frauen von Mitte vierzig. Und mit achtzehn weiß man – im Gegensatz zu meinem Alter – eben *nicht*, wie man das Feuer löscht.

»Er hat ein Cabrio«, gebe ich zu bedenken.

»Was für eins?«, fragt Patrick mit neu erwachendem Interesse.

»Ein blaues.« Patrick verdreht die Augen.

»Was ist?«

»Ich dachte, du hättest vielleicht die Marke erkannt. Ob es ein Porsche war oder eher ein Fiat.«

»Es war mittelgroß«, sage ich patzig. »Außerdem ist es völlig egal, was das für eine Marke ist. Saskia wird Max für den Größten halten.«

»Du unterschätzt unsere Tochter.« Er wendet sich ab. »Und jetzt gehe ich endlich duschen.«

Sonntag, 1. Juli, 16:34 Uhr

Ich kann es nicht glauben! Ich *unterschätze* unsere Tochter? Wie dreist, mir so was zu sagen. *Mir!* Wo ich seit achtzehn Jahren Tag und Nacht für meine Tochter da bin. Nein, ich unterschätze meine Tochter nicht. Ich *kenne* sie. Und ich weiß, wie Mädchen in dem Alter ticken. Ich war nämlich selbst mal eins. *Er* ist derjenige, der keine Ahnung hat. Mister Papa-ist-immer-cool-weil-er-fast-nie-da-ist. Mister Ich-hab-keinen-Schimmer-was-vorgeht-aber-immer-recht.

Ich könnte ausrasten!!!

Tu ich jedoch nicht.

Wenn man jemanden niemals unterschätzen sollte, dann eine Mutter. Sobald es um meine Kinder geht, werde ich zur Löwin. Löwinnen sind bekanntermaßen diejenigen, die die Jagd übernehmen, während der König der Tiere faul im Schatten rumliegt. Und genau so wird es hier auch sein. Patrick kann sich ruhig selbst einlullen mit seinem naiven Saskia-weiß-schon-was-sie-tut-Geschwätz. Das er im Übrigen ja auch nur vorbringt, damit er selbst keinen Stress hat und sich um seine Karriere kümmern kann. Und um seinen neuen Freund, den Riesenfernseher. Soll er. Ich werde das hier übernehmen. Das gehört eindeutig zum *überschaubaren* Anforderungsprofil einer Familienmanagerin!

Sonntag, 1. Juli, 23:45 Uhr

Patrick ist ins Bett gegangen, er hat morgen irgendein wichtiges Meeting mit der Geschäftsleitung und einem potenziellen neuen Auftraggeber, dann geht es schnell mal um zweistellige Millionenbeträge. Da muss man hellwach sein. Ich bin natürlich hundemüde, bleibe aber eisern auf und sehe mir *The Crown* an. Der Fernseher wird immer größer, je länger ich darauf starre. Fast habe ich das Gefühl, im Buckingham Palace zu *wohnen*. Queen Elizabeth geht gerade mal wieder einsam ins Bett, und Prinz Philipp kriecht auf der anderen Seite des Flures in die Federn – die beiden Liebenden getrennt durch die Etikette, hach. Die Krone ist wirklich ein Fluch. Kein Wunder, dass Prinzessin Margaret am Rad dreht, wo doch alle so furchtbar in ihren Rollen versteinert sind. Ich bin dermaßen gebannt von den Geschehnissen im Hause Windsor, dass ich gar nicht merke, dass Saskia reingekommen ist.

»Hi, Mama, du bist ja noch wach!«

»Huch! Äh … Ja. Bin ich.« Sofort richte ich mich auf.

»Du hast aber nicht auf mich gewartet, oder?«

»Was? Nein! Natürlich nicht! Wer will denn schlafen, wenn er auch fernsehen kann?« Ich lasse ein fröhliches Lachen folgen, das die Harmlosigkeit der Situation unterstreichen soll.

Saskia hebt amüsiert die Augenbraue. »Na dann. Gute Nacht.«

»Erzähl mal kurz, wie es war«, sage ich hastig und mustere meine Tochter verstohlen. Zeigt sie die klassischen Anzeichen einer Verliebtheit? Wie ein Strahlen von innen heraus, ein beseeltes Leuchten. Oder wie Knutschflecken.

»Schön«, sagt sie.

Das blöde Dämmerlicht hier im Wohnzimmer. Ich kann gar nicht richtig erkennen, ob da ein Funkeln in ihren Augen ist. Also schalte ich den Fernseher aus und stehe auf.

»Wie war die Ausstellung?«

»Es geht. Waren alles Schwarz-Weiß-Fotos.«

»Ja, so ist das bei den alten Leuten«, sage ich lachend, aber als ich ihren strengen Blick auffange, werde ich wieder ernst. »Habt ihr euch gut unterhalten?« Ich schaue genau, ob da nicht ein verträumtes Lächeln über ihr Gesicht huscht.

»Was guckst du so komisch?«, fragt sie plötzlich misstrauisch, »und was soll eigentlich die ganze Fragerei?«

»Entschuldige, ich wollte bloß höflich sein«, erwidere ich und schüttle meine hellgraue Lieblingskuscheldecke aus. »Man wird doch wohl fragen dürfen, was die Tochter den ganzen Tag gemacht hat.« Gefaltet lege ich die Decke ordentlich zurück auf das Sofa und nehme meine Teetasse vom Couchtisch.

Saskia mustert mich einen Moment, als ob sie etwas sagen wollte, dann dreht sie ab. »Nacht«, knurrt sie und trollt sich nach oben.

»Gute Nacht«, rufe ich betont fröhlich hinterher. »Und bis morgen.«

Okay. Das war noch nicht ganz so erfolgreich, aber egal. Die erfolgreiche Löwin weiß: Man muss sich anschleichen und warten und erst im richtigen Moment auf seine Beute springen, nur dann kann man sie erlegen.

Montag, 2. Juli, 7:55 Uhr

Ich kann die allgemeine Abneigung gegen Montage nicht teilen. Die Kinder gehen endlich wieder in die Schule, und wenn man aufräumt und putzt, bleibt es immerhin ein paar Stunden sauber. Und heute ist sowieso ein guter Tag, weil ich mit Saskia zum Shoppen verabredet bin. Wir werden ein Kleid für ihren Abiball am Samstag kaufen. Und dabei kann ich ihr zeigen, dass ich nicht nur die besorgte Mutter bin, sondern auch einfach eine Freundin sein kann, mit der man Klamotten anprobiert und Eis essen geht und sich kaputtlacht über verrückte Modeerscheinungen und über Jungs, die zu cool sind, um zu merken, wie lächerlich sie sich benehmen. Heute beweise ich ihr, dass wir einfach Spaß haben können und dass sie sich mir anvertrauen kann in allen Dingen, die sie beschäftigen.

In der entspannten Atmosphäre eines Mädchentages werde ich Saskia geschickt die Details zu ihrem Date mit Max gestern entlocken und ihr subtil klarmachen, dass sie den Fehler ihres Lebens begeht, wenn sie sich auf diesen Typen einlässt. Und dazu werde ich ihr eine Geschichte erzählen, die ihr die Augen öffnet. Eine Geschichte, die ich nicht mal Patrick erzählt habe. Eine Geschichte, die niemand kennt. Außer meinen ganzen Kommilitonen von damals.

Montag, 2. Juli, 8:10 Uhr

Patrick hat es morgens jetzt immer eilig. Früher haben wir noch einen Kaffee getrunken, nachdem die Kinder zur Schule gegangen waren. Seit er befördert geworden ist, hat er dafür keine Zeit mehr. So bleiben mir nur die paar Minuten im Flur. Mir liegen einige Bemerkungen auf der Zunge, aber ich weiß nicht recht, wie ich sie ansprechen soll. Lass dich nicht anbaggern. Mach anderen Frauen keine Komplimente über ihre Frisur. Zeig mir, dass du mich liebst.

»Und, was steht heute auf dem Plan bei dir?«

»Der übliche Irrsinn«, sagt er und streift sein Jackett über.

»Wann machst du Mittagspause? Dann ruf ich vielleicht mal an.«

»Weiß noch nicht.« Er steckt den Schlüssel ein und greift nach seiner Aktentasche.

»Hier, dein Kaffee«, sage ich und reiche ihm seinen Thermobecher. Dann versuche ich, ihn zu umarmen, aber weil er beide Hände voll hat, gerät das mehr zu einem verkrampften Klammern meinerseits.

Er lässt es über sich ergehen, drückt mir einen Kuss auf den Mund und verabschiedet sich. »Bis heute Abend.«

»Mist, Nelli hat ihre Butterbrotdose vergessen«, fällt mir ein. Ich schließe hinter ihm die Tür, während ich noch überlege, wie Nelli wohl den Schultag übersteht ohne Zwischenmahlzeit.

Wie leicht man Eheprobleme im Alltag verstecken kann. Sie versickern einfach zwischen all den Pflichten und dem Getümmel der Kinder.

Montag, 2. Juli, 9:15 Uhr

Ich habe schon die zweite Ladung Wäsche in der Maschine und von oben ist immer noch nichts zu hören. Kurz entschlossen schreibe ich Saskia eine WhatsApp.

Mamaphone: Shoppingalarm! Das Kleid ruft! ☺

Normalerweise liest sie ihre Nachrichten 0,45 Sekunden nach Eingang. Sie hat doch nicht etwa ihr Handy *ausgestellt*, um nicht im Schlaf gestört zu werden? Das wäre ja mal ein großer Schritt in Richtung Vernunft. Was mich zu der guten alten analogen Methode zwingt. Mit einem leisen Klopfen betrete ich ihr dunkles Zimmer. Der Lichtschein aus dem Flur fällt auf ihr Bett, in dem Saskia unter Decken begraben schlummert.

»Hallo, Schlafmütze!« Ich streichele sanft über ihre Schulter. Ein missmutiges Brummen ertönt unter der Bettdecke. »Aufstehen«, wispere ich.

Sie steckt ihre Nase raus und fragt mit geschlossenen Augen: »Wasis?«

»Wir gehen in die Stadt!« Fröhlich reiße ich die Vorhänge auf. »Dein Ballkleid kaufen.«

»Jetzt schon?« Saskia blinzelt verwirrt auf ihr Handy.

»Na klar. Ida kommt um halb zwei von der Schule, bis dahin müssen wir wieder da sein.«

Saskia lässt sich ermattet in ihr Bett sinken. Ach, du meine Güte. Wenn sie so wenig Energie aufbringt, wenn es um eine Shoppingtour geht, dann will ich nicht wissen, was sie macht, wenn es um eine Vorlesung in Wirtschaftswissenschaften geht, oder wenn ihr Meister sie zum Abschleifen von Brettern verdonnert. Aber gut. Wo keine Motivation ist, muss man Motivation wecken. Einen Köder auswerfen.

»Ich habe einen Plan gemacht, wo wir hingehen«, flöte ich, während ich unwillkürlich anfange, ihren Kleiderberg zu sortieren, der sich auf ihrem Schreibtischstuhl angehäuft hat. »Weingarten am Friesenplatz hat immer tolle Kleider im Prospekt, da werden wir bestimmt fündig. Und dann gibt es auf der Mittelstraße noch ein paar Geschäfte, die zwar etwas teurer sind, wo wir aber eventuell auch mal gucken sollten …« Ich lasse den Satz verheißungsvoll im Raum verklingen. Seltsamerweise springt sie trotzdem nicht begeistert darauf an. »Oder hast du andere Ideen, wo wir hingehen könnten?«, frage ich und beginne, Kleidungsstück für Kleidungsstück in ihren Schrank zu räumen.

Statt einer Antwort sagt Saskia: »Nicht das grüne Shirt, das ist schmutzig.«

Ich halte ihr grünes T-Shirt prüfend ins Licht. »Da ist nichts dran.«

»Doch, es riecht nicht mehr frisch gewaschen, ich will aber, dass es frisch gewaschen riecht.«

Sehr wohl, Madame. *Gern,* Madame. *Wie Sie wünschen,* Madame.

»Also, los«, sage ich. »Ich mache dir einen Kaffee und du stehst auf. Wie klingt das?«

»Äh … Mama …«

»Ich hab die Brötchen von gestern aufgebacken.«

»Mama?«

»Ja?«

Sie gähnt. »Ich geh mit Lisa und Karen das Kleid kaufen.«

»Was?« Meine Schultern sacken nach unten. »Wirklich? Aber … ich hatte mich schon so darauf gefreut …«

»Sorry, Mama. Lisa hat auch noch kein Kleid, und da haben wir beschlossen, zusammen auf die Suche zu gehen.«

»Schade«, erwidere ich und versuche, nicht zu betroffen zu wirken. Dann füge ich mysteriös hinzu: »Dabei hatte ich dir ein Geheimnis erzählen wollen.«

»Was denn?«

Nein, meine Liebe. Natürlich werde ich ihr den schlimmsten Fehler meines Lebens nicht mal eben zwischen Tür und Angel und vor dem Zähneputzen anvertrauen. »Ein anderes Mal vielleicht.« Ich nehme die schmutzige Wäsche und gehe zur Tür.

Saskia kratzt sich am Kopf und reckt sich. »Wenn du willst, kannst du mir ja Samstag mit der Frisur helfen«, bietet sie gnädigerweise an.

»Wie du möchtest«, sage ich geschäftsmäßig.

Mal sehen, was von diesem Versprechen übrigbleibt.

Montag, 2. Juli, 10:04 Uhr

Gut. Dann eben kein Shopping. Lese ich halt die Zeitung. Vorher zerknülle ich noch die Prospekte, die ich extra für Saskia aufgehoben habe. Beim Job-&-Karriere-Teil zögere ich und werfe nach kurzer Überlegung doch einen Blick hinein, um mich zu vergewissern, dass es gar keine Jobs für mich gibt, *selbst wenn* ich Zeit dafür hätte! Sachgebietsleiter, Referenten und IT-Leute werden gesucht. Tja, wer eine gute Ausbildung hat, der kann sich auch auf gute Jobs bewerben. Mich dagegen würden sie wohl höchstens als Putzfrau nehmen. Genervt lege ich die Zeitung zusammen und begebe mich an die Espressomaschine, um meiner Tochter einen Latte macchiato zu machen. Da höre ich Saskia die Treppe herunterstürzen.

»Ich bin dann weg!«, ruft sie aus dem Flur.

»Aber dein Kaffee!«

Ich eile mit dem Kaffeeglas – die perfekt aufgeschäumte Milch ragt über den Rand hinaus – in den Flur, als schon die Tür ins Schloss fällt. Die Silhouette meiner Tochter springt die drei Stufen runter. Reflexmäßig gehe ich ihr nach. Saskia holt ihr Rad aus der Garage.

Irgendwie würde ich ihr gern was sagen. Ich weiß nur nicht was. Vielleicht will ich auch nur von ihr etwas hören. Ein »Danke für den Kaffee.« Oder ein »Tut mir leid, dass ich keine Zeit mehr habe.« Oder ein »Hab dich lieb, bis später, Mama.«

Nichts.

»Zieh den Helm an«, sage ich.

»Geht nicht«, antwortet sie, schwingt sich aufs Rad und braust davon.

»Pass auf dich auf«, rufe ich noch, aber ich glaube, sie hört das schon nicht mehr.

Schwups, ist sie weg. Ich stehe einen Moment unschlüssig herum, dann gehe ich zurück in die Küche, wo auf dem Tisch noch alles für Saskia bereitsteht: Butter, Käse, Marmelade, Brötchen. Ich schütte den Latte macchiato in die Spüle und lasse Wasser nachlaufen. Die Haube aus aufgeschäumter Milch schwimmt im Spülbecken herum, die weißen Schaumkronen trudeln langsam dem Abfluss entgegen. Eine ganze Weile stehe ich da und sehe, wie die Schaumbläschen versickern. Dann lasse ich Wasser laufen und wische mit dem Schwamm durch die Spüle. Dann schiebe ich die Stühle an ihre richtige Position. Dann räume ich den Tisch ab. Dann wische ich den Tisch ab. Dann lege ich die Tischsets wieder an ihren Platz.

Wie sinnlos! Alles ist so sinnlos! Man deckt den Tisch, man räumt ihn wieder ab. Man holt die Butter aus dem Kühlschrank, man stellt sie wieder hinein. Man schäumt Milch auf und schüttet sie weg. Man putzt, es wird wieder dreckig. Man wäscht T-Shirts und Hosen, wieder und wieder und wieder. Man liebt seine Kinder, und sie gehen weg, ohne einen Abschiedskuss.

Auf einmal wird mir ganz kalt bei dem Gedanken, dass Ida und Nelli auch irgendwann in nicht allzu ferner Zukunft so alt sind wie Saskia und mich ähnlich behandeln. An guten Tagen wie eine Haushälterin, an schlechten wie eine Fußmatte, an der man den Dreck abstreift. Aber das Schlimmste ist, dass ich trotzdem nicht froh sein werde, wenn sie ausziehen. Im Gegenteil.

Auf einmal bekomme ich richtig Angst. Eine eisige Hand drückt meinen Magen zusammen und quetscht ihn, sodass ich kaum noch atmen kann. Schweiß bricht mir aus, mein Herz fängt an zu rasen. Ich kralle mich an der Arbeitsplatte fest und schließe die Augen. Ganz ruhig, Henriette. Ganz ruhig. Tief einatmen, eins, zwei, drei, langsam ausatmen, eins, zwei, drei, vier, fünf. Das mache ich ein paarmal, bis das Zittern etwas nachlässt. Dann greift meine Hand zum Telefon. Ich weiß, dass er es nicht mag, wenn ich ihn auf der Arbeit störe, aber ich muss jetzt trotzdem Patrick anrufen. Es ist schließlich ein Notfall. Ich wähle die Nummer seines Diensthandys und habe Glück. Er nimmt den Anruf an.

»CroPharma, Doreen Forstbach. Was kann ich für Sie tun?«

»Oh, hallo. Hier ist Henriette Henkemeier. Kann ich bitte meinen Mann sprechen?«

»Nein, tut mir leid, das geht gerade nicht.« Sie klingt kein bisschen, als ob es ihr leidtäte.

»Im Gegenteil, sie klang wie eine ganz fiese, arrogante Schlampe, die glaubt, einen Anspruch auf meinen Mann zu haben«, jammere ich kurz darauf Katrin vor. Sie ist natürlich auch bei der Arbeit, aber mich stört nicht, dass sie mit der Tastatur klappert. Sie entwickelt Apps für Versicherungen, die auf Formulare und anderen Schriftverkehr auf Papier verzichten wollen.

»Ich habe ihr gesagt, dass es ein Notfall ist, doch selbst da hat sie ihn nicht sofort geholt. Als ob er ihr allein gehören würde!« Ich bin nahe dran, in Tränen auszubrechen.

Katrin seufzt. »Steiger dich da nicht rein«, rät sie mir, »vermutlich ist da einfach nur viel ...«

»Oh, ich muss Schluss machen. Patrick ruft an!«

Sofort beende ich das Gespräch auf dem Festnetz und nehme das auf dem Handy entgegen.

»Was ist denn los?«, fragt Patrick besorgt. »Doreen sagte, es sei ein Notfall.«

»Ja«, flüstere ich bebend. »Ich habe solche Angst. Irgendwann gehen alle Kinder aus dem Haus, und wir sind ganz allein.«

Er stutzt. »*Deswegen* rufst du mich an?«

»Ja, mir geht es ganz schlecht.«

»Das tut mir leid, Henriette, aber ich habe gerade mein Meeting unterbrochen. Wenn niemand verletzt ist, müssen wir da später drüber sprechen.«

Typisch. Alles andere ist wichtiger als ich.

»Machen wir doch sowieso nicht«, sage ich verbittert.

»Was soll das denn heißen?«

»Das soll heißen, dass wir nie mehr miteinander reden. Dauernd kommt was dazwischen und ...« Ich höre im Hintergrund eine Frauenstimme.

»Ich hab für so was jetzt wirklich keine Zeit«, unterbricht Patrick mich ärgerlich. »Geh shoppen und beruhige dich.«

Dann ist die Leitung tot.

Montag, 2. Juli, 10:23 Uhr

Geh shoppen und beruhig dich!

Das ist doch wohl die Höhe. Erstens hat Saskia mich vom Shoppen *ausgeladen*. Zweitens habe ich zu Hause mehr als genug Arbeit, da kann ich nicht einfach in die City fahren, nur weil mir gerade danach ist. Und drittens hat er das so laut gesagt, dass seine blöde Assistentin es bestimmt mitbekommen hat und sich jetzt in ihr dürres Hollywoodfäustchen lacht. Und viertens hat er das nun davon. Dann werde ich mir jetzt was richtig Teures gönnen, und wenn er nachher über die Kreditkartenabrechnung stolpert, werde ich ihm ordentlich die Meinung geigen.

Montag, 2. Juli, 11:49 Uhr

Ich muss meinen Mann einmal loben, heimlich natürlich, sodass er es nicht mitbekommt. Es war tatsächlich eine gute Idee, in die Stadt zu fahren. Shoppen ist unheimlich beruhigend. Besonders, wenn man es geradezu *aufgenötigt* bekommen hat, jede Menge Geld auszugeben, das man selbst nicht verdient hat.

Ich schlendere durch die klimatisierten Verkaufsräume und lasse meinen Blick meditativ über die Ständer mit den Blusen und den Jacken und den Röcken schweifen. Bei der Big-is-Beautiful-Abteilung habe ich ein Kompliment für die umsichtigen Klamottenhersteller auf den Lippen, die endlich kapiert haben, dass das Leben nun mal nicht bei Größe 46 aufhört. Dann gelange ich in die Dress-to-Impress-Zone, wo ich ein paar überkandidelte Cocktailkleider anprobiere, wobei ich aber feststellen muss, dass ich seit meinem letzten Einkaufsbummel seltsame Schlabberknie bekommen habe. Ob es wohl speziell kaschierende Nylonstrumpfhosen für so was gibt? Ich meine, wenn es Unterhosen gibt, die Hüften und Bäuche *shapen*, sollte es doch wohl auch was für die knieschlaffe Frau geben.

Nur für den Fall, dass dieses Spezialaccessoire noch nicht erfunden wurde, suche ich weiter nach einem festlichen Kleid. Schließlich stoße ich auf ein traumhaftes weinrotes aus Satin, das lang genug ist, jegliche Knie- und andere Knubbelzonen gnädig zu verdecken. Es ist bodenlang, der Rock besteht aus mehreren Lagen Chiffon, das Oberteil ist ärmelfrei, eng anliegend und mit Perlen bestickt. Ein Traum! Natürlich ein bisschen zu pompös, da es ja nicht mein eigener Abiball ist. Andererseits ist es wunderschön und auf jeden Fall teuer genug, dass es Mister Geh-shoppen-und-beruhige-dich auf der Kreditkartenabrechnung auffallen wird. Und ich habe Glück, es sind nur noch zwei da – eines in unerreichbarer 38 und eines in 44/46. Perfekt! Ich will gerade zur Kasse gehen, da entdecke ich am Ende des Ganges … *Saskia*. Sie albert herum und zieht gerade einen wagenradgroßen Sonnenhut auf. Bei ihr sind Lisa, Karen und … *Max!*

Oha!

Ich erstarre einen Moment, dann haste ich schnell hinter einen Kleiderständer. Was natürlich eine beknackte Aktion ist, aber irgendwie will ich nicht, dass sie mich sieht. Nein, das stimmt nicht. Hauptsächlich will ich nicht, dass Max mich sieht. Ich kann ihm nicht einfach gegenübertreten. Ich glaube nämlich nicht, dass es mir gelingt, so zu tun, als wäre nichts gewesen. Er hat es *gesehen*, ich weiß es! Er hat das Monster gesehen, das dabei war, lebendig zu werden. Nee. Das ist mir zu peinlich. Auf so eine Begegnung muss ich mich vorbereiten. Ich trete den Rückzug an, husche durch die Etage zu den Aufzügen, damit ich nicht die Rolltreppe nehmen muss, die ja etwas Ähnliches ist wie ein fahrender Präsentierteller.

Als die Türen des Aufzugs sich schließen und ich allein bin mit der Mutter eines Kleinkinds, das mit einem plärrenden Smartphone spielt, atme ich auf. Dann schiebt sich eine Hand in den Türspalt, und es stellt sich raus, dass sich leider ein kleines Missverständnis ergeben hat. Eine Ladendetektivin beordert mich mit strengem Blick aus dem Aufzug wieder raus. Sie denkt tatsächlich, ich wollte das Kleid stehlen. Ich bleibe ruhig und sage ihr, dass ich ihr das ganz schnell erklären kann, aber dann sehe ich Saskia, Karen, Lisa und Max aus der Entfernung auf uns zukommen, und wenn eine Begegnung eben schon peinlich gewesen wäre, dann ist sie es jetzt, da ich des Ladendiebstahls verdächtigt werde, erst recht.

»Haben Sie kein Büro, wo wir das in Ruhe besprechen können?«, frage ich und ziehe die Frau hinter ein großes Werbeschild.

»Wie Sie wünschen«, sagt die Ladendetektivin und kneift die Augen zusammen, als witterte sie den Fang eines großen Fisches.

Kaum sind wir in ihrem Büro, das hinter den Aufzügen in einem kleinen, fensterlosen Raum liegt, stoße ich erleichtert aus: »Puh. Das war knapp.«

»Wie meinen Sie das?«, fragt sie mit entschlossener Ermittlermiene. Sie ist vielleicht Mitte fünfzig, goldblond, hat einen biederen Haarschnitt und trägt unscheinbare Klamotten. Trotzdem sieht sie so aus, als könnte sie mir mit einem Griff den Arm brechen.

»Also, es war so …« Und dann fasse ich die Sache mit dem Kleid, meiner Tochter und diesem windigen Charmeur in kurzen, prägnanten Sätzen zusammen. »Die Assistentin meines Mannes sieht wirklich aus wie Natalie Portman, und deswegen musste ich shoppen gehen.«

Die Detektivin starrt mich verdattert an. »Also, Sie wollten nur weg von dem neuen Freund Ihrer Tochter, der auch Ihr Exfreund ist. Hab ich das richtig verstanden?«

»Äh …«, sage ich abgelenkt, weil ich auf einem der Überwachungsmonitore an der Wand Saskia entdecke, die jetzt nur noch mit Max im Kaufhaus unterwegs ist. Und zwar in der Unterwäscheabteilung! Sie steht gerade an einem Wühltisch, wo es Slips für 3,95 gibt. Die Detektivin räuspert sich. »Nicht ganz«, beeile ich mich zu sagen, »es war so, dass ich diesen Typen auf meiner Geburtstagsfeier …«

»Ach, ist ja auch egal«, unterbricht sie und seufzt. »Sie hatten also nicht vor, das Kleid zu stehlen?«

»Natürlich nicht. Im Gegenteil. Ich wäre sogar bereit, das Doppelte dafür zu bezahlen, weil mein Mann …«

»Ja, ich habe *verstanden.*« Ihre Miene wird allmählich eisig.

»In anderen Kaufhäusern darf man mit der unbezahlten Ware die Geschosse wechseln«, sage ich entschuldigend.

»Bei uns stehen große Schilder an den Fahrstühlen, dass man das nicht darf.«

»Hab ich echt nicht gesehen. Tut mir leid.« Auf dem Monitor sehe ich Saskia und Max auf der Rolltreppe nach unten. Die sind also weg.

»Na gut«, ächzt die Detektivin, die gerade eine Ansage über Funk bekommt, und steht auf. »Dann begleite ich Sie jetzt zur Kasse, Sie bezahlen und dann vergessen wir die Sache.«

»Das ist gut«, erwidere ich und wiesle neben ihr her, »ich muss nämlich nach Hause, das Mittagessen für meine anderen beiden Töchter kochen. Obwohl meine mittlere Tochter im Moment eine schlechte Esserin ist, ehrlich, ich kann Ihnen sagen …«

»Frau Krause, bitte kassieren Sie die Kundin gleich ab«, sagt die Detektivin zu der Kassiererin. Dann verabschiedet sie sich. Über ihr ungerührtes Gesicht huscht eine Andeutung von Mitgefühl, als sie fragt: »Geht es Ihnen wirklich gut?«

»Blendend«, sage ich. »Einfach blendend.«

Kartoffelschälen ist wie Sorgenmachen.
Beides geht automatisch von der Hand.

HENRIETTE HENKEMEIER

Montag, 2. Juli, 13:19 Uhr

Normalerweise ist mein Motto im Straßenverkehr: Macht, was ihr wollt, ich halt mich aus dem Stress raus. Ehrlich, ich bin doch nicht bescheuert und verschwende Energie, indem ich mich über die ganzen aggressiven Schwachköpfe aufrege, die einem bis auf die Stoßstange auffahren, nur, weil man die vorgeschriebene Geschwindigkeit einhält. Nein, auf keinen Fall. Lebenszeit verschwendet man nur, wenn man sie mit negativen Gedanken verbringt. Die paar Minuten, die man später ankommt, lohnen sich immer, wenn man sich unterwegs entspannt hat. Jawohl! Und wenn das alle so machen würden, hach, was wäre das für eine herrliche Welt!

So weit also meine persönliche buddhistische Straßenverkehrsordnung. An die ich mich immer halte. Normalerweise jedenfalls. Jetzt dagegen hat die blöde Detektivin mich mit ihrem lächerlichen Vorwurf aufgehalten, und in elf Minuten hat Ida Schulschluss, und der Kartoffel-Lauch-Auflauf, den ich für heute geplant habe, ist noch nicht mal im Ofen! Geschweige denn *vorbereitet*. Deswegen muss ich mich ein klitzekleines bisschen beeilen, was diese mobile geriatrische Straßenblockade in Gestalt eines Opel Omega mit Stufenheck ja mal so gar nicht kapiert. Tuckert mit 48 km/h über die Hauptstraße und wird auch kein bisschen schneller, obwohl die Ampel schon länger grün zeigt. Das ist eine echte Provokation!

Aber wahrscheinlich ist der Omega-Fahrer bereits im seligen Reich der Taubheit angelangt. Oder der Hut drückt ihm so auf die Ohren, dass er mein Hupen nicht hört. Scheiße. Zwischen meinen Fantasien vom rasantem Überholen in der geschlossenen Ortschaft und Anbrüllen des Opis halte ich die Uhr im Auge. Jetzt hat Ida gerade Schulschluss. Ich kann nur hoffen, dass sie Tafeldienst hat, dabei bummelt sie immer so, dass sie erst um zehn vor zwei nach Hause kommt. Dann schaffe ich es wenigstens noch, den Auflauf in den Ofen zu schieben. Muss sie eben erst Hausaufgaben machen und anschließend essen. Endlich bin ich in unserer Straße, donnere mit Karacho unsere Auffahrt hoch und ziehe mit Ruck die Handbremse an. Als ich aussteige, steht auf der anderen Straßenseite Frau Lünemann, unsere Blockwartin mit heißem Draht zum Ordnungsamt, und schickt mir mit finsterer Miene eine Verwarnung rüber.

»Hallo, Frau Lünemann«, rufe ich. »Sehen Sie, wie dringend wir hier eine Verkehrsberuhigung brauchen?«

Ich hetze zur Tür, schmeiße meine Tasche und die schöne Papiertüte mit meinem Traumkleid in die Diele, renne die Treppe runter und schleppe einen Haufen Kartoffeln nach oben, nehme die Zeitung von heute (ungelesen) und fange an, darauf die Schalen zu schnipseln. Kaum habe ich die zweite Kartoffel nackig gemacht, klingelt es. Mist. Wenn man will, dass die Kinder pünktlich sind, strapazieren sie die Nerven mit extremer Trödelei, und wenn man hofft, dass sie sich Zeit lassen, stehen sie superfrüh auf der Matte.

»Hallo, mein Spatz«, begrüße ich Ida trotzdem fröhlich, so viel mütterliche Professionalität muss sein. »Wie war's?«

»Schule ist doof«, raunzt sie und lässt den Ranzen fallen. Irgendwie scheinen meine Kinder vergessen zu haben, dass man »Hallo« sagt, bevor man mit dem Motzen anfängt.

»Wasch dir die Hände und fang mit Hausaufgaben an«, sage ich, »das Essen ist noch nicht … Was ist denn mit deiner Hose passiert?« Ihr ganzer Hosenboden ist voller Dreck.

»Bin hingefallen.« Sie zuckt missmutig mit den Schultern.

»Wie das denn?«

»Wie es eben passiert, wenn man hinfällt«, gibt sie patzig zurück. »Oder bist du noch nie hingefallen?«

»Doch, natürlich.«

»Siehst du, also weißt du, wie das geht.« Sie zieht eine Schnute. Irgendwas stimmt nicht, das sagt mir mein Instinkt. »Also, Spatz, ich muss noch den Kartoffel-Lauch-Auflauf …«

»Ich will keinen blöden Kartoffelauflauf.«

Ich seufze. Jetzt beginnt das alte Spiel. Kind will nichts Gesundes essen, Mutter baut Drohkulisse auf, die von den schlimmen Folgen eines Vitaminmangels bis zu Fernsehverbot reicht, das Kind isst missmutig und verhehlt seinen Hass auf die Mutter nicht, Mutter ist zwar zufrieden über ihren Sieg, versucht aber anschließend, die Zuneigung ihres Kindes mit einem Ausgleichsnachtisch wiederzuerlangen. Pädagogik für Fortgeschrittene.

»Kartoffeln sind gesund und …« Auf einmal geht mir die Puste aus. »Ach, weißt du«, stöhne ich. »Mir doch egal.«

»Darf ich Cornflakes?«, fragt Ida überrascht.

»Meinetwegen.«

»Oder … Knuspermüsli?«

Natürlich weiß sie, dass Knuspermüsli nur am Wochenende erlaubt ist, weil es ungefähr so viel Zucker enthält wie ein Fass Honig.

»Nimm, was du willst«, sage ich gleichgültig. Ida staunt über ihr Glück und schüttet sich eine Schale randvoll, für den Fall, dass ich doch wieder zur Vernunft komme und ihr das ungesunde Zeug unter den Fingern wegreiße. Dann knuspert sie still, aber äußerst zufrieden vor sich hin. »Das ist natürlich eine Ausnahme«, sage ich laut, um nicht sofort alle Prinzipien über Bord zu schmeißen.

»Ja, klar«, sagt Ida verständnisvoll.

Ich wende mich wieder den Kartoffeln zu und schäle wie programmiert weiter, da wird mir überhaupt erst klar, dass Saskia mich ganz unverblümt angelogen hat. Karen und Lisa waren nur ein *Vorwand*, um sich mit Max zu treffen. Verdammt! Ich wusste doch, dass dieser Don Juan sie um den Finger wickelt. Plötzlich sehe ich vor mir, wie Saskia eines Morgens bei uns vor der Tür steht, zerzaust und mit gebrochenem Herzen und all ihrer Unbeschwertheit beraubt. Die Vorstellung macht mich so traurig, dass eine Träne ins Kartoffelwasser platscht.

»Darf ich spielen?«, reißt Ida mich aus meinen trüben Gedanken.

Damit meint sie natürlich Computer spielen. Was geht mir diese Fixierung auf digitale Medien auf die Nerven! Ich wische mir mit dem Handrücken über die Augen und rüste mich innerlich für die nächste Standardsituation aus dem pädagogischen Lehrbuch.

»Willst du dich nicht mal wieder mit jemandem verabreden?«, frage ich zurück. »Das Wetter ist schön und …«

»Nöö. Keine Lust.«

»Was ist mit Luis? Mit dem hast du immer gern gespielt.«

»Luis ist doof.«

»Und was ist mit Merle?«

»Die spielt immer nur mit ihren dämlichen Kuscheltieren, das ist langweilig. Also kann ich jetzt ans Tablet?«

»Ich weiß was«, sage ich. »Wir beide spielen. Das wäre toll.« Ida bricht nicht in Jubel aus. Im Gegenteil, sie hockt missmutig da, als hätte ich ihr gesagt, sie müsse ihre ganzen Hausaufgaben noch mal neu machen. »Na gut«, gebe ich seufzend nach. »Eine halbe Stunde, dann ist Schluss, okay?«

Erleichtert sprintet sie ins Wohnzimmer. Ich mache den Auflauf fertig, decke ihn mit einem Teller ab und schiebe ihn in den Kühlschrank. Wenn Nelli mitbekommt, dass Ida Knuspermüsli hat essen dürfen, will sie sicher auch was. Doch als sie eine halbe Stunde später kommt, sagt sie, sie hätte sowieso keinen Hunger.

»Andrea hatte so viele Brote dabei, davon habe ich welche abgekriegt. Ich mache Hausaufgaben!«

Schwups, ist sie nach oben verschwunden. Zwei sind da, fehlt nur Nummer drei. Bin gespannt, wann sie kommt.

Montag, 2. Juli, 14:43 Uhr

Hausarbeit ist eigentlich praktische Meditation. Ich überlege wirklich, ob ich dazu nicht mal einen VHS-Kurs anbieten soll. »Achtsames Putzen«. Oder »Entspannungstechniken mit Schwamm und Lappen«. Das Ceranfeld von eingebrannten Fettflecken befreien ist zum Beispiel eine hervorragende Gelegenheit, sich auf die kreisenden Armbewegungen zu konzentrieren und den Alltagsstress zu vergessen. Nur tiefe Atemzüge sollte man lassen, wegen der giftigen Dämpfe von dieser hellblauen Putzlotion. Weswegen ich auch immer die Dunstabzugshaube volle Kanne anmache.

Daraus ergibt sich ein schöner Nebeneffekt. Man hört nicht, wenn Kinder wegen irgendwelcher Kinkerlitzchen nach einem plärren. Allerdings hört man auch sonst nichts, weswegen die Gefahr groß ist, dass man fürchterlich erschrickt, wenn hinterrücks einer reinkommt.

»Hallo, Mama!«, ruft Saskia fröhlich, die plötzlich mitten in der Küche steht.

»Huch!«, entfährt es mir. Ich drehe mich zu ihr um und fasse mir an die Brust und muss erst einmal tief durchatmen. »Hi, Saskia. Du hast mich aber erschreckt!«

»Oh, sorry«, sagt sie, lächelt weiter und schwenkt eine große Einkaufstasche. »Ich hab ein Kleid, Mama, ein Superkleid!« Ihre blauen Augen leuchten richtig, und sie strahlt so begeistert, dass ich meine Empörung über ihre morgendliche Lüge sofort vergesse. »Was? Toll! Zeig mal!«

Sie trägt ihren Einkauf wie einen Schatz ins Wohnzimmer.

»Und lang oder kurz? Weit oder eng?«, löchere ich sie.

»Wart's ab, Mama.« Saskia lacht. »Ich hatte auf jeden Fall total Glück, es war nämlich das letzte!« Und dann zieht sie das Kleid mit einem »Tadaaa!« aus der Tüte, und ich bin für einen Moment irritiert, weil dabei kurz etwas aufblitzt, was dann wieder zurück in die Tüte fällt. Es sah aus wie etwas ganz Kleines aus schwarzer Spitze.

»Und?«, ruft Saskia. »Wie findest du es?«

»Es ist fantastisch.« Ich lege ergriffen die Hände zusammen. Das Kleid ist weinrot, der Rock ist aus Chiffon und das Oberteil mit Perlen bestickt. Natürlich ist das Kleid fantastisch. Es ist nämlich genau das gleiche, das ich mir auch gekauft habe. Was ganz klar beweist, wie nah wir uns stehen. Gibt es für eine Mutter ein größeres Kompliment? Ich muss gerührt lächeln. »Saskia, das ist ja…«

Ich sehe ihre stolze Miene und beschließe blitzschnell, ihr nicht zu verraten, dass ich mir das gleiche Kleid gekauft habe. Sie wäre nämlich nicht mehr so stolz über ihren Kauf. Sie fände es nicht mehr so schön. Ich weiß das. Ich habe mir mal mit siebzehn eine Strickjacke mit Pelzkragen gekauft, die ich geliebt habe. Bis meine Mutter sich die gleiche gekauft hat. Sie hat wohl gedacht, dass sie damit Nähe vermitteln könnte. Ist aber ziemlich in die Hose gegangen. Ich dachte damals: Wenn es einer so alten Frau gefällt, dann kann es nur ein Spießerteil sein. Nein. Das würde ich Saskia nicht antun. Als gute Mutter muss man wissen, wann man zurückstecken muss. Dieses Kleid werde ich allein Saskia gönnen, in der Gewissheit, dass wir auf einer Wellenlänge liegen. Das ist für mich viel wichtiger, als selbst auf dem Abiball traumhaft auszusehen.

Saskia hält das Kleid vor sich und dreht sich. »Schön, oder?«

»Es ist wirklich ein Traum. Noch viel schöner, als ich es mir vorgestellt habe«, beende ich meine Meinungsbekundung.

»Ich hab gedacht, ich steck die Haare hoch«, sagt Saskia.

»Ja, das wäre eine gute Lösung«, steige ich sofort auf ihre Überlegung ein, »dann würden Ohrringe besonders gut zur Geltung kommen.«

»Hab ich auch gedacht! Weil … für eine Kette ist der Ausschnitt nicht so günstig.«

Wir tauschen angeregt ein paar Ideen aus, und ich bin so froh! So hatte ich mir unseren Vormittag vorgestellt, wir zwei als Freundinnen. Und weil die Atmosphäre gerade so gut ist, frage ich ganz harmlos: »Wie findest du eigentlich diesen Max?«

»Och, der ist ganz nett«, sagt Saskia und streicht ehrfürchtig über das bestickte Oberteil.

»Nur *ganz nett* oder *sehr nett?*«, frage ich zwinkernd.

»Ist hier eine Perle ab?«, fragt Saskia auf einmal besorgt. »Guck mal, Mama, das sieht aus, als wäre da ein Fädchen lose.«

Ich beuge mich näher über das Kleid und untersuche die befragte Stelle. »Nein, das ist in Ordnung«, sage ich. »Guck hier, da fehlt auch eine Perle. Das ist das Muster.«

»Oh, gut!«

»Und wie ist deine Meinung zum Fotografiestudium?«

»Weiß noch nicht«, sagt Saskia abgelenkt.

»Aber was hat Max dir denn dazu erklärt?«

Jetzt richtet Saskia sich auf und schaut mich verwirrt an. »Warum fragst du die ganze Zeit nach Max?«

»Nur so«, behaupte ich schnell und hebe eine Fluse vom Boden auf. »Nur so.« Ich versuche, meiner Stimme einen harmlosen Klang zu geben. »Und, was hast du sonst noch gekauft?«

»Nichts«, behauptet sie. »Das Kleid hat ja mein Budget schon gesprengt. Den Rest hab ich von meinem Geld dazugelegt.«

»Wirklich, nichts anderes?«, sage ich und versuche, nicht darüber nachzudenken, was noch in der Tüte ist. Und mit wem sie es heute gekauft hat. Oder *für wen*.

Sie schaut mich seltsam an. Um ihre Skepsis zu zerstreuen, sage ich lachend: »Keinen Hut oder so?«

»Weswegen sollte ich mir einen Hut kaufen?«

»War doch nur ein Witz«, sage ich schnell.

»Mama, was ist eigentlich los? Was soll die ganze Fragerei?«

Sie zieht ihre Nase kraus, aber ich komme gar nicht dazu, ihr zu antworten, denn ihr Handy klingelt, und sie lässt das Kleid wieder in die Papiertüte gleiten und geht zum Telefonieren nach draußen auf die Terrasse. Mein Blick wandert zu der Papiertüte.

Montag, 2. Juli, 14:52 Uhr

Es ist ein Stringtanga aus schwarzer Spitze mit verführerischen kleinen Schleifchen. Du meine Güte! Das hat nichts mehr mit den Sportslips und fröhlichen BHs zu tun, wie sie junge Mädchen tragen. Das ist Verführung für Fortgeschrittene.

»Mama, was machst du denn da?«, höre ich Saskias entgeisterte Stimme.

Mist. Ich bin von dem Anblick des Tangas so geschockt, dass ich nicht mitbekommen habe, dass sie reingekommen ist.

»Ich … ich wollte nur sehen, wie das Kleid gewaschen wird«, sage ich verlegen und lasse das *Ding* fallen.

Aber Saskia hat mich schon durchschaut. »Du kontrollierst meine Sachen«, stellt sie aufgebracht fest.

»Nein, ich …« Und dann frage ich matt: »Warum hast du mich angelogen?«

»Hä?«, schnauzt sie mich an. »Ich muss dir doch wohl keine Rechenschaft ablegen für jede *Unterhose*, die ich mir kaufe. Du erzählst mir doch auch nicht, wenn du dir irgendwelche Dessous kaufst. Und ich will es auch gar nicht wissen.«

»Aber das meine ich nicht …« Und dann platze ich einfach raus mit der Wahrheit. »Ich meine, dass ich dich in der Stadt gesehen habe. Mit Max. So, jetzt weißt du es.«

»Wirklich?« Sie guckt überrascht. »Du warst auch in der Stadt?«

»Ja.«

»Warum?«

»Ich wollte auch nach einem Kleid gucken. Warum hast du mir nicht erzählt, dass du dich mit ihm treffen willst?«

»Weil ich mit Karen und Lisa in der Stadt war. Max haben wir nur zufällig getroffen.«

»Das hättest du mir doch sagen können«, sage ich leise.

»Ich wusste nicht, dass ich dir Bericht erstatten muss, wann ich wem zufällig begegne. Aber, warte mal. Gestern habe ich Lavinia aus der Stufe unter mir an der Bushalte getroffen. Vorgestern sind Karen und ich Chris über den Weg gelaufen. Am Donnerstag hab ich meinen Mathelehrer im Supermarkt gesehen.« Sie ist immer lauter geworden. »Also, du willst wissen, wann ich mir eine Unterhose kaufe, und du willst wissen, wann ich wen treffe. Was noch? Was willst du noch wissen? Wann ich mit wem telefoniere? Willst du vielleicht meine Telefonliste kontrollieren? Oder meine Nachrichten?«

»Nein, ich …«

Aber Saskia unterbricht mich und fragt arrogant: »Hast du eigentlich nichts Besseres zu tun, als dich in mein Leben einzumischen? Das Klo putzen oder so?«

Montag, 2. Juli, 16:17 Uhr

Einer der besten Vorzüge der Lebensmitte ist, dass man von der Ablehnung durch andere Menschen nicht mehr so aus der Bahn geworfen wird. Früher hat es mich noch zutiefst gekränkt, wenn mich irgendein zufälliger Passant angeraunzt hat, ich solle nicht so beknackt parken. Oder wenn jemand pampig wurde, nur weil ich sie oder ihn freundlich darauf aufmerksam gemacht habe, dass sie oder er sich dreist vorgedrängelt habe. Heute bin ich da viel gelassener, so was macht mir kaum noch was aus. Eine halbe Tafel Schokolade und ich denk nicht mehr dran.

Was sich allerdings nie ändern wird, ist, dass mich der Hass, den mir meine Kinder entgegenschleudern wie einen nassen Dreckslappen, total fertigmacht. Ich stehe immer noch unter Schock wegen Saskias abwertender Attacke. Ich meine, wie kann so etwas so schlecht laufen, wenn man doch nur das Beste will? Und wieso haben Kinder überhaupt keine Probleme damit, die Menschen, die sie am meisten lieben und die immer für sie da sind, so hartherzig zu behandeln?

Ich gehe hoch in die Etage mit den Kinderzimmern. Aus Nellis und Saskias Zimmer dringt Musik, nur bei meiner Kleinsten steht die Tür offen.

»Hey, Ida, hast du Lust auf eine Runde *Mensch ärgere Dich nicht?*«, frage ich hoffnungsvoll.

Aber Ida ist gerade in die Produktion von Kratzbildern versunken. Dabei wird ein Blatt Papier oder ein Stück Pappe mit Wachskreide bunt bemalt und dann schwarz übermalt. Mit einem spitzen Schaber kratzt man Teile der schwarzen Oberfläche ab, worunter das Bunte zum Vorschein kommt. Das ist sehr hübsch, aber die schwarzen Wachskrümel, die durch das Abkratzen entstehen, sind eine ziemliche Pest, putztechnisch gesehen.

Einen Moment stehe ich da und betrachte Ida, wie sie auf dem Boden hockt und eine Art Erdnuss mit Gesicht in das Bild ritzt. Es ist ja schön, wenn sie sich selbst beschäftigen können. Nur fühle ich mich so nutzlos.

Montag, 2. Juli, 17:05 Uhr
Immerhin werde ich trotzdem noch mal gebraucht heute. Gerade habe ich Nelli zum Ballett gefahren, jetzt frage ich Ida ein weiteres Mal, ob wir jetzt was spielen sollen.

Da sie ihre Computerspielzeit heute schon hatte, sagt sie: »Na gut, Mama. Dann spiel ich was mit dir.« Sie steht auf und verkündet: »Wir spielen Frisbee.«

Mist. Sie weiß, dass ich das hasse.

»Wollen wir nicht Boule spielen? Oder Kricket?«

»Frisbee oder nichts.«

Sie beobachtet genau, ob sie mich mit dieser Finte dazu überreden kann, ihr mehr Computerzeit zu geben. Aber nicht mit mir, Frollein.

»Also gut.« Ich gebe seufzend nach. »Dann spielen wir Frisbee.« Dass sie jetzt eine Schnute zieht, nehme ich mit einer gewissen Genugtuung zur Kenntnis. Wir gehen in den Garten. »Ist nur Übungssache«, rufe ich motivierend, als Ida die Gummischeibe das dritte Mal in den Teich geworfen hat, der drei Meter von ihr entfernt ist.

»Ich kann das halt nicht«, erwidert sie patzig. »Das weißt du doch.«

»Was man nicht kann, muss man trainieren«, leiere ich meinen Standardspruch herunter.

Da halte ich auf einmal inne. Habe ich da aus dem Nachbarsgarten Stimmen gehört? War das ein perlendes Lachen aus Saskias Kehle? Hm. Als die Frisbeescheibe endlich mal in meine Reichweite fällt, schleudere ich sie zu feste, sodass sie weit oben in die Ligusterhecke fliegt, die unseren Garten von dem von Mertens trennt.

»Mama«, motzt Ida. »Du musst dir schon Mühe geben, sonst macht mir das keinen Spaß!«

»Entschuldige, Spatz«, sage ich schnell. »Warte, ich hol sie wieder.« Unsere Hecke ist ziemlich hoch, weil Patrick im Frühjahr regelmäßig den Zeitpunkt verpasst, zu dem man sie noch stutzen darf. Und dann nisten die Vögel drin, und die Natur nimmt ihren Lauf, und schwups, ist die Hecke in allen Richtungen aus dem Leim gegangen wie ein Pauschaltourist nach drei Wochen All-inclusive. »Ich muss die Leiter holen«, sage ich zu Ida.

Kurz darauf steige ich die Stufen hoch, die Augen scheinbar suchend auf die Hecke gerichtet. Da höre ich Max, der irgendwas brummt, und Saskias klirrendes Lachen als Antwort. Und ich wage den Blick über die Hecke. Meine Tochter liegt neben Max in der Sonne. Sie streckt ihre nackten braunen Beine gemütlich auf dem Liegestuhl aus, in der Hand hält sie einen Cocktail. Schon wieder Alkohol! Am helllichten Tag! Na warte, Madame. Komm du mir nach Hause!

Schnell will ich abtauchen, bevor sie mich entdeckt, da kommt Lasse auf die Terrasse, winkt mit einem Tennisschläger und kräht: »Hallo. Henni!«

Saskia bemerkt mich und hebt spöttisch grinsend ihr Glas, als wollte sie mir zuprosten.

»Äh«, mache ich verlegen. »Ich suche nur unsere Frisbeescheibe.«

»Hab sie schon, Mama«, ruft Ida von unten.

Saskia und Max werfen sich einen Blick zu und kichern beschwipst. Ich wette, meine Tochter hat ihm von unserem Streit erzählt und sich bei ihm darüber ausgelassen, was für eine kontrollsüchtige Helikoptermutter ich bin. Und jetzt lachen sie mich aus!

Montag, 2. Juli, 19:24 Uhr

Mein Plan, die Familie zum gemeinsamen Abendessen zu versammeln, scheitert. Nelli muss noch Hausaufgaben machen und möchte nur schnell ein Müsli essen, Saskia ist gar nicht erst aufgetaucht, und Patrick ist kaum zu Hause, da will er erneut weg.

»Du willst joggen?«, frage ich entsetzt. *»Jetzt?«*

»Ja, nach diesem Tag brauche ich dringend noch Bewegung, um erst mal abzuschalten.«

»Aber …«

»Was ist denn schon wieder, Henriette?«, fragt er, und ich sehe ihm an, dass er maximal genervt ist.

»Nichts«, antworte ich pikiert. »Gar nichts. Dann essen wir den Auflauf eben morgen.«

Langsam ist mir auch alles egal. Ich esse mit Ida Butterbrote vor dem Fernseher. Wir gucken *Bibi und Tina*, eine einfältige Zeichentrickserie, in der dauernd Pferde oder Hunde gestohlen werden, die Bibi Blocksberg mit saudummen Zaubersprüchen wieder herbeizaubert.

Ene, mene, dummes Stück, schnell herbei, Familienglück, hexhex.

Montag, 2. Juli, 20:51 Uhr

Endlich kehrt Ruhe ein. Nelli und Ida machen sich oben bettfertig, Patrick ist geduscht und wirkt deutlich entspannter. Ich setze mich zu ihm an den Tisch und schaue zu, wie er ein Sandwich verdrückt. Obwohl mir noch seine abweisende Haltung am Telefon heute Morgen im Magen liegt, möchte ich das Gespräch nicht mit Vorhaltungen beginnen. Und ich merke natürlich, dass es mit seinem Wohlwollen mir gegenüber auch nicht gerade zum Besten steht.

»Hier war heute vielleicht was los«, fange ich also neutral und mit möglichst heiterem Ton an. Manchmal sind Gespräche unter Eheleuten wie Schlittschuhfahren auf einem zugefrorenen See. Man weiß nie, wann das Eis bricht und man im eiskalten

Wasser versinkt. Weswegen man sich ganz vorsichtig bewegt. »Die Kinder haben …«

In dem Moment höre ich, wie die Haustür zugeschlagen wird, und keine fünf Sekunden später kommt Saskia herein. »Bin zurück«, ruft sie.

Die hat Nerven!

»Aha«, sage ich. »Na, das ist ja eine Überraschung.«

Saskia lässt sich von meinem bissigen Unterton nicht beeindrucken. »Hi, Papa«, ruft sie fröhlich und klatscht ihn ab.

»Na, Große, wie war dein Tag?«, fragt er neugierig.

»Super«, sagt sie. »Hab ein tolles Kleid gefunden!«

»Bin schon total gespannt. Du siehst sicher wunderschön darin aus.«

Die beiden unterhalten sich und lachen. Ich starre auf das Tischset aus Bambus, das schon erste Auflösungserscheinungen zeigt.

»Ich geh jetzt hoch. Gute Nacht, Papa.« Saskia gibt Patrick einen Kuss auf die Wange und spaziert nach oben.

»Also, was wolltest du erzählen?«, wendet sich mein Mann an mich.

Ich stutze. Hat er gar nicht bemerkt, dass sie mich nicht beachtet hat?

»Sag mal, hat sie nach Alkohol gerochen?«, frage ich.

»Wer? Saskia? Nee, ist mir nicht aufgefallen. Warum fragst du?«

»Weil sie heute Nachmittag drüben war und mit diesem Max Cocktails getrunken hat.«

»Ich hab nichts gerochen«, sagt er.

»Sie hat sich auch blendend mit ihm unterhalten. Und davor war sie mit ihm in der Stadt und hat … Dessous gekauft.«

»Blöd.« Patrick seufzt. »Mir gefällt das natürlich auch nicht. Aber verbieten können wir es ihr nicht.«

»Natürlich können wir das«, brause ich auf. »Wir sollten es sogar. Der Mann ist doppelt so alt wie sie.«

»Wie gesagt, mir gefällt das auch nicht. Aber ich weiß, wenn wir es ihr verbieten, wird sie auf die Barrikaden gehen.«

»Das ist mir egal«, sage ich patzig. »Hauptsache, sie hält sich von ihm fern!«

»Wenn sie sich tatsächlich in den Kerl verliebt, was wir alle nicht hoffen, dann kannst du es sowieso nicht verhindern.« Ich weiß, dass das vernünftig klingt, trotzdem finde ich es nicht richtig. »Rede mit ihr, aber misch dich nicht ein, Henriette«, mahnt Patrick. »Das wäre der größte Fehler, glaub mir.«

Mag ja sein, dass er recht hat. Nur wenn *ich* recht habe, dann wird sie etwas tun, das sie sich niemals verzeihen wird. Und was sie vielleicht komplett aus der Bahn wirft. Ich weiß, dass so was viel schneller passieren kann, als man denkt.

»Du verstehst das nicht«, sage ich heftig. »Solche Typen bringen einen dazu, Sachen zu machen, die man eigentlich nicht will.«

»Wie meinst du das?«, fragt er verdutzt. Das ist die Gelegenheit. Wenn er verstehen will, warum ich so besorgt bin, sollte ich es ihm erzählen. »Ich habe dir noch nie …«

»Mama, komm mal!«, brüllt Nelli von oben.

Immer, wenn Nelli mich in letzter Zeit zu sich ruft, denke ich, dass sie ihre Tage bekommen hat.

»Ich muss mal hoch«, sage ich matt.

Fehlalarm. Nachdem ich Nelli versprochen habe, ihre weiße Bluse für morgen noch mal zu bügeln, gehe ich wieder runter. Ich bin immer noch entschlossen, Patrick von der Sache von damals zu berichten. Doch er hängt schon wieder vor dem Fernseher. Mit seinem Handy in der Hand, sodass er auf zwei Kanälen gleichzeitig Input bekommt.

Ich bleibe einen Moment stehen, um zu gucken, ob ihm einfällt, dass ich ihm gerade etwas Wichtiges hatte erzählen wollen. Doch er starrt nur wie hypnotisiert auf sein Smartphone, während im Hintergrund irgendwelche Riesenbagger in Stellung gehen, um die größte Brücke Chinas in den Sand zu rammen.

»Setz dich oder geh hoch«, sagt er, ohne aufzuschauen. »Du machst mich nervös, wenn du da rumstehst.«

Die Entscheidung fällt leicht. Wenn ich mir eines geschworen habe, dann, dass ich niemals mehr in Konkurrenz mit der Glotze treten werde, wenn es um die Aufmerksamkeit meines Mannes geht.

Dienstag, 3. Juli, 8:17 Uhr

Meine Nacht war unruhig. Alle möglichen Gedanken sind mir im Halbschlaf im Kopf herumgeschwirrt. Aber seit ich aufgewacht bin, sehe ich alles wieder klar. Es ist doch so: Erziehung bedeutet nichts anderes, als Kinder dahin zu bringen, das zu tun, was gut für sie ist, auch wenn sie überhaupt nicht einsehen, dass es gut für sie ist. Oder andersrum: Andauernd muss man verhindern, dass sie idiotische Sachen machen, die ihnen schaden. Dass man dabei auf Widerstand stößt, ist normal. Weil Kinder nun mal der felsenfesten Überzeugung sind, dass das, was sie gern haben, auch genau das ist, was sie brauchen. Wenn man nicht eingreifen würde, würden sich Kinder doch nur von Limo und Gummibärchen ernähren, nicht die Zähne putzen, bis in die Puppen aufbleiben, ihren Krempel überall rumliegen lassen, nicht ihren Teller abräumen, beim Essen den Ellenbogen auf dem Tisch abstützen, bei nasskaltem Wetter ohne Jacke rausgehen oder in der Schule ihre zerfetzte Lieblingshose tragen, die nur noch von Dreck und Zuneigung zusammengehalten wird. So sieht es nämlich aus. Und wer hat sich in dieser Familie darum gekümmert, dass die Kinder Gemüse essen, ihre Hausaufgaben machen, Servietten statt den Ärmel benutzen und ihre Zimmer sauber halten?

Patrick war es jedenfalls nicht.

Da kann der Herr Erziehungsberechtigte meinetwegen glauben, man müsse *gar nichts* unternehmen, um Kinder dazu zu bekommen, das Richtige zu tun – ich weiß, dass es anders ist. Weil ich nun mal die Expertin bin. Und ich werde es nicht dem Zufall überlassen, ob Saskia die richtige Entscheidung für ihre Zukunft trifft. *Punkt.*

Dienstag, 3. Juli, 10:43 Uhr

Zu den erstaunlichsten Eigenschaften einer Mutter gehört ihre Fähigkeit zu verzeihen, auch wenn ihr eigentlich nach kindischer Bockigkeit zumute ist. Ich brauche nicht mal eine Entschuldigung von Saskia, um zu wissen, dass ihr der Streit und ihr Verhalten auch leidtut. Selbstverständlich werde *ich* mich bei ihr entschuldigen, wie das Erwachsene tun, wenn sie einen Fehler gemacht haben. Und mal sehen, vielleicht ist sie ja doch reifer, als ich dachte, und entschuldigt sich ebenfalls.

Als sie in die Küche kommt, im *Schlafanzug*, werfe ich nur einen kurzen Blick auf die Uhr, sage aber nichts. Mein Arbeitstag fängt morgens um 6:30 Uhr an. Und ich war schon richtig fleißig. Ich habe nicht nur meine üblichen Frühstückspflichten erledigt, sondern auch schon das Protokoll von der Schulpflegschaftssitzung abgetippt und verschickt, eine E-Mail wegen der »Verkehrsberuhigung Storchenweg« verfasst und unseren Internetvertrag geändert. Ich habe beschlossen, dass das superschnelle Internet meine Familie nur verleitet, zu viel am Computer und am Fernsehen zu hängen. Weswegen wir demnächst nur noch ein mittelschnelles haben. Das reicht. Und das Geld, das wir monatlich sparen, stecke ich in ein Extrasparschwein, damit ich meine Familie davon ins Phantasialand einladen kann, wo ich ihnen dann erkläre, dass damit eindeutig bewiesen ist, dass es sich finanziell *und* vom Erlebnisfaktor her lohnt, Freizeit weniger virtuell zu verbringen. Ich bin also voller Elan schon mitten in meinem Tag, während Saskia noch im Brummelmodus ist, als sie sich an den gedeckten Tisch setzt.

»Guten Morgen«, trillere ich schließlich doch fröhlich.

»Morn.«

»Wie geht's?«

»Gut«, sagt sie. Den schnippischen Ton überhöre ich.

»Schön«, sage ich.

Sie schmiert sich ein Brot. Den Fuß angezogen auf der Sitzfläche, fläzt sie sich am Tisch, als wäre ihr über Nacht die Stützmuskulatur abhandengekommen.

»Hör mal, wegen gestern …«, fange ich an. »Es tut mir wirklich leid, dass ich in deine Einkaufstüte reingesehen habe.«

»Also hast du doch spioniert«, stellt sie fest und beißt zufrieden in ihr Brot.

»Na ja. *Spioniert* … würde ich es nicht nennen. Ich wollte sehen, was … was du dir gekauft hast und dann … Ja, gut. Es war nicht so gemeint, aber vielleicht kann man es tatsächlich spionieren nennen. Es war falsch von mir und es tut mir leid.«

Dann will ich noch sagen, dass ich nur ihr Bestes will, doch da verkündet sie schon zwischen zwei Bissen: »Ich kann mir kaufen, was ich will, und ich kann machen, was ich will.«

Ich seufze leise. »Das mag so sein«, gebe ich diplomatisch zu, »nur kannst du nicht verhindern, dass ich mir Sorgen mache.«

»*Weswegen* denn?«, fragt sie ungeduldig.

Nein, ich werde Max nicht erwähnen. Ich gehe lieber auf die Probleme ein, die so offensichtlich sind, dass selbst Saskia einsichtig sein muss. Schon wieder bin ich nah dran am Orden für besondere Erziehungsverdienste. »Weil du dich noch nicht für eine Berufsausbildung entschieden hast, deswegen.«

»Keine Sorge, Mama, ich hab mir diesen Tanga nicht gekauft, weil ich ihn für meinen zukünftigen Beruf brauche.«

Mir bleibt einen Moment der Mund offen stehen. Ihre Schlagfertigkeit verblüfft mich immer wieder. Ihre Schlagfertigkeit *und* ihre Dreistigkeit.

»Das habe ich ja auch nicht vermutet«, sage ich beklommen. »Aber wir würden schon gern wissen, was du dir denkst. Und welche Ausbildung oder welche Studienfächer im Moment infrage kommen.«

»Keine Sorge«, sagt sie wieder und nippt seelenruhig den Kaffee, den ich ihr vorgesetzt habe. »Wenn ich mich entschieden habe, werdet ihr es als Erste erfahren. Versprochen.«

Saskia macht mich wahnsinnig! Dieses Mädchen gießt mit voller Absicht Öl ins Feuer. Da kann wohl niemand erwarten, dass ich das einfach so hinnehme!

»Ich verstehe ja, dass du nach dem Abiturstress ausspannen willst«, sage ich lauernd, »aber ich habe langsam die Befürchtung, dass das zu einem Dauerzustand werden könnte.«

»Mama«, sie verdreht genervt die Augen, »ich habe noch nicht mal mein Zeugnis bekommen, also chill.«

»Ich kann nicht chillen, wenn ich sehe, wie du den lieben langen Tag planlos rumhängst, dich in der Dessous-Abteilung rumtreibst und Cocktails trinkst mit diesem … *Max!*«

Zack, da ist es doch passiert. Jetzt bin ich ein bisschen lauter geworden. Und habe Max erwähnt. Aber das ist gut. Dann kommt die Sache endlich auf den Tisch, und wir reden darüber wie Erwachsene.

»Ach«, sagt sie verblüfft, »darum geht es die ganze Zeit. Wusste ich es doch!« Sie mustert mich spöttisch. »Komisch. Du fandst ihn nett, bis er mich nett fand. Hm. Was sagt mir das?«

Ich fasse es nicht! Wie kann man mit achtzehn Jahren so arrogant sein? So arrogant und so scharfzüngig!

»Das hat doch damit nichts zu tun!«, behaupte ich und fuchtle aufgebracht mit den Händen herum.

»Ach, nein? Womit dann?«

»Damit, dass er doppelt so alt ist wie du.«

»Na und?«

»Na *und?*«, wiederhole ich. »Solche Typen haben doch ganz andere Erwartungen ans Leben. Und … an eine *Beziehung*.« Sie verdreht die Augen. »Ich weiß, du hältst dich schon für erwachsen, aber du hast keine Ahnung, wie Männer im Allgemeinen ticken«, sage ich. »Und wie dieser spezielle Mann tickt!«

Sie schaut mich ungerührt an. Dann schiebt sie sich den Rest Brot in den Mund und sagt kauend: »Du vertraust mir ja gar nicht. Lass mich doch einfach mal machen.«

»Lass mich doch einfach mal machen«, pruste ich. »Ha! Wenn du mir zeigen würdest, dass du mein Vertrauen verdient hast, dann würde ich dich machen lassen. Nur sehe ich das nicht. Rührst hier keinen Finger, hast keine Ahnung, was du mit deiner Zukunft anfangen willst, und betrinkst dich nachmittags mit diesem Kerl, anstatt dich um einen Studienplatz zu bemühen.«

Sie klappt den Mund auf, als wollte sie widersprechen, aber sie zieht nur eine Grimasse. »Mama, echt. Das machen alle so«, behauptet sie. *»Alle!«*

»Wenn es die anderen machen, heißt das noch lange nicht, dass man es auch so machen muss. Wenn einer die Klippe runter …«

»… springt, ich *weiß*, Mama.« Sie stöhnt. Dann schaut sie mich mit zusammengekniffenen Augen an und fragt: »Was ist eigentlich mit dir los?«

»Red nicht so mit mir«, fahre ich sie an. »Ich bin immer noch deine Mutter. Weißt du eigentlich, wie weh das tut, wie du mich behandelst?«

Einen Moment denke ich, sie sieht ein, dass sie mal wieder zu weit gegangen ist, doch da sagt sie nur: »Dann lass mich doch einfach in Ruhe!«

Sie steht auf und geht zur Tür. Natürlich stellt sie nicht mal ihren Teller in die Spülmaschine.

»Ich lasse dich nicht in Ruhe, wenn du deine Zukunft verplemperst«, rufe ich.

»Das Einzige, womit ich meine Zukunft verplempere, ist, dir zuzuhören«, schreit Saskia aus dem Flur.

»Solange du hier wohnst, *musst* du mir zuhören!«, brülle ich.

»Dann ziehe ich eben aus! Dann hab ich endlich meine Ruhe!« Sie stapft die Treppe hoch.

»Dann zieh doch aus. Wirst schon sehen, was so eine Wohnung in der Stadt kostet«, kreische ich ihr hinterher. »So lernst du wenigstens, was es heißt, Verantwortung zu übernehmen. Indem du dir nämlich einen Job suchst!«

»Such dir doch selbst einen Job, dann hast du auch nicht so viel Zeit, mir auf die Nerven zu gehen!«

Ich japse nach Luft. Ein entferntes Türschlagen markiert das Ende dieser hässlichen Auseinandersetzung. Ich lasse mich erschöpft an den Küchentisch sinken. Aus heiterem Himmel fällt mir diese alte Geschichte ein von den Leuten, die zum Zigarettenholen gehen und nicht wieder zurückkommen. Vielleicht sollte ich mit dem Rauchen anfangen.

Hm.

Andererseits zwingt einen ja niemand dazu, ein Klischee zu erfüllen. Ich könnte auch einfach sagen, ich habe Appetit auf Gänseleberpastete, und mich aus dem Staub machen. Unwillkürlich muss ich grinsen. Und solange ich mich noch selbst zum Lachen bringen kann, ist alles halb so wild.

Dienstag, 3. Juli, 11:36 Uhr

Mamaphone: Hi, Katrin. Wie läuft's?

Katrin: Ich könnte gerade so richtig schön im Strahl kotzen. Der Vollpfosten nervt total. Gestern schlimmer Streit mit Steven. PMS! ☠

Mamaphone: Tell me about it! Saskia hat gerade mal wieder einen Preis für die beste Mum-Hate-Speech verdient!!!! Was soll ich mit diesem Kind machen, damit es endlich zur Vernunft kommt?

Katrin: NIX!!! Wird schon. Sie ist ein schlaues Mädchen.

Mamaphone: NIX ist keine Option! Als Mutter weiß man das.

Eine Antwort bleibt sie mir schuldig. Na ja. Hat vermutlich viel zu tun. Ich ja auch.

Dienstag, 3. Juli, 13:47 Uhr

Es klingelt. Ich dachte, es wäre Nelli, ein paar Minuten zu früh, aber es ist Miriam. Sie hat Lasse im Schlepptau und ihr typisches »Kann-ich-ihn-eben-bei-dir-lassen-Gesicht« aufgesetzt. Doch diesmal kann sie bei mir nicht auf Müttersolidarität setzen. Ich helfe gern aus, wenn Not am Mann ist, dagegen nicht, damit sie sich die Fußnägel lackieren lassen kann oder was immer für luxuriöse Freizeitbeschäftigungen auf sie warten.

Deswegen sage ich: »Bei mir ist es gerade ungünstig. Max kann doch auf ihn aufpassen.«

Ich bin richtig stolz, weil ich mir nicht mehr auf der Nase rumtanzen lasse. Jedenfalls nicht von ihr.

Miriam reißt ihre Rehaugen auf und klimpert mich an. »Max ist gerade unterwegs. Und außerdem«, seufzt sie, »nicht gerade der zuverlässigste Babysitter.«

»Aua«, sagt Lasse und zeigt auf ein großes Pflaster auf dem Knie.

»Oh, das sieht aber nicht gut aus«, sage ich zufrieden.

»Ja. Ich bin ehrlich froh, wenn er am Sonntag wieder weg ist.«

»Er fährt am Sonntag ab?«, rufe ich erstaunt. Am Tag nach Saskias Abiball! Miriam nickt. Lasse scheint kein Interesse mehr an unserem Gespräch zu haben, denn er quetscht sich an mir vorbei und läuft die Treppe hoch zu den Kinderzimmern, noch ehe ich es verhindern kann. Ich schaue ihm nach, dann zupfe ich beiläufig ein verwelktes Blatt von dem Gummibaum in der Diele. »Wo wohnt Max eigentlich?«

»In Frankreich.«

»Frankreich?«, entfährt es mir wieder verdächtig laut. Ich räuspere mich schnell. »Ich meine, das wusste ich gar nicht.«

»Ja, er wohnt schon lange da. Unten an der Côte d'Azur.«

»Wow«, sage ich. »Das ist ja toll!« Neuseeland wäre noch besser gewesen, aber Frankreich ist fürs Erste unerreichbar genug. Meine Laune steigt erheblich. Nur noch vier Tage, dann hat sich das Problem mit Max hoffentlich erledigt. Ich bin so erleichtert, dass mir ein kleines perlendes Lachen entfährt.

»Ich hole Lasse dann so um sechs ab«, ruft Miriam und macht sich davon, noch bevor ich sagen kann, ob mir das recht ist.

Dienstag, 3. Juli, 15:23 Uhr

Ich weiß jetzt, was ich machen muss. Die Sache ist ganz einfach. Zum Glück hält die pädagogische Trickkiste einer erfahrenen Mutter einige sehr effektive Methoden bereit, die sich vielleicht auf den ersten Blick ein bisschen unseriös anhören, die aber erfahrungsgemäß die besten Ergebnisse hervorbringen. Zum Beispiel die gute alte Bestechung. Weil jetzt sicher einigen pädagogischen Besserwissern der Schweiß der Empörung ausbricht, nennen wir es »ein spezielles Belohnungssystem«.

Hat jeder schon gemacht, und wer das leugnet, der lügt. Oder hat Kinder, die sich noch im reinen Alter der Unschuld bewegen, bevor sie vom Wörtchen »Nein« auf die dunkle Seite der Macht gezogen werden. Sobald sie den süßen Verlockungen des Widerstands erlegen sind, wird das Durchsetzen von Prinzipien äußerst anstrengend. Weswegen man eben auch mal Ausnahmen machen darf. Zum Beispiel, indem man Kinder bei langen Autofahrten mit Bergen von Süßigkeiten ruhigstellt, sie am Wochenende morgens um sieben fernsehen lässt, damit man nicht puzzeln muss, oder indem man sie mit der Aussicht auf das Bezahlen des Führerscheins davon überzeugt, dass es sich lohnt, gute Noten abzuliefern.

Bestechung wirkt in jedem Alter. Wobei mein neuer Plan nicht unter Bestechung, sondern unter »luxuriöse Ablenkungsmanöver« läuft. Kinder werden ja anspruchsvoller. Eine Dreijährige kann man vielleicht noch mit einem Puppenwagen dazu bringen, ihren Schnuller wegzuschmeißen. Einer Achtzehnjährigen muss man schon etwas mehr bieten, damit sie von einem attraktiven Womanizer abgebracht wird. Das wird mich zwar etwas kosten, aber das ist es mir wert.

Dienstag, 3. Juli, 21:07 Uhr

Nelli und Ida sind nach oben gegangen. Ich räume mit Patrick den Tisch ab.

»Der Installateur hat angerufen wegen der Wartung der Heizung«, sage ich. »Ich mache einen Termin mit ihm.«

»Nee, nicht jetzt«, wendet Patrick ein. »Die ist doch sowieso aus. Lass uns das machen, wenn wir die Heizung wieder anstellen.«

»Stimmt, gute Idee.«

»Hat der Gartenmann eigentlich schon die Rechnung geschickt?«

»Ja, liegt oben auf deinem Schreibtisch. Hier, stell das auch noch in die Spülmaschine, dann können wir sie gleich anmachen.«

Schon haben wir die Zeit überbrückt, die wir an diesem Tag allein verbracht haben, und können uns entspannt aufs Sofa hängen. Es ist wirklich praktisch, dass man als langjähriges Paar immer ausreichend organisatorische Informationen austauschen kann. So fällt nicht so auf, dass man sich in Sachen Beziehung außer Vorwürfen und gegenseitigen Vorhaltungen nicht mehr viel zu sagen hat.

Mittwoch, 4. Juli, 7:04 Uhr

Auf der höheren Mütterschule lernt man nicht nur etwas über hauswirtschaftliche und pflegerische Dienstleistungen, sondern erlangt auch eine gewisse Qualifikation in akademischen Berufen wie Kinderheilkunde und Rechtsprechung. Heute Morgen ist mal wieder Sprechstunde in der Praxis Henkemeier.

»Mama, mir geht es nicht gut«, behauptet Ida aus ihrem Bett heraus und guckt mich mit glasklaren Augen an.

»Was tut dir denn weh?«

»Der Kopf. Und überhaupt *alles*.«

Ich lege meine Hand fachmännisch auf ihre Stirn. »Fieber hast du keines.«

»Aber solche Kopfschmerzen«, erwidert sie stöhnend und blinzelt mich aus zusammengekniffenen Augen aufmerksam an.

»Hm. Ich würde vorschlagen, du stehst mal auf und frühstückst. Danach sehen wir weiter.«

»Ich will aber nicht weitersehen. Ich will im Bett bleiben.«

»Ehrlich, mein Spatz, du bist überhaupt nicht krank.«

»Woher willst du das denn wissen? Du bist doch nicht in mir drin!«, ruft sie aufgebracht.

»Ich weiß, aber als Mutter hat man einen Blick dafür, wann es ernst ist und wann nicht. Und du siehst mir aus wie jemand, den man mit einem Nutellabrot heilen kann.«

Nutella gibt es bei uns normalerweise nur am Wochenende. Immerhin schaffe ich es damit, Ida zum Aufstehen zu bringen. Tja, als Mutter ist man natürlich auch professionelle Animateurin.

Mittwoch, 4. Juli, 7:21 Uhr

Als Nächstes werden meine Fähigkeiten als Richterin gefordert. Bei der mütterlichen Rechtsprechung gibt es zwei Besonderheiten. Erstens erfolgt sie fast immer in einem Schnellverfahren, in dem es nur eine verkürzte Zeugenvernehmung gibt. Die Zeugenvernehmung bringt nämlich jeden sehr schnell an den Rand der Geduld, weil die beiden Streitparteien zwar jede Menge Anschuldigungen vorbringen, aber niemand bereit ist, auch nur ein Fitzelchen Schuld einzugestehen. Und die zweite Besonderheit ist, dass von vornherein klar ist, dass *niemand* mit dem Urteil zufrieden sein wird. Und dann kann es passieren, dass am Ende die Richterin angeklagt wird, gern auch in schönster Eintracht von beiden Streithähnen, die sich extra zu dem Zweck wieder verbündet haben.

Es fängt damit an, dass Nelli beim Frühstück fragt, ob Andrea am Samstag bei uns übernachten darf. Sie gießt Milch in ihre Haferflocken und fängt an zu essen. Ida kaut schon auf ihrem Nutellabrot herum.

»Meinetwegen«, antworte ich. »Da müssen wir nur Oma noch fragen, weil die ja am Samstag auf euch aufpasst.«

»Oma hat bestimmt nichts dagegen!« Nelli freut sich.

»Ich hab aber was dagegen«, sagt Ida. »Mama, immer wenn Nelli Besuch hat, ist sie total fies zu mir.«

»Stimmt doch gar nicht«, protestiert Nelli.

»Stimmt wohl. Du machst dich dann über mich lustig und haust mich die ganze Zeit.«

»Hä? Was für ein Schwachsinn. Ich hau dich doch nicht die ganze Zeit.«

Ida präsentiert einen blauen Fleck, der kaum noch zu erkennen ist. »Und was ist das?«, ruft sie triumphierend.

Jetzt zieht Nelli ihr T-Shirt hoch und zeigt einen Kratzer am Oberarm. »Hier hast du mich gekniffen mit deinen scharfen Fingernägeln.«

»So, Kinder, Schluss jetzt. Niemand wird gehauen oder gekniffen. Andrea darf hier schlafen, wenn Oma nichts dagegen hat. Ida, du kannst dir auch einen Übernachtungsgast einladen.« Ich bin sehr zufrieden mit meinem spontanen Richterspruch.

Ida allerdings nicht. »Das ist so unfair«, schreit sie.

»Was ist denn daran unfair?«, braust Nelli auf. »Nur, weil du keine Freunde hast, muss ich ja nicht darunter leiden.«

»Du doofe Kuh«, schreit Ida und haut Nelli auf den Arm, wobei in Milch getränkte Haferflocken auf deren neue Hose schwappen.

»Aufhören«, rufe ich.

»Arschloch!«, schreit Nelli und zieht Ida am Zopf, worauf die aufheult.

»Was ist denn hier los?«, fragt Patrick, der in Pyjamahose in die Küche kommt. »Henriette, muss das denn sein?«

Einen Moment starre ich ihn verdutzt an. Na toll. Ein solch unqualifizierter Kommentar hat mir gerade noch gefehlt.

»Schluss jetzt«, brülle ich. »Aufhören *beide!*« Ich werfe den Mädchen einen strengen Blick zu, und sie sind zumindest vorübergehend still. »Und du darfst hier gern selbst mal den Frühstücksservice für die Kinder machen, wenn du meinst, dass du es besser kannst«, blaffe ich Patrick an, der sich einfach abwendet, um duschen zu gehen.

»Kriegt die dafür keine Strafe?«, fragt Nelli entrüstet und zeigt auf ihre bekleckerte Hose. Ich bin einen Moment unschlüssig und versuche, den Ablauf in Gedanken zu rekonstruieren, um irgendwas halbwegs Sinnvolles urteilen zu können, aber da zischt Nelli schon: »Ist ja typisch. Die darf alles, und ich darf nichts.« Damit zieht sie ab, um sich umzuziehen, nicht ohne Ida noch eine Grimasse zu schneiden.

Ida sagt: »Mama, ich will nicht zur Schule. Ich hab Bauchschmerzen.«

»Wer so streiten kann, kann auch in die Schule gehen«, bestimme ich. »Ende der Diskussion.«

»Du bist blöd!« Wütend steht sie auf.

»Dafür hast du Fernsehverbot heute«, sage ich.

»Mir doch egal«, schreit sie und geht raus.

Keine von beiden hat ihr Geschirr in die Spüle gestellt. Aber bevor ich diesen Kampf jetzt auch noch ausfechte, mache ich es lieber selbst. Zehn Minuten mit meinen Kindern können einen manchmal um Jahre altern lassen.

Mittwoch, 4. Juli, 8:01 Uhr

Der Moment, in dem die Kinder zur Schule gegangen sind, gehört zu den schönsten am Tag. Endlich kehrt Ruhe ein. Ich merke, wie mein Stimmungsbarometer sich normalisiert. Als ich Patrick in der Diele mit dem Schlüssel klappern höre, gehe ich zu ihm. Ich möchte nicht, dass er ohne ein nettes Wort von mir zur Arbeit fährt.

»Gut, dass wir bald nach Dänemark fahren«, fange ich an, »die Kinder sind erschöpft von dem Schuljahr, und wir beide brauchen auch eine Auszeit.«

»Ja«, sagt er, während ich ihm die Krawatte noch mal richte. Eine Geste, die ich früher blöd fand, die aber irgendwann zu einem fast intimen Stelldichein geworden ist.

»Dann gehen wir bei Morten Backfisch und in der blauen Bude Softeis essen«, schwärme ich und muss lächeln beim Gedanken an die vielen schönen Urlaube in Nordwestjütland.

Wir fahren seit sechs Jahren dorthin. Ich finde das toll. Man weiß, was einen erwartet, und erlebt keine bösen Überraschungen mit Ferienhäusern, die ganz anders aussehen als auf den Bildern im Internet. Leute, die immer was Neues ausprobieren wollen, gehen mir auf die Nerven. Die tun so, als ob Routine pure Langeweile wäre. Was für ein Quatsch! Ich finde, Routine ist ein sehr bequemes Ruhekissen. Besonders im Urlaub.

»Klingt toll«, sagt er vom Brummen seines Handys abgelenkt.

Ich gebe ihm einen Kuss, schaue zu, wie er in sein Auto steigt, wir winken uns noch einmal zu, dann ist er weg. Ja, ich glaube, ein Familienurlaub war noch nie so wichtig wie dieses Jahr. Nach drei Wochen Strand und Sonne wird es uns allen wieder richtig gut gehen. Patrick und ich haben endlich Zeit füreinander, er kann einiges aufholen mit den Kindern, die Mädchen können sich von all den Strapazen in der Schule erholen, und wir als Familie können unbeschwerten Spaß haben. Das Beste daran ist, dass wir dort alle zusammen sind, wir fünf. Saskia hat gesagt, dass sie mitkommt, vielleicht zum letzten Mal. Und darüber freue ich mich fast am meisten. Die Familie komplett zusammen, so wie ich das am liebsten habe.

Ja, ich weiß es: Nach dem Urlaub wird alles wieder gut sein. Und bis wir aufbrechen, sind es nur noch zweieinhalb Wochen. Die Zeit werden wir jetzt auch noch überstehen.

Mittwoch, 4. Juli, 11:19 Uhr

Ich habe Saskia schlafen lassen. Kein Druck, ist meine Devise. Sanfte Gewalt, das ja. Aber die wird sie nicht spüren, denn ich kaschiere mein Anliegen, sie unter Beobachtung zu haben, mit einem wirklich tollen Zeitvertreib. Als sie gähnend runterkommt, wurschtele ich geschäftig im Wohnzimmer rum. Dabei lausche ich natürlich in die Küche hinein, wo Saskia zur Spüle schlurft. Die Schranktür klappert, weil sie sich vermutlich eine Tasse rausholt. Denn diesmal habe ich den Tisch nicht gedeckt, sondern nur einen Gutschein in der Mitte platziert. Den sie nach meiner Berechnung jetzt finden …

»Mama«, ruft sie. »Was ist das denn?« Ihre Stimme – das pure Erstaunen. Saskia war noch nie besonders nachtragend. Ich bin es zum Glück auch nicht. Sie kommt ins Wohnzimmer und hält den Gutschein von *PureCosmetics* hoch. »Was ist das?«, fragt sie erneut.

Ich halte im Staubwischen inne. »Das, meine liebe Saskia, ist meine Entschuldigung für unseren Streit.«

»Heißt das, wir gehen heute zur Kosmetikerin?« Sie reißt ihre Augen auf und starrt mich gespannt an.

»Und wie!«, sage ich. »Wir lassen uns rundum schön machen. Von der Gesichtsbehandlung bis zur Make-up-Beratung, das ganze Programm.«

»Echt jetzt?«

»Echt jetzt.«

»Oh, danke, Mama«, ruft sie begeistert und springt tatsächlich in die Luft. Und dann kommt das Allerbeste: Sie umarmt mich herzlich. Ich drücke meine Tochter an mich. Was eine liebevolle Umarmung alles bewirken kann! Mehr Wellness geht fast gar nicht. Dafür würde ich jederzeit eine Lomi-Lomi-Massage eintauschen. Als wir zum Kosmetiksalon fahren, plappern wir aufgeregt über kosmetische Probleme aller Art, wie es nur Mädchen untereinander können.

Meine Freude über die gute Atmosphäre stärkt mich so, dass mich die fiesen Bemerkungen der Kosmetikerin über vergrößerte Poren und bedenkliche Hauterschlaffung nicht erschüttern können. Gepeelt und mit Skin Booster Power Concentrate versorgt, gehen wir im Anschluss noch Schuhe kaufen. Und dann drängt mich Saskia, mir ein neues Kleid für Samstag zu suchen! Ich finde ein sehr hübsches in Hellgrau. Da Ida heute direkt im Anschluss an den Unterricht ihre Kleine-Naturforscher-AG hat und Nelli nach der Schule zu Andrea geht, haben wir noch Zeit und lassen uns ein Sushi-Mittagsmenü schmecken.

Ich bin total begeistert. Es hat sich angefühlt wie ein kleiner Urlaub, was auch nur fair ist, immerhin war der Tag so teuer wie ein kleiner Urlaub. Da sieht man mal, wie wichtig es ist, entspannte Freizeit miteinander zu verbringen. Einträchtig fahren wir nach Hause. Wir schaffen es tatsächlich weiterhin, uns nicht zu streiten. Abends ist Saskia beim Volleyball. Ein Tag rum, ohne dass Max ein Thema war. Nur noch drei muss ich schaffen. So zufrieden bin ich lange nicht mehr ins Bett gegangen. Da kann es mich nicht mal mehr stören, dass Patrick wieder Überstunden macht.

Donnerstag, 5. Juli, 10:01 Uhr

Nach dem guten gestrigen Tag und unserer wiedergefundenen Harmonie wage ich es, Saskia ein bisschen früher aus den Federn zu schmeißen. Wobei sie sowieso schon wach ist, als ich zu ihr hochkomme. Sie liegt mit ihrem Smartphone im Bett und chattet.

»Hey, meine Große. Aufstehen! Wir haben gleich zwei wichtige Termine.«

»Solange es nicht der Zahnarzt ist«, sagt sie gähnend.

»Nein. Wir gehen heute… Tadadadaaaa … zur Maniküre und zum Friseur. Aber nicht zu irgendeinem! Sondern zu Starstyling.«

»Was?«, ruft sie verblüfft. »Schon wieder? Also, ich meine, schon wieder so was Tolles?«

»Ja, das gestern war eine Entschuldigung für den Streit. Heute, das ist eine Belohnung für dein bestandenes Abitur.«

»Danke«, sagt sie verblüfft, mustert mich aber, als würde sie überlegen, welche Hintergedanken ich haben könnte. » Du willst doch am Samstag gut aussehen«, sage ich schnell, um sie von irgendwelchen Spekulationen abzuhalten. »Wie die Promis. Oder glaubst du, Heidi Klum würde sich vor den Oscars nicht verwöhnen lassen?«

Da entspannen sich ihre Gesichtszüge. »Na klar«, erwidert sie schmunzelnd. »Ich will ja schließlich Abiballkönigin werden!«

»Ach ja?«, necke ich. »Mit wem als König?«

»Mal sehen«, sagt sie mysteriös. »Da gäbe es jedenfalls schon ein oder zwei Kandidaten, die mir einfallen würden.« Sie kichert.

»Komm, wer ist es?«, dränge ich. »Nacho-Johann mit den Käseflecken auf seinen Hemden? Oder dieser Lulatsch, der mal den Debattierwettbewerb gewonnen hat?«

Saskia lacht. »Nee, Mama. Ganz bestimmt keiner von den beiden.«

»Aaron?«

»Nee, doch nicht der! Der geht mir auf den Keks mit seinem kindischen Gelaber.«

Ihre Bemerkung alarmiert mich. Heißt das, sie bevorzugt *reifere* Männer? Ich hoffe nicht!

»Ich finde ja, dass dieser Kilian aus deinem Englisch-LK ziemlich gut aussieht«, mache ich Werbung und hoffe, dass sie sich endlich ganz öffnet.

Aber sie hat das Interesse an dem Gespräch verloren, auf ihrem Handy ist gerade eine Nachricht eingegangen. Na ja. Das Einzige, was mich daran beruhigt, ist, dass der Abiballkönig auf keinen Fall Max heißen wird.

Donnerstag, 5. Juli, 12:05 Uhr

Wir sitzen bei Starstyling. Mein Kopf ist bedeckt mit einer Haube, unter der die Haartönung einwirkt. Miriam hatte recht.

Beim Starstyling wird man wie jemand Besonderes behandelt. Die Einrichtung und die ganze Prozedur von der Haarwäsche bis zum Föhnen sind äußerst exklusiv. Genauso wie die Preise. Aber ich bin jetzt schon begeistert, weil Lynn meine Haare so wunderbar geschnitten hat, und zwar mit einem Rasiermesser.

»Ich komme mir vor wie beim Umstyling bei GNTM«, habe ich mit Saskia rumgealbert, während wir immer wieder unsere manikürten und schick lackierten Fingernägel betrachtet haben. Ich habe mich tatsächlich überreden lassen, sie rosa lackieren zu lassen und einen Glitzerrand einzufügen. So was Überkandideltes, also wirklich! Sieht richtig toll aus. Aber auch ich kann ja wohl mal ein paar Tage in einer Traumwelt leben, bis das Spülwasser die Realität wieder einkehren lässt, in der jede Form der Nagelpflege durch Hausarbeit zunichtegemacht wird.

Gerade winkt Lynn Saskia zu einem Stuhl an einem der Waschbecken, um ihr die Haare zu waschen. Dann verschwindet die Friseurin kurz, um ein frisches, flauschiges Handtuch zu holen.

Saskia hält mir unvermittelt ihr Handy unter die Nase. »Guck mal, das ist Max' Villa an der Côte d'Azur.«

Sofort fängt meine Kopfhaut an zu kribbeln, was vermutlich keine Allergie von der Tönung ist, sondern eine psychosomatische Allergie gegen den Namen Max. Und gegen meine Dummheit. Ich bin ja so ein Idiot! Ich dachte wirklich, ich könnte sie von ihm fernhalten. Aber nur, weil sie sich nicht *sehen*, heißt das nicht, dass sie keine Zeit miteinander verbringen. In heutigen Zeiten läuft doch alles virtuell. Sogar das Flirten.

»Zeig her«, bitte ich und bemühe mich um einen fröhlichen Ton. Weil sie sich jetzt sowieso in Lynns energische Hände begibt, reicht sie mir ihr Handy, damit ich mir das Foto näher ansehen kann. Ein in der Sonne glitzernder Pool auf einer Terrasse mit Meerblick, umgeben von Pinien und Zitronenbäumen und Palmen. »Wow«, sage ich. »Das ist echt eine krasse Hütte.«

Du meine Güte! Das Ding ist bestimmt eine Million Euro wert. »Da sind noch ein paar mehr Fotos«, sagt sie. »Kannst du dir gern angucken.« Immerhin, sie hat offenbar nichts vor mir zu verbergen! Ich bin beeindruckt, dass sie mir vertraut. Was ja wohl auch bedeutet, dass sie ihm keine Nacktfotos von sich geschickt hat. Ich gucke mir also die Fotos dieser sagenhaften Villa über dem Meer an. Und da sagt Saskia: »Er hat mich für den Sommer dahin eingeladen.«

Verdammt. Dieser *Mistkerl!*

»Und?«, frage ich und versuche, das Beben in meiner Stimme zu verbergen. »Was willst du ihm antworten?«

»Ich weiß noch nicht. Ist schon eine tolle Gelegenheit. Ich meine, nach Gähnemark kann ich auch nächstes Jahr noch mal mitkommen.«

Ich fühle mich, als hielte mir jemand einen glühenden Spieß an den Magen. Sie darf nicht nach Frankreich fahren mit diesem Kerl! Erstens darum und zweitens, weil sie damit unseren Familienurlaub sprengt! Der Urlaub, in dem alles wieder gut wird!

Die Friseurin sagt zu Saskia: »Schließen Sie die Augen. Sie bekommen jetzt eine schöne Kopfmassage.«

Und da denke ich nicht weiter nach, sondern ergreife die Gelegenheit. Diese Verbindung muss gekappt werden. Mit einem meiner frisch manikürten Fingernägel steche ich in den Öffnungsschlitz und heble das Handy auf. Schwups, habe ich den Akku entwendet und in meine Tasche gleiten lassen. Lynn zieht eine ihrer stylish-buschigen Augenbrauen hoch, ich zucke entschuldigend mit den Schultern, sie wackelt mit dem Kopf, als wäge sie ab, welchem Kunden ihre Loyalität gelten sollte. Dann scheint ihr wieder einzufallen, dass ich die Frau mit der Brieftasche bin, und sie sagt nichts.

»Hä, was ist das denn?«, sage ich auf einmal. »Dein Handy spinnt. Es ist einfach ausgegangen!«

»Waas?« Saskia richtet sich sofort auf, den Kopf noch voller Schaum. Lynn wirft mir einen abschätzigen Blick zu. Verzweifelt nimmt Saskia ihr Handy und drückt drauf rum. »O nein, o nein, o nein.«

Eine solche Verzweiflung bei seinen Kindern kannte man früher nur beim Tod ihres Haustiers. »Vermutlich ist der Akku leer«, beruhige ich sie. »Du kannst das Handy zu Hause ja wieder aufladen.«

»Okay«, sagt sie und beißt sich auf die Lippen. »Ich *hoffe* es. Sonst … weiß ich gar nicht, was ich machen soll.«

»Meins hat auch mal so rumgesponnen«, behaupte ich, »hat sich von ganz allein gegeben. Und sonst fragen wir Katrin, die kriegt das auf jeden Fall hin, ohne dass dir deine Daten verloren gehen.«

Saskia sinkt wieder in den Stuhl. Ihre Entspannung ist dahin, obwohl Lynn sich sehr viel Mühe gibt und einen tollen Vorschlag für ihre Frisur am Samstag macht.

»Ich würde Ihnen so gern ein Bild von meinem Kleid zeigen«, sagt Saskia betrübt. »Aber das geht ja leider nicht.«

»Kein Problem.« Lynn wirft mir einen schneidenden Blick zu. »Ich kann mir das auch so gut vorstellen.«

Klare Sache, dass sich Lynn ein Extratrinkgeld verdient hat.

Donnerstag, 5. Juli, 13:45 Uhr

Auf dem Rückweg hält Saskia ihr Handy in den Händen wie ein sterbendes Küken, dem die Nestwärme fehlt. Kaum stehen die Räder meines Autos still, sprintet sie ins Haus und hängt es an den Strom. Es tut sich nichts. Natürlich tut sich nichts.

»Ich guck mir das gleich an«, verspreche ich, während ich mich ans Mittagessen mache.

»Seit wann hast du Ahnung von Handys?«

»Katrin hat mir einiges gezeigt«, behaupte ich und schmeiße die Fischstäbchen in die Pfanne. »Hol doch mal bitte ein Glas Apfelmus aus dem Keller.«

Als Ida kommt, essen wir schweigsam.

Saskia beobachtet immer wieder ihr Handy, als ob es durch Hypnose zum Leben erweckt werden könnte. Kaum haben wir die Teller leer, sagt sie: »Zeig mir mal, was du machen willst, damit ich weiß, wie das geht.«

»Okay. Ja, das ergibt Sinn.« Kommt aber natürlich nicht infrage. Fieberhaft suche ich nach einer Lösung. »Wir räumen ab, dann schauen wir uns das Handy an. Es sei denn, du willst ein bisschen Autofahren.«

»Wie Autofahren? Du meinst, *allein?* Mit *deinem* Auto?«, fragt sie aufgeregt. Das habe ich ihr bisher noch nie erlaubt. Ich bin zwar alles andere als ein Autofreak, trotzdem liebe ich meinen Hyundai. Er ist kotzorange (sagt Ida) und hat noch keine einzige Beule. Und das soll auch so bleiben. Was bei einer Achtzehnjährigen, die gerade mal zwei Monate den Führerschein hat, keine Selbstverständlichkeit ist. Deswegen darf sie nur mit meinem Auto fahren, wenn ich danebensitze. Was uns beide extrem stresst. Aber jetzt ist es Zeit, sie von der Leine zu lassen. Ich nicke also.

»Oh, danke, Mama.« Sie umarmt mich wieder. Zum zweiten Mal in zwei Tagen!

»Du müsstest aber Papas Anzug aus der Reinigung und Nelli vom Ballett abholen. Meinst du, du schaffst das?«

»Na klar«, sagt sie großspurig.

»Und du weißt ja. Wenn du allein Auto fährst, muss dein Handy hierbleiben!«

Diese Regel haben wir von Anfang an eingeführt. Wenn sie es mitnehmen würde, wäre sie in Versuchung, doch draufzugucken.

»Kein Problem. Dann kannst du es in der Zwischenzeit reparieren.«

Kaum ist sie weg, gehe ich in ihr Zimmer und suche das Passwort. Ich kenne ja meine Tochter. Ich weiß, dass sie es sich irgendwo notiert hat. In ihrem Schreibtisch finde ich ihr kleines Notizbuch. In Lila stehen da verschiedene Passwörter, die bereits durchgestrichen sind. Das neueste ist: CrazyChick09.

Pff!

»*CrazyChick09*«, murmle ich vor mich hin, als ich den Akku reinschiebe und das Smartphone sich mit einem Piepen wieder einschaltet.

Ich habe Glück, das Passwort gilt immer noch. Ich gehe in ihren WhatsApp-Account. Natürlich bin ich diskret und gucke mir nicht die 56 neu eingegangenen Nachrichten, sondern nur den Chat mit Max an. Er hat noch ein Bild von der Côte d'Azur geschickt, eine traumhafte Sandbucht zwischen malerischen Felsen. Darunter steht: *Sonntag geht's los. Willst du mit?*

Ich lösche das Foto und antworte ihm. *Nee. Ich komm nicht mit. Ich fahre mit meinen Eltern nach Dänemark.*

Senden.

Es dauert, bis die Nachricht durch ist. Deswegen habe ich Zeit, den Chat zu überfliegen. Hauptsächlich haben sie sich lustige Fotos geschickt, die sie mit albernen Kommentaren versehen haben. Irgendwann mal erzählt er was von einem Kinofilm, dann geht es um Musik und witzige Youtube-Clips. Wie man also heutzutage flirtet.

Zur Sicherheit schicke ich noch eine Nachricht. *Ich bin wieder mit Aaron zusammen. Wünsche dir ein schönes Leben!*

Dann lösche ich meine beiden Nachrichten und blockiere Max, damit er Saskia nicht mehr kontaktieren kann. Und dann ändere ich noch eine Ziffer in Max' Nummer in den Kontakten, sodass ihre Nachrichten nicht mehr bei ihm ankommen können, wenn sie ihm welche schickt. Ja, so viel kann ich, auch wenn mich alle für eine digitale Vollpfeife halten.

Mein Herz bummert, als ich Saskias Handy ausschalte. Das ist vermutlich keine Lösung für die Ewigkeit, aber es muss ja nur bis Sonntag halten.

»Mama«, brüllt da Ida durchs Haus.

O Gott! Es ist einer dieser ernsthaften Ich-habe-mich-verletzt-Schreie. Sofort sprinte ich nach unten, um nach ihr zu sehen.

»Was ist passiert, Schatz?«

»Das Internet spinnt«, meckert sie. »Ich kann nicht spielen!«

Hm, denke ich zufrieden. Genau so habe ich mir das vorgestellt. Je unattraktiver das Computerspielen, desto attraktiver andere Freizeitvergnügen.

»Dann geh was raus«, sage ich.

»Was soll ich denn *draußen?*«

Sie sagt das, als wäre draußen die Sahara. Oder Schneesturm. Oder irgendeine andere lebensfeindliche Atmosphäre.

»Wir könnten mit deiner Becherlupe Käfer untersuchen. Oder im Teich die Libellen beobachten.«

»Nöö, keine Lust.«

»Oder wir bauen im Klettergerüst eine Hütte. Das hast du immer gern gemacht.« Sie schüttelt den Kopf. »Oder wir basteln was. Oder spiel mit dem ferngesteuerten Auto.«

Sie schiebt die Unterlippe vor und sagt: »Mir ist langweilig.«

»An Langeweile stirbt man nicht«, bemerke ich genervt und gehe in den Keller, um Wäsche zu waschen.

Donnerstag, 5. Juli, 15:46 Uhr

Ich schrubbe die Spüle, weil es der strategisch günstigste Platz ist, um die Einfahrt im Auge zu behalten. Denn sobald Saskia zurückkommt, muss ich parat stehen und einschreiten können, falls Max die Dreistigkeit hat, Saskia persönlich aufzulauern.

Schließlich muss ich ab jetzt jeden direkten Kontakt unterbinden. Endlich taucht mein Hyundai vor unserem Grundstück auf. Saskia fährt konzentriert in die Auffahrt, dann stürzt sie aus dem Auto, als müsste sie sich übergeben. Aber ihre Eile gilt nur ihrem geliebten Handy. Immerhin kann ich es ihr repariert wiedergeben, und sie nimmt es so dankbar entgegen, als handelte es sich um die Krone von England.

Ich nutze die Gelegenheit, schnell einen weiteren Vorschlag zur gemeinsamen Freizeitgestaltung zu machen. »Sollen wir nachher zusammen deine Serie gucken?«, frage ich. »Die über die Dämonenjäger? Das würde mich ja mal sehr interessieren.«

»Okay«, sagt sie achselzuckend, während sie ins Haus geht, schon in ihre Nachrichten versunken.

»Hi, Mama«, ruft Nelli, die jetzt auch aus dem Auto aussteigt. »Mama, ich hab Andrea mitgebracht. Das durfte ich, oder?« Jetzt erst bemerke ich den weiteren Fahrgast auf der Rückbank.

»Natürlich. Ich freue mich doch, sie endlich kennenzulernen.«

Und dann stehe ich da und versuche, die Bildinformationen zu verarbeiten. Jemand Fremdes schält sich aus dem Auto, umrundet das Heck und kommt auf mich zu. Diese Person hat lange dunkelblonde Haare und eine äußerst grazile Figur, was die Skinny Jeans beweist, aber sie ist einen halben Kopf größer als Nelli und hat breite Schultern und einen kantigen Kiefer. Mit anderen Worten: Andrea ist keineswegs ein Mädchen. Sondern ein Junge. Ach du liebes bisschen! Nelli hat einen *Freund!*

»Guten Tag, Frau Henkemeier«, sagt Andrea höflich.

Sein Adamsapfel hüpft, und er streckt mir seine Hand hin, die Fingernägel sind petrolfarben lackiert.

»Hallo An… Andrea«, krächze ich.

»Sie haben ein schönes Haus«, sagt Andrea. »*Bellissima!*«

»Schön«, sage ich und schaue erst Nelli, dann ihren Freund verdattert an. »Ich hatte gedacht, dass … Na ja … ich kenne Andrea nur als Mädchennamen.«

»Andrea ist Italiener«, sagt Nelli stolz. »Komm, wir gehen in mein Zimmer.«

»Möchtet ihr nicht erst mal was trinken?«, frage ich und lotse die beiden in die Küche. »Ihr müsst vom Balletttraining doch sicher durstig sein.«

»Nur, wenn es keine Umstände macht«, erwidert Andrea höflich.

»Natürlich nicht, natürlich nicht. Apfelschorle?«

»Nein, keine Fruchtsäfte«, schüttelt Andrea den Kopf. »Die enthalten zu viel Zucker. Ein stilles Wasser, bitte, wenn es möglich ist.«

»Na klar«, sage ich. »Stille Wasser haben wir hier.«

Donnerstag, 5. Juli, 16:57 Uhr

Als die beiden in Nellis Zimmer gegangen sind, muss ich mich erst mal setzen. Ich wusste, dass irgendwas anders ist an Nelli, aber ich bin doch nicht auf die Idee gekommen, dass sie *verliebt* ist. Wann ist das denn passiert? Und wie konnte mir das entgehen? Und was bedeutet das jetzt? Ist es nicht viel zu früh? Mein zwölfjähriges Mädchen in den Fängen eines Kerls. Wobei man Andrea nicht unbedingt als Kerl bezeichnen kann. Im Gegenteil. Er sieht so unkerlig aus wie ein Kuchenlolli mit Glitzerperlendekoration. Aber Nelli steht ganz offensichtlich auf ihn. Und ich habe ihr erlaubt, dass er am Samstag bei uns übernachtet? Ich kriege langsam das Gefühl, dass mir alles entgleitet.

Donnerstag, 5. Juli, 18:07 Uhr

Doch dann kommt das wirkliche Drama: Die Internetverbindung ist so schlecht, dass Netflix nicht läuft. Saskia checkt auf ihrem Handy die Download-Rate. »Der Speedtest sagt, wir haben nur zwanzig Mbit. Was ist das für ein Mist?«, fragt Saskia. »Wir hatten doch sonst immer hundert.«

»Ich habe keine Ahnung«, sage ich schnell.

»Egal«, sagt sie und steht auf, »dann gehe ich eben mit Max ins Kino. Er hat vor ein paar Tagen gefragt, ob wir nicht den neuen Peter-Jackson-Film sehen wollen, der heute rauskommt.«

»O nein, das geht nicht!«, rufe ich schnell.

»Wieso nicht?«

»Weil ... Papa und ich haben dich doch für heute Abend zum Essen eingeladen. Als Geschenk für dich zum Abitur. Nur wir drei.«

»Wann denn das?«

»Das haben wir doch letztens besprochen. Vermutlich hast du mal wieder nicht zugehört, weil du von deinem Handy abgelenkt warst.«

Saskia stöhnt. »Können wir das nicht verschieben?«

»Nein, du weißt ja, wie schwierig das mit Papas Terminen ist.«

Ich warte, bis sie in ihrem Zimmer verschwunden ist, dann renne ich ins Arbeitszimmer an den Computer. Wie gut, dass Patricks Terminkalender in der Cloud ist und ich Zugang habe. Schwups, Termin eingetragen. *19:30 h Essen mit H und S.* Langsam komme ich mir vor wie eine Cyberkriminelle.

Jetzt zum schwierigen Teil der Aktion. Ich muss Patrick an den Termin »erinnern« und rufe auf der Arbeit an. Seit er diese blöde Assistentin hat, finde ich das ziemlich unerfreulich.

»Das kann nicht sein«, näselt sie, als ich sie auf den Familientermin meines Mannes aufmerksam gemacht habe. »Heute hat er keine Zeit.«

Ich hasse sie einfach. Nicht nur, weil sie aussieht wie Natalie Portman, sondern weil sie so tut, als ob sie über meinen Mann bestimmen könnte.

»Schauen Sie mal in seinen Terminkalender«, flöte ich eisig, »da werden Sie sehen, dass ich recht habe.«

»In welchen Terminkalender?«, fragt sie überrascht.

»In den, den er schon immer hat.« Für den Fall, dass sie zu doof ist, füge ich hinzu: »Den Outlook-Kalender.«

»Ach so, da liegt das Missverständnis«, sagt sie geschäftsmäßig. »Den benutzen wir gar nicht mehr.« *Wir?* Seit wann sind die beiden ein »Wir«? »Das tut mir leid für Sie«, heuchelt sie noch, »aber wir haben heute ein sehr wichtiges Geschäftsessen.«

Ich muss mich wirklich zusammenreißen, um die Frau nicht anzubrüllen. Aber das Brüllen werde ich auf später verschieben, wenn Patrick nach Hause kommt. Und jetzt muss ich in Windeseile Plan B entwickeln.

Donnerstag, 5. Juli, 19:35 Uhr

Auf Katrin ist Verlass. Sie sträubt sich zwar erst, als ich sie frage, ob sie sich nicht mit mir und Saskia einen lustigen Mädelsabend machen will, macht aber trotzdem mit.

»Übrigens danke, dass du Mama gezeigt hast, wie man Handys repariert«, sagt Saskia, als wir Katrin abholen.

Meine Freundin wirft mir einen langen Blick zu. Und sagt: »Na klar, für mein Patenkind mache ich doch alles.«

Beim Mexikaner bestellen wir Margaritas und jede Menge Tortilla-Chips und anderes ungesundes Zeug. Die Unterhaltung verläuft schleppend, obwohl ich mir alle Mühe gebe, es lustig zu halten. Was nicht so einfach ist, weil ich die ganze Zeit daran denken muss, dass Patrick jetzt in einem anderen Restaurant in der Stadt einträchtig neben seiner Hollywoodassistentin sitzt. Er schenkt ihr Wein ein, um die beiden Geschäftsleute in Stimmung für das Portfolio von CroPharma zu bringen. Es ist ein Pärchenabend in dem anderen Leben meines Mannes. Das Leben, das er mit einer anderen Frau verbringt, in einer Welt, zu der ich keinen Zutritt habe. Die eisige Hand greift wieder nach meinem Magen, während ich von unserer Wellnesswoche plappere und wie super alles ist.

»Was hat deine Mutter schon alles getrunken?«, fragt Katrin Saskia.

Die kichert. »Keine Ahnung.«

Die beiden amüsieren sich auf meine Kosten, schon klar. Aber das halte ich aus.

Freitag, 6. Juli, 8:19 Uhr

Wenn man sich nicht mehr darauf freut, seinem eigenen Mann in seinem eigenen Haus zu begegnen, dann weiß man, dass ernsthaft was schiefläuft. Ich bin zwar irgendwie froh, dass er zu Hause ist, habe aber gleichzeitig auch Angst davor, ihn zu sehen. Weil ich fürchte, dass er wieder etwas sagt, das meinen Eindruck bestätigt, dass unsere Ehe in einer ernsthaften Krise steckt. Oder vielleicht in Kürze sogar beendet wird. Weswegen ich meinen Ärger runterschlucke und ihm mit äußerster Freundlichkeit seinen Thermobecher bringe.

»Und, wie war's gestern?«, frage ich harmlos.

»Gut.«

»Schön.«

Er nimmt sein Jackett vom Bügel. »Doreen hat gesagt, dass du angerufen und eingeschnappt gewirkt hast.«

»Das hat sie gesagt?«, frage ich scharf. Na toll, jetzt tauschen die beiden sich schon über meinen Gemütszustand aus! Er nickt. »Erstens war ich nicht eingeschnappt, und zweitens finde ich es echt blöd, dass deine Assistentin so was sagt, nachdem sie mich so arrogant abgefertigt hat. Als ob sie mich von meinem Mann fernhalten wollte!«

»Mensch, Henriette, mach nicht immer so ein Drama. Wir wussten beide, dass es stressig wird, wenn ich das Angebot annehme.«

»Dass es so wird, wusste ich nicht«, sage ich schmollend.

»Ich muss los«, sagt er. Bevor er geht, dreht er sich in der Tür noch einmal um. »Du weißt doch, dass ich lieber bei euch gewesen wäre.« Er sagt das so ernst, dass es klingt wie einstudiert.

»Wirklich?«, frage ich und will trotzdem was Nettes sagen, weil ich mich über seine Bemerkung freue, doch dann rutscht mir raus: »Konnte ich nicht wissen.« Es sollte witzig klingen, aber irgendwie ist mir das wohl nicht gelungen.

»Ich dachte, das wäre klar«, sagt er gereizt. »Na, da habe ich mich wohl getäuscht. Bis später.«

»Ja, bis später.«

Wie zwei Schauspieler, die sich gegenseitig was vormachen, so sind wir. Als er ins Auto steigt, wirkt er erleichtert, dass er endlich wegkommt. Und ich, ich bin ehrlich auch erleichtert, dass ich mich für die nächsten paar Stunden nicht zusammenreißen muss, um im Theaterstück *Unsere Ehe* weiter meine Rolle zu spielen.

Freitag, 6. Juli, 19:45 Uhr

Immerhin habe ich das Projekt »Max abwehren« erfolgreich hinter mich gebracht. Heute ist Saskia den ganzen Tag mit ihren Freundinnen unterwegs. Nachmittags haben wir uns gesehen beim Schmücken der Aula, da war sie gut drauf und hat mit ihren Stufenfreundinnen geschäkert. Morgen ist der Abiball, da ist Saskia sowieso den ganzen Tag eingespannt, Sonntag ist der Typ weg und die Gefahr gebannt. Die Woche ist rum, die Haushaltskasse wurde ziemlich strapaziert, aber es hat sich gelohnt. Ich bin stolz auf mich. Ich habe meinen Schwur eingehalten, alle Gefahren von meinen Kindern fernzuhalten.

Samstag, 7. Juli, 16:35 Uhr

Ich bin einfach nur superglücklich. Ich habe es geschafft! Ich habe das Abitur mit Bravour bestanden. Also, nicht mein eigenes, sondern das meiner Tochter natürlich. Nanu, mögen einige denken, was hat denn die Mutter damit zu tun, wenn ein Kind seinen Schulabschluss schafft? Ganz einfach: alles.

Denn so wie Mütter mit eingeschult werden, wenn ihre Kinder als I-Dötzchen mit Schultüte und Einhornranzen in die erste Klasse kommen, wird auch Müttern ihr Zeugnis verliehen, wenn das Kind am Ende der Schullaufbahn angelangt ist. Die Prüfungen, die eine Mutter bis dahin ablegen musste, betreffen die Fächer Materialbeschaffung, Weckdienste, Hausaufgabenbetreuung, Assistenz bei Weihnachtsplätzchenbacken, Schulfest und Bundesjugendspielen, endlose Geduld bei Begriffsstutzigkeiten aller Art, Unnachgiebigkeit gegenüber pubertärer Trägheit und anderen Erschlaffungssymptomen, konstruktive Kommunikation mit dem Lehrpersonal (noch schwerer als die Berechnung eines Rotationsvolumens) und das Ausstatten der Butterbrotdose mit überwiegend gesunden, gelegentlich auch motivationsfördernden, zuckerhaltigen Überraschungen. Und ich habe alle Prüfungen mit Bravour bestanden. Einschließlich der äußerst schwierigen Herausforderung »Bewahren der Tochter vor schwachsinnigen Entscheidungen für die Zukunft«. Natürlich erwarte ich keinen Dank dafür. Auch keine Gratulation. Mein Lohn ist, dass ich Saskia vor diesem schmierigen Herzensbrecher abgeschirmt habe.

Kein Wunder, dass ein Lächeln meinen Mund umspielt, als ich den Lippenstift auftrage, dezent rosé, der so gut zu meinem hellgrauen Kleid passt. Ich bin froh, dass ich mir die Haare zu einem feschen Bob habe schneiden und haselnussbraun tönen lassen. Jetzt glänzen sie wieder richtig! Sogar meinem Mann fällt auf, dass ich heute gut aussehe. Als ich auf meinen hochhackigen Partyschuhen die Treppe runterstakse und versuche, dabei entspannt zu lächeln, macht er mir sogar ein Kompliment.

»Neu?«, fragt Patrick anerkennend.

»Meinst du das Kleid oder die Haarfarbe?«, frage ich schmunzelnd. Da ich ihm und mir die Peinlichkeit ersparen will, zugeben zu müssen, dass ihm eine der beiden Neuerungen gar nicht aufgefallen ist, sage ich: »Ist natürlich beides neu.«

Er ringt sich noch ein »schick« ab, bevor er abgelenkt wird von einer Erscheinung oben am Treppenabsatz. Es ist die Hauptperson des Abends. Saskia trägt ihr weinrotes Ballkleid, ihre dunkelblonden Haare werden von zwei auf dem Hinterkopf zusammengeflochtenen Strähnen gehalten und wellen sich engelsgleich über ihre Schultern. Wirklich, da haben Lynn von Starstyling und ich ganze Arbeit geleistet. Patrick und meine Mutter, die heute als Babysitterin für unsere beiden jüngeren Töchter einspringt, starren Saskia an, als sie in ihren Spangenpumps elegant die Stufen heruntersteigt.

»Also wirklich«, schwärmt Patrick. »Du siehst fantastisch aus, mein Schatz.«

»Danke, Papa«, sagt Saskia.

Ich lächle stolz, weil das auch ein bisschen mein Verdienst ist, wo ich Saskia diese Woche doch mit Wellness, Kosmetik, Friseurbesuch und dem ausgiebigen Shoppen von Accessoires verwöhnt habe.

»Die Ohrringe passen richtig gut dazu«, sage ich. »Hab ich ja gleich gesagt.«

Neben mir seufzt meine Mutter ergriffen. »Ach, Henriette, ich kann mich noch genau erinnern, wie du dein Abiturzeugnis bekommen hast.« Sie legt mir die Hand auf den Arm. »Es kommt mir vor, als wäre es gestern gewesen.«

Ich starre sie an. »Du warst doch gar nicht dabei«, sage ich verblüfft. »Du warst auf Dienstreise.«

Sie stutzt, dann sagt sie patzig: »Ja, aber dein Vater hat es so ausführlich erzählt, dass es sich für mich *angefühlt* hat, als wäre ich dabei gewesen.«

Für mich nicht, denke ich. Für mich nicht.

Sie schaut trotzdem so herausfordernd zurück, dass ich fast das Gefühl bekomme, ihr beipflichten zu müssen. Aber das kann sie vergessen. Immerhin schaffe ich es, meine Sichtweise für mich zu behalten. Heute geht es nur darum, meiner ältesten Tochter ein unvergessliches Erlebnis zu bescheren, an das sie sich von Herzen *gern* erinnert.

»Im Kühlschrank steht die Spaghettisoße, die muss nur aufgewärmt werden«, informiere ich meine Mutter. »Ida darf diese Tanzserie von Nelli mitgucken. Im Schrank sind Chips und Gummibärchen. Die dürfen sie haben.«

Ich hoffe, sie *wollen* überhaupt Knabberzeug. Ich meine, bei Ida bin ich sicher, dass sie sich darauf stürzt. Unsere jüngste Tochter ist mit acht Jahren versessen auf Junkfood aller Art. Aber Nelli ist in letzter Zeit unheimlich pingelig, was ungesundes Essen angeht. Oder Essen überhaupt. Seit sie mit Andrea befreundet ist und ihr Balletttraining noch intensiver betreibt, ist es sogar schlimmer geworden. Ich verabschiede mich von Ida, die keinen Kuss will wegen des Lippenstifts. Bei Nelli brauche ich es gar nicht zu versuchen, sie ist immer noch sauer, weil ich ihr in letzter Sekunde verboten habe, dass Andrea hier übernachten darf. Aber das hat ja nun mal seinen Grund und war die einzig richtige Entscheidung.

»Und wenn was ist, ich bin ja über Handy erreichbar«, schließe ich die Anweisungen ab.

»Ich kriege das hier schon hin«, sagt meine Mutter und lächelt süß-säuerlich. Da bin ich mir zwar nicht so sicher, aber auch das behalte ich für mich. Wenn es ein Verdienstkreuz für familiäre Diplomatie geben würde, hätte ich es mir heute mal wieder verdient.

Samstag, 7. Juli, 17:29 Uhr

Die Aula sieht wunderschön aus, seitdem wir Eltern vom Orga-Team sie gestern zusammen mit den Schülern in einen Ballsaal verwandelt haben. Lampions und Girlanden lassen die nüchterne 1970er-Jahre-Architektur erstrahlen. Die Schultische und -stühle sind mit weißen Tüchern umhüllt. Ein Hoch auf die Husse! An einer Seite ist das Büfett aufgebaut, das ein Caterer geliefert hat. Es sieht superedel aus. Fehlt nur eine Eisskulptur. Hätte ruhig dabei sein können, finde ich, bei den Eintrittspreisen! Fünfzig Euro haben wir pro Karte bezahlt. Aber es ist ja für einen guten Zweck, nämlich unsere Kinder mit einem rauschenden Fest für ihren Fleiß zu belohnen, zu dem wir sie angetrieben haben.

Patrick und ich nehmen Saskia in die Mitte und bleiben erst einmal am Eingang stehen. Das Bild ist äußerst ungewohnt. Nicht nur die Aula ist verwandelt, auch die Schüler haben sich wie Statisten in einem amerikanischen High-School-Film kostümiert. Die Jungs, die sonst nur in zerlöcherten Hosen ohne jede Passform rumlaufen, haben sich in schicke Anzüge gezwängt. Ich sehe sogar Smokings und Fliegen! Die Mädchen sind allesamt in Glitzer und Spitze und Chiffon gehüllt und so aufgedonnert, als ginge es hier um den *Bachelor*. Und ich meine damit nicht den akademischen Grad. Wie jung sie sind! Und wie erwachsen sie alle tun! Dabei wissen sie nicht mal, wie man eine Haftpflichtversicherung abschließt oder Waschpulver richtig dosiert.

Saskia verabschiedet sich von uns und geht zu ihren Freunden, die sich in der Nähe der Bühne versammelt haben. Als Erstes werden gleich die Zeugnisse verliehen, danach beginnt der spaßige inoffizielle Teil, über den Saskia noch nichts verraten hat. Wie sie da so steht, zwischen den anderen jungen Menschen, an der Schwelle zu einem neuen Lebensabschnitt, werde ich ein bisschen sentimental. Besonders, als Patrick den Arm um mich legt. Darüber freue ich mich so, dass ich bereit bin, unsere Streitereien der letzten Wochen zu vergessen. Nicht nur das. Ich bin vielleicht sogar imstande, auch meine Zweifel an seiner Treue zu zerstreuen. Ja, heute wird ein schöner Abend, an dem es auch wirklich was zu feiern gibt. Seit Patricks Beförderung vor anderthalb Jahren sind wir kaum noch ausgegangen, es wird dringend Zeit, dass wir uns mal wieder amüsieren. Falls wir das überhaupt noch *können*. Ich hoffe es! Ich meine, heute geben wir wirklich ein schönes Paar ab – ich mit meinem tollen grauen Kleid, Patrick in seinem anthrazitfarbenen Anzug, in dem er so elegant aussieht.

Ich überlege, zu welchem Elterngrüppchen wir uns stellen sollen, und komme mir fast so vor wie früher auf dem Schulhof, als man auch versuchte, bei den coolen, lustigen Cliquen zu landen und nicht bei den Langweilern oder Strebern, die nur über die Chemiehausaufgaben redeten. Es wird an allen Ecken eifrig geplaudert und gelacht. Erleichterte Gesichter überall. Nur Doris, Magdalenas Mama, presst sich schon wieder ein Taschentuch auf die Augen, als müsste sie eine arterielle Blutung stoppen. Was die Frau heulen kann! Beim Schmücken gestern hat sie auch die ganze Zeit geweint. Als ich sie fragte, ob alles okay sei, schluchzte sie nur fröhlich: »Natürlich. Ich bin einfach so erleichtert, dass Maddie es geschafft hat. Das sah ja lange nicht so aus, weil …« Und dann folgte ein endloser Monolog über Magdalenas beschwerlichen Schulweg, inklusive detaillierter Schilderungen ihrer Menstruationskrämpfe, die sie jeden Monat um Lichtjahre zurückgeworfen haben, weil diese ignoranten Lehrer einfach kein Verständnis dafür aufbringen konnten, dass Maddies Intelligenz vorübergehend aussetzte.

»Auf keinen Fall unterhalten wir uns mit der Frau in dem blauen Rock da vorne«, warne ich Patrick.

Ich hab nicht nur Angst, dass sie mir wieder Informationen anvertraut, auf die ich lieber verzichten würde, sondern auch, dass sie mich mit ihrer Heulerei ansteckt. Ich habe Saskia nämlich versprechen müssen, nicht zu weinen.

Samstag, 7. Juli, 17:55 Uhr

Wir reden gerade mit Heinz von der Schulpflegschaft und seiner Frau Gitte, der Vorsitzenden des Fördervereins, über die mangelnde Berufsorientierung der Gymnasien, die sich darin äußert, dass kaum einer der Abiturienten weiß, wie es weitergehen soll.

»Vincent will erst mal reisen!« Gitte stöhnt. »Und alle seine Freunde auch. Die denken, sie hätten sich einen ausgedehnten Urlaub verdient.«

»Zu unserer Zeit gab's das nicht«, sagt Heinz. »Da ging es zum Bund, aber zack, zack. Heute haben die jungen Leute die große Freiheit. Und was ist? Sie wissen nichts damit anzufangen. So sieht's nämlich aus.«

»Saskia möchte Ökotrophologie studieren«, verkünde ich stolz.

Patrick wirft mir einen erstaunten Blick zu. Ich war auch überrascht, als sie das heute Morgen kundgegeben hat. Sie hat in den letzten Wochen ihren Berufswunsch so oft gewechselt, dass ich mir schon vorkam wie beim Glücksrad.

»Ihr habt es gut«, bemerkt Heinz neidisch.

In dem Moment stelzt Aaron auf seinen Storchenbeinen zum

Mikrofon auf der Bühne, selbstbewusst wie eh und je. Er stellt sich als neuer Mathelehrer vor, schickt uns streng auf unsere Plätze und mahnt an, uns an die Sitzordnung zu halten, weil es die ja nicht zum Spaß gebe, sondern aus pädagogischen Gründen. Sofort brechen die Leute in Lachen aus. Aaron hat richtig Showtalent! Und er sieht heute sogar manierlich aus. Schwarzes Jackett, schwarzes Hemd, weinrote Fliege. Sein Haar glänzt so, als hätte er schließlich doch begriffen, wozu Shampoo und Kamm da sind! Ja, in dieser Verfassung käme er als Schwiegersohn durchaus in Betracht.

Seit ich gesehen habe, wie schnell es passieren kann, dass eine Tochter an den komplett falschen Mann gerät, bewerte ich die Dinge anders. Wer weiß, vielleicht überwinden die beiden ihre Trennung und kommen wieder zusammen? Oder Saskia verliebt sich in einen der anderen Jungs. Der Abiball ist ja wohl der perfekte Tag für romantische Verwicklungen. Hier sind so viele anständige junge Männer unterwegs, die ich mir als Schwiegersohn vorstellen könnte. Der Stufensprecher zum Beispiel. Er ist äußerst zielstrebig, das merkt man sofort. Er steht am Mikrofon wie ein Vollblutpolitiker. Das Doppelkinn vibriert, während seine geschmeidigen Worte auf uns herunterprasseln. Der wird auf jeden Fall Karriere machen, so viel steht mal fest.

Die Schulleiterin sieht blass aus, als sie nach ihm mit fahrigen Bewegungen ans Rednerpult tritt, als hoffte sie, nicht von Papierkügelchen abgeworfen zu werden. Oder was die Jugend heute so macht, um Lehrer in den Wahnsinn zu treiben. Dann naht die Zeugnisübergabe. Aufregung wallt in mir auf, und ich drücke seufzend Patricks Hand. Er wirft mir einen aufmunternden Blick zu, so viel Nähe hatten wir lange nicht mehr. Und dann passiert etwas, womit ich nicht gerechnet habe: Der Schulchor kommt auf die Bühne.

»Kacke«, entfährt es mir leise.

»Was ist?«, fragt Patrick.

»Die singen bestimmt«, flüstere ich bebend.

»Es ist ein Chor, Henriette. Natürlich singt er.«

»Ich muss aufs Klo.« Hastig will ich aufstehen, aber Patrick hält mich fest.

»Du bleibst hier«, zischt er. »In zwei Minuten bekommt Saskia ihr Zeugnis.«

Saskia wirft uns wegen des Getuschels von der anderen Seite des Tisches, wo sie mit ihren Freundinnen sitzt, einen strengen Blick zu. Also bin ich still. Und beiße mir auf die Lippen. Es ist nicht so, dass ich Chorauftritte im Allgemeinen nicht mag. Ich mag nur *gute* Chorauftritte nicht. Und der Schulchor des Albert-Schweitzer-Gymnasiums ist nicht nur gut, sondern *hervorragend*. Das wird mein Untergang! Schon habe ich einen Kloß im Hals, der sich unwillkürlich ausbreitet. Dann fängt das Klavier des Chorleiters leise an zu spielen. Mit der erklingenden Melodie ändert sich das Licht. Ich bekomme Gänsehaut.

Die einzelnen Schüler werden über eine Einblendung auf der Leinwand nach oben gerufen, wo sie im Scheinwerferlicht ihr Zeugnis bekommen und der Schulleitung die Hand schütteln. Dahinter stimmt der Chor *Ein Hoch auf uns* an. Ausgerechnet so ein beschissen sentimentales Lied. Der Kloß in meinem Hals explodiert, und mir entfährt ein peinlicher Schluchzer. Und als Saskia in ihrem wunderschön wehenden Kleid die Treppe hochschwebt, selbstbewusst und cool der Schulleiterin die Hand drückt und ihr Zeugnis entgegennimmt, kann ich die Tränen gar nicht mehr zurückhalten.

Patrick tätschelt mir aufmunternd die Schulter, aber als ich nicht aufhöre zu weinen, beugt er sich zu mir rüber und raunt: »Jetzt reiß dich doch mal zusammen. Man könnte meinen, hier wäre jemand gestorben.«

So fühlt es sich plötzlich auch an. In meinem Kopf geht das Brausen los, Emotionen werden aufgewirbelt, ungedachte Gedanken und all der ganze andere Mist, den man aus gutem Grund lieber unter den Teppich kehren will. Meine älteste Tochter hat ihr Abitur und braucht mich nicht mehr, und bald gehen die anderen Mädchen auch, und dann ist das Haus leer und damit mein Leben. Und Patrick und ich … wir sind doch nicht mehr das Paar von früher. Wir sind nur noch Eltern, die durch ein Geflecht von Pflichten und Gewohnheiten aneinander gebunden sind. Was, wenn es nur noch die Kinder und eine Immobilienfinanzierung sind, die uns zusammenhalten? Was passiert, wenn sie alle weg sind und wir merken, dass wir uns gar nichts mehr zu sagen haben? Dass wir gar keine gemeinsamen Interessen mehr haben? Was ist denn dann?

Ich bin ehrlich verzweifelt, als endlich auch Alberto Zanubio sein Zeugnis ausgehändigt bekommen hat. Sobald der letzte Ton aus den Kehlen des Chors verhallt, legt sich der Sturm in meinem Kopf, als wäre er mit der Musik abgedreht worden. Du meine Güte! Ich *hasse* Livemusik! Löst bei mir immer den gleichen Ablauf aus: Gänsehaut, Kloß, Heulen, Emotionsgewitter, Beschämung. Ich starre auf meinen Schoß, in dem meine Hände mit dem Taschentuch nesteln. Aus den Augenwinkeln sehe ich Patrick, der nach vorne starrt, als ob er mich nicht kennen würde. Ich traue mich kaum hochzuschauen. Als ich es dann doch tue, fange ich als Erstes den Blick von Doris auf, die mir vom anderen Tisch verschwiemelt mit dem Taschentuch zuwinkt. Die Solidarität der Heulsusen. Dann schaue ich zerknirscht zu Saskia hinüber, die sich mit ihrem Abizeugnis Luft zufächelt und die Augen rollt. Ich zucke entschuldigend mit den Schultern, und da grinst sie. Gott sei Dank! Ich sende ihr ein vorsichtiges Lächeln, und sie seufzt gespielt theatralisch, nickt mir aber freundlich zu. Sie ist mir nicht böse! Jetzt kann wirklich nichts Schlimmes mehr passieren, denke ich erleichtert und greife nach einem der Programmhefte, die auf den Tischen ausgelegt sind.

»Wahnsinn«, sage ich zu Patrick angesichts des professionell gestalteten Flyers, den die Schüler entworfen haben. »Bei unserem Abiball damals wurde eine Anlage aufgebaut, und jeder hat was zu essen mitgebracht. Das war's!«

Heute dagegen wird es eine Filmvorführung geben, ein Lehrer-Schüler-Quiz, anschließend werden die Abiballkönigin und der Abiballkönig gewählt, und der Tanz wird eröffnet.

»Einen Tanz gönnst du uns doch, Saskia, oder?«, fragt Patrick über den Tisch. »Danach verschwinden wir, damit ihr in Ruhe feiern könnt.«

Sie nickt großzügig. »Kein Problem, Papa. Ihr dürft auch gern zwei Tänze tanzen.«

Die Aussicht, mit meinem Mann nachher eine Runde übers Parkett zu schieben, beflügelt mich. Ich greife wieder nach Patricks Hand und stelle fest, dass ich mich seit langer Zeit nicht mehr so gut gefühlt habe. Dann schaue ich auf Programmpunkt 9, und mir wird plötzlich ganz heiß.

»Aber«, sage ich und verstehe es immer noch nicht. »Wieso steht denn da …?« Meine Stimme versagt.

»Du meinst Max?«, fragt Saskia. Sie deutet auf eine Ecke in der Aula, die mir vorher noch gar nicht aufgefallen war. Und die auch gestern noch nicht da war. Eine Leinwand hängt dort, wie man sie aus einem Fotostudio kennt, Scheinwerfer stehen davor. »Max macht die Fotos«, sagt Saskia stolz. »Habe ich organisiert. Wusstest du das nicht?«

In meinem Magen wird eine Bahn Stacheldraht ausgerollt, und es piekt und brennt höllisch.

»Nein«, erwidere ich. In Windeseile überlege ich, wie ich unauffällig verhindern kann, dass die beiden miteinander sprechen, was unweigerlich die Folge haben würde, dass mein Betrug auffliegt. Aber da ist es schon zu spät. Lisa und Karen kommen zu uns an den Tisch und schleppen Saskia weg. »Wo wollt ihr hin?«, frage ich noch ängstlich, als wüsste ich es nicht.

»Wir lassen uns jetzt fotografieren!«

»Vor dem Essen ist besser«, erklärt Karen. »Am Ende bekleckern wir noch unsere Kleider!« Die drei Mädchen lachen und ziehen von dannen, aufgeregt schnatternd.

»Was ist?«, fragt Patrick. »Du siehst aus, als ob du ein Gespenst gesehen hättest.«

Da weiß ich, dass es an der Zeit ist für ein Geständnis.

Die beste Absicht taugt nichts,
wenn niemand sie erkennt.

HENRIETTE HENKEMEIER

Samstag, 7. Juli, 18:47 Uhr

Ich hole tief Luft, um Patrick zu erklären, was ich gemacht habe, um diesen Kerl von unserer Tochter fernzuhalten. Die Gelegenheit ist günstig, weil Breuers und Novaks zum Büfett gegangen sind und wir für einen Moment am Tisch allein sind.

Noch bevor ich jedoch was sagen kann, stellt Patrick mit seiner Froststimme fest: »Du hast dich also doch eingemischt.«

»Ja, allerdings nur, weil…«

»Obwohl ich dir gesagt habe, dass du es nicht tun sollst.«

»Ja, aber das war …«

»Weißt du, Henriette, ich will es gar nicht wissen. Es ist immer dasselbe.«

»Aber …«

»Nichts aber. Ich hab dir gesagt: Misch dich nicht ein. Und hörst du auf mich? Nein. Warum? Weil du es sowieso immer besser weißt.«

»Ich wollte doch nur …«

»Ich weiß, du wolltest nur das Beste.« Seine Stimme trieft vor Sarkasmus, bevor er wieder unerbittlich wird. »Merkst du denn nicht, dass du die Leute um dich herum erstickst mit deinem Kontrollwahn? Gib doch einfach mal Ruhe, und lass ihnen Luft zum Atmen.«

Dann stößt er sich heftig vom Tisch ab und steht auf, richtet seine Krawatte und schlendert zum Büfett, als wäre nichts gewesen. Auf dem Weg fängt er ein Gespräch mit dem Vater von Karl an, das mit gegenseitigen Schlägen auf die Schulter eingeleitet wird. Jetzt ist es also raus. Schluss mit der Schauspielerei, das war der echte Patrick. Der mich *verachtet*. Seine Worte liegen mir wie Steine im Magen. Dann drehe ich mich um und fixiere die Fotoecke. Lisa lacht in die Kamera, Karen und Saskia stehen feixend daneben. Ich stehe auf und mache mich auf den Weg zu ihr. Vielleicht kann ich mich noch entschuldigen, *bevor* Saskia herausfindet, was ich angestellt habe. Und wenn ich Glück habe, versteht sie, dass ich nur aus Sorge und Liebe zu ihr gehandelt habe. Genau, ich muss mich beeilen, damit sie es aus meinem Mund …

Plötzlich springt mir Anja von der Elternpflegschaft in den Weg, die offensichtlich schon eifrig gebechert hat und mich mit der Tratschstory über die pädagogische Knallcharge Dr. Bühler-Krotz erheitern möchte, die sich immer darüber wundert, dass die Schüler die Exponentialfunktionen nicht kapieren.

»Dabei liegt es daran …«, erklärt Anja prustend.

»Ich weiß«, unterbreche ich schroff. »Sie sagt immer, du musst ihn dir runterholen.« Womit Dr. Bühler-Krotz den Exponenten meint, was in pubertären Hirnen aber keine Rolle mehr spielt, weil im Hormonrausch die Synapsen schon übergeschnappt sind.

Anja ist sichtlich enttäuscht über meine Humorlosigkeit, aber das ist mir jetzt nun wirklich schnuppe. In der Fotoecke zeigt Max Saskia jetzt die Bilder auf seinem Laptop. Ganz nah stehen die beiden nebeneinander, sodass sie sich fast berühren. Sehr vertraut sieht das aus. Sie sprechen miteinander, Saskia lacht. Dann dreht Saskia verblüfft den Kopf zu Max. Er sagt irgendwas. Saskias Gesicht verzieht sich. Er zeigt ihr sein Handy. Sie schüttelt den Kopf, ist verwirrt. Ich komme näher, sie bemerkt mich. Sie lässt Max stehen und stapft auf mich zu.

»Saskia, ich …«

»Hast du von meinem Handy aus Max eine Nachricht geschickt und ihn anschließend blockiert?«, schleudert sie mir wutentbrannt entgegen.

»Ich wollte nur …«

Sie schnaubt und schüttelt den Kopf. Ihr Gesicht! Sie schaut mich mit einer derartigen Verachtung an, dass meine Knie wacklig werden.

»Ich fasse es nicht, dass du dich ständig in mein Leben einmischst. Jetzt spionierst du sogar mein Handy aus und liest nicht nur meine Nachrichten, sondern fälschst sie auch noch. Du bist so krank!« Du bist mein Leben, will ich ihr sagen, du und deine Schwestern, ihr seid mein Leben, und meine Aufgabe ist es, euch vor allen Gefahren zu schützen. Und Max ist eine Gefahr, ich weiß es einfach, er wird dich dazu bringen, dass … Aber mir bleibt jede Erwiderung in meiner ausgedörrten Kehle stecken. Und dann sagt sie: »Ich will nie mehr mit dir reden. Lass mich einfach in Ruhe!«

Sie geht zu ihren Freundinnen und tuschelt mit ihnen, und ich kann nichts anderes tun, als zurück zu Patrick zu gehen und noch für zwei Stunden eine Maske aufzusetzen, bevor wir nach Hause fahren. Dort erwartet uns meine Mutter mit gespanntem Gesichtsausdruck, aber ich kann nicht mit ihr reden, sondern sage, dass ich Kopfschmerzen habe. Ich gehe direkt ins Bett, wo ich fürchterlich zu heulen beginne. Immer wieder falle ich kurz in einen unruhigen Schlaf, bis ich gegen fünf Uhr morgens Saskia nach Hause kommen höre. Gott sei Dank, sie ist zurück. Obwohl ich weiß, dass sie mich nicht sehen will, kann ich nicht anders, als aufzustehen, um sie auf dem Weg ins Bad abzufangen.

Sie stöhnt. »Na, willst du mich wieder kontrollieren?«

»Nein, ich …«

Sie steckt sich demonstrativ die Finger in die Ohren. »Lalala«, sagt sie. »Ich höre dir nicht zu. Du hast Max blockiert, jetzt blockiere ich dich.«

Ich gebe auf. »Lass uns bitte morgen darüber reden«, flehe ich.

»Meinetwegen«, sagt sie, geht ins Bad und schließt die Tür. Das »meinetwegen« reicht mir, um endlich einzuschlafen.

Sonntag, 8. Juli, 10:08 Uhr

Die Einzige, die beim Frühstück ganz normal mit mir redet, ist Ida. Nelli sitzt da mit ihrem Milchkaffee und starrt mich böse an. Aber ich habe keine Lust, jetzt schon wieder zu erklären, warum Andrea hier nicht übernachten durfte. Ich habe wirklich gerade wichtigere Probleme.

»Bin gespannt, wann Saskia aufsteht«, sage ich und hoffe auf eine Antwort von Patrick, der in die Onlineausgabe der *Frankfurter Sonntagszeitung* versunken ist.

»Die ist doch schon lange aufgestanden«, sagt Ida mit entzückendem Kakaoschnäuzer, als sie ihre Tasse abgestellt hat.

»Wie bitte?« Ich verschlucke mich an meinem Brötchen und muss husten. »Warum? Und wo ist sie?«

Auch Patrick sieht erstaunt von seinem Handy auf.

»Sie ist doch nach Frankreich gefahren«, sagt Ida. »Mit Max.«

Mir wird augenblicklich schlecht. »Wie, sie ist nach Frankreich …«

Patrick sieht mich an, seine Augen sind Laserschwerter, die sich durch mich hindurchbohren.

»Hat sie … hat sie noch was gesagt?«, stammle ich.

»Sie bringt mir Schokocrêpes mit, wenn sie wiederkommt«, sagt Ida zufrieden.

Oh nein! Oh nein, bitte nicht, denke ich. Kaum sind die beiden Mädchen nach oben verschwunden, flehe ich Patrick an, etwas zu unternehmen.

Er schüttelt nur den Kopf. »Das bringt doch nichts, Henriette. Wann kapierst du es endlich?«

»Aber …«

»Fang nicht schon wieder an! Sie macht das doch nur aus

Trotz. Wenn du dich nicht eingemischt hättest, dann wäre sie wahrscheinlich nicht mal gefahren.«

»Das wissen wir nicht«, sage ich verzweifelt. »Ich glaube, sie wäre so oder so gefahren.«

»Das war alles kein Thema, bis du angefangen hast, ihr in ihr Leben reinzupfuschen.«

»Doch, natürlich hat sie drüber nachgedacht.«

»Aber nicht ernsthaft. Jedenfalls hat sie mir gegenüber nichts gesagt.«

»Wann denn auch?«, brause ich auf. »Du bist doch nie hier.«

»Ich bin oft genug hier, um zu wissen, was meine Kinder machen.«

Ich schüttle entgeistert den Kopf. »Das glaubst du ja wohl selbst nicht!«, blaffe ich.

Ich könnte jetzt die Sache mit Andrea erwähnen, aber das tue ich nicht. Ich bin ja vernünftig. Im Gegensatz zu meinem Mann.

»Sieh es ein! Wir müssen sie gehen lassen, damit sie freiwillig zurückkommt«, drängt Patrick.

»Ich lasse sie ja gehen«, rufe ich. »Nur nicht mit diesem Kerl!« In dem Moment fällt mir was ein. »Ich hab's! Wir fahren ihr nach! Wir stornieren Dänemark und machen Urlaub in Frankreich. Ganz spontan packen wir und fahren. Und zwar heute noch.«

Patrick fällt die Kinnlade herunter. »Das meinst du nicht ernst.«

»Doch! Das ist das Beste für alle!«

»Die Schulferien haben noch nicht mal begonnen!« Er sieht mich an, als hätte ich nicht mehr alle Tassen im Schrank.

»Na und?«, rufe ich triumphierend. »Irina verschleppt ihre Kinder in allen Ferien früher zur Oma nach Kasachstan. Und Özlen ist noch nie pünktlich zu Schulbeginn wieder da gewesen, weil die Flüge außerhalb der Ferien billiger sind.«

»Kommt nicht infrage!«, brüllt Patrick. »Du kannst froh sein, wenn das überhaupt mit Dänemark klappt. Das weiß ich nämlich im Moment auch noch nicht.«

»Was?«, entfährt es mir. Ich kann nicht glauben, was ich da höre. »Und wann wolltest du mir das sagen, dass unser Urlaub vielleicht auch flachfällt?« Der Urlaub, auf den ich alle meine Hoffnungen gesetzt habe!

»Wenn ich weiß, ob es klappt oder nicht«, sagt er ungerührt, als müsste ich bei solch entscheidenden Veränderungen des Familienplans gar nicht erst eingeweiht werden. »Bei uns geht es im Moment drunter und drüber wegen der Zulassung des neuen Medikaments.«

Ich starre ihn an und verdränge den Gedanken an seine Hollywoodassistentin. »Wie kannst du nur an Mar… an die Arbeit denken, wo unsere Tochter in Gefahr ist?«, kreische ich.

Ich merke selbst, dass sich das übertrieben dramatisch anhört, aber ich habe meine Gründe dafür.

Da ist Patrick auf einmal still und mustert mich prüfend. Und dann fragt er ganz ruhig: »Was ist eigentlich los mit dir in letzter Zeit?«

»Was los ist?«, wiederhole ich seine Frage, und um Zeit zu gewinnen, sage ich es noch mal: »Was *los* ist? Nichts ist los.« Bei mir ist alles in Ordnung. Außer, dass ich mich frage, was mit *dir* los ist.

Und dann starren wir uns an und auf einmal denke ich: Wer ist dieser Mann eigentlich, mit dem ich Haus und Bett (zumindest zum Schlafen) teile? Ich habe das Gefühl, ich kenne ihn gar nicht mehr. Und auch Patrick scheint mit mir nichts mehr anfangen zu können. Der Draht, den wir mal zueinander hatten, ist wie durchgeschnitten.

Ich höre mich sagen: »Wenn du nicht mitfährst nach Frankreich, dann fahre ich eben allein.«

»Das ist nicht dein Ernst. Bist du denn jetzt total durchgedreht?«

»Bin ich nicht. Das ist mein voller Ernst. Weil es nun mal mein Job ist, auf meine Kinder aufzupassen. Ich bin mit den Kindern bei Tag und bei Nacht zum Arzt gefahren wegen Pseudokrupp oder Fieber oder gebrochenen Beinen. Und jetzt fahre ich eben nach Frankreich, bevor Saskias Leben von diesem Herzensbrecher zerstört wird. So was tut eine gute Mutter eben. Ende der Durchsage.«

Sonntag, 8. Juli, 14:19 Uhr

Natürlich hoffe ich noch, dass Patrick zur Vernunft kommt und mitfährt. Aber dem scheint nicht so. Er ist nämlich in aller Seelenruhe Radfahren gegangen mit seinem Bruder Dirk. Und da kommt er mir damit, dass *mit mir* was nicht stimmen würde. Ich meine, welcher gescheite Erwachsene verbringt sein Wochenende auf dem Rennrad, wo er hundert Kilometer lang auf irgendwelchen Landstraßen versucht, nicht von einem der wild gewordenen Sonntagsfahrer umgebrettert zu werden. Und der das auch noch »Spaß« nennt. Meinetwegen hat *er* dabei Spaß. Nur seine Familie hat gar nichts davon. Und seine Ehefrau schon mal überhaupt nicht. Was für ein Egoist! Wo er unter der Woche doch schon fast gar nicht mehr zu Hause ist. Und da will *er* mir vorschreiben, was ich zu tun habe, obwohl ich doch diejenige bin, die hier alles im Griff haben muss.

Grimmig stopfe ich ein paar Sachen in meinen Koffer. Während ich packe, rufe ich Katrin an.

»Henriette, was gibt's?« Sie klingt genervt.

Ich erkläre ihr kurz, was passiert ist. »Ich fahre nach Frankreich. Morgen früh. Um die Familie zu retten.« Ich sage noch ein paar pathetische Sachen, die mich selbst rühren. Ich bin überzeugt, dass wenigstens Katrin mir beistehen wird.

Sie stößt nur die Luft aus und sagt in herbem Ton: »Henriette, ich sag es nicht gern, aber als deine Freundin sage ich es dir jetzt trotzdem. Ich finde, du verrennst dich total.«

»Wie, ich verrenne mich?«

»Mensch, Henriette. Wie soll Saskia denn erwachsen werden, wenn du ihr dauernd reinpfuschst.«

»Aber …«

»Du kriegst einfach gar nichts mehr mit. Du bist nicht die Einzige mit Problemen, weißt du?«

»Ich weiß, aber …«

»Scheint mir nicht so. Absolut gar nicht. So, und jetzt muss ich Schluss machen. Wir sind mit Noah und Jason im Phantasialand, und ich muss auf eine Höllenachterbahn. Tschüs.« Zack, Leitung unterbrochen.

Doofe Kuh, denke ich. Eine beste Freundin sollte einem doch wohl Beistand leisten. Und in Notlagen helfen! Na ja. Katrin war schon immer so direkt, wenn ihr was nicht gepasst hat. Aber sie wird schon einsehen, dass sie zu weit gegangen ist.

Ich setze mich aufs Bett, erschöpft von der kurzen Nacht. Und wütend. Ich würde Patrick gern mit allem allein lassen, damit er mal sieht, was für einen Knochenjob ich hier mache. Er denkt doch, sein Job wäre der anstrengendste der Welt, dabei hat er einfach keinen Schimmer, was man als Mutter so alles leisten muss. Natürlich weiß ich trotz meiner Wut, dass das nicht geht. Weil er ja der superwichtige Compliance-and-Risk-Manager mit der doofen Hollywoodassistentin ist. Dummerweise muss ich deswegen etwas tun, das ich nur äußerst ungern mache. Ich halte das Telefon erst ein paar Minuten in der Hand, lege es wieder weg, überlege mir, was ich sagen soll, dann überwinde ich mich und wähle die Nummer.

»Hallo, Mutter«, sage ich. Das »Mami« von früher kommt mir nicht mehr über die Lippen. »Hier ist Henriette.«

»Oh, hallo.«

»Wie geht's?«

»Gut. Und bei euch? Was machen meine kleinen Schätze?«

»Hör mal, ich wollte fragen, ob du zu uns kommen kannst. Ich muss ein paar Tage weg.«

Meine Mutter ist einen Moment still. Vermutlich ist sie so überrascht wie ich, dass ich sie schon wieder um Hilfe bitte.

»Wohin musst du denn?«, fragt sie skeptisch.

Genau auf diese Frage habe ich mich vorbereitet. Aber ich werde ihr nicht sagen, dass ich etwas wiedergutmachen muss. Dann käme sie nämlich vielleicht auf die Idee, dass sie es auch wiedergutmachen könnte.

»Ich muss mit Saskia was klären.«

Meine Mutter schweigt, dann sagt sie einfach: »Gut, ich komme.« Mehr nicht.

Zum ersten Mal seit über dreißig Jahren spüre ich so etwas wie Dankbarkeit ihr gegenüber, weil sie nicht nachbohrt.

»Mutter?«

»Ja.«

»Danke.«

»Keine Ursache.«

Dann steht mir noch der schwerste Part bevor. Ich muss Ida und Nelli sagen, dass ich ein paar Tage nicht da sein werde. Ich setze zu einer langen Erklärung an. Dass ich Saskia besuchen gehe, aber dass Papa ja da ist und außerdem Oma kommt. Ich erwarte Heulerei und Gejammer, zumindest von Ida, und gebe ihr feierlich eines meiner T-Shirts, an dem der Geruch meines Parfüms haftet. Aber in dem Moment, als ich erwähne, dass meine Mutter da sein wird, jubeln die beiden Mädchen, als fielen Weihnachten und ihre Geburtstage zusammen. Natürlich gibt es mir einen Stich, und ich muss mich zusammenreißen, nicht schon wieder loszuheulen.

Sonntag, 8. Juli, 17:32 Uhr

»Du fährst also wirklich?«, fragt Patrick, als ich meine Tasche in den Flur stelle.

»Ja, morgen früh. Mittags kommt meine Mutter und bleibt, bis du von der Arbeit kommst. Falls du überhaupt nach Hause kommst und nicht gleich in der Firma schläfst. Oder sonst wo.«

»Was soll das denn heißen?«

»Du weißt schon, was das heißt.« Er nickt nur. Vielleicht ist es auch ein Kopfschütteln, so genau weiß ich das nicht mehr. Ich weiß gar nichts mehr, was meinen Mann betrifft. Dann stehen wir da, und die ungesagten Dinge türmen sich auf und bilden eine dicke Wand zwischen uns. »Ich … ich muss das tun«, erkläre ich kraftlos. »Wenn ich nicht das Gefühl habe, alles getan zu haben, werde ich mir das nie verzeihen. Außerdem … Ich hole Saskia zurück, damit wir alle zusammen in den Urlaub fahren können und endlich wieder eine Familie sind.«

»Was soll das denn jetzt schon wieder heißen?« Er stöhnt und fährt fort: »Dann fahr halt. Wenn du meinst, dass du das tun musst, dann tu es. Ich werde dich nicht aufhalten.«

Es klingt wie eine Drohung.

»Was meinst du damit?«, frage ich mit flauem Gefühl im Magen.

»Was fragst du mich, du weißt doch sowieso alles besser«, sagt er, wendet sich ab und schaltet den Fernseher ein.

»Ich bin in ein paar Tagen wieder da, wenn alles gut geht«, sage ich flehend, aber der Fernseher hat bereits die Alleinherrschaft über die Aufmerksamkeit übernommen. Patrick reagiert jedenfalls nicht.

Ich stehe auf und stakse die Treppe hoch. Dann liege ich mit pochendem Herzen und brennendem Magen im Bett und stelle fest, dass ich vielleicht doch recht gehabt habe mit meiner Vermutung, dass er sich trennen möchte und nur auf eine gute Gelegenheit wartet. Aber das wird mich nicht davon abhalten, zu tun, was ich tun muss.

Montag, 9. Juli, 4:10 Uhr

Als ich ins Auto steige, dämmert es. Der Himmel leuchtet orange, die Luft ist frisch und angenehm. Ein neuer Tag bricht an. Ein weiterer Tag, an dem alles möglich ist – von der totalen Katastrophe bis zur mittelmäßigen Katastrophe. Hör auf, so negativ zu denken, tadle ich mich selbst. Was natürlich schwer ist, da vor nicht mal einer Woche mit meinem Leben noch alles in Ordnung war. Nicht in bester Ordnung, aber so in Ordnung, wie es in einer Familie mit drei lebhaften Töchtern und einem arbeitswütigen Ehemann halt sein kann. Jetzt dagegen sieht alles finster aus. Ich klappe die Sichtblende runter, damit mir die Strahlen der aufgehenden Morgensonne gleich nicht in die Augen pieken, lege den ersten Gang ein, werfe einen letzten Blick auf unser Haus, in dem meine jüngeren Töchter und mein Mann friedlich schlummern, gebe die Adresse ein, die ich von Miriam bekommen habe, dann fahre ich los. Geschätzte Ankunftszeit laut Navi: 17:15 Uhr.

*Egal, wo man hinfährt,
eines nimmt man immer mit.
Sich selbst.*

HENRIETTE HENKEMEIER

Montag, 9. Juli, 7:03 Uhr

Autobahnen sind wie ein eigenes Staatsgebiet aus Asphalt und Geschwindigkeit. Bis auf kleine Unterschiede – Schilder zum Beispiel – sehen sie überall gleich aus und lassen kaum erahnen, in welchem Land man eigentlich ist.

»Achtung, Grenzübertritt«, weist die sanfte Stimme aus dem Navi mich darauf hin, dass ich Frankreich erreicht habe.

So lange am Stück bin ich schon eine Ewigkeit nicht mehr gefahren. Wenn wir mit der Familie unterwegs sind, fahren wir mit Patricks Mercedes, und da sitzt meistens er am Steuer. Ich bin auf dem Beifahrersitz und versorge die Familie mit Wasser, Kaubonbons, belegten Broten und Servietten und sammle den Müll wieder ein, in einer Tüte zu meinen Füßen. Und wenn ich mal fahre, sitzt Patrick völlig unentspannt neben mir und bremst imaginär oder gibt Gas, weil er findet, ich fahre zu langsam. Jetzt, da keiner neben mir sitzt, der meckert, stelle ich fest: Autofahren macht Spaß. Was ich normalerweise zu Hause mache, ist ja eigentlich nur Rumkurven. Supermarkt, Ballett, Schule, Reinigung. Mal so richtig Kilometer fressen, ist eine wirklich angenehme Sache. Man kann zwar überlegen, was man noch alles tun muss, aber man *kann* nichts anderes tun. Außerdem ist die französische Autobahn so angenehm leer. Woran das wohl liegt?

Montag, 9. Juli, 7:24 Uhr

Ich komme durch ein Industriegebiet, Supermärkte, Baumärkte, ein riesiger Sporthandel, danach links und rechts Lärmschutzwände, mit plumpen Graffiti besprüht.

Der nächste Ort heißt Thionville, auf einem Schild lese ich den deutschen Namen der Stadt. Diedenhofen. Pff! Den Namen habe ich ewig nicht gehört. Dietmar Diedenhofen war mein Vorgesetzter bei der GourDeko GmbH, wo ich als Servicemitarbeiterin angefangen habe, nachdem ich mein Studium hingeschmissen hatte. Es sollte eigentlich nur ein Übergangsjob werden, bis ich mich an einer anderen Uni eingeschrieben hatte. Aber dann hat mir die Arbeit bei dem Eventcaterer so viel Spaß gemacht, dass mein Wunsch, an irgendeine Universität zurückzukehren, immer kleiner wurde. Mein Chef war supernett. Er sagte immer: »Eine Firma ist nur so gut wie ihre Mitarbeiter.« Und ich wusste, er meinte mich.

Er überredete mich schließlich, eine Lehre als Veranstaltungskauffrau anzufangen. Dann könne ich mich später weiterbilden, meinen Fachwirt machen oder einen Meisterkurs, erklärte er. Leider war der Ausbildungsleiter ein aufdringlicher Riesenarsch, der sich für unwiderstehlich hielt. Und weil er der Sohn des Chefs war, nutzte er seine Machtposition ziemlich aus. Als ich meinen Chef auf die Zudringlichkeiten seines Sohnes hinwies, legte er mir nur beschwichtigend die Hand auf den Arm und sagte: »Ach, Mädchen, wir wollen hier doch keine schlechte Stimmung machen, oder?« Seine Hand brannte auf meinem Arm.

Ich meldete mich am nächsten Tag krank, zwei Wochen später brach ich meine Lehre ab und fing in einem Restaurant als Kellnerin an. Was aus heutiger Sicht natürlich extrem blöd war. Weswegen ich auch so hinterher bin, dass Saskia sich für eine vernünftige Ausbildung entscheidet. Na ja. Natürlich hatte ich vor, wieder ins Berufsleben einzusteigen, sobald Saskia in den Kindergarten kommen würde. Aber dann erschien es mir zu heftig, mein Kind den ganzen Tag in der Obhut fremder Frauen zu lassen, und ich verschob die Berufssuche bis zu dem Zeitpunkt, zu dem sie in die Schule kommen würde. Tja, und so ging das immer weiter. Als Saskia in die Schule kam, war ich schwanger mit Nelli, als Nelli in den Kindergarten kam, wurde ich mit Ida schwanger. Der Einstieg in den Beruf verschob sich immer weiter. Und da Patrick von Anfang an gut verdiente und immer betont hat, dass er sich freue, wenn ich glücklich sei, gab es keinen Grund, mein Leben zu ändern.

Montag, 9. Juli, 8:02 Uhr

Herausforderungen lauern ja nun wirklich überall. Und manche zeigen sich völlig überraschend. Wie zum Beispiel, wenn die Fluse, die in der Küche auf dem Boden liegt, plötzlich wegkrabbelt. Oder wenn man die Sahnefüllung auf den Biskuitteig streicht und feststellt, dass er doch noch zu warm war, und man plötzlich nicht genug Hände hat, um die verflüssigte Creme in Schach zu halten. Oder wenn man herausfindet, warum die französischen Autobahnen so wenig befahren sind. Weil man Maut bezahlen muss!

Und schon stehe ich vor einer der besonders tückischen Herausforderungen im Straßenverkehr. Man kennt sie von Parkhäusern, wo man ja auch aus dem Auto heraus einen Automaten bedienen muss und immer, immer zu weit weg steht. Da kann man noch so vorsichtig an den Automaten heranfahren – sobald man den Arm aus dem Fenster streckt, merkt man, dass er nicht lang genug ist. Wenn man Glück hat, schafft man es, indem man sich abschnallt und aus dem Fenster hängt. Wenn man Pech hat, muss man die Tür öffnen und halb aussteigen. Wenn man ganz viel Pech hat, steht schon ein anderes Auto hinter einem, mit einem Mann am Steuer, in dessen Antlitz sich der Hohn über sämtliche Klischees von Frauen am Steuer widerspiegelt. Dann fängt man erst recht an zu hudeln und verknickt das Ticket beim hastigen Reinschieben oder lässt es fallen, und beim Bücken haut man sich den Ellenbogen an der Karosserie an, der Musikantenknochen jubiliert, und der Schweiß läuft einem in Strömen den Rücken runter.

Bei dieser verdammten französischen Mautstation kommt noch dazu, dass ich aus dem unübersichtlichen Automaten überhaupt nicht schlau werde. Als ich endlich den Münzeinwurf ausmache, hat sich hinter mir schon eine lange Schlange gebildet. Und dann hupt auch noch der blöde Autofahrer hinter mir, ich erschrecke und donnere die Tür an die Betonkante unter dem Automaten. Mist. Fahrig stopfe ich die 5,80 € in den Automaten, quetsche mich wieder auf meinen Sitz, ignoriere die höhnischen Gesten des Autofahrers hinter mir und passiere endlich die Schranke. Was für ein Stress!

Montag, 9. Juli, 12:57 Uhr

Der Spaß am Autofahren bröckelt. Vom Festklammern des Steuers tut mir der Nacken weh. Ich könnte eine Massage gebrauchen. Patrick ist kein großer Masseur, leider. Steven auch nicht. Katrin hat mir erzählt, dass sie sich einen Lacrosse-Ball gekauft hat, um sich selbst zu massieren. Der ist tennisballgroß, aber aus Vollgummi. Sie klemmt ihn zwischen Schulter und Tür und presst sich dann dagegen, rollt ihn hin und her, indem sie in die Knie geht und wieder hoch. »Man sieht aus wie ein Bär, der sich am Baum kratzt«, hat sie lachend erklärt. »Aber es hilft.«

Ich schreibe also den Lacrosse-Ball auf die To-do-Liste, die ich während der Fahrt im Kopf erstellt habe. Bisher stehen da drauf:

- *Der blöden Elternvertreterin der 6b sagen, dass sie mir keine lustigen Katzenfotos mehr schicken soll*
- *Endlich die Kiste mit Sachen von meinem Vater, die ich bisher noch nicht wegschmeißen konnte, aussortieren*
- *Mehr Gurkenwasser trinken*

Montag, 9. Juli, 14:01 Uhr

Lyon ist ein Moloch. Die Autobahn geht mittendurch. Ich tauche aus der Sonne in einen langen Tunnel ab, der sich unter der Stadt hindurchgräbt. Stelle mir vor, wie es wäre, ein Maulwurf zu sein. Als ich wieder ans Tageslicht komme, blendet die Sonne umso mehr. Jetzt kommen Wohnhäuser zur Linken. Schicke Mietskasernen im neoklassizistischen Stil. Vielleicht auch aus der Gründerzeit. Ich war nie eine von denen, die mit Art déco und Jugendstil per Du sind. Die Häuser sind hübsch, aber sie stehen keine zwanzig Meter von der Autobahn entfernt. Alles nur ein endloses Brausen von Verkehr. Noch ein Tunnel, schäbige Betonwände, vollgesprüht von Deppen, die offenbar stolz sind, dass sie ihren Namen schreiben können. Rostige Metallgeländer und wieder hübsche alte Häuser in schäbiger Umgebung. Ich überquere die Saône und fahre weiter auf der Autoroute du Soleil, am Ufer der Rhône entlang.

Montag, 9. Juli, 17:11 Uhr

Ich mag Kreisverkehre. Besonders in Gegenden, in denen ich mich nicht auskenne. Wenn man nicht schnell genug erkannt hat, wo man eigentlich hinmuss, dreht man einfach noch eine Runde und kann im zweiten Anlauf die richtige Ausfahrt erwischen. Ich bin hinter Marseille von der Autobahn abgefahren, direkt in den ersten Kreisverkehr hinein, und folge jetzt den Schildern nach La Seyne-sur-Mer. Ich mag Ortsnamen, die den Zusatz *»sur mer«* tragen. Es klingt nach mondäner Erholung und kreischenden Möwen vor blauem Himmel und Frauen, die auf Promenaden lustwandeln, mit großen Sonnenhüten, die sie kokett lachend festhalten müssen, damit der Seewind sie ihnen nicht vom frisch frisierten Haupt bläst.

Der erste Eindruck von der Gegend ist allerdings kein bisschen malerisch. Zu meiner Linken jetzt riesige Schutthaufen,

Bagger und andere Baumaschinen, rechts grüßt das vertraute gelb-blau-rote Lidl-Zeichen, weiter hinten hässliche Hochhäuser. Das ist nicht gerade die Côte d'Azur, die ich erwartet habe, da helfen auch die drei zerrupften Palmen nichts, die hinter der Leitplanke stehen wie längst vergessene Ladenhüter in einem Souvenirshop.

Einen ersten Menschen erblicke ich kurz darauf, einen Fußgänger, der auf einem Zebrastreifen die Straße überquert und seltsam verloren wirkt in dieser von Autos und Beton dominierten Gegend. La Seyne-sur-Mer ist von dieser Seite aus betrachtet ein schäbige Ansammlung von Fabriken und Parkplätzen. Wo da das Meer versteckt ist, möchte ich mal wissen. Die Landstraße führt mich weiter, die Bebauung wird endlich niedriger, der Himmel weiter, aber schön ist es immer noch nicht. Als ob man sich hier nicht so recht entscheiden konnte, ob man eine richtige Stadt baut oder nicht, und dann einfach Häuser wahllos in die Gegend gesetzt hat, von denen etliche aussehen, als wären sie gar nicht bewohnt. Das mag an den Rollläden liegen, die vielleicht als Schutz vor der Sonne heruntergelassen wurden. Obwohl kaum freie Flächen dazwischen sind, wirkt der Ort zersiedelt.

Dann endlich sehe ich das Meer. Oder ist es ein See? Es ist jedenfalls nicht das glitzernde Blau, das man von den Postkarten kennt, sondern eher eine schmucklose, etwas industriell wirkende Wasserfläche zu meiner Linken, ein großer Parkplatz davor, am gegenüberliegenden Ufer ragen Hügel auf. Ich fahre über eine Landzunge weiter. Saint-Mandrier-sur-Mer liegt auf einer kleinen Halbinsel im Mittelmeer und ist offensichtlich ein Paradies für Wassersportfreunde. Bald reihen sich Segelboote und Jachten aneinander, an einem Geflecht von Bootsstegen vertäut, die Segelmasten nehmen kein Ende. Mithilfe einer Reihe von Palmen und Pinien schafft es der Ort jetzt immerhin, mediterranes Flair zu versprühen. Oleander blüht in Dunkelrot und Weiß.

Nach einer Weile komme ich an einem wirklich hübschen alten Hafen vorbei, nostalgische Fischerboote dümpeln im Wasser. Dann fahre ich einen Hügel hinauf, vorbei an einer endlosen Natursteinmauer. Eukalyptusbäume, Kiefern und Platanen wachsen links und rechts der Straße. Ich nehme das alles wahr, ohne dass es mir was bedeutet – ich bin ja nicht wegen der Landschaft hier oder gar aus Vergnügen, sondern ich habe eine Mission. Und ich werde jetzt die Villa finden, in die dieser Max meine Tochter entführt hat, dann bereite ich dem Spuk ein Ende. Jedenfalls hoffe ich, dass Saskia bei meinem Auftauchen sieht, wie leid es mir tut, wie lieb ich sie habe und wie sehr ich um ihr Wohlergehen besorgt bin. Wenn man tausendzweihundert Kilometer fährt, um mit seiner Tochter zu sprechen, dann wird das hoffentlich sogar das bockigste Teenagerherz erweichen. Es kann natürlich auch sein, dass sie sowieso überglücklich ist, mich zu sehen und diesem fiesen Kerl zu entkommen und mit nach Hause in den Arm ihrer Familie fliehen zu können. Da die Versöhnung zum Greifen nah ist, schießen mir schon die Tränen der Rührung in die Augen. Und wenn – nur wenn – sie immer noch wütend auf mich ist, dann weiß ich, dass ich wenigstens alles versucht habe, um die Sache wieder einzurenken.

Noch zwei Kilometer bis zum Ziel. Langsam werde ich richtig aufgeregt. Die Adresse habe ich von Miriam. Ich habe ihr natürlich nicht gesagt, dass ich persönlich nach Frankreich fahren will, ich habe vorgegeben, Saskia ein Päckchen schicken zu wollen. Miriam schien sich aber sowieso nichts dabei zu denken. »Saskia wird es dort gefallen«, plapperte sie. »Die Landschaft ist einfach traumhaft!«

Ich hätte ihr am liebsten eine Kopfnuss verpasst. Übrigens ein Verlangen, das gerade wieder aufflammt, denn das Navi führt mich nicht zu der Villa, sondern zu einem Fotostudio, das im Erdgeschoss eines schlichten Wohnhauses eingerichtet wurde. Auf dem Schaufenster steht groß:

MAX M

PHOTOGRAPHE PROFESSIONNEL

Er hat ein paar Fotos dort aufgehängt, Museen, Häuser, Porträts. Alles ist dunkel, und es sieht geschlossen aus. Verdammt. Ich steige trotzdem aus und spähe durch das Fenster. Der Blick in den Raum wird blöderweise durch einen Vorhang verhindert. Eine Klingel gibt es nicht. Nur Max' Telefonnummer steht an der Tür. Aber ich werde ihn wohl kaum anrufen. Was mache ich denn jetzt?

Montag, 9. Juli, 18:57 Uhr

Ich habe das Handy in der Hand und überlege, ob ich Saskia anrufen soll. Lieber wäre mir zwar gewesen, sie persönlich zu treffen, aber solange ich nicht weiß, wo sie ist, kann ich das nicht. Also überwinde ich mich und wähle ihre Nummer. Es klingelt. Und klingelt. Sie hebt nicht ab. Vielleicht ist sie am Strand? Oder im Pool? Nach langem Überlegen schicke ich ihr eine Nachricht.

> Mamaphone: Liebe Saskia, wollte dich überraschen. Bin in Saint-Mandrier-sur-Mer, um mich bei dir zu entschuldigen, aber die Adresse, die Miriam mir gegeben hat, ist von Max' Fotostudio, nicht von seiner Villa. Bitte schick mir schnell die Anschrift, dann bin ich in fünf Minuten da. Mama

Ich schreibe ihr extra nicht, dass ich sie natürlich mit nach Hause nehmen will. Das würde sie mit Sicherheit verschrecken. Einen Moment lang zögere ich, dann drücke ich auf den Pfeil. Ein Häkchen erscheint. Gesendet. Ich warte auf das zweite Häkchen, das anzeigt, dass es angekommen ist. Nichts. Und ihr Profilbild ist auch verschwunden, fällt mir auf. Normalerweise lacht mich dort ein Foto von Phoebe Thunderman an, jetzt sehe ich nur die weiße Silhouette, das Standardsymbol. Hm. Könnte es sein, dass sie mich tatsächlich bei WhatsApp blockiert hat? Das Mädchen ist störrischer als ein Esel, also wirklich.

Na gut. Dann rufe ich erst einmal zu Hause an, um zu sagen, dass die Reise gut verlaufen ist.

Ida geht ans Telefon. »Hallo, Mama«, ruft sie erfreut.

»Ich wollte sagen, dass ich in Frankreich angekommen bin. Es ist ziemlich heiß und sehr schön hier.«

Ida antwortet nicht. Im Hintergrund ist Trubel.

»Hallo, Ida?«

»Ja, hier«, sagt sie abgelenkt. »Hast du Crêpes gekauft?«

»Noch nicht. Was macht ihr?«

»Wir spielen mit Oma. Das ist so lustig! Wann kommst du?«

»Ich hoffe, morgen! Weil ich euch ja vermisse und …«

»Oh, ich bin dran mit würfeln! Tschüs, Mama!« Leitung tot.

Ich fühle mich ein bisschen wie damals, als ich Saskia am ersten Tag in den Kindergarten gebracht und eigentlich ein Drama erwartet hatte, sie aber nur fröhlich winkte und dann mit der Erzieherin mitging. Neidisch habe ich die anderen Mütter betrachtet, an denen sich die Kinder festklammerten und Rotz und Wasser heulten.

Montag, 9. Juli, 19:16 Uhr

Ich sitze im Auto und versuche, mir das Bild der Villa ins Gedächtnis zu rufen. Sie liegt auf einem Hügel und wird überragt von einer gigantisch hohen Palme. Und das schmiedeeiserne Tor davor ist schwarz mit goldenen Löwenkopfgriffen. Der Ort ist nicht so groß. Also werde ich einfach versuchen, die Löwenköpfe zu finden. Was anderes fällt mir momentan nicht ein. Ich schalte das Navi aus und fahre los. Lasse mich im Schneckentempo durch die Sträßchen von Saint-Mandrier-sur-Mer treiben. Die Fenster habe ich weit geöffnet, um die frische Meeresluft hereinzulassen. Einen Arm lasse ich rausbaumeln, als wäre ich so ein cooler Vollidiot. Aber da mich hier ja niemand kennt, kann mir das ja egal sein. Außerdem ist es wirklich angenehm.

Auch Saint-Mandrier-sur-Mer ist weniger mondän, als ich dachte. Bei Côte d'Azur denkt man immer an die Croisette in Cannes, Jetset in Saint-Tropez und Superpromis, die von Luxusjachten ins blaue Meer springen. Dass abseits davon auch ganz normale Menschen wohnen, vergisst man da schon mal. Viele Häuser hier sehen jedenfalls kein bisschen edel aus, sind höchstens zweigeschossig, sandfarbener Anstrich. Manche sind sogar ein bisschen runtergekommen, mit kleinen vergitterten Balkonen und abblätterndem Putz.

Ich fahre weiter einen Hügel hoch und komme schließlich in eine Gegend, in der in Kugelform getrimmte Buchsbäume in Edelstahlkübeln stehen. Die Häuser werden größer, die Zäune höher, hier wohnt also das Geld. Und dann sehe ich einen Palmenwipfel weit über den Dächern aufragen! Ich fahre weiter in die Richtung, biege noch mal um die Ecke und … das schwarze Tor mit den Löwenköpfen! Ich habe es tatsächlich gefunden. Ich halte an und schnalle mich ab, doch als ich mit der Hand nach dem Türöffner greife, zögere ich. Mein Herz fängt an zu bummern. Schwitzen tue ich sowieso schon, weil es verdammt heiß ist hier, wenn man keinen Fahrtwind abkriegt.

Bin ich wirklich sicher, dass das funktioniert? Und was wollte ich Saskia noch mal sagen?

In meinem Kopf herrscht auf einmal gähnende Leere. Alles, was ich mir auf der langen Fahrt überlegt habe, ist wie weggeblasen. Plötzlich fühle ich mich zu kraftlos für eine Begegnung mit meiner wütenden Tochter. Nur einen Moment ausruhen und überlegen, was ich wirklich sagen will, wenn sie gleich vor mir steht. Ich lasse den Wagen ein paar Meter weiter in den Schatten rollen, stelle den Motor aus und schließe die Augen, um mich zu sammeln.

Montag, 9. Juli, 21.55 Uhr

Ein Klopfen reißt mich aus wirren Träumen. »Es tut mir leid«, rufe ich, als ich schweißgebadet hochschrecke.

Dann muss ich an den furchteinflößenden bulgarischen Fernfahrer denken und will um Hilfe schreien. Im nächsten Moment sehe ich auf dem Bürgersteig einen Herrn in dunkelgrauem T-Shirt und Jeans, der freundlich-besorgt zu mir herunterlächelt. Ich schätze ihn auf Anfang fünfzig mit seinen grau melierten Haaren, den Geheimratsecken und den Falten um die Augen, die ihm das Aussehen eines Seemanns verleihen, der von Sonne und Wind wettergegerbt ist. Er hat einen Hund dabei, einen Jack-Russell-Mischling, der ganz ruhig dasteht und in die Ferne blickt, als ob er gerade dabei wäre, das Rätsel vom Sinn des Lebens zu lösen.

»*Bonjour*«, sagt der Mann durch die geöffnete Scheibe, um dann in akzentfreiem Deutsch zu fragen: »Ist bei Ihnen alles in Ordnung?«

»Äh … Ja. Wie spät ist es?«, will ich wissen, als ich bemerke, dass sich bereits die Nacht über den Ort senkt.

»Kurz vor zehn«, sagt er.

Ach du jemine! Da habe ich ja zweieinhalb Stunden geschlafen. Kein Wunder, dass mir der Rücken wehtut wie nach einer Nacht im Zelt und mein T-Shirt an mir klebt.

»Ich wollte nur sehen, ob bei Ihnen alles in Ordnung ist«, wiederholt der Mann.

»Ja«, sage ich. »Soweit alles klar.«

Der Mann will sich schon zum Gehen wenden, da dreht er sich noch mal um. »Suchen Sie vielleicht eine Unterkunft?«

»Ich weiß nicht«, erwidere ich, und in dem Moment fällt mir ein, dass ich daran bis jetzt noch gar nicht gedacht habe. Ich habe nur bis zum Zeitpunkt der Ankunft und zum Gespräch mit Saskia Überlegungen angestellt, und mir über alles Weitere keine Gedanken gemacht. Die Aussicht auf ein Bett erscheint mir auf einmal sehr verlockend. Ich fühle mich nämlich wie gerädert. Außerdem ist es zu spät für einen Besuch. Die Villa liegt im Dunkeln da, es sieht aus, als wäre niemand dort. Und ich habe weder die Kraft noch eine Idee, wie meine Ansprache aussehen sollte. Nachher gibt es wieder ein Drama, nur weil ich das Falsche sage. Dann wäre ich echt am Ende nach so einer Fahrt. Nein. Ich sollte das Treffen mit Saskia lieber auf den kommenden Morgen verschieben. »Ja, vielleicht schon«, treffe ich rasch eine Entscheidung.

»Meine Nachbarin vermietet Zimmer. Ist nichts Dolles, aber Sie haben ein Bett und eine Dusche. Und es ist sauber.«

Weil ich zögere, schiebt er noch hinterher: »Sie können es auch unten in einem der Hotels am Hafen versuchen. Die haben natürlich ihren Preis.« Er zuckt grinsend mit den Schultern.

»Nein«, sage ich langsam. »Das mit der Pension Ihrer Nachbarin klingt gut.«

Der Mann beschreibt mir, wo sie liegt, aber irgendwie ist mein Gehirn schon auf halber Kraft, und ich kapiere es nicht.

»Also, wo muss ich noch mal hin?«, frage ich, als er es das zweite Mal erklärt hat.

»Ich könnte es Ihnen zeigen«, bietet er an. »Soll ich?« Er macht eine Handbewegung, als wollte er in mein Auto einsteigen. Um Gottes willen! Ich lasse doch keine fremden Männer mitfahren, auch wenn sie attraktiv aussehen. Was denkt er sich? Noch während ich überlege, wie ich es diplomatisch ausdrücken kann, sagt er schon: »Wir können auch hin*gehen*. Ich wollte mit Filou sowieso noch eine Runde drehen.«

Als er seinen Namen hört, schaut der Hund einmal zu seinem Herrchen, und fast habe ich den Eindruck, er nickt bestätigend.

Dann geht der Mann los, ich starte den Motor und tuckere neben ihm auf der Straße dahin. Was sich natürlich total beknackt anfühlt, im ersten Gang neben einem Spaziergänger herzufahren.

»Und was führt Sie hierher? Machen Sie Urlaub?«, fragt er.

»Nein«, sage ich. »Ich … ich muss eine Familienangelegenheit erledigen.«

»Ach so.«

»Und Sie?« Er macht mir nicht den Eindruck eines deutschen Touristen, der ein Ferienhaus hier hat, deswegen bin ich auch nicht erstaunt, als er antwortet: »Ich wohne seit zwei Jahren hier.«

Kein Wunder, dass er so braun gebrannt ist. Wir gehen, beziehungsweise fahren, ein Stück, biegen mal links, mal rechts ab, dann sind wir da.

Mein deutscher Reiseleiter zeigt auf ein Mehrfamilienhaus mit schönen Balkonen. »Ich wohne dort im zweiten Stock. Und das da ist Josephines Pension.«

Es ist ein rosafarbenes Haus mit zwei Stockwerken. Man muss von der Straße eine Treppe runter und durch ein mit Bougainvillea bewachsenes Tor gehen. Vor der sperrangelweit geöffneten grünen Tür sind links und rechts Eimer, aufgeschnittene Wasserkanister und Konservendosen voller Blumen und Pflanzen aufgereiht. Ein alter Küchenstuhl steht daneben, die Sitzfläche ist abgenutzt, die Farbe von der Lehne blättert ab. Auf dem Boden ein Topf mit geschälten Kartoffeln, an den Schalen, die darum herum liegen, picken ein paar Hühner. Diese Pension hätte ich definitiv ohne Hilfe nie gefunden. Und ohne Empfehlung auf keinen Fall aufgesucht.

Ich werfe meinem Reiseleiter einen zweifelnden Blick zu. Der lacht nur und sagt: »Ja, es ist nicht gerade ein Fünfsternehotel.« Er geht die paar Schritte bis zur Tür und schiebt den Fliegenvorhang aus Plastikstreifen mit der Hand zur Seite. »Josephine!«, ruft er ins Haus.

Sein Hund mustert derweil mit amüsiertem Augenaufschlag die Hühner und ihre Kartoffelschalenpickerei, als würde er die schlechten Manieren niederer Kreaturen studieren, um später einen Essay darüber zu verfassen.

»Filou beobachtet gern die Hühner«, erklärt sein Herrchen schmunzelnd. »Das ist eines seiner liebsten Unterhaltungsprogramme.«

Im Haus knallt etwas, dann kommt Josephine heraus. Sie ist vielleicht sechzig Jahre alt, hat die weinrot gefärbten Haare zu einem zotteligen Dutt zusammengewunden und trägt eine bunt gemusterte Kittelschürze. Ihre Oberarme sind kräftig wie zwei Keulen, über ihrer Oberlippe wächst schwarzer Flaum.

»*Bonsoir*, Arthur«, ruft sie erfreut, und die beiden palavern eine Runde auf Französisch.

Ah, er heißt Arthur.

Arthur deutet auf mich, und ich halte brav die Hand zur Begrüßung hin, aber Josephine schnalzt nur mit der Zunge und presst mich an ihren mächtigen Busen. Ihr Kittel ist mit Bouillabaisse bekleckert. Oder was für landestypische Flecken es sonst sein könnten.

Sie palavert irgendwas in meine Richtung, Arthur übersetzt: »Sie sagt, meine Freunde sind ihre Freunde.« Ich wusste gar nicht, dass wir Freunde sind, denke ich, da lacht Arthur schon. »Keine Sorge«, erklärt er. »Ich habe nicht behauptet, dass wir Freunde sind. Ich habe ihr gesagt, dass ich Sie auf der Straße aufgelesen habe und dass Sie für heute Nacht ein Bett brauchen.«

Er verabschiedet sich, und Josephine zieht mich in das Haus, in dem es nach Fisch und Zigarettenrauch riecht. Sie führt mich durch den Flur, eine Treppe hinunter zu meinem Zimmer, das zum Glück nur nach Lavendel duftet. Es ist klein, die Wände sind gelb gestrichen, und es gibt nur ein winziges Fenster zum Hinterhof, vor dem ein Vorhang aus roten Perlen hängt. Aber es hat ein eigenes Badezimmer, einen kleinen Tisch neben einer künstlichen Pflanze, eine grüne, altmodische Schirmlampe in der Ecke und eine selbst gehäkelte Decke auf dem Bett. Darunter ein Laken und ein Kopfkissen in Rosa, alles sehr sauber.

Josephine lächelt die ganze Zeit und redet auf mich ein, als könnte ich sie verstehen. Als sie rausgeht, lässt sie die Tür offen und redet immer weiter, während sie sich entfernt. Dann höre ich sie mit Töpfen klappern, schließlich kommt sie wieder und bringt mir eine Schale mit Suppe, ein Stück Baguette und eine Karaffe mit Wasser. Ich bedanke mich und merke, wie hungrig und durstig ich bin. Sie zwinkert mir zu und verabschiedet sich. Zum Glück tauchen in meiner Erinnerung ein paar Brocken Schulfranzösisch auf, um wenigstens darauf antworten zu können.

Ich verschlinge die Suppe, in der Kartoffeln, Bohnen und Fischstücke schwimmen und die unfassbar gut schmeckt, tunke das Brot hinein und stopfe es mir in den Mund, als hätte ich seit Tagen nichts gegessen. Nach dem Essen dusche ich mich und falle völlig erschöpft ins Bett.

Dienstag, 10. Juli, 9:07 Uhr

Als ich auf den altmodischen Wecker auf meinem Nachttisch schaue, brauche ich ein paar Sekunden, bis mich der Schock erfasst. Ich hab verschlafen! Die Kinder, die Schule … Mein Impuls ist, sofort aus dem Bett zu springen, doch da starrt mich von der gelben Wand gegenüber dieses seltsame Bild einer fröhlichen Bäuerin an, die mitten in einem Meer aus Gemüse hockt. Dieses Gemälde kenne ich gar nicht. Und auch die Bettwäsche ist mir fremd.

Langsam dämmert mir, wo ich bin, und ich lasse mich zurück ins Kissen sinken. Ich bin in Frankreich. Ich bin tausendzweihundert Kilometer gefahren, um Saskia zu retten. Ich habe zu Hause alles stehen und liegen lassen und bin tatsächlich einfach los. Was ist nur in mich gefahren? Dabei gibt es dort so viel zu tun. Ich weiß, dass Patrick mindestens die Hälfte vergessen wird. Und auf meine Mutter kann ich mich auch nicht verlassen. Zum Glück habe ich meine To-do-Liste immer im Kopf. Schnell schreibe ich Patrick eine Nachricht, an was er heute alles denken muss. Von dem Geld für die Balletttrainerin von Nelli über den Zahnarzttermin bis zu der dringenden Aufgabe, den Rasen zu mähen, bevor er wieder so hoch wuchert. Dann ist der Akku von meinem Handy endgültig leer, und ich stecke das Ladegerät in die Steckdose, um ihn aufzuladen. Das Ladesymbol erscheint. Es funktioniert also. Sehr gut.

Dann überlege ich, was ich jetzt tun muss. Aber da fällt mir erschreckend wenig ein. Außer mit meiner Tochter zu reden. Ich meine, ich muss hier nichts waschen, nichts spülen, nichts schrubben, nichts aufräumen. Ich muss keine Klassenarbeiten unterschreiben, Hausaufgaben kontrollieren, Impftermine machen. Ich bin hier überhaupt für gar nichts verantwortlich. Ach du liebes bisschen! Das verwirrt mich so, dass ich wie gelähmt liegen bleibe. Das Zimmer ist dunkel. Aus dem Innenhof murmelnde Stimmen, irgendwo plätschert Wasser, entfernt kräht ein Hahn. Es ist lange her, dass ich einen Hahn seinen Morgengruß rufen gehört habe.

Dienstag, 10. Juli, 11:10 Uhr

Ein Klopfen weckt mich. Ich schaue wieder auf die Uhr. Zehn nach elf. Saskia! Ich bin gekommen, um sie zu retten, und liege noch im Bett. Was ist denn nur los mit mir?

»Henriette?«, fragt Josephine durch die Tür.

Es klingt wie Oriette.

»*Oui*«, rufe ich.

Da streckt meine Vermieterin die Nase durch die Tür. »*Un café?*«

Und noch bevor ich aus dem Bett springen kann, bringt sie mir ein Tablett mit einem Milchkaffee und einem Croissant herein und drückt es mir in die Hand. Ich will aufstehen, aber sie besteht darauf, dass ich im Bett liegen bleibe. Weil sie das so energisch sagt und dazu so energische Handbewegungen macht, gehorche ich. Sie brabbelt noch irgendwas auf Französisch, dann verschwindet sie mit einem Lächeln wieder. Erst will ich mich doch aufraffen, um an dem kleinen Tisch zu frühstücken, dann denke ich: Was soll's? Frühstücke ich halt im Bett. Ich werde ja nachher abreisen, von daher können mir die Krümel egal sein. Außerdem ist niemand hier, vor dem ich mich wegen Dekadenz schämen müsste. Und da sitzliege ich also im Bett, schlürfe den Milchkaffee und esse das Croissant und gönne es mir auch noch, es erstaunlich gemütlich zu finden. Für acht Minuten. Dann ruft die Pflicht, und ich stehe auf.

Dienstag, 10. Juli, 11:48 Uhr

Als ich aus der grünen Tür trete, sitzt Josephine auf dem Küchenstuhl und raucht, schnippelt Bohnen und redet auf den Telefonhörer ein, den sie zwischen ihre Wange und ihre mächtige Schulter geklemmt hat. Dabei schafft sie es noch, mir zuzuwinken. Ich winke zurück, weiche einem Huhn aus, das auf der Suche nach Krümeln um Josephines Beine herumstreift, und trete auf die Straße. Die Sonne steht hoch am Himmel und kommt mir unheimlich grell vor. Bei meinem überstürzten Aufbruch habe ich weder eine Sonnenbrille noch einen Sonnenhut eingepackt. Weil ich ja auch gar nicht vorhatte, lange zu bleiben. Immerhin habe ich ein luftiges Kleid und Sandalen dabei.

Ich schirme meine Augen mit der Hand vor der Sonne ab und mache mich auf den Weg. Eigentlich will ich direkt zu Max' Villa gehen, um mit Saskia zu reden, aber dann sehe ich am Ende der Straße das Meer glitzern, und irgendwie lenken mich meine Füße den Hügel hinunter zu dem kleinen Hafen, an dem ich gestern vorbeigekommen bin. Einen Blick darauf zu werfen, kann nicht schaden. Schließlich fahre ich sofort wieder nach Hause, wenn ich Saskia abgeholt habe.

Endlose Reihen von Booten auf der einen Seite, auf der anderen Palmen, Straßencafés und ein Souvenirshop, in dem sich der unbedarfte Reisende mit allerlei schattenspendenden Utensilien ausstatten kann. Ich kaufe mir eine Sonnenbrille und einen Sonnenhut, beides in Divagröße, und gleich geht es mir und meiner bleichen Haut besser. Es ist ganz hübsch hier. Ich hätte nichts dagegen, mit Patrick in einem der Straßencafés zu sitzen und einen Wein zu trinken. Aber dann fällt mir ein, dass wir uns dabei bestimmt nicht amüsieren würden, sondern eher streiten. Oder uns anschweigen, was fast genauso unangenehm wäre, weil mit jeder Minute Schweigen die Kluft zwischen uns größer würde. Also wische ich das Bild von uns beiden an einem der kleinen Tische aus dem Kopf. Ein Schild weist den Weg zum Strand, doch jetzt ist Schluss mit dem Verplempern von Zeit.

Ich suche mir den Weg zurück, steige den Hügel wieder hoch. Weil mir die hohe Palme beim Orientieren hilft, finde ich tatsächlich die Villa. Hinter diesem schwarzen Löwentor ist Saskia. Ich will gerade meinen Finger auf die Klingel setzen, da zögere ich. Max wird ja sicher auch da sein. Aber ich möchte mit meiner Tochter unter vier Augen sprechen. Weil es eine Sache zwischen Mutter und Tochter ist, in der herzensbrechende Charmeure, die mich auch schon um den Finger gewickelt haben, nichts zu suchen haben. Weil ich mir gerade keinen anderen Rat weiß, setze ich mich schräg gegenüber auf eine Treppe, die zu den Häusern und einem Restaurant führt, die noch weiter hoch in den Hügel gebaut wurden. Hier im Schatten einer Platane werde ich bleiben und hoffen, dass sie allein rauskommt.

Also warte ich. Eine ganze Weile. Am Anfang macht es mir nichts aus, weil ich sowieso nervös bin. Aber es dauert und dauert, und nichts tut sich. Vielleicht ist sie ausgegangen. Oder sie bleibt den ganzen Tag am Pool, den ich auf dem Foto gesehen habe. Ich meine, wenn ich so eine Terrasse hätte, würde ich auch nicht mehr vor die Tür gehen.

Oder aber … sie kann gar nicht raus. Weil Max sie gefangen hält. Oh Gott! Er hat ihr das Handy weggenommen und den Pass und … Gerade verstricke ich mich in die schlimmsten Albtraumfantasien, da geht das Tor auf. Saskia spaziert heraus! Mein Herz macht einen Sprung, als ich sie sehe. In fransigen Jeansshorts und Flip-Flops, mit diesem T-Shirt, das ihr über die Schulter rutscht. Darunter trägt sie einen Bikini. Sie hat ihre Augen auf ihr Handy gerichtet, der Pferdeschwanz wippt bei jedem Schritt. Mein kleines Mädchen! Sie ist nicht gefangen, sie ist nicht verletzt, sie wirkt kein bisschen, als würde sie an gebrochenem Herzen leiden. Nein, sie sieht einfach aus wie … eine fröhliche Touristin eben.

Eine Welle der Erleichterung und der Zuneigung überrollt mich, und ich verlasse meine Deckung hinter dem Baum und will über die Straße gehen, da bleibt sie abrupt stehen, dreht sich um und verschwindet wieder hinter dem Tor. Ich will ihr nach, will sie rufen, da erscheint sie erneut – an der Seite von Max. Er trägt eine Tasche, aus der eine Strandmatte ragt. Ich erstarre und weiche wieder zurück in den Schatten. Sie gehen lachend die Straße hinunter.

Ich würde so gern mit Saskia sprechen, aber irgendwie habe ich Angst. Was, wenn sie wegrennt? Was, wenn sie mich anschreit? Ich will auf gar keinen Fall, dass Max was davon mitbekommt. Und sie beeinflussen kann, indem er ihr sagt, dass sie achtzehn ist und allein entscheiden kann, was sie tun will, und dass sie auf keinen Fall auf mich hören soll.

Nein, ich werde warten, bis ich sie allein antreffe. Ich schaue auf die Uhr, als hätte ich einen eingebauten Timer. Es ist gleich eins. Höchste Eisenbahn, was zu essen zu machen, damit das Mittagessen auf dem Tisch steht, wenn Ida aus der Schule kommt. Nur dass ich gar nicht zu Hause bin, um meinen Pflichten nachzukommen.

Dienstag, 10. Juli, 13:45 Uhr

Weil ich so einen Kohldampf habe, gehe ich einfach die Treppe rauf in das Restaurant. Es hat eine große Terrasse mit fantastischer Aussicht. Man kann das Meer sehen und einen Teil des Gartens von Max' Villa – sogar den Rand des Pools. Und wenn ich mich weit über das Geländer beuge, erkenne ich zwischen Orangenbäumen und Palmen das schwarze Tor. Das ist natürlich klasse, weil ich von hier aus bequem herausfinden kann, wann Saskia zurückkommt.

Weniger gut sind die Mondpreise, die ich erst entdecke, als ich schon sitze und der Kellner mit dem hauchdünnen Oberlippenbart mich miesepetrig anglotzt, sodass ich mich nicht traue, wieder aufzustehen und zu gehen. Also trinke ich ein Mineralwasser und einen Kaffee und esse ein Omelett. Im Garten von Max' Villa tut sich nichts, aber von Ruhe bei mir keine Spur. Die ganze Zeit habe ich das Gefühl, ich müsste was erledigen. Natürlich – zu Hause würde ich jetzt eigentlich die Hausaufgaben kontrollieren und die Küche aufräumen. In einer Stunde müsste ich Ida zum Gitarrenunterricht fahren und Nelli von ihrer Mathenachhilfe abholen. Dabei fällt mir auf, dass ich mein Handy im Zimmer bei Josephine hab liegen lassen und jetzt nicht mal Patrick daran erinnern kann. Beziehungsweise meine Mutter. Patrick wird mit seiner Assistentin wichtigere Dinge zu tun haben. Zu Hause läuft sicher alles schief. Kein Wunder, dass ich so unruhig bin!

Der Kellner kommt und räumt ab. Dabei fragt er mich näselnd, ob ich noch was bestellen will. Ich verstehe den Wink mit dem Zaunpfahl. Er möchte mich natürlich loswerden. Gerade will ich aufstehen, da sehe ich, wie einer der Sonnenschirme auf der Terrasse der Villa aufgespannt wird. Es ist jemand am Pool! Also bestelle ich noch ein Wasser, was der Kellner mit dem Hochziehen seiner gezupften Augenbrauen quittiert. Soll er doch selbst ein Glas Wein für zwölf Euro trinken, ich bleib bei Wasser, die preiswerteste Lizenz zum Sitzenbleiben. Jetzt sehe ich meine Tochter. Sie legt sich auf eine Liege unter den Sonnenschirm. Wenn ich nicht wüsste, dass es Saskia ist, würde ich sie vielleicht von hier gar nicht erkennen, weil es doch ein ganzes Stück weit weg ist. Aber wenn man weiß, um wen es sich handelt, dann erkennt man sie. Sie hat den blau-schwarz gestreiften Bikini an, den wir letztes Jahr zusammen gekauft haben. Sie zieht ein Buch hervor und beginnt zu lesen. Hm. Das könnte bedeuten, dass Max nicht da ist. Wenn er nicht aufgetaucht ist, bis ich das Wasser ausgetrunken habe, dann gehe ich rüber und klingele. Genau, so werde ich es machen.

Am Nachbartisch wechseln gerade die Gäste. Ein muffeliges Touristenpaar räumt seinen Tisch am Geländer für eine hübsche Frau mit kupferrotem Haar, das wie ein seidiger Vorhang ihren schmalen Rücken hinunterfließt. Sie prüft den Ausblick von ihrem Platz, scheint zufrieden und setzt sich. Trotz ihrer zierlichen Figur winkt sie energisch den Kellner heran und lässt sich von dessen abweisendem Gesichtsausdruck kein bisschen beeindrucken. Sie kommandiert ihn ordentlich herum. Tippt auf die Speisekarte, bestellt, doch als er gerade auf dem Weg ins Restaurant ist, ruft sie ihn zurück, weil sie sich anscheinend anders entschieden hat. Das Mienenspiel des Kellners zeigt die ganze Palette der Abscheu, was die Rothaarige mit einem süßlichen Lächeln hinnimmt. Sie steckt sich eine Zigarette an und raucht exaltiert, während sie auf ihrem Handy rumwischt.

Ich weiß nicht genau, was mich an der Frau fasziniert. Immer wieder wandert mein Blick zu ihr hinüber. Sie ist vielleicht ein paar Jahre jünger als ich und wirklich schön. Aber das sind Pfeilgiftfrösche auch. Der Kellner bringt ihr den Kaffee mit beeindruckender Milchhaube. Die Rothaarige trinkt ein paar Schluck. Dann drückt sie ihre Zigarette aus und steckt den Stummel in die metallene Tülle des Zuckerstreuers. Erst denke ich, ich habe mich verguckt, aber nein! Sie hat ihre Zigarette tatsächlich *im Zuckerstreuer* entsorgt. Dabei hat sie sich nicht mal verstohlen umgesehen, nein, sie hat das gemacht, als wäre es das Normalste von der Welt. Na, der nächste Gast wird sich freuen. Doch nachdem sie noch ein paar Schluck Kaffee getrunken hat, nimmt sie selbst den Streuer und schüttet Zucker in ihre Tasse und beschwert sich sofort lautstark, als der Zigarettenstummel auf den Milchschaum fällt.

Der Kellner kommt herbei, sieht sich die Sauerei an, nimmt die Kaffeetasse und dreht sich auf dem Absatz um. Eine Minute später hat die Frau einen neuen Kaffee. Sie nickt zufrieden. Dann legt sie ihr Handy weg, klappt eine verspiegelte Sonnenbrille vor ihre Augen und sieht über das Geländer. Und zwar auf eine Art, die mich stutzig macht. Normale Touristen würden den Blick schweifen lassen. Würden mal die Palmen und mal den Himmel und die Jachten im Hintergrund anschauen, aber sie starrt immer in dieselbe Richtung. Und es kommt mir fast so vor, als würde sie … *Max' Villa* beobachten. Aber das ist sicher nur Einbildung. Außerdem ist es schon wieder vorbei. Sie nimmt ihr Handy und fängt an zu telefonieren. Weil sie schräg mit dem Rücken zu mir sitzt, kann ich nicht verstehen, was sie sagt. Ich glaube, sie spricht Englisch.

Egal. Ich muss mich auf meine Angelegenheiten konzentrieren. Saskia liegt immer noch friedlich auf der Liege und liest. Offensichtlich geht es ihr gut. Das beruhigt mich zu sehen. Vielleicht habe ich tatsächlich überreagiert. Ich meine, ich wage nicht daran zu denken, dass es mit ihr und Max etwas Ernstes sein könnte. Dennoch darf ich die Möglichkeit nicht außer Acht lassen. Oder es ist ihre Art, sich vor einer Entscheidung für die Zukunft zu drücken. Eine Flucht in die Unbeschwertheit an einen Ort, an dem niemand sie mit unangenehmen Fragen nach ihrer Berufsausbildung bedrängt. An dem sie keine Erwartungen erfüllen muss. Ich meine, sie war schon die ganze Zeit schräg drauf. Erst der Abistress und dann die Ausbildungsfrage – das ist auch viel für ein Mädchen wie Saskia, das immer schon Probleme mit Übergängen hatte.

Was hat sie sich für Sorgen gemacht, bevor sie aufs Gymnasium gewechselt ist! Was hat sie geweint, als zu Beginn der Siebten die Klassen aufgelöst und neu zusammengewürfelt wurden. Was war es für ein Drama, die Leistungskurse zu wählen. Ich kenne das, ich war als Kind genauso. Ich habe auch immer etwas Zeit gebraucht, um mich an neue Situationen zu gewöhnen. Vielleicht kommt Saskia in der Hinsicht tatsächlich auf mich. Wieder fühle ich mich ihr unheimlich nah, und gerade deswegen ist der Gedanke so schwer zu ertragen, dass sie mit mir nicht reden möchte. Aber, wie sagt man noch immer: Wie man in den Wald hineinruft, so schallt es heraus. Und wenn ich ihr zeige, dass es mir leidtut und ich sie nicht mehr bedränge, sondern ihr vielmehr Vertrauen entgegenbringe, dann wird sie hoffentlich einlenken und mit mir nach Hause fahren, um dann zum gemeinsamen Familienurlaub anzutreten.

Der Kellner kommt vorbei und knallt mir die Rechnung hin. Diese Botschaft verstehe ich, und das passt mir ja auch, weil ich jetzt endlich zu Saskia gehe. Ich stürze den Rest meines Wassers runter und stehe auf. Als ich an der Rothaarigen vorbeigehe, höre ich, dass sie doch Deutsch spricht: »Ja, genau! Du hast ja so recht. Nein. Nein. Ja.« Dann auf einmal hoffnungsvoll: »Wirklich, das siehst du?«

Sie richtet sich auf und schaut wieder über das Geländer hinunter. Was dann passiert, kann ich nicht mehr beobachten, denn ich werde weggedrängt von einer renitenten Oma, die die Vorhut für eine übergewichtige Familie bildet und sich auf meinen Tisch stürzt, als ginge es darum, sich ein Goldschürfrecht zu sichern. Ich werfe einen letzten Blick auf die irritierende Rothaarige, dann denke ich mir, was soll's. Ich werde sie sowieso nie wiedersehen.

Ich verlasse die Terrasse, laufe die Treppe hinunter, zögere diesmal nicht, die Straße zu überqueren, beiße die Zähne zusammen und drücke auf den Klingelknopf. Und warte.

»Komm, ich weiß, dass du da bist«, murmele ich und klingle ein zweites Mal.

Nichts tut sich. Und da ich ja nicht einfach über das Tor oder die Mauer, die das Gelände umgibt, klettern kann, bleibt mir kaum etwas anderes übrig, als es später noch einmal zu versuchen.

Dienstag, 10. Juli, 16:07 Uhr

Es ist blöd, wenn man so ausgebremst wird. Wenn man sich vorgenommen hat, etwas Unangenehmes zu erledigen, und dann die ganze Anspannung verpufft. Es ist wie eine Prüfung, auf die man sich vorbereitet hat, die aber plötzlich abgesagt oder verschoben wird. Ich werde auf einmal richtig ungeduldig. Du meine Güte, was könnte ich mit der Zeit Produktives anfangen! Ich will gar nicht wissen, was jetzt zu Hause alles liegen bleibt. Heute ist doch die Grillfeier von Idas Klasse! Ich hatte versprochen, Kartoffelsalat mitzubringen. Höchste Zeit, zu telefonieren und die wichtigsten Infos durchzugeben.

Ich spaziere zurück zu Josephines Pension. Es ist ziemlich heiß, und ich bin froh über jede schattige Stelle. Man sieht kaum Spaziergänger um diese Zeit. Nur zwei weißhaarige Franzosen sitzen unter einem Orangenbaum auf einer Bank und beobachten die menschenleere Straße. Als ich vorbeikomme, verfolgen sie mich mit ihren Blicken, als würden sie sofort merken, dass ich hier eigentlich gar nicht hingehöre.

In meinem Zimmer checke ich die Nachrichten. Ein verpasster Anruf von Patrick vor ein paar Minuten und eine Nachricht von Ida, in der sie verkündet, dass Oma sich eine Katze zulegt. Na super, denke ich, was denn noch alles? Kauft sie demnächst einen Zirkus, um sich bei den Kindern einzuschleimen? Ich seufze und schreibe Ida, dass das ganz toll klingt und ich mich freue. Nelli schicke ich ein Foto von der Flamingoseifenschale aus dem Badezimmer der Pension, weil sie Flamingos zu ihren aktuellen Lieblingstieren auserkoren hat. Dann wähle ich die Nummer von Patricks Privathandy. Wenn jetzt seine Assistentin abheben sollte, lasse ich mich sofort scheiden.

»Hallo, Henriette«, meldet er sich. Weder überrascht noch erfreut oder gar *erleichtert*, dass ich mich melde. Nein, er klingt vielmehr distanziert. »Und? Wie ist es da unten?«

»Gut«, sage ich. »Bist du noch in der Firma?«

»Nein«, sagt er. »Ich muss später aber wieder rein. Deine Mutter hatte einen Arzttermin, deswegen musste ich die Mädchen fahren.« Es klingt wie ein Vorwurf. Ich sage nichts, und auch er ist einen Moment still, dann fragt er: »Übrigens … Wusstest du, dass Andrea ein Junge ist?«

»Natürlich«, sage ich. »Er ist Italiener.«

»Da soll erst mal einer drauf kommen.«

»Vergiss Idas Grillfeier nicht«, sage ich.

»Wann ist die?«

»Heute um fünf. Steht doch auf dem Kalender neben der Tür.«

»Shit.«

»Ich sollte eigentlich Kartoffelsalat mitbringen, aber du kannst auch einfach Tomaten-Mozzarella machen.«

»Tomaten-Mozzarella«, wiederholt Patrick. »Wie geht das noch mal?«

Echt jetzt?

»Du schneidest Tomaten und Mozzarella in Scheiben und legst sie in eine Schüssel. Balsamico und Basilikum brauchst du nicht, mögen die Kinder eh alle nicht.«

»Das ist mir zu kompliziert.«

»Aber ich hab gesagt, dass ich was zu essen mitbringe«, sage ich und bekomme ein schlechtes Gewissen. Was wirklich Quatsch ist. Wenn man über tausend Kilometer weg ist, ist man offiziell von der Pflicht befreit, zu einem Grillfest was beizusteuern.

»Mir fällt schon was ein«, bügelt er mich ab. »Wie läuft's bei dir? Hast du mit ihr gesprochen?«

»Nein. Ich hab sie noch nicht erwischt. Hast du mit ihr telefoniert?«

»Nein.«

»Du hast ihr nicht gesagt, dass ich zu ihr unterwegs bin?«

»Nein. Ich wollte nicht, dass sie ausflippt. Wann kommst du wieder?«

»Kommt drauf an«, sage ich lauernd.

Ich würde gern hören, wie sehr er mich vermisst und dass alles ein einziges Durcheinander ist ohne mich.

»Okay«, sagt Patrick geschäftsmäßig. »Also, entspann dich was, und wir telefonieren später.«

»Grüß die Kinder von mir, und sag Nelli, sie soll was essen«, rufe ich noch ins Telefon, dann ist die Leitung tot.

Entspann dich was! Als ob ich hier im Urlaub wäre! Als ob es kein Problem wäre, dass ich nicht da bin. Und wieder spüre ich den Stacheldraht in meinem Magen, als ich denke: Vielleicht ist er ja sogar froh, dass ich weg bin. Vielleicht bin ich ja doch entbehrlich. Als Ehefrau und als Mutter.

Ich lege mich aufs Bett, auf dem wieder die selbst gehäkelte Decke liegt, Josephine hat also aufgeräumt, und starre die Bäuerin auf dem Bild an, die so gute Laune hat beim Verkaufen ihres Gemüses. Ob sie gerade einen Zentner Kartoffeln an den Mann gebracht hat? Oder freut sie sich, weil es angenehmer ist, auf einem Markt zu hocken, als ein Feld umzugraben? Man ist an der frischen Luft, kann mit den Kunden quatschen und Äpfel essen. Wenn wir auf dem Martinsmarkt für den Förderverein der Schule selbst gemachte Marmelade verkauft haben, fand ich das auch immer nett. Wir haben uns unterhalten und Prosecco getrunken, und am Ende, als wir eine volle Kasse an den Förderverein abgeben konnten, hat uns der Erfolg recht gegeben.

In dem Moment überfährt mich eine schreckliche Erkenntnis: Was, wenn ich den einzigen Job, den ich habe, versemmelt habe? Ich meine, Hausfrau und Mutter ist der einzige Beruf auf der Welt, in dem man für gute Leistungen keine finanzielle Anerkennung bekommt. Es gibt keine Beförderung, die beweist, wie qualifiziert man ist. Nein, das Einzige, woran man erkennt, ob man als Mutter taugt, ist, wie die Kinder zurechtkommen.

Meine Kinder kommen gut zurecht. Vielleicht nicht blendend, aber doch gut. Nelli hat keine Probleme in der Schule, ihre Zeugnisse sind ordentlich, sie macht Ballett und … An dieser Stelle schiebt sich das Bild von Nelli vor mein geistiges Auge. Nelli in ihrem Tutu, wie sie ihr schlankes Bein hebt. Nelli, die sich einen Apfel aus der Schale nimmt. Nelli, die bei Tisch fehlt, weil sie irgendwas Besseres zu tun hat, als mit uns zu frühstücken. Nelli, die mir eilig versichert, dass sie gerade schon was gegessen hat. Das ist nicht mehr das pummlige fröhliche Mädchen, das sie noch vor einem Jahr war.

Und während ich hier in diesem gelb gestrichenen Zimmer liege, wo das unermüdliche Krähen des Hahns durch das kleine Fenster dringt und meine einzige Gesellschaft aus einer lustigen Bäuerin sowie einer grünen Stehlampe mit altmodischen Troddeln besteht, ist mir auf einmal, als ob sich ein paar Puzzlestücke zu einem Bild zusammenfügen würden, das die ganze Zeit da war, das ich nur noch nicht erkannt habe. Nelli. Die Ballett-Nelli mit der strengen Frisur, die allerhand Ausreden findet, warum sie nicht an gemeinsamen Mahlzeiten teilnehmen kann. Und die so dünn geworden ist. Ich meine, die Anzeichen waren direkt vor meiner Nase, aber ich wollte sie nicht wahrhaben. Vielleicht ist sie … auf dem Weg in die Magersucht! Der Schreck fährt mir in die Glieder. Das wäre wirklich eine richtig schlimme Sache. Magersucht kann das ganze Leben beeinflussen oder sogar tödlich enden, und die Eltern sind immer mit dran schuld. Der Gedanke lähmt mich richtig.

Um Ida muss ich mir auch große Sorgen machen. Sie verabredet sich mit niemandem und vergräbt sich nur in ihrem Zimmer. Dass sie Bauchschmerzen hat morgens oder Kopfschmerzen ist doch ein klares Zeichen dafür, dass sie nicht gern in die Schule geht. Vielleicht wird sie sogar *gemobbt* – und ich habe es nicht bemerkt! Und Saskia habe ich sowieso vergrault mit meinem Kontrollzwang. Ich habe so viel Druck gemacht, dass sie sogar vor mir geflohen ist. Jetzt hasst sie mich und will nichts mehr mit mir zu tun haben. So bitter es ist, aber ich muss zugeben, dass ich versagt habe. Ich wollte die perfekte Mutter sein und habe total versagt. Auf der ganzen Linie. Dabei wollte ich alles anders machen als meine Mutter.

Jetzt zerbricht auch meine Familie. Wahrscheinlich müssen wir Ida, Nelli und Saskia bald sagen, dass Patrick und ich uns trennen, und dann fängt der Horror für unsere Kinder erst richtig an. Und bei dem Gedanken fängt mein Herz an zu rasen, der Schweiß bricht mir aus, ich kann kaum atmen. Plötzlich habe ich das Gefühl, dass ich gleich jetzt und hier tot umfalle. Zum Glück liege ich ja schon. Mein Atem geht stoßweise, ich starre auf das Bild mit der lachenden Bäuerin und fange an, das Gemüse zu zählen, vier Salatköpfe, sechzehn Stangen Lauch, ein Berg Zwiebeln, sieben Fleischtomaten, einatmen, eins, zwei, drei, ausatmen eins, zwei, drei, vier, fünf … So lange, bis ich mich wieder beruhigt habe. Den Trick hat mir mein Vater beigebracht.

Dienstag, 10. Juli, 18:32 Uhr

Es liegt am Nichtstun. Das bekommt mir einfach nicht. Ich muss in Bewegung bleiben, um nicht in so einen Strudel negativer Gedanken zu stürzen. Seit ich angefangen habe, mit meinem verschwitzten T-Shirt von der Fahrt im Zimmer Staub zu wischen, geht es mir besser. Ich habe die Lampe vom Nachttisch weggestellt, den Wecker und die kleine Häkeldecke abgehoben und einmal über die Platte gewischt, obwohl sie eigentlich blitzblank war. Auch die Stoffblätter der künstlichen Pflanze waren sauber, dennoch habe ich sie alle einzeln abgestaubt. Beim Staubwischen kann man sich wirklich gut entspannen. Es ist nicht so anstrengend, wie den Boden zu wischen, und man kann die Dinge aus der Nähe betrachten, während man sie zum Glänzen bringt. Nachdenken kann man dabei auch hervorragend.

Ich kann wieder klar sehen und stelle schonungslos fest, dass Patrick recht hatte – ich bin ganz offensichtlich durchgedreht. Wie konnte ich nur wegfahren, wo ich zu Hause Ida und Nelli beistehen muss! Das war eindeutig verrückt. Weswegen ich diesen Unsinn so schnell wie möglich beende und wieder nach Hause fahre. Und Saskia muss mitkommen. Wenn sie es nicht für mich tun will, dann wird sie hoffentlich einsehen, dass sie es für Ida und Nelli tun muss, damit wir im Familienurlaub alle wieder zur Vernunft kommen können.

Dienstag, 10. Juli, 20:30 Uhr

Als ich aus der grünen Tür trete, falle ich fast über eine Katze, die sich dort ein Schattenplätzchen gesucht hat, und stolpere in die Schar Hühner, die erschreckt aufflattert. Josephine beobachtet das in aller Seelenruhe. Sie sitzt mal wieder auf ihrem Küchenstuhl, trinkt ein Bier und raucht Zigarre, eine Schüssel mit Artischocken auf dem Boden neben ihren Füßen.

»Oriette!«, ruft sie. *»Ça va? Tout va bien?«*

»Oui, oui«, antworte ich und spüre sofort, dass ich besser verschwinden sollte. Josephine hat so eine herzlich-mütterliche Art, dass man sich am liebsten in ihre dicken Arme werfen und sich alle Sorgen von der Seele heulen möchte. *»Au revoir!«*

Ich eile auf die Straße und gehe den Hügel hinunter, ein paarmal um die Ecke, bis ich die Villa mit der großen Palme erreiche. Ich nähere mich von der anderen Straßenseite, wo die Bäume Schatten spenden und mir Sichtschutz geben. Aber jetzt kann ich meine Deckung ja sowieso aufgeben. Ob Max mich sieht oder nicht, ist mir egal. Gerade setze ich den Fuß vom Bürgersteig auf die Straße, da stutze ich. Da vorne ist doch die Rothaarige aus dem Restaurant! Sie huscht in die Büsche neben der Mauer der Villa. Sofort überschlagen sich die Gedanken in meinem Kopf: Ich habe mich nicht getäuscht. Sie hat ganz offensichtlich von der Restaurantterrasse aus die Villa beobachtet. Wer ist diese Frau? Und was hat sie vor? So, wie sie sich ins Gestrüpp schlägt, will sie sicher keinen offiziellen Besuch machen. Muss sie vielleicht nur ein dringendes Geschäft erledigen? Das kann ich mir nicht vorstellen. Eine volle Blase wird die Rothaarige nicht dazu bringen, sich auf verschlungenen Pfaden der Villa zu nähern. Vielleicht will sie ja dort einbrechen!

Sofort bin ich in Alarmstimmung. Wenn eine verrückte Diebin in Max' Zuhause einbricht, während Saskia nichtsahnend im Pool herumplanscht, kann alles passieren.

»Hey, Sie«, rufe ich, aber da ist die Rothaarige schon im Dickicht verschwunden.

Ohne weiter darüber nachzudenken, renne ich über die Straße und schiebe mich zwischen einem weißen Oleander und einer Zypresse hindurch in das Unterholz, umrunde eine Stechpalme und spähe durch das Laub eines Busches vor mir. Der Boden ist mit heruntergefallenen piksigen Blättern bedeckt. Zum Glück bin ich nicht barfuß. Vorsichtig schleiche ich weiter. Zu meiner Rechten sehe ich jetzt die hohe Natursteinmauer, die die Villa umschließt. Ich kämpfe mich ein paar Meter vor, aber von der Rothaarigen keine Spur. Das Gestrüpp wird dichter, das Vorankommen sehr mühsam. Als mein Handy klingelt, fische ich es vorsichtig aus meiner Tasche. Auf dem Display sehe ich die Nummer meiner Mutter. Vielleicht ist was mit den Kindern, denke ich und gehe ran.

»Hallo«, trillert sie ins Telefon. »Ich wollte nur mal schnell sagen, dass hier alles *ganz toll* läuft und du dir keine Sorgen machen musst.«

Das stimmt natürlich kein bisschen, wie mir ja eben klar geworden ist. Aber das kann meine Mutter natürlich nicht ahnen. Woher soll sie auch von den wirklich ernsthaften Problemen wissen, die meine Kinder haben, da sie sich doch erst seit ein paar Monaten für meine Kinder interessiert und sich Nelli, Ida und Saskia selbstverständlich in ihrer Gesellschaft immer von ihrer allerbesten Seite zeigen, damit die Geschenkeflut von Oma nicht abreißt?

Weil ich aber nicht vorhabe, sie jetzt über ihren Irrtum aufzuklären, sage ich nur bissig: »Ich weiß, ihr kommt ohne mich *bestens* zurecht.«

Sie stutzt einen Moment. »Äh … Wir waren alle zusammen bei Idas Grillfest und sind jetzt wieder zu Hause. Also, bis auf Patrick, der musste wieder in die Firma. Und rate mal, was passiert ist?«

Ich hasse dieses Spiel. Deswegen kontere ich mit etwas, das meine Mutter am wenigsten gern hören will. »Nelli hat ihre Periode bekommen.«

»*Nein*, das doch nicht.« Dann posaunt sie: »Patrick, Ida und ich haben das Kegeln gewonnen!«

»Ihr habt … was?«

»Das Eltern-Kind-Kegeln gewonnen«, erwidert meine Mutter stolz. »So, ich muss Schluss machen. Erhol dich gut! Bis später!«

Verwirrt lege ich auf. Meine Mutter ist nett zu mir? Also abgesehen davon, dass sie mir unter die Nase reibt, dass sie mich nicht nur ersetzt, sondern sogar *übertrumpft* hat, indem sie dieses dämliche Spiel gewonnen hat. Aber sie hat mir gar keine Vorwürfe gemacht. Und wieso sagt sie auch, ich solle mich erholen? Was haben die denn alle? Denken die echt, ich wäre hier *im Urlaub?* Ich muss dringend nach Hause, da stimmt ganz gewaltig was nicht.

Dann fällt mir wieder ein, wo ich bin. Ich stehe in einem Gebüsch, in dem ich eine rothaarige Frau jage, die ich im Verdacht hatte, in die Villa einbrechen zu wollen. Was natürlich völliger Blödsinn ist.

Punkt 1: Die Mauer ist so hoch, da kommt sowieso keiner rüber. Punkt 2: In dem Kleid, das die Rothaarige trägt, geht kein Mensch einbrechen. Punkt 3: Ich habe mir schon den Arm aufgekratzt, weswegen das Versteckspielen jetzt beendet ist.

Ich werde bei der Villa klingeln wie ein normaler Mensch und Saskia sagen, weswegen ich gekommen bin, und dann fährt sie mit mir nach Hause. Dass da eine verrückte Rothaarige rumstreift, spielt dann schon keine Rolle mehr. Genau. Du meine Güte! Warum *einfach*, wenn es auch kompliziert geht.

Ich schlage den Weg in Richtung Straße ein, als auf einmal ein Hund vor mir auftaucht. Es ist Filou, der Strubbel von Arthur. Er schaut mich fragend an und wedelt mit dem Schwanz, als würde er Morsezeichen senden. Ich bleibe stehen. Das wäre mir jetzt wirklich zu peinlich, wenn Arthur mich hier im Gebüsch entdecken würde. Er würde natürlich denken, dass mir die europäische Toilettenkultur schnurz ist. Und die Wahrheit beichten, dass ich hier auf Verbrecherjagd bin wie eine Miss Marple aus Hobby, ist auch nicht drin. Nein, ich bleibe einfach hier.

Leider hat sich das wohl auch Filou gedacht. Arthur ruft seinen Hund, aber er hört nicht auf ihn, sondern betrachtet mich einfach nur mit seinen wissenden Augen. Du meine Güte. Er hat so eine Yoda-Ausstrahlung. Würde mich nicht wundern, wenn er gleich »Viel zu lernen du noch hast« sagen würde. Als er »Wuff!« macht, bin ich regelrecht erleichtert.

»Pscht!«, zische ich.

Filou wedelt wieder mit dem Schwanz und ist still. Wir stehen da wie zwei Ölgötzen. Dann wage ich, den Blick zu heben und sehe durch die Zweige … Arthur. Er sieht mich auch. Auf seinem Gesicht eine Mischung aus Verblüffung und Amüsement.

»*Bonjour,* Madame«, sagt er förmlich, während ein verschmitztes Lächeln seinen Mund umspielt.

»Auch hallo«, grüße ich leicht verlegen. »Ich … äh … ich

habe was gesucht.« Ich mache eine unbestimmte Handbewegung ins Gestrüpp.

»Okay«, sagt er und bemüht sich weiterhin, ernst zu bleiben. »Und? Haben Sie es gefunden?«

»Nein.«

»Wollen Sie noch weitersuchen?«

»Nein. Ich glaube nicht.« Ich drücke mich an einem gigantischen Ginsterbusch vorbei und ratsche mich erneut an einem störrischen Ast. Dann stehe ich auf dem Bürgersteig und schaue die Straße hoch und runter. »Haben Sie eine rothaarige Frau gesehen?«

»Rote lange Haare?«, fragt er. »Ja, die habe ich eben auf einem Motorroller wegfahren sehen.«

»Gut«, sage ich.

Er runzelt die Stirn, was ulkig aussieht, weil eine Augenbraue ein ganzes Stück höher wandert als die andere. »Muss ich das verstehen?«

»Nein«, erwidere ich. »Ich verstehe es ja auch nicht.«

In dem Moment geht das Tor auf, und Max' blaues Cabrio fährt vor. Auf dem Beifahrersitz sitzt meine Tochter. Mir bleibt einen Moment das Herz stehen, weil ich nicht weiß, wie sie reagieren wird, wenn sie mich entdeckt. Sie braucht nur den Kopf nach rechts zu drehen, dann sieht sie mich. Aber anscheinend sagt Max gerade was zu ihr, denn sie schaut ihn an und lacht. Die beiden brausen die Straße runter, hinter ihnen schließt sich das Tor. Ich seufze. Schon wieder werde ich nicht dazu kommen, meine Mission abzuschließen.

Ich klaube mir ein Blatt aus dem Haar und überlege gerade, was ich machen soll, da fragt Arthur: »Haben Sie Lust auf ein Glas Wein?«

Mittwoch, 11. Juli, 6:25 Uhr

Ich wache zu meiner üblichen Zeit auf. Weil ich so tief geschlafen habe, brauche ich eine Weile, bis ich meine geistige To-do-Liste aus dem Gedächtnis hervorgekramt habe. Darauf steht schon wieder nicht *Frühstück machen* oder *Brote für die Schule schmieren*. Nach einiger Überlegung finde ich denselben Eintrag wie am Vortag: *Mit Saskia reden und nach Hause fahren*. Dafür ist es jetzt allerdings noch zu früh. Ich überlege, welchen Grund ich haben könnte aufzustehen. Und … mir will einfach nichts einfallen. Vielleicht liegt es an dem Wein, den ich gestern Abend getrunken habe, vielleicht auch an der netten Unterhaltung mit Arthur, aber das aufgezwungene Nichtstun beunruhigt mich plötzlich viel weniger als befürchtet.

Mittwoch, 11. Juli, 10:59 Uhr

Das Lotterleben hat Einzug gehalten. Nicht nur, dass ich ausgeschlafen habe, was mir zu Hause seit Ewigkeiten nicht mehr gelungen ist. Ich bin zudem gestern mit einem fremden Mann ausgegangen! Einfach so. Und es hat Spaß gemacht. Ich habe mich gefühlt wie … ein freier Mensch. Ja, das trifft es wohl am besten. Und weil sich das so gut angefühlt hat, habe ich noch eine Entscheidung getroffen, die ich mit niemandem abgesprochen habe. Es ist zwar eigentlich völlig banal, aber für mich ein großer Schritt. Bevor ich nämlich gleich wieder meiner Pflicht als Mutter nachkomme, besuche ich den kleinen Markt, den Arthur mir empfohlen hat. Als ob ich tatsächlich im Urlaub wäre!

Ich schlendere an den Ständen unter einer großen Schirmkiefer vorbei, kaufe ein Halstuch mit Flamingos für Nelli, eine Tasse mit Delfinen für Ida und nutze die Gelegenheit, meine spärliche Reisegarderobe aufzustocken, indem ich eine Packung Unterhosen und zwei Kleider erstehe. Dann entdecke ich den Käsewagen von Bertrand und kann dem Ziegenkäse mit Aschekruste, von dem mir Arthur gestern vorgeschwärmt hat, nicht widerstehen. Wir haben nämlich festgestellt, dass wir beide stinkige Camemberts mögen. Im Gegensatz zu Patrick, der solchen Käse nicht leiden kann, weil der den Kühlschrank verpestet. Dazu hole ich mir ein frisches Baguette in der kleinen Boulangerie gegenüber und gehe die paar Meter zum Meer, wo ich mich auf eine steinerne Bank setze und auf die Badebucht schaue. Die ersten Strandgäste haben ihre Handtücher auf den Sand gelegt und nutzen die freie Fläche zum Ballspielen, ein paar Kinder planschen im Wasser. Und ich beiße abwechselnd in das Baguette in der linken und den Käse in der rechten Hand, als wäre ich eine Studentin auf Interrail-Urlaub, die sich kein richtiges Frühstück in einem Café leisten kann.

Da niemand hier ist, dem ich mit guten Manieren ein Vorbild sein muss, kann ich gestehen, dass es nicht nur himmlisch schmeckt, sondern einfach Spaß macht. Zwischendurch fege ich die Brotkrümel von meiner Bluse und beobachte die Spatzen, die darauf lauern, etwas von meinem Imbiss abzubekommen. Der Käse ist cremig und würzig und riecht wie alte Turnschuhe, schmeckt aber fantastisch. Die Sonne steigt hinter mir hoch in den Himmel und leuchtet die Wipfel der Pinien und Kiefern an, die an der Küstenlinie entlang wachsen. Ja, hier ließe es sich aushalten, wenn man zum Beispiel mal Urlaub machen wollte. Oder hier wohnen würde. Wie Arthur.

Ich muss feststellen, dass mir das Gespräch mit ihm wirklich sehr gutgetan hat. Ich habe ihm nach dem ersten Glas Wein erzählt, warum ich wirklich hier bin. Dass meine Tochter mit einem wesentlich älteren Mann durchgebrannt ist, der ein berüchtigter Don Juan ist. Arthur konnte total verstehen, dass ich hinter ihr hergefahren bin. »Wenn man jemanden liebt, dann tut man so was eben«, hat er gesagt und mit den Schultern gezuckt. »Um denjenigen zu schützen. Und wenn auch vor sich selbst.«

Da war es, als wäre mir eine Last von der Seele gefallen. Es war so schön, eine positive Stimme zu hören! Statt Ablehnung und Vorwürfen endlich Zustimmung zu bekommen, selbst wenn die von einem völlig Fremden stammt. Wobei mir Arthur seit gestern schon gar nicht mehr so fremd ist. Wir haben im Innenhof eines kleinen Restaurants in einer Seitenstraße gesessen, in die sich Touristen und Durchgangsgäste nicht so leicht verirren. Kerzen brannten, der Efeu rankte sich die Hauswand hoch, und es war einfach urgemütlich. Und fast idyllisch. Arthur hat Oliven und Käse und Wein bestellt und erzählt, was ihn in diesen kleinen Ort verschlagen hat. Dass er als freier Übersetzer ortsunabhängig arbeiten kann. Und dass er es nach dem Tod seiner Frau, die vor zwei Jahren bei einem Autounfall gestorben ist, zu Hause nicht mehr ausgehalten, das Haus verkauft und sich von dem Geld der Unfallversicherung ein Segelboot gekauft hat. Sein Gesicht bekam für einen Moment einen schmerzerfüllten Ausdruck. Kein Wunder, dass er ein bisschen zerknittert aussieht, dachte ich. Obwohl es ihm gut steht. »Wir haben immer gesagt, dass wir nach ihrer Pensionierung nach Frankreich ziehen und segeln werden«, erklärte er. »Leider hat es nicht geklappt, dass wir zusammen hierherkommen konnten.«

Die Traurigkeit hing wie eine Dunstwolke über unserem Tisch, als Filou, der unter dem Tisch geschlafen hatte, sich aufrappelte, seine Schnauze auf Arthurs Bein legte und ihn aufmunternd anschaute. Als würde er spüren, dass sein Herrchen ein bisschen Aufheiterung gebrauchen könnte.

»Was ist eigentlich mit diesem Hund?«, habe ich lachend gefragt. »Ich hab das Gefühl, er ist menschlicher als die meisten Menschen.«

Da hat Arthur schon wieder gegrinst und Filou über den Kopf gestrubbelt. »Das ist er auch!«

So einen schönen Abend hatte ich lange nicht mehr. Ich bin

in so guter Stimmung, dass ich gern jemanden anrufen würde. Bei Patrick ist es allerdings zwecklos, weil er ja von seiner Firma in Beschlag genommen wird. Und die Kinder sind in der Schule. Bleibt Katrin. Unser letztes Gespräch ist ein bisschen blöd verlaufen. Sie hat mir einiges an den Kopf geknallt, was gar nicht nett war. Ich meine, natürlich ist mir klar, dass sie nicht glücklich ist, weil Steven ihr gesagt hat, dass er keine Kinder mit ihr will, weil er schon zwei hat. Aber das weiß sie schon seit drei Jahren. Und das haben wir auch seitdem etliche Male durchgesprochen. Da kann sie mir doch nicht vorwerfen, ich würde mich nur um mich kümmern. *Gerade ich!* Ich meine, wir sind schon über zwanzig Jahre befreundet, da muss sie doch wissen, dass meine Hauptsorge immer anderen gilt.

»Hi, Katrin«, melde ich mich vorsichtig. »Störe ich?«

»Nee, geht gerade. Und wie isses?« Sie ist ein bisschen brummig, aber scheint nicht mehr sauer zu sein.

»Ganz gut. *So weit.* Und bei dir?«

»Joaa, auch ganz gut.«

Wir schweigen uns einen Moment an. »Hör mal, Katrin, es tut mir leid, wenn ich unaufmerksam war dir gegenüber.«

»Okay. Entschuldigung akzeptiert.«

»Alles in Ordnung bei dir und Steven?«

»Geht so. Erzähl ich dir ein anderes Mal. Wie läuft's bei dir?«

»Hab Saskia immer noch nicht sprechen können. Ich versuch's gleich noch mal, damit wir dann endlich nach Hause kommen können.« Mein Tonfall wird spöttisch. »Die Kinder so lange mit meiner Mutter allein? Das kann nicht gut gehen.« Ich pruste, um meine Entrüstung zu bekräftigen.

Aber anstatt dass sie mir beipflichtet, sagt sie: »Soweit ich das beurteilen kann, hat deine Mutter alles gut im Griff.«

»Na klar!« Ich schnaube. »Und ich bin die Kaiserin von China.«

»Henriette«, sagt Katrin. »Ob du's glaubst oder nicht, deine Mutter macht das gut.«

Ich muss mich einen Augenblick sammeln. »Vielleicht ist es gerade das, was mich wurmt«, platzt es aus mir raus. »Dass sie es jetzt hinkriegt, aber als ich ein Kind war, nicht.«

»Ja. Wahrscheinlich«, erwidert Katrin seufzend. »Trotzdem kannst du dich darüber freuen. Mach da unten in Ruhe die Sachen, auf die du Lust hast.«

»Was für *Sachen?* Ich will nur Saskia abholen. Mehr nicht.«

»Sicher«, sagt Katrin, aber es klingt nicht echt.

»Ich meine, wieso sollte ich mir damit Zeit lassen?«, frage ich verdutzt. »Ich werde zu Hause gebraucht.«

»Natürlich.« Sie lacht blechern. »Ich meine ja nur. Wenn man schon mal an der Côte d'Azur ist, sollte man sie auch ein paar Tage genießen.«

Was ist nur mit allen los? Dass sie mir einreden, ich solle mich entspannen. Oder in Ruhe meine Sachen machen! Oder irgendwas *genießen!*

»Ich bin nicht hergekommen, um irgendwas zu *genießen*, sondern um Saskia und unseren Familienurlaub zu retten.«

»Ja, ich weiß, ich weiß …« Katrin seufzt. »Das ist das, was du dir einredest.«

Langsam habe ich wirklich die Nase voll von diesen kryptischen Andeutungen. »Was meinst du denn damit jetzt?«

»Das wirst du schon noch merken.« Sie lacht zufrieden.

»Sag schon!«

»Nee, Schatzi, das musst du ganz allein rausfinden.«

Ehrlich! Ist das zu fassen?

Neugier ist wie Sahnetorte.
Am Ende bereut man sie.

HENRIETTE HENKEMEIER

Mittwoch, 11. Juli, 12:37 Uhr

Wenn mich zu Hause niemand braucht, gut, dann kann ich auch wegbleiben. Wirklich, ich bin immer noch aufgebracht. Wie dreist ist das, mir so offen zu sagen, dass niemand darauf wartet, dass ich zurückkomme? Als ob sie dort besser dran wären ohne mich! Für jemanden, der sonst seine ganze Energie darauf verwendet, es für alle schön zu machen, das Haus in Ordnung zu halten und sämtliche Termine zu koordinieren, ist das wirklich extrem kränkend. Wenn Saskia auch so drauf ist wie Katrin, werde ich das nicht verkraften. Ich muss mich erst noch was sammeln.

Ich beschließe also, einen Kaffee auf der Terrasse des Restaurants oberhalb von Max' Anwesen zu trinken. Zum Glück ist ein Tisch frei. Ich sitze unter einem Sonnenschirm, in der Ferne funkelt das blaue Meer. Eine erfrischende Brise trägt den Duft nach Jasmin zu mir herüber, der mir gestern gar nicht aufgefallen ist. Ich könnte glatt in Urlaubsstimmung kommen. *Wenn* ich im Urlaub hier wäre. Was ja offensichtlich alle zu glauben scheinen. Ich meine, was sollte das Gerede von Katrin? Was soll ich selbst rausfinden? Gut. Ich will nicht abstreiten, dass ich etwas Entspannung vertragen kann. Aber wer kann das nicht? Und wenn alle meinen, ich sollte mich entspannen, dann werde ich mich jetzt entspannen. Werden sie schon sehen, was sie davon haben.

Ich schließe die Augen und recke mein Gesicht der Sonne zu, da kommt der Kellner und klatscht mir unaufgefordert die Rechnung auf den Tisch, obwohl ich noch nicht mal den Kaffee ausgetrunken hab. Arsch.

Als ich mein Geld herauskrame, tritt die Rothaarige auf die Terrasse. Sofort schießt Adrenalin durch meine Adern. Heute trägt sie eine weiße Dreiviertelhose und eine flaschengrüne Tunika, die ihr rotes Haar zum Leuchten bringt. Sie setzt sich an denselben Tisch wie gestern. Dass dort schon ein englisches Touristenpaar sitzt, stört die Frau überhaupt nicht. Die Engländer gucken reichlich verschnupft auf die ungebetene Gesellschaft, sagen aber nichts. Die Rothaarige bestellt bei dem Kellner irgendwas, zieht ihr Handy aus der Tasche und fängt an zu telefonieren. Sofort ist mein Jagdtrieb wieder aktiviert. Diesmal werde ich sie nicht entwischen lassen. Ich muss wissen, was die Frau treibt.

Schnell nehme ich die Speisekarte und winke den Kellner heran. Wenn ich ihm gesagt hätte, dass er schlimmen Mundgeruch hat, hätte er nicht grantiger gucken können. Das ist mir zwar unangenehm, weil ich unverhohlene Abneigung schwer aushalten kann, aber auf meine Empfindsamkeiten kann ich jetzt keine Rücksicht nehmen. Um den Kellner zu besänftigen, wähle ich eines der teuersten Gerichte auf der Karte. Würde ich normalerweise nie machen. Denn wenn wir mit der Familie essen gehen und ich so was Teures nehmen würde, könnte ich den Kindern schlecht sagen, sie sollen etwas Preiswertes bestellen, und dann geht die Rechnung mit fünf Leuten schnell ins Uferlose!

Ich lächle den Kellner an und bestelle die Trilogie de poissons, was er mit angewidertem Nicken entgegennimmt. Eigentlich sollte man diesen Laden boykottieren, so abschreckend ist der Typ! Ich hätte gute Lust, ihm die Speisekarte um die Ohren zu hauen. Aber ich muss mich jetzt auf was anderes konzentrieren. Nämlich auf die Rothaarige. Die palavert ins Telefon und zieht dabei eine Kamera mit beeindruckendem Objektiv aus ihrer Handtasche. Wenn ich nur verstehen könnte, was sie redet! Ich tue so, als ob mir der Platz unbequem wäre, und wechsle die

Tischseite, sodass ich zwar in der Sonne sitze, aber näher an ihr. Meine Neugier wird prompt belohnt!

»Er hat eine Neue«, sagt sie ins Telefon. »Max hat sich tatsächlich eine Neue angelacht.«

Paff! Ich richte mich unwillkürlich auf. Es geht hier gar nicht um einen Einbruch. Es geht um … *Max!*

»Ja, ich hab sie gestern beobachtet. Sie ist superjung. Keine zwanzig. Ja, das hab ich auch gedacht. Ja, total. Ja, ich sehe sie gerade!« Ich drehe mich um. Die Rothaarige hat die Kamera auf die Balustrade gelegt und so ausgerichtet, dass das Objektiv leicht nach unten gerichtet ist. Wegen der Sonne kann ich nicht erkennen, was auf ihrem Display ist, finde es dennoch unfassbar. Sie beobachtet den Garten der Villa mit einem Teleobjektiv! »Diese kleine Schlampe«, sagt die Rothaarige jetzt. »Die mache ich fertig!«

Mir gefriert das Blut in den Adern. Diese Frau hat es auf meine Tochter abgesehen! Jetzt reicht es. Ich fühle die Kraft der Löwenmutter in mir, als ich aufstehe und zu ihrem Tisch stapfe. Sie hat mich nicht bemerkt, redet einfach weiter ins Telefon. Das englische Ehepaar starrt mich an, als ob es die Welt, in der sich deutsche Frauen auf einmal um ihren Tisch rotten, für verrückt erklären würde.

»Ja, ich hab sie im Blick«, sagt die Rothaarige. »Scharwenzelt da rum in ihrem Bikini, und sie hat ein … Oh, *shit*. Sie hat ein Fernglas!«

In dem Moment kann ich das Display auch erkennen, auf dem Saskia ein Fernglas in der Hand hält und in unsere Richtung schaut. Die Rothaarige reißt die Kamera vom Geländer und lässt sich vom Stuhl fallen. Und ich, ich tauche ebenfalls auf den Boden ab. Aus Reflex. Weil ich zwar mit Saskia reden möchte, aber ich möchte nicht, dass sie erfährt, dass ich ihr wieder nachspioniere. Als die Rothaarige bemerkt, dass ich ihr in der Deckung Gesellschaft leiste, weiten sich ihre Augen erst, bevor sie zu Schlitzen werden.

Plötzlich taucht die weiße Schürze neben mir auf, dahinter Beine in schwarzen Hosen. Ich gucke nach oben. Der Kellner schaut auf mich herunter und sagt: »Madame, *votre Trilogie de poissons.*« Er sieht aus, als würde er am liebsten auf meinen Teller spucken. Oder auf mich.

»*Oui,* Monsieur«, quetsche ich hervor und bemühe mich, so würdevoll wie möglich aufzustehen und unauffällig zurück zu meinem Tisch zu huschen, wo Saskia mich auch mit Fernglas nicht sehen kann.

Als der Kellner mir die Platte hingestellt und sich wieder entfernt hat, sehe ich, dass die Rothaarige mich grimmig mustert. Ich bemühe mich ebenfalls um eine erbarmungslose Miene und stiere zurück. Schließlich hat sie gerade meine Tochter bedroht. Und gleich werde ich ihr klarmachen, dass sie erst an mir vorbeimuss, bevor sie an meine Tochter rankommt. Doch trotz allem werde ich mein sündhaft teures Gericht nicht verkommen lassen. Der Lachs sieht köstlich aus, dazu gibt es Rotbarbe und Jakobsmuscheln. Zum Glück bringt der Kellner jetzt auch meiner Rivalin einen Teller, sodass unsere Fehde aufs Dessert verschoben werden muss. Die Rothaarige hat ein Filet Mignon vor sich, greift nach dem Steakmesser und zieht es, ohne mich aus den Augen zu lassen, ein paarmal zorro-artig durch die Luft, bevor sie anfängt, das blutige Fleisch in Stücke zu säbeln. Diese Frau ist verrückt, so viel steht mal fest.

Wir essen beide. Ich versuche, mein Tempo an ihres anzupassen, damit ich nicht viel früher fertig bin und der Kellner mich rausschmeißt, bevor die Rothaarige ihr Steak verputzt hat. Erst tut sie so, als ob sie alle Zeit der Welt hätte, dann verschlingt sie den Rest auf einmal in einem Affentempo. Als sie plötzlich aufspringt, einen Schein auf den Tisch knallt und zur Tür stürmt, merke ich, dass ich einen taktischen Fehler gemacht habe. Ich hätte mein Essen schon bezahlen sollen. Denn der Kellner hat zwar meinen Hunderteuroschein schnell einkassiert, lässt sich aber auf einmal wahnsinnig viel Zeit, mir das Wechselgeld zu bringen. Er steht drinnen entspannt an der Theke und quatscht mit der Frau hinter dem Tresen. Das darf doch wohl nicht wahr sein!

Ich stehe also auf, gehe zu ihm, er grinst süffisant, ich schnappe mir das Wechselgeld und lasse diesem unverschämten Kerl nur ein paar Centmünzen als Trinkgeld liegen. Dann haste ich aus dem Restaurant. Obwohl das sicher unnötig ist. Die Rothaarige ist bestimmt schon über alle Berge. Oder sie hat sich Zugang zur Villa verschafft und macht gerade meine Tochter fertig. Ich klammere meinen Sonnenhut an mich und renne die Treppe hinunter, so schnell ich kann. Auf dem letzten Absatz wären mir vor Schreck fast die Beine weggeknickt. Unten steht sie. Die Rothaarige lehnt an einem Baum wie die Revolverheldin aus einem Western und wartet auf mich! Etwas in ihren Händen blinkt silbern auf – es ist ein Messer, genauer gesagt, das Steakmesser aus dem Restaurant. Sie fuchtelt damit herum wie der hinterlistige Messerexperte in einem B-Movie. *Das Todeslied von Laramie.* Ich muss schlucken. Sie stößt sich mit dem Rücken von dem Baum ab und stöckelt auf ihren High Heels an den Fuß der Treppe. Mein Magen macht einen Sprung, dann gehe ich die restlichen Stufen nach unten und hoffe, dass ein Sonnenhut als Verteidigung gegen ein Steakmesser ausreicht.

Mittwoch, 11. Juli, 13:14 Uhr

»Ich wusste, dass du kommst«, eröffnet sie das Gespräch.

»Ja«, sage ich, weil mir nichts anderes einfällt.

»Wobei sie aber falsch lag«, redet die Rothaarige kryptisch weiter. Ich bin fürs Erste froh, dass sie das Messer einfach nur in ihrer Hand hält und noch nicht zum Angriff übergegangen ist. »Also, was willst du hier?«, fragt die Rothaarige.

»Ich … äh … ich möchte wissen, was *du* willst«, antworte ich ausweichend, weil mein Instinkt mir sagt, dass es besser ist, sie vorerst über meine Verbindung zu Max und Saskia im Unklaren zu lassen.

»Ach ja?« Ihre Augen werden wieder zu Schlitzen. »Das willst du also wissen.« Sie überlegt einen Moment. »Okay, ich sag es dir. Aber erst zeig mal deinen Fuß.«

»Wie bitte?«

»Zeig mal deinen Fuß.«

Ich starre sie verblüfft an. »*Wieso?*«

»Herrje«, schnauzt die Rothaarige. »Zeig ihn einfach. Dann sag ich dir alles.«

»Nur, wenn du das Messer wegsteckst«, fordere ich.

»Okay.« Sie zuckt mit den Achseln und verstaut es in ihrer Handtasche. Die Frau spinnt wirklich total, so viel steht fest. Aber ich bin zufrieden über mein Verhandlungsgeschick und ziehe den Fuß aus meiner Sandale. Sie beugt sich darüber und betrachtet ihn, als führte sie eine wissenschaftliche Zehenuntersuchung durch. Als ich mich gerade zu fragen beginne, was das soll, bückt sie sich blitzschnell, packt meine Sandale und reißt sie an sich. »So«, schreit sie. »Max gehört mir, nur damit du es weißt!« Mit meiner Sandale rennt sie auf die andere Straßenseite in Richtung Villa.

»Aber …«, rufe ich verblüfft und will ihr hinterher, doch sobald ich aus dem Schatten trete, verbrenne ich mir die Fußsohlen auf dem brütend heißen Asphalt.

Die Mittagssonne knallt voll auf die Straße und macht sie zu einem unüberwindlichen Hindernis für Leute ohne Schuhe. Auf einem Bein hüpfe ich zurück in den Schatten und kann nur zusehen, wie die Rothaarige an der gleichen Stelle wie gestern im

Gebüsch verschwindet. Verdammt! Vielleicht hat sie doch einen Zugang zur Villa gefunden und klettert nun über die Mauer. Dieser Frau ist offenbar alles zuzutrauen. Ich muss Saskia warnen. Ich muss zu ihr! Die Sorge um meine Tochter gibt mir Kraft. Ich konzentriere mich wie die Typen, die über glühende Kohlen laufen, dann atme ich tief ein und spurte über die Straße, bis ich auf der anderen Seite bin, wo neben dem Oleander ein bisschen Gras wächst. Oh, verdammt. Meine Fußsohlen brennen, als hätte ich sie auf der Herdplatte gegrillt. Ich muss sie ein bisschen abkühlen, bevor ich die dreißig Meter bis zum Tor der Villa in Angriff nehme. Aber ich kann nicht zu lange warten. Wer weiß, was die Rothaarige anstellt. Ich atme tief ein und messe in Gedanken den Weg zum Tor ab. Das Problem ist, dass es auch in der Sonne liegt und rundherum kein Schatten ist.

In dem Moment fällt mir der Sonnenhut ein, den ich immer noch in der Hand halte. Er ist aus Papierstroh und ziemlich biegsam. Wenn ich mir den um meinen Fuß binden könnte … Ja, genau! Ich bastele mir aus meinem Sonnenhut einen Schuh! Dass ich da nicht eben schon draufgekommen bin. Schnell löse ich die Schleife des Hutbandes, stelle meinen Fuß auf den Hut, wobei der natürlich ziemlich verbeult wird, und versuche, ihn mithilfe des Bandes um meinen Knöchel zu binden. Es klappt! Es sieht natürlich extrem bescheuert aus, und es wird auch keine Ewigkeit halten, aber für die paar Meter bis zum Tor wird es reichen. Erleichtert humple ich los, da höre ich plötzlich Geraschel. Die Rothaarige kommt aus dem Gebüsch zurück. Ha!

»Du gibst mir jetzt meinen …«, schreie ich.

Aber weiter komme ich nicht, denn sie brüllt: »Weg hier! Die Bullen kommen.« Dann rennt sie los.

Ich höre die Sirene aufheulen, bin erschrocken und laufe aus Reflex auch los mit meinem Sonnenhutschuh. Erst nach ein paar Schritten merke ich, wie bescheuert das ist. Wieso haue ich ab, wenn jemand ruft: Weg hier! Die Bullen kommen? Ich habe doch gar nichts gemacht! Ich will schon stehen bleiben, da fällt mir ein, dass die Polizei vielleicht gesehen hat, wie ich geflohen bin, und dann wird sie mich auf jeden Fall festhalten und dann muss ich alles erklären und dann erfährt Saskia, dass ich ihr wieder hinterherspioniert habe und dann ist sie natürlich megasauer, obwohl ich ja gar nicht spioniert hab, sondern sie nur beschützen wollte. Und weil das alles so kompliziert ist und ich beim Laufen nicht klar denken kann, renne ich weiter. Als ich um die Ecke komme, sehe ich, wie die Rothaarige auf eine Vespa steigt. Na warte, denke ich, und schwinge mich einfach hinter ihr auf den Motorroller.

»Geh runter«, ruft sie und schlägt mir ihre Handtasche in die Seite. Aber ich klammere mich am Gepäckträger fest und rufe: »Fahr schon los!«

Die Sirene der Polizei klingt sehr nah. Und dann fährt sie los.

Mittwoch, 11. Juli, 13:23 Uhr

Der Fahrtwind weht mir um die Ohren, und das Parfüm der Rothaarigen, die so nah vor mir sitzt, auch. Wir rauschen zusammen den Hügel runter. Die Polizeisirene wird leiser und verstummt schließlich ganz.

»Du kannst anhalten«, rufe ich ihr zu.

Sie reagiert gar nicht darauf, sondern rollt einfach weiter bergab. Ich frage mich, wohin sie will und wann sie wohl endlich anhält, um mich runterzulassen. Als wir fast den Hafen erreicht haben, biegt sie nach links ab in ein Tor, und kurz darauf finde ich mich auf dem örtlichen Campingplatz wieder. Die Rothaarige fährt an Zelten und Wohnwagen vorbei und hält schließlich vor einem riesigen, supermodernen Wohnmobil, auf dessen Seite ein in leuchtenden Blautönen gemaltes Mandala prangt.

Ich steige ab. Meine Beine zittern ein bisschen. Die Rothaarige würdigt mich keines Blickes, zieht aber aus ihrer Handtasche meine Sandale hervor und wirft sie mir zu, dann nimmt sie ihr Handy und geht zum Telefonieren ins Wohnmobil. Ich bin irgendwie immer noch verwirrt und klapprig und setze mich auf einen der Stühle, die vor dem Campingmobil stehen, um zu verschnaufen.

Was war das denn für eine Aktion? Erst lauert die Frau mir mit einem Messer auf, dann klaut sie mir meinen Schuh, verschwindet im Gebüsch, und kurz darauf höre ich eine Polizeisirene und lasse mich von dieser Bekloppten dazu verleiten, *wegzurennen!* Kurz darauf fliehe ich mit ihr auf einem Motorroller? Wobei ich übrigens den Sonnenhut unterwegs verloren habe. Immerhin habe ich meinen Schuh wieder, den ich mir über meinen strapazierten Fuß stülpe. Die Rothaarige ist immer noch in ihrem Wohnmobil, und ich frage mich, ob sie mich vergessen hat oder beschlossen, sich für den Rest des Tages darin zu verschanzen. Eines ist klar: Ich gehe hier nicht weg, bevor ich nicht weiß, wer sie ist und was sie vorhat.

Gerade überlege ich, an die Tür zu klopfen, als sie wieder rauskommt. Sie hat zwei Gläser Eistee in der Hand, von denen sie mir eines wortlos reicht, und setzt sich auf die kleine Treppe, die zum Eingang ihres Wohnmobils führt.

»Scheißbullen«, sagt sie abgebrüht wie eine Anhängerin der Antifa, die beim Steineschmeißen erwischt worden ist. Nur, dass sie mit ihren schicken Klamotten und ihrem seidigen roten Haar kein bisschen aussieht wie eine aus dem Schwarzen Block, die gegen das Establishment kämpft.

»Was wolltest du eigentlich da im Gebüsch?«, frage ich und nippe an meinem Glas, in dem Pfefferminzblätter und Zitronenscheiben zwischen Eiswürfeln schwimmen. Ich bin überrascht, wie gut er schmeckt, und nehme direkt einen großen Schluck.

»Ich wollte nur mal gucken, was die so machen. Max und … seine Neue. Ist doch wohl nicht verboten!«

»Na ja«, fange ich an, halte es aber für klüger, ihr keine Predigt zu halten. Oder auch nur das Wort *Hausfriedensbruch* zu erwähnen. Ich beschränke mich darauf zu fragen: »Wieso war denn dann die Polizei hinter dir her?«

»Hinter *uns*, meinst du wohl.«

»Hinter mir doch nicht«, protestiere ich. »Ich bin nur aus Reflex weggerannt.«

»Nee, ist klar. *Aus Reflex* …« Sie lächelt mir komplizenhaft zu.

»Wirklich«, beteuere ich.

»Papperlapapp. Niemand rennt einfach aus Reflex weg.«

»Doch … ich … weil …«

Ich will erklären, dass ich Angst hatte, dass Saskia mich beim Spionieren erwischt, aber dann denke ich, das geht diese Verrückte ja nun mal gar nichts an.

»Egal!«, ruft sie generös. »Jeder hat seine Leichen im Keller. Du hast welche, und ich hab vielleicht die Alarmanlage ausgelöst. Pff! Dabei hab ich nur *einmal* über die Mauer geguckt.«

»Bist du Max' Exfreundin?«, frage ich, weil mir einfällt, dass Max was von einer schlimmen Trennung erzählt hat.

»Natürlich nicht!«, ruft sie empört. »Ich bin Max' Verlobte.« Sie streckt mir die Hand hin. »Flora heiße ich.«

»Ich bin Henriette«, sage ich und schüttle ihre Hand nicht, weil ich ihr nach der Sandalenaktion nicht traue. »Und die Neue ist meine Tochter.« Ich schaue Flora herausfordernd an.

»Ja«, sagt sie. »So was Ähnliches hab ich mir gedacht. Beziehungsweise gewusst. Ja, genau genommen, hab ich es exakt gewusst, schließlich …«

»Wie auch immer«, unterbreche ich ihr Gelaber und knurre: »Und damit das klar ist: Du tust ihr gar nichts! Wenn du meiner Tochter auch nur ein Haar krümmst, bringe ich dich um.«

Ups. Habe ich das eben wirklich gesagt? Es kam mir ganz leicht von den Lippen. Löwenmutter lässt grüßen.

Flora gibt sich allerdings von meiner Kaltblütigkeit kein bisschen beeindruckt. »Keine Sorge«, sagt sie achselzuckend, kippt sich den Rest Eistee in den Rachen und fügt hinzu: »Wenn ich jemanden umbringe, dann Max.«

»Hier wird niemand umgebracht. Ist das klar?«, sage ich streng.

»War doch nur ein Scherz. Ich würde Max niemals auch nur ein Haar krümmen!« Sie lächelt versonnen. Dann schüttelt sie ihr Glas, in dem nur noch die Eiswürfel klirren. »Noch einen Eistee?«

»Ja, gern.«

Der ist äußerst erfrischend nach dem ganzen Stress von eben. Außerdem erscheint es mir taktisch klug, Max' verrückte Ex-wie-auch-immer-Verlobte näher unter die Lupe zu nehmen und vielleicht etwas über ihre Pläne zu erfahren, damit ich Saskia besser schützen kann. Abgesehen davon: Wenn ich Saskia sage, was hier für eine Bedrohung lauert, dann wird sie mir auch nicht mehr böse sein, dass ich ihr hinterhergefahren bin und mich mal wieder in ihr Leben eingemischt habe. Genau. Das ist wirklich die perfekte Rechtfertigung! Und wenn ich erst Patrick davon erzähle, wird auch er erleichtert sein, dass ich meinen Instinkten (und Saskia) gefolgt bin. Er wird einsehen, dass ich nicht durchgedreht, sondern einfach nur eine gute Mutter bin. Plötzlich erscheint mir alles in einem neuen Licht.

Als Flora mit zwei vollen Gläsern zurückkehrt, fragt sie: »Also. Wie stellen wir es an? Die Neue …«

»Sie heißt Saskia.«

Flora verzieht angewidert das Gesicht. »Also gut. Die Neue … *Saskia* … sie muss von der Bildfläche verschwinden.« Ich werfe ihr einen scharfen Blick zu. »Also, nicht so, wie du das jetzt wieder verstanden hast«, sagt Flora und rollt mit den Augen, als wäre ich irgendwie übersensibel. »Du meine Güte. Ich habe nicht vor, sie im Hafenbecken zu entsorgen, okay?«

»Das ist nicht witzig«, blaffe ich aufgebracht. Meine Zunge fühlt sich plötzlich schwer an. Was ist eigentlich in dem Eistee drin, den ich hier so völlig naiv trinke? Mit Schrecken kommt mir der Gedanke, dass sie mich vielleicht betäuben will. Oder vergiften. »Was ist das überhaupt für ein Zeug?«, frage ich und halte das Glas hoch, in dem eine bernsteinfarbene Flüssigkeit hin und her schwappt. Flora grinst heimtückisch. »Altes Familienrezept.«

Ich bin so ein Idiot, denke ich. Sie will mich auch umbringen! Ich springe auf, aber dann sagt Flora schnell: »Zitrone, Minze, Ingwersirup, Sprudel und ein ordentlicher Schuss Wodka.«

Und dann merke ich, dass ich kein bisschen ohnmächtig werde, sondern eher kichern muss. Eigentlich fühle ich mich gar nicht schlecht. Im Gegenteil. Mir ist nämlich gerade klar geworden, dass sich mit dieser Flora mein Problem ganz geschmeidig auflösen könnte.

Ich trinke aus, stelle mein Glas auf den kleinen Tisch und fasse zusammen: »Also. Wenn ich das richtig sehe, sind wir aus demselben Grund hier. Wir wollen beide, dass Saskia aus Max' Leben verschwindet.«

»Genau.« Flora nickt, als wäre ich schon lange Teil des Plans. »Und das wird uns auch gelingen. Wir müssen es nur so machen wie in … in meiner Vision.«

»Vision?«, frage ich verdutzt, und Flora nickt zufrieden. Mein Blick wandert zu dem indischen Mandala, was auf ihrem Wohnmobil leuchtet. »Bist du Esoterikerin?«

»Nein!« Sie schnalzt empört mit der Zunge. »Ich bin doch keine Esoterikerin. Meine beste Freundin Laranah ist ein Medium, und sie hilft mir, Max wiederzubekommen.«

Mit diesen Worten verschwindet Flora wieder in diesem gigantischen Wohnmobil.

Das Gute an den wirklich Verrückten ist, dass man sich plötzlich gleich viel weniger verrückt vorkommt.

»Na, dann sag mir doch mal, was du in deiner Vision gesehen hast«, sage ich mit therapeutisch ruhiger Stimme, als Flora wieder herauskommt. Sie reicht mir ein frisch gefülltes Glas.

»Also, Laranah, das ist meine Freundin …«

»Das Medium«, stelle ich fest.

»Genau. Also, Laranah hat gesehen, dass ich mit Max wieder zusammenkomme und dass die Neue … also Saskia … verschwindet.«

Ich nicke. »Das sagtest du. Aber wie? Wie genau soll das denn vonstattengehen?«

Flora schaut mich an, als würde ich völlig durchdrehen. »Laranah ist ein Medium, keine Hellseherin«, empört sie sich. »Und wir brauchen auch gar keine Hellseherin, um zu wissen, wie wir die Neue … also Saskia … vergraulen. Ich hab schon einen Plan.«

»Du hast doch eben gesagt, wir müssen es nur so machen wie … Ach, egal.« Ich winke ab. »Also, wie ist denn dein Plan?«

»Max muss erkennen, dass wir beide füreinander bestimmt sind. Und die Neue … also Saskia … nicht.«

»Gut«, sage ich. »Und weiter?«

»Nichts weiter.« Sie zuckt mit den Achseln.

»Das ist der Plan?« Sie nickt. »Das ist dein ganzer Plan?«, frage ich noch mal erstaunt nach.

»Was hast du denn gedacht?«, patzt sie mich an.

»Na ja. Irgendwas Handfestes. Was Konkretes.«

»Zum Beispiel?«

»Zum Beispiel, wie wir Saskia klarmachen, dass Max nicht der tolle Typ ist, für den sie ihn hält.«

»Vergiss es«, winkt Flora ab. »Er ist der tolle Typ, für den sie ihn hält.«

Wenn ich nicht so beschwipst wäre, würde ich jetzt verzweifeln. »Okay«, versuche ich es noch mal sachlich. »Dann lass uns mal die Sachen aufzählen, die Frauen an ihm beeindrucken.«

»Also«, sagt Flora und richtet sich auf und holt tief Luft. »Da sind erst einmal seine schönen Augen und seine wunderbare Stimme, mit der er im Radio moderieren könnte. Und die Art, wie er geht.«

»Ich meinte eher so handfeste Sachen«, werfe ich schnell ein, aber sie lässt sich nicht aus dem Konzept bringen. »Und dass die Luft zu summen beginnt, wenn er in einen Raum kommt, und es ist, als ob tausend Schmetterlinge …«

»Seine Villa«, unterbreche ich. »Die findet Saskia bestimmt beeindruckend.« Flora starrt mich entgeistert an. »Zum Beispiel«, sage ich. »Ich bin sicher, Saskia ist hauptsächlich wegen der Villa hier.«

»Ernsthaft?«, fragt Flora. Und dann lacht sie, als hätte ich einen super Witz gemacht. »Das glaube ich zwar nicht, aber bitte. Sie ist deine Tochter. Du wirst wissen, ob sie eine von den oberflächlichen Tussis ist, die sich von Äußerlichkeiten blenden lassen und denen es nur um Kohle geht.«

»Sie ist keine oberflächliche Tussi«, protestiere ich.

»Deine Worte, nicht meine«, tiriliert Flora und hebt die Hände, als ob sie sich ergäbe. Du liebes bisschen, mit dieser Frau zu reden ist, wie einen zappelnden Fisch festzuhalten.

»Jetzt wissen wir nur immer noch nicht, wie wir die beiden auseinanderbringen«, fahre ich fort. »Das Blöde ist, dass ich schon versucht habe, mit Saskia zu sprechen, sie aber extrem bockig ist.« Ach, das hatte ich gar nicht unbedingt verraten wollen. Und Flora springt auch noch direkt drauf an.

»Warum?«

Ich schwenke nachdenklich mein Glas. »Sie hört gar nicht mehr auf mich.« Ich bemerke, dass ich ein bisschen jammere.

»Wieso auch?«, schnaubt Flora. »Du bist schließlich ihre *Mutter!*«

»Ja, *genau*«, sage ich etwas lauter als beabsichtigt. »Ich bin ihre Mutter. Und ich weiß haargenau, was das Beste für sie ist.«

Flora gackert los, kriegt sich kaum wieder ein, dann wirft sie ihr seidiges Haar über die Schultern und verschwindet erneut im Wohnmobil. Diese Frau ist wirklich seltsam. Sie sieht aus wie eine feine Dame – man würde sie in einem schicken Appartement vermuten. Stattdessen wohnt sie auf dem Campingplatz. Wobei ihr Wohnmobil bestimmt superteuer war. Ich war mal mit Patrick und seinem Bruder auf einer Camping-&-Caravan-Messe, weil Dirk sich ein Wohnmobil kaufen wollte. Da haben mir aber die Ohren geschlackert, als ich die Preise gesehen habe. Dirk auch. Weswegen er sich ein gebrauchtes gekauft hat. Ich fand die Idee, sein Ferienhaus mitzunehmen, auch immer attraktiv und hätte gern mal ein Wohnmobil gemietet, um damit durch die Gegend zu gondeln. Aber Patrick hat lieber eine feste Adresse, damit er weiß, worauf er sich einlässt. Außerdem hasst er die Vorstellung, bei Regen mit fünf Mann in so einer kleinen Kiste, in der niemand seine Ruhe hat, auf dem Campingplatz zu hocken. Schade. Ein gut ausgestattetes Wohnmobil wäre für mich genau die richtige Dosis Abenteuer.

»Chips?«, fragt Flora, als sie wieder rauskommt, reißt eine Tüte Salzchips auf und wirft sie auf den Tisch. Sie stopft sich eine Handvoll Chips in den Mund, klopft sich die fettigen Finger ab und streckt mir dann die Hand hin. »Also, abgemacht. Ich helfe dir, deine Tochter wiederzubekommen, und du hilfst mir, dass Max einsieht, dass ich seine Seelenverwandte bin.« Ich zögere. Ein Pakt mit der verrückten Flora? Aber dann denke ich: Was soll's? Hauptsache, ich habe sie im Blick. Ich kreuze die Finger hinterm Rücken und schlage ein. Sie nickt zufrieden, isst krachend eine weitere Handvoll Chips und sagt kauend: »Alscho gut. Dann rede isch mit der Neuen ... alscho ... Schaschkia.«

»Was willst du ihr denn sagen?«, frage ich misstrauisch.

»Irgendwas in die Richtung, dass Max mir gehört.«

»Nee, nee«, sage ich streng. »Das läuft so nicht. Du redest nicht mit Saskia. Wie ich dich einschätze, wirst du nämlich wüste Drohungen aussprechen.«

»Okay, okay. Wie du willst. Obwohl ich ja sagen muss, dass so eine Drohung an der richtigen Stelle äußerst wirkungs...«

Ich sehe sie scharf an, und sie verstummt. »Nein, wir müssen bei Max ansetzen«, sage ich, »und ...«

»Ja, genau«, ruft Flora. »Das ist eine super Idee. Wir machen ihn total lächerlich vor der Neuen ... also Saskia ... und bringen ihn in eine peinliche Lage, und dann komme ich und rette ihn.« Sie klatscht in die Hände vor Begeisterung.

»Das ist ja prinzipiell ganz schön«, fange ich mit der konstruktiven Kritik an, wie wenn Kinder mit irgendeiner Krakelzeichnung vor einem stehen und eine ehrliche Meinung einfordern, die man ihnen aber unmöglich sagen möchte. »Nur ist dieser Plan ein bisschen unpräzise ...«

»Du bist vielleicht ein Miesepeter«, motzt Flora jetzt. »Dann lass *du* dir halt was einfallen, wenn du alles besser weißt.«

»Ich weiß doch nicht ... Ach, egal. Gut, ich lass mir was einfallen. Dafür muss ich bloß in den Schatten gehen. Die Sonne knallt echt ganz schön ...«, *genau wie der Eistee*, »... und mein Sonnenhut ist ja leider weg.«

Flora zieht eine Grimasse, geht abermals ins Wohnmobil, kommt mit zwei vollen Gläsern zurück – und einem Sonnenhut. Sie wirft ihn mir zu. Er ist schwarz und breitkrempig und sieht ein bisschen nach Western aus. Auf dem orangefarbenen Band steht *Christian Dior*. Von welchem Straßenhändler sie den wohl gekauft hat? Aber er ist bequem und tut seine Pflicht.

»Also«, sage ich, jetzt gut behütet. »Die Sache ist doch ganz einfach. Konflikte löst man, indem man miteinander redet.« Das ist der Beginn meines üblichen Kinder-jetzt-ist-Schluss-mit-dem-Hauen-Vortrags. »Und deswegen gehen wir zu Max' Villa. Ich spreche mit Saskia, und du nimmst dir Max vor.«

»Okay«, sagt sie, kurz abgelenkt von einer Nachricht auf ihrem Handy. »Und über *was* sprechen wir mit ihnen?«

»Äh ... Über das, was jeder zu sagen hat.«

»Hm«, macht sie und lehnt sich zurück. »Interessanter Plan. Bisschen simpel, aber ich hab nichts anderes von dir erwartet.« Sie prostet mir mit ihrem Eistee zu.

»Danke«, sage ich sarkastisch.

»Bitte«, erwidert Flora. Wir trinken unsere Gläser leer. Wodka am Nachmittag ist wirklich eine interessante Sache. Ich frage mich, warum ich überhaupt jemals geglaubt habe, *Probleme* zu haben. Alles lässt sich doch ganz leicht lösen! Man muss nur die richtigen Worte finden, dann kann man sogar verrückte Menschen wie Flora zur Vernunft bringen. Und wenn ich solche wirklich Verrückten erreichen kann, wird es mit Saskia ein Klacks, genau wie mit dem Rest meiner Familie. Hicks. »Der Hut steht dir übrigens hervorragend«, sagt Flora.

»Echt?«

»Kannst ja mal gucken. Da hinten ist ein Spiegel.«

»Wo?«

»Auf der Rückseite vom Wohnmobil hängt einer.«

Kichernd stehe ich auf und gehe um das Wohnmobil rum.

»Wo denn?«, rufe ich Flora zu. »Ich sehe gar keinen ...«

In dem Moment höre ich hinter mir ein Geräusch und drehe mich um. Flora braust zwischen Wohnwagen und Zelten hindurch in Richtung Ausgang davon. Auf ihrem Roller. Sie fährt leichte Schlangenlinien. Und ruft mir zu: »Und jetzt knöpfe ich mir die kleine Schlampe vor.«

Dann sehe ich nur noch ihre roten Haare flattern.

Oh, scheiße! Wie dämlich von mir! Ich wusste doch, dass man dieser Frau nicht trauen kann. Ohne lange zu zögern, renne ich ihr hinterher. Als ich an den Sanitäranlagen vorbeikomme, lehnt da ein Fahrrad. Unabgeschlossen. Es liegt am Wodka oder daran, dass Saskia in ernsthafter Gefahr schwebt, jedenfalls kann ich nur noch denken, dass es ein Notfall ist, und da schnappe ich mir das Rad, schwinge mich darauf und trete in die Pedale. Hinter mir höre ich eine Frau empört aufschreien. Ich rufe ihr auf Deutsch zu, dass ich es mir nur kurz ausleihe und nachher zurückbringe. Als ich um die Ecke biege, sehe ich, wie Flora vom Campingplatz runter nach links fährt. Wenn mich nicht alles täuscht, geht es da zum Hafen.

Mittwoch, 11. Juli, 15:18 Uhr

Ich strample ihr hinterher. Mein linker Fuß, den ich mir auf dem heißen Asphalt verbrannt habe, schmerzt, meine Oberschenkel fühlen sich auch schon heiß an, aber ich keuche dieser Kriminellen weiter hinterher. Ich komme am Fußballplatz vorbei, dann ist rechts ein kleiner Park mit Eukalyptusbäumen, Zedern und Palmen, es folgt ein Kreisverkehr, hinter dem unzählige Masten von Segelbooten aufragen, die dort in einer Werft liegen. Ich sehe die roten Haare zwischen den Booten verschwinden. Todesmutig fahre ich in den Kreisverkehr, zwinge ein blaues Cabrio zu bremsen und biege in der zweiten Ausfahrt auf die kleine Straße ein, die Flora eben genommen hat. Sie brettert durch einen Park, ich hinterher.

Unser Abstand wird größer, und ich verliere sie aus den Augen, weil der Weg eine Biegung macht. Wenn es gleich den Berg hoch zur Villa gehen sollte, werde ich sowieso nicht mehr hinterherkommen. Geschieht dir ganz recht, Henriette, schimpfe ich mit mir selbst. Wie konntest du auch nur so dumm sein?

Ich erreiche die Hauptstraße und halte Ausschau nach Flora, die ich nicht sehe, dafür kommt das blaue Cabrio von rechts auf mich zu. Ich bremse und wäre fast vom Rad gefallen. Max sitzt in dem Wagen, neben ihm Saskia. Laute Musik dröhnt aus den Boxen, als sie an mir vorbeifahren. Mir fällt einen Moment zu spät ein, dass ich sie warnen muss. Ich winke und rufe, und Saskia dreht auch den Kopf in meine Richtung, aber sie reagiert nicht. Wie auch! Ich habe einen schwarzen Westernhut auf und trage eine Sonnenbrille und fahre auf einem gestohlenen Rad durch eine Gegend, in der ich normalerweise jetzt nicht wäre. Da kann ein Kind seine eigene Mutter schon mal übersehen. Ich versuche, ihnen zu folgen, muss aber einen Bus vorbeilassen, bevor ich auf die Straße einbiegen kann.

Als der Bus abbiegt, erkenne ich gerade noch, wie das Cabrio links abbiegt. Als ich endlich auch um die Ecke bin, sehe ich, dass Max vor einem Grand Hotel hält und Saskia aussteigt. Was macht sie denn da? Sie hat eine Tasche dabei und ziemlich seriöse Kleidung für ihre Verhältnisse und geht jetzt in das Hotel hinein. Max winkt ihr und rollt mit seinem Auto weiter. Und dann entdecke ich Flora. Sie sitzt ganz entspannt auf ihrem Elektroroller, den sie im Schatten einer Palme abgestellt hat, und beobachtet die Szene. Als sie mich bemerkt, winkt sie mir sogar zu. Ich springe neben ihr ächzend vom Rad.

»Da bist du ja«, sagt sie, als hätte sie schon lange auf mich gewartet.

»Was …«, keuch, »… sollte …«, schnauf, »… das denn?«

»Mein Handy hat mich alarmiert, dass Max die Villa verlassen hat. Da wollte ich sehen, was er macht.«

»Du verfolgst ihn per GPS?«, frage ich verblüfft.

»Natürlich.«

»Aber … darf man das denn?«

»Pff. *Darf man das denn?* Was soll das denn für eine Frage sein? Ich meine, gerade du musst das doch wohl wissen. Wo du deine Tochter stalkst.«

»Was? Ich *stalke* meine Tochter doch nicht!«

»Ist nicht schlimm«, beschwichtigt Flora. »Jeder Mensch braucht ein Hobby.«

Jetzt, da ich wieder normal atmen kann, werde ich richtig sauer. »Sag mal, was sollte das eben? Wieso hast du gesagt, dass du dir meine Tochter vorknöpfst?«

»Damit du mitkommst«, ruft Flora fast empört. »Weswegen sonst?«

»Ich wäre mitgekommen, wenn du mir verraten hättest, was du vorhast. Aber dann bist du einfach abgehauen! Warum?«

»Recherche«, sagt sie völlig selbstverständlich. »Recherche ist die wichtigste Grundlage bei einer feindlichen Übernahme. Wobei die Übernahme ja nicht feindlich ist. Hahahaha.«

»Das hättest du mir ruhig verraten können«, speie ich ihr schmollend entgegen.

Flora zuckt mit den Schultern. »Du wärst doch eh nicht mit mir gefahren, so wie ich dich kenne. Immerhin bin ich *betrunken.*«

»Das ist das Nächste. Wieso fährst du Motorroller, wenn du betrunken bist?«

»Wir sind in Frankreich. Hier fährt jeder besoffen.«

»Was ist das denn für eine Einstellung?«

»Außerdem ist es ein Elektroroller. Das zählt sowieso nicht.«

Ich geb's auf. Mit dieser Frau kann man nicht reden. »So, jetzt zu der Sache, weswegen wir hier sind. Saskia ist gerade in dieses schicke Hotel gegangen.«

»Ja. Ist sie.«

Ich frage mich, warum, dann fällt mir eine äußerst erfreuliche Erklärung ein. »Vielleicht hat sie sich von Max getrennt und wohnt jetzt hier!«, rufe ich begeistert.

»Kann sein«, sagt Flora. »Ich weiß nur nicht, wie viel Taschengeld sie bekommt. Hier kostet ein Zimmer zweihundert Euro.«

»Oh!« Ich bin enttäuscht. Daran hatte ich gar nicht gedacht. »Ja, stimmt. Es ist unwahrscheinlich, dass sie dort übernachtet. Aber was macht sie dann hier?«

»Ein junges, hübsches Ding in einem Luxushotel, in dem reiche alte Männer wohnen? Dreimal darfst du raten.«

Ich starre sie entgeistert an. »Du meinst aber nicht, was ich meine, das du meinst.«

Flora wirft ihre Haare zurück. »Keine Ahnung, was du damit meinst. Du musst dich schon deutlicher ausdrücken.«

Ich kann das nicht laut aussprechen. Es ist natürlich sowieso totaler Quatsch. Ich grüble noch darüber nach, was Saskia vorhat, als Flora ein Fernglas zückt und in Richtung Strand guckt, wo ein kleines Motorboot am Ufer liegt.

»Was siehst du da?«, frage ich.

»Max besteigt gerade dieses Boot. Er redet mit einem dicken alten Mann und hat seine Kameraausrüstung dabei.«

»Macht er einen Job?«

»Ja. Übermorgen. Da wird hier um die Ecke eine neue Marina eröffnet, und eine Luxusjacht läuft die Bucht an, und Max wird wie immer wunderbare Fotos machen.« Flora seufzt ergriffen. Ich wundere mich schon nicht mehr, dass sie über seine Auftragslage bestens Bescheid weiß. Auch ohne Fernglas erkenne ich, wie das Boot ablegt und im Hafen herumkurvt, dann weiter rausfährt. »Am Freitag haben wir dann die Chance, deine Idee mit mir als Retterin von Max in die Tat umzusetzen«, sagt Flora und nimmt das Fernglas runter. »Max könnte bei seinem Bootstrip ins Wasser fallen, und dann komme ich mit meiner Motorjacht und fische ihn heraus, und dann wird er in meine Arme sinken und …«

»Wieso sollte er ins Wasser fallen?«, unterbreche ich.

»So was kommt vor, meine Liebe. Ich meine, er wäre nicht der Erste, der über Bord geht.«

»Du willst einfach hinter ihm herschippern und hoffen, dass er ins Wasser fällt?«

»*Tsss!*«, tadelt sie, als wäre ich völlig zurückgeblieben. »Da muss man natürlich ein bisschen nachhelfen.«

»Aber das ist doch völlig …«, verrückt, kriminell. So wie Flora eben ist. Und da wird mir klar: Mit dieser Frau will ich nichts mehr zu tun haben. Sie soll mit Max machen, was sie möchte. Ich gehe jetzt in das Hotel und suche Saskia. »… völlig logisch«, beende ich meinen Satz. »Für deinen tollen Plan werden wir ein Boot brauchen. Wo kriegen wir das her?«

»Na, von dem Bootsverleih hier um die Ecke.«

»Dann sollten wir jetzt schon mal eins für übermorgen reservieren.«

Flora nickt, macht dennoch keine Anstalten, dorthin zu gehen.

»Ich würde das ja machen, aber ich kann kein Französisch«, flöte ich. »Ich warte einfach hier.«

Da schaut Flora plötzlich auf die Uhr. »Oha. Sorry, ich muss weg. Ich hab was zu erledigen.«

»Was denn?«, frage ich kichernd. »Einen Geldtransporter überfallen?«

Sie wirft mir einen vernichtenden Blick zu. »Du kannst ja das Boot reservieren, die sprechen auch Englisch.«

»Okay«, lüge ich.

Ich winke ihr aufmunternd zu, als sie mit ihrem Motorroller abdüst. Endlich, denke ich erleichtert. Du meine Güte, das hat wirklich lange gedauert, bis ich dazu komme, mit Saskia zu sprechen. Aber jetzt werde ich die Sache endlich zu Ende bringen. Ich ziehe meinen Hut ab, fahre mir mit der Hand durch die Haare und will losgehen, da taucht auf einmal ein Gendarm neben mir auf.

»*Bonjour,* Madame«, sagt er streng, zeigt auf das Fahrrad neben mir und spricht wichtig in sein Funkgerät.

Mittwoch, 11. Juli, 18:23 Uhr

Ich war noch nie in meinem Leben auf einer Polizeistation und bin dementsprechend nervös. Unpraktisch ist natürlich, dass ich dem Beamten überhaupt nicht verständlich machen kann, dass ich mir das Fahrrad nur geliehen habe. Das Einzige, was ich sagen kann, ist: Pardon!

Er fragt mich trotzdem dauernd irgendwelche Sachen auf Französisch, und immerhin kann ich das Wort *»passport«* aus seinem Kauderwelsch extrahieren. Ich gebe ihm meinen Ausweis und bedeute ihm, dass ich telefonieren muss. Zum Glück habe ich die Nummer von Josephines Pension von dem Infozettel an der Tür abgeschrieben, und zum Glück geht sie ran.

Ich frage nach Arthur und sage: *»Je suis gendarmerie.«*

Dem Gendarmen, der mich daraufhin erstaunt anschaut, zeige ich eine entschuldigende Geste zum Zeichen, dass mir klar ist, dass ich seine Muttersprache verstümmle. Er lächelt nicht. Eine Viertelstunde später taucht Arthur auf. Mit Filou im Schlepptau. Plötzlich geht ein Ruck durch den Polizisten, der eben noch so grimmig war. Angesichts des Hundes lacht er auf einmal über beide Backen, redet angeregt auf ihn ein und herzt ihn, was Filou mit verschmitztem Blick über sich ergehen lässt. Dann taucht die Frau vom Campingplatz auf. Aufgebracht stürmt sie in die Polizeistation, fuchtelt mit den Händen und zeigt auf mich, als ob sie mich bei Wasser und Brot hinter Gittern sehen wollte.

Es geht an die Klärung des Vorfalls, wobei Arthur mit seinen Übersetzungen behilflich ist. Der Polizist, seit Filous Auftauchen deutlich milder gestimmt, fragt, warum ich das Rad gestohlen hätte. Ich korrigiere, dass ich es geliehen hätte, weil ich Sorge um meine Tochter hatte, und beteuere, wie leid mir das Ganze tut. Der Polizist fragt die Fahrradbesitzerin, ob sie Anzeige erstatten möchte. Die Frau zieht eine Schnute und verschränkt die Arme vor der Brust, als könnte diese Schuld niemals im Leben getilgt werden.

Da winselt Filou sie auf einmal an, legt den Kopf schräg und streckt seine Pfote nach ihr aus, als wollte er um Verzeihung bitten. Und da schmilzt auch bei der Frau die frostige Haltung. Sie lächelt auf einmal, erst widerwillig, dann richtig freundlich. Als sie Filous Kopf tätschelt, wedelt er mit dem Schwanz, als hätte er gerade einen Riesenknochen geschenkt bekommen, und läuft begeistert um sie herum, eine Art Dankeschön in Hundesprache. Die Atmosphäre ist auf einmal heiter und gelöst. Ich entschuldige mich noch mal bei der Frau, und sie lässt sich die Hand schütteln und tut die Sache auf einmal als Versehen ab. Weil sie die ganze Zeit auf meinen Hut geschaut hat, biete ich ihr den als kleine Entschädigung an. Erst schaut sie staunend auf mein Geschenk, und ich denke schon, natürlich lässt sie sich nicht mit einem Billigimitat abspeisen, dann nimmt sie den Hut doch – und die ganze Sache ist erledigt.

Ein paar Minuten später stehe ich mit Arthur auf dem kleinen Platz vor der Polizeistation.

»Sag mal, kann es sein, dass Filou gerade diese Angelegenheit für uns geregelt hat?«, frage ich immer noch erstaunt.

Arthur nickt und schaut ebenso verwundert auf seinen Hund, der gerade begeistert an einem Laternenmast schnüffelt. »Genau das Gefühl habe ich auch.« Wir beobachten Filou, bis er sich zu uns umdreht und einmal bellt.

»Bist du sicher, dass das ein Hund ist und kein Außerirdischer mit übermenschlichen Fähigkeiten?«, frage ich.

»Ich weiß es auch nicht. Dieser Hund …« Arthur atmet tief ein, und ein Schatten der Trauer huscht über sein Gesicht. Doch dann grinst er schon wieder. »Also, jetzt hast du deine erste Verhaftung hinter dir. Ich denke, das muss gefeiert werden.«

»Ja«, sage ich. »Ich könnte auch ein Glas Wein vertragen. Aber vorher muss ich dringend noch was erledigen.« Ich deute auf das Hotel.

Mittwoch, 11. Juli, 19:05 Uhr

Das Grand Hotel besteht aus drei Stockwerken weißer Eleganz, hat eine schicke hellgrau-weiße Markise über dem Eingang und die Ausstrahlung von Luxus pur. Nichts, in das ich freiwillig einen Fuß hineinsetzen würde. Wie selbstverständlich Saskia hier reinspaziert ist, wundert mich immer noch, denn ich kann nicht anders, als mich ehrfürchtig umzusehen und mir im Kopf allerhand Rechtfertigungen zurechtzulegen, mit denen ich gleich bei der Frau an der Rezeption meine Anwesenheit in diesen elitären Räumlichkeiten rechtfertigen kann.

Ich bin froh, dass Arthur bei mir ist, da fühle ich mich gleich sicherer. Abgesehen davon brauchen wir nur Filou hinterherzugehen, der mit hoch erhobenem Kopf in das Hotel hineinstolziert, als wäre es die örtliche Hundewiese und er der Chef. Trotzdem kann er hier seinen Zauber beim Personal nicht versprühen, weil er noch in der Lobby von einem Chihuahua angekläfft wird, der aufgeregt um die glänzenden Pumps seiner Besitzerin herumspringt. Filou macht keinen Mucks, sondern schaut den kleinen Kläffer nur amüsiert an, der so dumm ist, seine Energie für diese sinnlose Auseinandersetzung zu verschwenden.

Ich wende mich an die Rezeptionistin, die zum Glück Deutsch spricht. Sie bleibt zunächst freundlich abweisend, aber als ich ihr erkläre, dass ich mit meiner Tochter in einer dringenden Familienangelegenheit sprechen muss, runzelt sie die Stirn und fragt einen vorbeikommenden Kollegen, ob er etwas über eine Saskia Henkemeier weiß. Schließlich erklärt mir die Rezeptionistin, dass sich Saskia heute als Zimmermädchen beworben habe.

»Zimmermädchen?«, wiederhole ich stutzend. Die Rezeptionistin nickt und sagt, dass Saskia morgen Mittag anfangen werde.

»Aber wieso sucht sie sich denn einen Job?«, frage ich Arthur, als wir aus dem Hotel gehen. »Das kann doch nur bedeuten, dass sie …«

Ja, was kann das bedeuten? Dass sie Geld braucht? Dass *Max* Geld braucht? Dass sie gar nicht vorhat, nach Hause zu kommen? Dass sie hierherziehen möchte?

Während noch all die möglichen Antworten in meinem Kopf herumspuken, sagt Arthur: »Bevor du dir jetzt den Kopf zerbrichst, würde ich sie morgen fragen, was das zu bedeuten hat.«

Ich werfe ihm einen erstaunten Seitenblick zu. Du meine Güte. Wie einfach manchmal alles sein kann. »Stimmt«, sage ich erleichtert.

Die Sonne steht schon tief über dem Mittelmeer, im goldenen Licht schlendern die Leute über die Promenade. Die Restaurants am Strand sind gut besucht, es duftet köstlich nach Fisch.

»Hast du Hunger?«, fragt Arthur, als wir das Ende der Promenade erreichen, wo eine Kaimauer ins Meer ragt. Ein kleines, bunt bemaltes Holzboot legt gerade dort an.

»Und wie«, erwidere ich.

Arthur geht zu den beiden Fischern, die ihren Fang ausladen. Als sie Arthur und Filou entdecken, winken sie schon fröhlich. Arthur begutachtet die Meerbrassen und Stachelmakrelen und zwei Tintenfische in den Plastikwannen und kauft ihnen zwei Fische ab.

»Die könnten wir grillen, wenn du magst. Mein Balkon ist zwar nicht riesig, aber groß genug«, sagt er. »Es sei denn, du willst lieber in ein Restaurant.«

»Nein«, sage ich. »Gegrillter Fisch klingt super.«

Mittwoch, 11. Juli, 23:26 Uhr

Als ich zurückkomme in meine Pension, sehe ich erst die Nachrichten, die reingekommen sind.

> Patrick: Wie geht's? Hast du dich schon was erholt?

Es klingt schon wieder wie ein Vorwurf. Was soll ich denn bitte darauf antworten? Ja, ich habe mich schon ein bisschen von dir und deinen Anschuldigungen erholt. Nein, ich bin immer noch durchgedreht und unausstehlich?

Pff! Ich checke die anderen Nachrichten. Meine Mutter schickt Fotos von Nellis *Tausendundeine-Nacht*-Ballettauftritt. Den hatte ich ganz vergessen! Und dann noch zwei Fotos von Ida mit einer Silbermedaille. Sie hatte ja den Schwimmwettkampf von der Schule. Und ist Zweite geworden!

Ich bin mächtig stolz auf sie. Ich schreibe meinen beiden Mädchen, wie toll ich das finde und dass ich sie vermisse, und ich schicke Fotos von der Bougainvillea und Josephines Hühnern und den Fischen in der Plastikwanne. Dann formuliere ich noch eine Nachricht.

> Mamaphone: Vermisst ihr mich denn gar nicht?

Doch bevor ich sie abschicke, lösche ich sie wieder. Es ist ja wohl offensichtlich, dass zu Hause ohne mich alles bestens läuft.

Als ich mich ins Bett lege, dreht sich plötzlich alles ein bisschen, und ich muss kichern. Ich bin müde, gleichzeitig auch hellwach. Das war mit Abstand der abwechslungsreichste Tag meines Lebens. Heute Morgen war ich auf dem Markt und habe

Käse gegessen. Es kommt mir wie eine Woche vor, bei allem, was danach passiert ist. Die Begegnung mit Flora, die Flucht vor der Polizei mit dem Roller, Eistee auf dem Campingplatz, der Fahrraddiebstahl, die Verfolgungsjagd, meine Verhaftung, Filou in seiner Rolle als Vermittler, das Hotel und eine erstaunliche Neuigkeit und dann gegrillter Fisch und Rosé auf einem Balkon in der untergehenden Sonne. Das ist wirklich völlig irrwitzig. Die Bäuerin schaut mich aus ihrem Gemüseberg verschmitzt an. Die grüne Lampe verströmt schummriges Licht. Das Bett ist ein bisschen zu weich, aber urgemütlich. Die Überdecke ist aus bunt gemusterten Vierecken im Lochmuster zusammengefügt. Ich frage mich, ob Josephine sie wirklich selbst gehäkelt hat. Mit einem Lächeln auf dem Gesicht schlafe ich ein.

Donnerstag, 12. Juli, 9:55 Uhr

Mein Plan, ganz früh bei der Villa zu sein und allein mit Saskia zu sprechen, bevor eine wild gewordene Flora dazwischenfunken kann, ist daran gescheitert, dass ich den Wecker nicht gehört habe. Oder dass er gar nicht geklingelt hat. Jedenfalls habe ich viel länger geschlafen, als ich wollte. Und ich kann auch gar nicht so schnell aus dem Bett springen, wie ich das sonst tue. Irgendwie hat sich eine Gemächlichkeit meines Körpers bemächtigt, die ich unbedingt bald wieder abschütteln muss. So kriegt man ja nun gar nichts geschafft!

Dann sage ich mir, dass ich hier zum Glück ja gar nichts erledigen muss, außer dieser einen Sache. Aber die läuft jetzt schon seit vier Tagen, und ich habe Saskia noch nicht gesprochen, da kommt es auf eine halbe Stunde mehr oder weniger auch nicht an. Meine Einstellung stellt sich als goldrichtig heraus, denn mein Aufbruch verzögert sich erneut, weil Josephine mich nötigt, einen Milchkaffee mit ihr zu trinken. Sie sitzt auf ihrem Küchenstuhl vor ihrem Haus und bearbeitet Maiskolben, die sie mit wuchtigen Bewegungen von Schalen und Fäden befreit, während sie mir irgendwelche Sachen auf Französisch erzählt, von denen ich nur *»oooooh, l'amour«* verstehe, woraufhin sie erst abgrundtief seufzt, um dann noch herzlicher zu lächeln. Obwohl ich kein bisschen von dem, was Josephine brabbelt, übersetzen könnte, habe ich so eine Ahnung, was sie mir sagen will. Ja, das Leben läuft oft ganz anders als geplant, aber man sollte auf keinen Fall auch nur eine Sekunde verpassen.

Ich nicke also und trinke meinen Milchkaffee, zu dem Josephine auch noch köstliche kleine Butterhörnchen serviert, und habe es auf einmal gar nicht mehr eilig. Im Gegenteil. Ich könnte ihr stundenlang zuhören und in diesem kleinen Innenhof sitzen, der längst nicht mehr nur ein Innenhof ist. Die Hühner, die um uns herumpicken, die dösende Katze auf der Fußmatte, die hellviolett blühende Bougainvillea und die vielen Rankpflanzen, die am Zaun entlang und bis aufs Dach wuchern, versetzen mich auf ein tropisches Eiland, weit weg von den Problemen der Welt.

Dann klingelt Josephines Handy, sie hält mitten im Satz inne und nimmt das Gespräch an. Sofort ist sie in eine Unterhaltung verstrickt, sie lacht rasselnd und setzt den Topf mit den gerupften Maiskolben auf den Boden, um ins Haus zu gehen. Bevor sie durch den Plastikstreifenvorhang verschwindet, winkt sie mir noch zu. Ich trinke in Ruhe den Rest meines Milchkaffees, stelle die Tasse auf einem selbst gezimmerten orangefarbenen Regal ab, trete auf die Straße, setze meine Sonnenbrille auf und mache mich auf den Weg zu Max' Villa.

Donnerstag, 12. Juli, 10:27 Uhr

Es gibt einen erstaunlichen Zusammenhang zwischen der Dringlichkeit eines Problems und der konkreten Möglichkeit, es zu lösen. Ich habe schon öfter festgestellt, dass meine Haare auf wundersame Weise wieder fallen, sobald ich einen Friseurtermin gemacht habe. Oder dass meine seltsamen Symptome just an dem Tag verschwunden sind, an dem der Facharzt mich erwartet. So ähnlich fühle ich mich auf dem Weg zu Max' Villa, der mir mittlerweile schon ziemlich vertraut ist. Ich muss regelrecht überlegen, weswegen ich gekommen bin. Was auch daran liegt, dass ich immer noch so gern an den gestrigen Abend denke, an Arthur und seinen Balkon und den Sonnenuntergang über der Côte d'Azur. Außerdem blühen die Oleander hier in einer derartigen Pracht, dass es kaum zu glauben ist. Große Büsche mit weißen, rosafarbenen, himbeerroten und weinroten Blüten säumen den Weg. Der Himmel ist blau, und die Wipfel der Palmen, die zwischen den Häusern aufragen, wiegen sich in der lauen Seeluft. Ich ertappe mich dabei, dass ich die beiden älteren Herren, die wie schon die letzten Tage im Schatten eines Orangenbaums auf einer Bank sitzen, unwillkürlich mit einem fröhlichen »*Bonjour*« grüße, die beiden nicken mir freundlich zu.

Als es nur noch ein paar hundert Meter bis zur Villa sind, konzentriere ich mich wieder auf meine bevorstehende Aufgabe. Im Kopf gehe ich noch mal meinen Text durch. Ich werde Saskia sagen, dass ich …

Weiter komme ich nicht mit meiner Vorbereitung, denn in dem Moment entdecke ich die roten Haare im Schatten der Platane. Auch das noch! Ich hatte wirklich gehofft, Flora losgeworden zu sein. Sie telefoniert und hat mich noch nicht bemerkt. Ich will unbemerkt an ihr vorbei, da dreht sie sich schon um, als hätte sie mich in ihrem Rücken gespürt.

»Ahhh, da bist du ja endlich!«, ruft sie mir zu. Ins Telefon sagt sie: »Ich melde mich wieder.« Sie steckt ihr Handy in ihre Handtasche. »Du bist zu spät«, rügt sie mich. »Ich warte hier auf dich und warte. Meinst du, ich hätte nichts Besseres zu tun?«

»Wir waren überhaupt nicht verabredet«, sage ich verblüfft.

»Das tut doch nichts zur Sache.«

»Du hättest ruhig schon reingehen können. Das ist ein freies Land.«

»Ich für meinen Teil halte mich an unsere Abmachungen«, antwortet sie vorwurfsvoll.

»Welche Abmachungen? Mein Stand der Dinge war, dass du morgen die Bootsnummer abziehen wolltest.«

»Aber du nicht«, triumphiert sie. »Ich wusste, dass du mir wieder in die Parade fahren und heute hier auftauchen würdest.«

»Ich fahre *dir* wieder in die Parade?« Der Spruch ist so absurd, dass ich laut auflachen muss.

»Was denn?«

»Ach, egal. Na, dann komm!«

Ich will losgehen, doch Flora hält mich auf. »Wo willst du hin?«

»Ähhh … zur Villa?«

»Ja, klar«, sagt sie ungeduldig. »Aber dorthin geht es da lang.« Sie zeigt auf das Gebüsch.

»Nicht dein Ernst«, entfährt es mir. »Warum nicht klingeln?«

»Das geht nicht. Die haben eine Kamera an der Klingel.«

Ich muss schlucken, weil mir einfällt, dass mich dann Saskia vielleicht neulich gesehen hat, als ich vor dem Tor stand, und dass sie deswegen nicht aufgemacht hat. Der Gedanke gefällt mir gar nicht. Das würde ja bedeuten, dass sie längst weiß, dass ich hier bin. Und dass sie mir trotzdem aus dem Weg gegangen ist. Was nicht gerade dafür spricht, dass sie mir verzeihen wird.

»Na und?«, frage ich dennoch tapfer. »Dann wissen sie wenigstens, dass wir hier sind.«

»Ja.« Flora zieht eine Grimasse. »Es könnte nur eventuell so sein, dass Max nicht aufmacht.«

Ja, und Saskia auch nicht, denke ich und überlege, wie wir weiter vorgehen sollen. Offenbar verwechselt Flora mein Schweigen mit einem Einverständnis und will mich in Richtung Gebüsch ziehen, aber ich bleibe stehen.

»Nein. Wir werden *nicht* über die Mauer klettern«, stelle ich klar. »Ich bin gestern schon verhaftet worden und habe wirklich kein Interesse, noch mal mit der Polizei aneinanderzugeraten.«

»Echt jetzt? Du bist verhaftet worden?« In ihren Augen glitzert es. »Cool.«

»Gar nicht cool. Abgesehen davon war das deine Schuld. Ich hab das Rad ja nur geklaut, weil du abgehauen bist.«

Sie sieht mich scharf an. »Hab ich dir gesagt, du sollst ein Rad klauen?«

»Nein. Aber …«

»Na also«, sagt sie zufrieden. »Man sollte schon selbst für die Sachen geradestehen, die man verbockt hat, und nicht einfach anderen die Schuld in die Schuhe schieben.«

Diese Frau ist wirklich unglaublich. Und ich habe echt keine Lust mehr, mit ihr Zeit zu verschwenden. Deswegen beachte ich sie nicht weiter, sondern drehe mich um und gehe zum Tor. Flora stöckelt mir nach.

»Wir werden jetzt klingeln wie erwachsene Leute und ganz normal mit ihnen reden«, erkläre ich. »Und wenn das nicht funktioniert, dann haben wir Pech gehabt.«

»Nein«, ruft sie, »ganz schlechte Idee. Sie werden uns nicht reinlassen, und dann haben wir auch *die* Chance vertan, und … Hey, das Tor ist auf!«

Tatsächlich! Die ganze Streiterei umsonst. Beide Torflügel sind sperrangelweit geöffnet und geben den Blick frei auf die gekieste Zufahrt zum Haus, die von Palmen und Oleander gesäumt wird. Die Garage steht offen, drei Autos stehen darin, eines ist das blaue Cabrio. Das Haus ist in den Hang gebaut, sodass die Terrasse mit dem Pool auf dem Dach der Garage liegt.

»Okay«, bemerke ich erfreut, »dann klingle ich jetzt und …« Doch Flora wartet nicht ab, sondern spaziert durch das Tor.

»Hey«, zische ich, »wir können da nicht einfach reingehen.«

»Siehst du doch«, sagt sie fröhlich und geht weiter. Ich zögere, aber dann denke ich: Wer weiß, was sie da drinnen anstellen wird, während ich noch brav hier draußen auf Eintrittserlaubnis warte. Der Kies knirscht unter meinen Sandalen, als ich die paar Meter laufe, um sie einzuholen. »Na also«, schließt Flora zufrieden. »Laranah hatte recht. Sie hat gesagt, alles wird sich fügen. Und siehe da: Das Tor steht offen.«

»Eine Aussage, dass sich alles fügen wird, kann alles bedeuten. Wenn sie gewusst hätte, dass das Tor offen steht, dann hätte sie ja wohl gesagt, dass das Tor offen stehen wird.«

»Du verstehst es wirklich, einem alles mies zu machen«, sagt Flora. »Kein Wunder, dass deine Tochter mit dir nichts mehr zu tun haben will.«

Also das ist doch die Höhe! Aber ich komme nicht dazu, ihr meine Meinung zu geigen, denn da läuft sie schnurstracks an der Haustür vorbei in die offene Garage.

»Hey«, zische ich. »Komm da wieder raus.«

Nicht dass ich damit gerechnet hätte, dass sie auf mich hört. Aber gehofft habe ich es schon. Vergeblich, wie sich herausstellt. Sie durchquert die Garage, vorbei an dem blauen Cabrio, einem silbernen SUV mit getönten Scheiben und einem alten R 4, der neben dem SUV aussieht wie ein Spielzeugauto, und steuert zielstrebig die graue Metalltür am Ende der Garage an. Als wäre sie hier zu Hause, drückt Flora die Klinke runter – und die Tür schwingt auf. Sie zögert keine Sekunde und geht hindurch, während ich noch dabei bin, irgendeine Strategie zu entwickeln, damit diese Unternehmung nicht in der totalen Katastrophe endet.

»Was ist? Willst du da Wurzeln schlagen?« Flora taucht noch mal in der Tür auf. Ich seufze und gehe ihr nach. »Die sollten wirklich nicht alles offen stehen lassen«, sagt Flora. »Da kann ja jeder rein, der hier nichts zu suchen hat.« Wir gehen durch einen Flur, der eher schlicht und nach Keller aussieht. Die eigentlichen Wohnräume scheinen in den oberen Stockwerken zu liegen. »Das da ist die Hauptküche«, informiert mich Flora und zeigt auf eine angelehnte Tür zu unserer Rechten. »Aber die wird nur für Feiern benutzt, weil es oben eine Outdoor-Küche gibt mit Marmorarbeitsplatte, Gasgrill mit allen Schikanen, Kühlschrank und Spüle.« Sie klingt wie eine Maklerin, die eine Hausführung macht. Wir biegen um die Ecke, eine Treppe führt hoch.

»Was meinst du denn, wo sie sind?«, flüstere ich.

»Wahrscheinlich in einem der sechs Schlafzimmer.« Flora knirscht mit den Zähnen.

Ach du liebes bisschen! Was, wenn ich meine Tochter mit ihrem Freund *im Bett* erwische. Nein, nein, nein. Das geht ja gar nicht.

»Warte mal«, herrsche ich Flora leise an.

»Was?«

»Wir können doch nicht einfach ...«, fahre ich fort. Da fällt mein Blick auf eine Reihe Familienfotos hinter Flora. Ich suche Max darauf, aber da ist nur ein lächelndes grauhaariges Ehepaar vor der Golden Gate Bridge in San Francisco zu sehen, dasselbe grauhaarige Ehepaar in Wanderkleidung vor einem Mammutbaum, dann das lächelnde grauhaarige Paar mit zwei strahlenden jüngeren Paaren samt einem Baby im Taufkleid. Von Max weder eine Spur noch irgendeine Ähnlichkeit. »Flora. Wer sind diese Leute?«, frage ich.

»Das?« Flora wirft einen kurzen Blick auf die Fotos. »Das sind die Dupins.«

»Wer sind die Dupins? Max' Eltern?«

»Nee, die Leute, denen die Hütte hier gehört.«

»Was? Aber das ist doch Max' Villa.«

»Pfff. Das hätte er wohl gern.«

»Flora«, hauche ich entsetzt. »Willst du damit sagen, dass das überhaupt nicht Max' Haus ist, in das wir gerade unbefugt eingedrungen sind?«

»Bis vor Kurzem gehörte es jedenfalls noch den Dupins. Und ich kann mir kaum vorstellen, dass Max es zwischenzeitlich gekauft hat. Von seinen lächerlich kleinen Fotografenhonoraren.«

»Wie jetzt? Aber warum hat er dann gesagt, es sei seine Villa?«

»Weiß nicht, ob er das gesagt hat. Ich weiß nur, dass er darauf aufpasst, wenn Camille und Thierry bei ihren Kindern in Amerika sind.«

»Das …«, ich setze in meinem Kopf die Informationen zusammen, »… das bedeutet ja, dass Max gar nicht reich ist.«

»Kein bisschen.«

»Wo wohnt er denn sonst?«

»Hinten in seinem Studio ist ein kleines Zimmer. Es ist winzig, aber super gemütlich, wirklich. Man fühlt sich dort wie im Himmel. Als wir uns kennengelernt haben vor zwei Jahren, auf dieser Ausstellungseröffnung, da haben wir dort tagelang …«

»Das ist ja wohl die Höhe«, unterbreche ich Flora erzürnt. Dieser Blender! Dieser Angeber! Hat meine Tochter nicht nur mit seiner öligen Stimme und seinem guten Aussehen, sondern auch noch mit *falschen Tatsachen* um den Finger gewickelt. Andererseits macht das die Sache noch viel einfacher für mich. »Dann müssen wir das Saskia nur sagen!«, rufe ich begeistert. »Wenn sie erfährt, dass er gar nicht reich ist, wird sie sofort nach Hause kommen!«

Flora sieht mich an, als ob sie gar nicht wüsste, wovon ich rede. Sie steht nur da.

»Flora, was …«

»Pscht!« Sie dreht ihren Kopf, schiebt sich die letzten Stufen hoch und lugt um die Ecke. »Oh … oh … *Shit.*«

»Was ist?«, mir stellen sich richtig die Nackenhaare auf. Flora dreht sich zu mir um.

»Die Dupins sind zu Hause. Lass uns besser gehen.« Sie zieht ihre Stöckelschuhe von den Füßen und hat es plötzlich sehr eilig. Wir stolpern die Treppe runter, so leise es geht, und haben fast die Küche erreicht, als wir aus der Garage Geräusche hören. Gemurmel, es klingt wie *»blablabla Max«*. Ich tippe auf Verabschiedung, dann fällt eine Autotür ins Schloss, ein Motor startet, das Geräusch wird leiser, schließlich hört man das Quietschen eines Garagentors, das runtergelassen wird, das Öffnen einer Metalltür und Schritte. Die auf uns zukommen! »Hier rein«, flüstert Flora hektisch und schlüpft in die Küche.

Ich husche ihr hinterher, leise ziehen wir die Tür ins Schloss und wagen kaum zu atmen. Denn als die Schritte draußen im Flur näherkommen, werden sie auf einmal langsamer. Flora und ich pressen uns an die Wand und halten die Luft an, als wir hören, wie ein Schlüssel von außen ins Schloss gesteckt wird und die Tür aufgeht. Durch den Spalt sehe ich einen älteren Herrn, den Fotos nach Monsieur Dupin, der seine Nase in die Küche steckt, einmal durch den Raum guckt, dann »Hm« macht und die Tür wieder schließt.

Flora grinst mir verschwörerisch zu. »Das war knapp«, sagt sie leise.

Als wir sicher sind, dass draußen Ruhe herrscht, wollen wir raus, doch der Türknauf lässt sich nicht drehen. Es ist eine Paniktür, die ohne Schlüssel nicht geöffnet werden kann. Flora und ich werfen uns einen entsetzten Blick zu, als wir erfassen, was das bedeutet. Wir sind in der Küche der Villa Dupin eingesperrt!

Manchmal ist das Leben ein Eintopf.
Es kommt alles zusammen.

HENRIETTE HENKEMEIER

Donnerstag, 12. Juli, 11:19 Uhr

»Wieso hast du mir nicht vorher gesagt, dass das gar nicht Max' Villa ist?«, fahre ich Flora an.

»Du hast nicht gefragt.«

Flora rüttelt vergeblich am Türknauf. Immerhin ist unser Gefängnis viel komfortabler als eine Zelle. Die Küche ist so groß wie unser Wohnzimmer zu Hause und erinnert mit ihren Edelstahlarbeitsplatten und mehreren Spülbecken an eine Restaurantküche. Alles ist sauber geschrubbt, Lebensmittel liegen keine herum, und es gibt auch sonst kein Anzeichen von Benutzung. Tageslicht fällt nur durch die schmalen Oberlichter an einer Wand. Leider lassen sich die Fenster nicht öffnen.

»Gibt es wirklich keinen Weg hier raus?«, frage ich Flora, die ja bisher mit ihren Ortskenntnissen geprahlt hat.

Aber diesmal scheint sie keine Ahnung zu haben. »Hm«, macht sie nur grübelnd, während sie sich umsieht. Ihre hochhackigen Schuhe hat sie auf einer Arbeitsplatte abgelegt. Ich ziehe mein Handy aus der Tasche. Leider habe ich null Empfang. Während ich durch die Küche wandere und dabei die Balken auf dem Display beobachte, reißt Flora die Kühlschranktür auf, als vermutete sie dahinter einen Geheimgang. Der Kühlschrank ist so groß, dass man locker eine Leiche hineinstellen könnte, aber komplett leer – bis auf eine Flasche Champagner. Flora pfeift anerkennend durch die Zähne. »Dom Pérignon Vintage 1998. Kostet vierhundert Euroletten.«

»Stell die wieder rein«, herrsche ich sie ungeduldig an, »und sag mir lieber, wie wir hier rauskommen.«

»Tja«, sagt Flora. »Die beiden einzigen Wege sind die Tür und …«, sie deutet auf eine silberne Klappe in der Ecke, die ich für einen Backofen gehalten habe, »… der Speisenaufzug.«

Für einen kurzen Moment flammt Hoffnung in mir auf. An der Wand neben der Klappe sind mehrere Knöpfe, die tatsächlich aussehen wie die eines normalen Personenaufzugs. Doch als Flora an dem Griff die Tür aufzieht, sehe ich enttäuscht, dass der Speisenaufzug nur ungefähr so groß ist wie ein normaler Kühlschrank und dazu in der Mitte noch durch einen Boden in zwei Fächer geteilt ist.

»Da passt niemand rein«, winke ich ab. Flora greift in den Aufzug hinein und schiebt den Zwischenboden nach oben. Jetzt ist das untere Fach ein bisschen größer, aber natürlich völlig indiskutabel zur Personenbeförderung.

»Das Teil heißt nicht umsonst Speisenaufzug. Mehr als ein *coq au vin* passt da nicht rein.«

»Liebe überwindet alle Hindernisse«, schwadroniert Flora, rollt einen Servierwagen vor den Aufzug, steigt darauf, kauert sich hin und schiebt sich rückwärts in das untere Fach, als wäre sie eine chinesische Zirkusattraktion. »Mach mal die Tür zu«, fordert sie mich auf.

»Vergiss es. Und komm da raus.«

»Das funktioniert. Du musst mir nur helfen.«

»Auf keinen Fall. Das ist gefährlich *und* bescheuert.«

Sie versucht jetzt, selbst die Tür zuzuziehen, was ziemlich schwierig ist, weil sie von innen keinen Griff hat. Flora zerrt mit den Fingern am unteren Rand der Tür und schafft es, sie ein Stück zu schließen. Nur ihre Stirn ragt noch raus.

»So, jetzt musst du die Tür mit Schwung zuknallen«, fordert sie mich auf.

»Es passt nicht, Flora. Sieh es ein.« Ich lasse mich auf den Boden sinken und lege für einen Moment den Kopf auf die Knie.

Dann füge ich hinzu: »Es gibt keine andere Möglichkeit. Wir müssen um Hilfe rufen, damit die Dupins uns rauslassen, und dann die Konsequenzen tragen.«

Ich sehe mich schon wieder auf der Polizeistation. Wenn nur Arthur hier wäre! Mit Filou. Der würde sicher ein gutes Wort für mich einlegen. Also, der Hund, meine ich natürlich. Und Arthur könnte übersetzen, wenn ich mal wieder die besonderen Umstände erklären muss, die mich in diese Notsituation gezwungen haben.

»Nee, das geht nicht«, sagt Flora.

»Warum nicht? *Du* bist doch gestern nicht verhaftet worden, sondern ich.«

»Ja. Stimmt.«

»Aber?«

»Es gibt da so eine lächerliche Gerichtsentscheidung, dass ich mich Max nicht nähern darf.« Flora betrachtet ihre Fingernägel. »Ich musste eine Unterlassungserklärung unterschreiben, dass ich mich von ihm fernhalte.« Sie seufzt. »Diese blöde Richterin war wohl noch nie im Leben verliebt.« Ich starre sie an, wie sie da in dem Speisenaufzug drinsteckt wie ein vergessenes Paket in der Rohrpost, ihre roten Haare hängen vor ihrem Gesicht, sie stützt jetzt das Kinn auf ihre Faust, als würde sie es sich gemütlich machen, dabei sieht es alles andere als bequem aus. »Kannst du mir mal mein Maniküreset aus meiner Tasche geben?«, fragt sie.

»*Maniküre?* Ernsthaft jetzt?«

»Eins der wenigen sinnvollen Dinge, die mir meine Mutter beigebracht hat. Schönheitsregel Nummer 2: Ein Mädchen sollte jede freie Minute zur Nagelpflege nutzen.«

»Was ist Schönheitsregel Nummer 1?«

»Lächel nicht unnötig, das gibt Falten.«

»Das ist eine saublöde Regel.«

Flora schaut mich erstaunt an. »Das ist eine super Regel. Ich bin schon achtunddreißig und musste noch nicht *einmal* zum Botoxen! Du dagegen … Also, ich will ja nichts sagen.«

»Dann sag auch nichts«, fordere ich sie auf, aber ich ahne schon, dass sie sich nicht daran hält. »Die eine oder andere Injektion wäre bei dir schon nötig«, stellt sie zufrieden fest.

»*Danke*«, blaffe ich. »Ich hab auch einen Tipp für dich. Die wichtigste Schönheitsregel ist nämlich: Klettere niemals in einen Speisenaufzug. Das sieht wirklich sehr unelegant aus.« Ich muss ein bisschen kichern.

»Ha, ha«, macht Flora.

»Du kommst da nicht mehr allein raus, oder?«

»Nein. Natürlich nicht, *Einstein*.«

Sie ächzt und stöhnt, als ich sie auf den Rollwagen zerre, und ich muss sie auch beim Stehen stützen, weil ihre Beine eingeschlafen sind und sie sich nicht mehr allein aufrecht halten kann. Ich helfe ihr, sich mit gestreckten Beinen hinzusetzen, und leiste ihr dann auf dem Fliesenboden Gesellschaft. Eine Weile schaue ich zu, wie sie die Füße kreisen lässt.

»Wohnst du deshalb in einem Wohnmobil?«, frage ich. »Damit du Max hinterherfahren kannst?«

»Nein. Ich mag einfach keine Wohnungen. Und Hotels eigentlich auch nicht.«

»Warum nicht?«

Sie ignoriert meine Frage. »Wo ist eigentlich mein Hut?«

»Ach, den hab ich der Fahrradbesitzerin geschenkt. Als kleine Entschädigung.«

Sie schaut mich verdutzt an. »Na ja«, brummt sie dann. »*Klein* würde ich nicht sagen.«

»Wieso?«

»Der Hut ist von Dior. Der hat über achthundert Euro gekostet.«

»War das kein Billigimitat?«, frage ich erstaunt.

»Pff«, macht sie. »Ich kaufe doch keine *Plagiate!* Schon mal was von Patentrecht und Markengesetz gehört? Aber das ist typisch, solche Gesetzesverstöße gelten einfach als Kavaliersdelikt.«

Ich denke, die Durchblutung funktioniert wieder. Flora ist jedenfalls widersprüchlich wie eh und je. Und das bringt mich auf eine Frage, die ich jetzt einfach stelle, obwohl mir klar ist, dass es ein heißes Eisen ist.

»Wie kannst du denn mit Max verlobt sein, wenn du dich ihm nicht nähern darfst?«

»Die Verlobung ist ja noch nicht offiziell«, weicht sie aus. »Aber das kommt schon noch. Max braucht einfach mehr Zeit. Er ist bindungsscheu. Und weil das mit uns so intensiv und unglaublich war, hat er Angst bekommen. So ist das immer. Ängste sind die Hauptursache, wenn Fusionen scheitern.«

Ich werfe ihr einen erstaunten Blick zu. »Was arbeitest du eigentlich?«

»Ach, so dies und das. Und du?«

»Ich bin Hausfrau und Mutter«, sage ich stolz. »Das ist der beste Job der …«

»Und vorher?«, unterbricht sie mich ungerührt.

»Wie vorher?«

»Deine Tochter ist wie alt? Achtzehn, neunzehn?«

»Achtzehn.«

»Du bist fünfund…«

»Vierundvierzig.«

»Also. Dann hast du sie mit sechsundzwanzig bekommen. Da musst du doch vorher gearbeitet haben. Oder studiert wenigstens.«

»Ja.«

»Was denn nun?«

»Beides.«

»Hm. Lass mich raten.« Sie greift mit der Hand unter ihre Fußsohle und dehnt ihr Bein wie eine Turnerin vor dem Wettkampf. »Du hast gemerkt, dass das Arbeitsleben kein Zuckerschlecken ist und hast den erstbesten Ausweg genommen: Du bist schwanger geworden.«

»Nein, ich …«

»Was hast du studiert?«, feuert sie die nächste Frage ab, während sie ihr Bein wechselt.

»Medien- und Kommunikationswissenschaften.«

»Oh«, macht sie und schnalzt mit der Zunge, »da hat sich viel verändert in den letzten Jahren, mit *social media and stuff*. Hast du dich wenigstens fortlaufend weitergebildet?« Ich schüttle den Kopf.

»Dann wird ein Wiedereinstieg aber schwierig«, rügt sie.

»Hab es eh nicht zu Ende studiert«, sage ich matt.

»Warum nicht?«

Ich muss an Leander denken, den Assistenten von Professor Linde, und sein überheblich-widerliches Grinsen, und das schreckliche Gefühl der Demütigung macht sich in mir breit. Ich staune immer wieder, wie brennend aktuell es sich anfühlt, obwohl es so lange her ist. Der Erstsemesterkiller wurde Leander auch genannt. Das habe ich aber erst hinterher erfahren.

»War nicht das Richtige für mich«, sage ich.

»Und was hast du dann gemacht?«

Inzwischen hat sie sich vornübergebeugt, die Hände um die Fußballen geschlossen, und zieht sich daran nach vorne. Was hat sie vor? Will sie sich im Schnellverfahren zur Schlangenfrau ausbilden, um doch noch eine Runde im Speisenaufzug zu fahren?

»Danach habe ich bei einem Caterer gejobbt und eine Lehre zur Veranstaltungskauffrau angefangen. Mein Ausbildungsleiter war allerdings so ein fieser Typ, wirklich widerlich, da hab ich es geschmissen.«

»Sexuelle Belästigung?« Sie sieht mich, immer noch in ihre Dehnübung versunken, von der Seite an.

»Ja.«

»Verstehe.« Flora nickt, und ich erwarte von ihr einen Beitrag der Solidarität unter Frauen, in dem sie mir sagt, dass sie so was kennt und dass es wirklich weit verbreitet ist und man so wenig dagegen tun kann. Aber sie sagt nur: »Du bist eine von denen, die abhauen, wenn es schwierig wird.«

»Was? Nein, ich bin doch nicht … Was für ein *Blödsinn!*«

»Ha! Aber so was von.«

Jetzt werde ich sauer. Da stellt sie *mich* als jemanden dar, der sein Leben nicht auf die Reihe kriegt, dabei ist sie doch die Durchgeknallte von uns beiden.

»Dafür klammerst du dich an einen Mann, der nichts mehr von dir will«, rufe ich aufgebracht.

»Natürlich will er noch was von mir!«, schreit Flora. »Das weiß ich genau, weil …«

»Blödsinn«, fahre ich dazwischen und dämpfe meine Stimme, weil mir einfällt, in welcher Lage wir uns befinden. »Du kannst es nur nicht ertragen, dass er dich verlassen hat, und deswegen drehst du völlig durch!« Floras Mund klappt zu, sie antwortet nicht. Typisch. Sie schaltet einfach ab, um die Wahrheit nicht zu hören. So sieht es nämlich aus. »Du kannst ihn nicht an dich ketten«, zische ich. »Wenn er gehen will, dann geht er. Man kann Menschen nicht an sich binden, damit muss man sich abfinden! Da gibt es nichts, was man dagegen tun kann und …« Flora springt plötzlich auf, klettert auf die Arbeitsplatte und betrachtet den Raum von ihrem Ausguck, als wäre sie ein Indianer in der Prärie, der nach einer Büffelherde Ausschau hält. »Was soll das denn jetzt werden?«, frage ich unwirsch. Dann lausche ich gebannt, ob die Dupins uns während unseres lautstarken Streits auf die Schliche gekommen sind. Aber zum Glück ist von draußen nichts zu hören.

Flora lässt ihren Blick durch den Raum schweifen, legt den Kopf schief, geht in die Knie, guckt prüfend in jede Ecke. »Manchmal«, sagt sie abgelenkt, »muss man zur Lösung eines Problems einfach die Perspektive wechseln.« Sie deutet auf die Tür. »Siehst du das da oben?«

»Was meinst du?«

»Steh mal auf, dann siehst du es vielleicht.«

Ich erhebe mich ächzend. »Das kleine weiße Kästchen über dem Türrahmen?«

»Ja, genau. Das könnte eine Automatik sein. Haben viele Restaurantküchen, damit man nicht voll beladen mit der Hand eine Tür öffnen muss.«

Flora springt von der Arbeitsplatte und steuert den Küchenschrank links von der Tür an. »Wir müssen nur den Bewegungsmelder einschalten, dann können wir die Tür vielleicht von innen öffnen.« Sie zieht die erstbeste Küchenschranktür auf, aber dahinter steht nur eine Menge Geschirr. Wir suchen uns durch diverse Regale und finden schließlich unter dem Erste-Hilfe-Wandschrank ein kleines Sicherungskästchen. Darin ist ein Schalter angebracht. Flora grinst mich an, dann schiebt sie den kleinen Hebel auf »On«. »Mal sehen, ob es klappt«, sagt sie. »Geh mal zur Tür.«

Vorsichtig nähere ich mich dem Ausgang. Als ich noch drei Schritte weg bin, klackt es leise, und die Tür schwingt nach innen auf. Der Weg ist frei! Wir sehen uns stumm jubelnd an, dann stecke ich vorsichtig die Nase in den Flur. Alles ist ruhig. Niemand zu sehen oder zu hören. Ich schleiche in den Flur Richtung Ausgang. Jetzt müssen wir nur noch Glück haben, dass die Tür zur Garage offen ist.

»Wir haben Glück«, flüstere ich, als ich die Türklinke runterdrücke. Keine Antwort. Ich drehe mich um, da kommt Flora den Gang entlang zu mir gelaufen. Sie presst ihre Handtasche und ihre Schuhe fest an sich.

»Was hast du gemacht?«, wispere ich misstrauisch.

»Nichts«, behauptet sie. »Und jetzt raus hier.«

Wir hasten durch die Garage. Der Öffner für das Garagentor ist gut sichtbar an der Wand angebracht, ein Knopfdruck und das Tor gleitet nach oben.

»Stopp«, rufe ich erschrocken, weil mir einfällt, dass es quietscht.

Flora hält das Tor an, der Spalt zum Boden ist gerade groß genug, dass wir nach draußen robben können. Ein paar Sekunden später haben wir es geschafft. Schwer atmend bleiben wir im Schutz der Garage stehen. Auch wenn es sich schon mal sehr gut anfühlt, nicht mehr im Haus gefangen zu sein, von echter Erleichterung kann keine Rede sein. Bis zum Tor sind es gute fünfzig Meter. Fünfzig Meter ohne Deckung. Falls einer der Dupins auf der Terrasse steht, wird er uns sofort entdecken.

»Los«, sagt Flora.

Ich halte sie fest. »Was, wenn sie uns sehen?«

»Pech.«

»Aber dann rufen sie sofort die Polizei.«

»Bis dahin sind wir schon auf und davon.«

»Sie kennen dich doch und können dich identifizieren.«

Flora stöhnt. Dann sagt sie: »Mir ist lieber, die Dupins sehen uns, als dass uns Louis Quatorze erwischt.«

»Wer ist Louis Quatorze?«, frage ich alarmiert.

»Das willst du nicht wissen«, sagt Flora, huscht zum nächsten Baum und linst in Richtung Terrasse.

Ich folge ihr, meine Nerven flattern wie ein Seidenschal im Wind. »Ist das ein Hund?«, frage ich ängstlich.

»Kein Hund«, sagt Flora. »Der apokalyptische Reiter.«

»Dobermann? Pitbull?« Mein Atem bleibt kurz stehen, als ich flüstere: »Rottweiler?«

»Los jetzt!«

Flora rennt los. Ich flitze hinterher, überzeugt davon, dass mich gleich eine Riesenbestie in den Hintern beißen wird. Noch vierzig Meter bis zum Tor, das natürlich geschlossen ist. Scheiße. Langsam habe ich wirklich die Nase voll. Aber Flora drückt im Vorbeilaufen auf den Toröffner, der zwischen Hortensien und einem Rosmarinbusch verborgen ist, das Tor geht auf, noch zwanzig Meter, noch zehn, wir schlüpfen durch den Spalt auf die Straße und rennen einfach immer weiter, bis wir um die Ecke sind und es wagen, keuchend stehen zu bleiben. Kein Hund ist uns auf den Fersen, keine Polizeisirene ertönt. Es scheint, wir haben es geschafft!

»Also«, japse ich. »Wer ist Louis Quatorze?«

»Keiner«, grinst Flora. »Hab ich nur gesagt, damit du schnell genug rennst.«

»Du doofe Kuh«, rutscht es mir raus. »Ich hätte mir fast in die Hose gemacht.«

Flora kichert. »Keine Sorge. Ich hab eine kleine Entschädigung.« Da zieht sie aus ihrer Handtasche die Flasche Dom Pérignon, die bei den Dupins im Kühlschrank gelegen hat.

»Das darf doch nicht wahr sein!«, rufe ich. »Eben hast du mir eine Standpauke über *Patentrecht* gehalten, und gegen Champagnerdiebstahl hast du nichts einzuwenden? Was für eine Moral ist das denn?«

»Ach, die Dupins sind Arschlöcher«, wischt sie meinen Einwand beiseite. »Die haben mich mal *die rothaarige Irre* genannt.«

»Ich weiß nicht, wie die auf so eine unverschämte Beleidigung kommen«, sage ich sarkastisch.

Flora hält mir nach wie vor die Flasche hin. »Hier. Die hab ich für dich mitgenommen.«

»Ich will sie aber nicht!«

»Wenn du sie nicht nimmst, lasse ich sie fallen. Eins …«

»Du kannst doch nicht …«

»Zwei …«

»Also gut«, brumme ich und nehme ihr die kostbare Flasche ab. »Das ist trotzdem nicht in Ordnung, damit du das weißt.«

»Dann bring sie zurück, wenn du willst«, erwidert sie grinsend. »Ist deine Sache.« Sie schaut auf ihr Handy. »Oh. Ich muss dringend los.« Schnell zieht sie ihre Pumps wieder an. »Wir sehen uns später!«

Ich schaue ihr nach, wie sie den Bürgersteig entlangstöckelt. Es würde mich echt nicht wundern, wenn sie eine international gesuchte Juwelendiebin wäre.

Donnerstag, 12. Juli, 15:44 Uhr

Als ich auf dem Weg zu Josephines Pension bin, muss ich immer wieder den Kopf schütteln vor lauter Verblüffung, welche Wendungen mein Trip hier genommen hat. Du liebes bisschen! Flora als Reisebegleitung ist wie ein Ausflug ans Bermudadreieck. Man weiß nie, wann einen die Katastrophe verschluckt.

Dass wir heil aus der Villa gekommen sind, ist unglaublich. Jetzt, da die Gefahr gebannt ist, fühle ich mich geradezu unbesiegbar. Wie damals im Klettergarten, als ich den Parcours in zehn Metern Höhe gemacht habe, obwohl mir vor Angst die Knie schlotterten. Aber Patrick und die Kinder haben mich so angefeuert, dass ich es gewagt habe. Als ich auf der anderen Seite auf der Plattform ankam, dachte ich im ersten Moment, ich würde so was nie wieder machen. Doch als ich unten auf dem Boden stand und die Kinder mich jubelnd empfingen und Patrick mich in den Arm nahm, fühlte ich mich auf einmal so tollkühn. Ich habe angekündigt, das nächste Mal auf die Zwölf-Meter-Runde mitzugehen. Und auch jetzt denke ich, ich wäre fast schon wieder bereit für den nächsten Nervenkitzel.

Aber erst einmal werde ich zu Hause anrufen, um allen zu sagen, dass es mir gut geht. Falls es überhaupt jemanden interessiert. Ich sehe schon die Bougainvillea über Josephines Pension leuchten, als ich über mir eine Stimme höre.

»Hey, Henriette«, ruft Arthur von seinem Balkon. »Hast du Lust auf einen Ausflug?«

Filou steckt den Kopf durch das Geländer und bellt einmal kurz. Für einen Moment poppt das Gefühl auf, dass ich keine Zeit habe, dass ich etwas tun muss, irgendwas erledigen, aber es ist so schnell weg, wie es gekommen ist.

»Na klar«, rufe ich übermütig.

»Nimm Schwimmsachen mit«, ruft er zurück, dann verschwindet er nach drinnen.

Filou schaut mich noch einen Moment an, als ob er sicherstellen wollte, dass ich es mir nicht anders überlege. Ich bin zu verdutzt, um zu protestieren. Schwimmen gehen? Mit einem fremden Mann?

Ach, was soll's, denke ich. Ich bin an der Côte d'Azur. Da geht man eben an den Strand. Wie gut, dass ich immer einen Badeanzug einpacke. Das habe ich von meinem Vater, dessen oberste Packregel war: Nimm stets Schwimmsachen mit. Ich eile in die Pension. Josephine quatscht hinten über den Zaun mit einem Nachbarn und winkt mir fröhlich zu.

Die Bäuerin in ihrem Gemüse ist mir mittlerweile schon total vertraut. Ich habe sie Gertrud getauft, weil sie mich an eine Tante erinnert, die ständig Apfelsinen gegessen hat. Ich checke meine Nachrichten. Meine Mutter hat zwei Fotos geschickt. Auf dem ersten backt Ida Pfannkuchen. Sie sieht glücklich aus, aber die Küche ist ein einziges Schlachtfeld. Auf dem zweiten fläzt

Nelli sich mit Sonnenbrille im Liegestuhl, breit grinsend. Obwohl ich mich freue, die beiden so fröhlich zu sehen, kommen mir die Fotos vor wie Beweise des mütterlichen Triumphes. Als ob meine Mutter mir damit nur zeigen will, wie toll sie ist als Ersatzmama.

Schnell verdränge ich diesen Gedanken. Meinen beiden Mädchen geht es offensichtlich gut. Ich habe bisher keine Nachrichten von ihnen bekommen. Das heißt ja wohl, dass sie mich nach wie vor nicht vermissen. Da sind allerdings drei Nachrichten von Patrick. Ich beiße mir auf die Lippen und öffne sie.

Patrick: Hilde hat angerufen. Du sollst sie zurückrufen. Sie sagte, es sei dringend.

Patrick: Ich glaube, ich habe dein Lieblings-T-Shirt umgebracht.

Zwei Fotos hat er angehängt. Eines zeigt mein hellblaues Kolibri-T-Shirt, das jetzt nicht mehr hellblau ist, sondern eher lila. Das zweite Bild ist von dem Übeltäter, einer roten Bluse, die nagelneu war und die ich separat hatte waschen wollen. Ich meine, wer steckt eine Bluse zu normaler Buntwäsche? Wo es doch ein extra Businessprogramm für Blusen und Hemden gibt, damit solche Textilien nicht knittern und ausbluten. Vermutlich hat er gedacht, das *Businessprogramm* ist nur für Herrenhemden gedacht, eine klare Diskriminierung der weiblichen Oberbekleidung. Oder er hat sich gar nichts gedacht. Würde mich auch nicht wundern.

Aber egal. Irgendwie kommt mir die Angelegenheit gerade so lächerlich vor. Obwohl Patrick sich nicht mal für den Fauxpas entschuldigt hat, rege ich mich entgegen meiner normalen Gewohnheiten gar nicht auf. Ich meine, ich wäre fast wegen Fahrraddiebstahl, verhaftet worden und war gerade über zwei Stunden mit einer Verrückten in einer Küche eingesperrt, in die wir unbefugt eingedrungen sind. Was juckt mich da ein verfärbtes T-Shirt?

Die dritte Nachricht lautet:

Patrick: Wann kommst du nach Hause?

Ich will schon eine Antwort tippen, aber dann starre ich doch einfach nur vor mich hin, weil ich nicht weiß, was ich schreiben soll. Eigentlich ist es eine einfache Frage. Die Antwort ist trotzdem alles andere als einfach. Erstens habe ich immer noch nicht geklärt, was ich in Frankreich klären wollte, und außerdem … und außerdem stelle ich fest, dass ich gerade überhaupt keine Lust habe, mir den Kopf darüber zu zerbrechen, wann ich zurückfahre. Ich meine, soll seine Nachricht etwa heißen, dass er *möchte*, dass ich nach Hause komme? Und wenn ja, will er mich meinetwegen zurück, vermisst er nur die Haushaltsmanagerin oder will er lediglich wissen, wie lange er noch meine Abwesenheit genießen kann?

Ach, es ist alles so kompliziert geworden. Allein der Gedanke, dass ich jetzt keine klare Antwort geben kann, belastet mich schon wieder. Und ich will nicht belastet sein. Ich will frei sein und unbeschwert und möchte jetzt mit Arthur und Filou einen Ausflug machen und mich einfach amüsieren. Ich, Henriette. Kurz entschlossen lege ich das Handy auf den Nachttisch. Am Strand ein Smartphone dabeizuhaben ist sowieso unpraktisch.

Donnerstag, 12. Juli, 16:23 Uhr

Arthur und Filou warten schon auf dem Bürgersteig. Der kleine Jack-Russell-Mischling läuft schwanzwedelnd auf mich zu, und Arthur lässt die Leine los, damit er sich frei bewegen kann. Ich kraule Filou hinter den Ohren, was er mit genießerisch geschlossenen Augen über sich ergehen lässt.

»Oha«, sagt Arthur lächelnd. »Das mag er am liebsten. Pass auf, der lässt dich jetzt nicht mehr weg.«

Kaum habe ich mit der Kraulaktion aufgehört, wufft Filou mich empört an, und ich gebe ihm noch eine Streicheleinheit.

»Was machen wir denn Schönes?«, frage ich den Hund.

»Wir gehen segeln«, sagt Arthur.

»Oh, wir gehen segeln«, rufe ich begeistert. Dann richte ich mich auf. »Äh …«, fällt mir ein. »Das kann ich gar nicht.«

»Brauchst du auch nicht«, beruhigt mich Arthur. »Filou und ich haben alles im Griff. Du kannst einfach die Aussicht genießen.«

Er lächelt mich an und schultert einen Rucksack, dann gehen wir runter zum Hafen. Filou trabt hoch erhobenen Kopfes vor uns her, Arthur geht links von mir, was ich nicht nur aus den Augenwinkeln sehe, sondern auch spüre, weil meine linke Seite sich wärmer anfühlt als die rechte. Kribbliger. Ich kenne das Gefühl, von damals, als ich mich in Patrick verliebt habe. Da konnte ich auch spüren, wo er sich im Raum befand. Aber nach zwanzig Jahren hat man sich so an die Anwesenheit des anderen gewöhnt, dass sie einen im wahrsten Sinne des Wortes kaltlässt. Erst jetzt fällt mir wieder ein, wie das war. Man vergisst mit der Zeit einfach, wie aufregend es ist, jemand Neues kennenzulernen.

Donnerstag, 12. Juli, 16:57 Uhr

Das Segelboot heißt *Ella*. Ich wage nicht zu fragen, nach wem Arthur es benannt hat, weil ich fürchte, dass es ihn traurig machen könnte.

Da sagt er: »Nach Ella Fitzgerald.«

»Oh, die find ich toll«, rufe ich. »Noch besser finde ich nur Billie Holiday.«

»Das *Newport Jazz Festival* …«, sagt Arthur.

»… *1957!*«, vollende ich. »Mit Mal Waldron. Ja, cooles Album der beiden.«

»Stimmt.«

Er reicht mir die Hand, um mir an Bord zu helfen. Als das Boot ein bisschen schwankt und ich für einen Moment das Gleichgewicht zu verlieren drohe, fasst er mich auch noch unter den Ellenbogen und hält mich fest. So stehen wir eine Sekunde, zwei, ich bräuchte mich nur vorzubeugen, um ihn zu küssen.

»Das ist ja wackliger, als ich dachte«, sage ich stattdessen lachend, löse mich von meinem Begleiter und suche mir einen Sitzplatz an der Reling.

Arthur grinst. »Ja, das sagen die Landratten immer. Komm, Filou, zeig Henriette mal, wie das richtig geht.« Der Hund springt behände an Bord und kommt dann zu mir, um sich kraulen zu lassen. Arthur löst die Leinen. »Zieh Filou bitte seine Schwimmweste an«, ruft er mir zu.

»Nicht dein Ernst«, sage ich. »Eine Schwimmweste?«

»Na klar. Er kann zwar schwimmen, aber ich will nichts riskieren. Willst du auch eine?«

»Nee, geht schon«, erwidere ich schmunzelnd und lege Filou die Hundeschwimmweste um, wofür er sich bedankt, indem er sich an meine Beine presst und mir erlaubt, ihn wieder zu streicheln.

Wir tuckern vom Anleger weg. Erst als wir das offene Meer erreichen, hisst Arthur die Segel. Es geht nur eine leichte Brise, was ich ganz beruhigend finde, weil das Boot auch so schon genügend schwankt. Da muss man sich erst einmal dran gewöhnen. Abgesehen davon ist es herrlich hier draußen. Der Fahrtwind weht mir um die Nase, ich beobachte das Ufer, das mal von Felsen bestimmt ist, dann von Sandstränden. Boote überall, einzelne Villen auf den Hügeln im Hinterland. Es ist wirklich wunderschön.

Wir segeln parallel zur Küste, bis wir irgendwann in eine kleine Bucht einbiegen, eine Felsenbucht, weswegen man sie nur von einem Boot aus erreichen kann. Das Wasser unter uns ist glasklar. Arthur rafft das Segel und lässt einen Anker runter.

»Fertig zum Schwimmen?«, fragt er und hängt eine Leiter über Bord.

»Hier? Aber hier kann man gar nicht stehen«, sage ich erschrocken.

Ich schwimme gern, nur lieber ist es mir, wenn ich Boden unter meinen Füßen spüren kann. Und die Fische eine bestimmte Größe nicht überschreiten.

Arthur reagiert nicht auf meine Bemerkung. Er zieht schon sein T-Shirt über den Kopf und lässt es achtlos fallen. Er ist braun gebrannt und ziemlich gut in Form für sein Alter. Sein kleines Bäuchlein ist richtig charmant. Mit einem Kopfsprung taucht er ins Wasser ein und schwimmt mit kräftigen Zügen bis fast auf den Grund. Ich nutze die Gelegenheit, ziehe schnell mein Kleid aus und steige über die Leiter ins Wasser. Filou beobachtet mich und bellt zur Aufmunterung, als ich mich wegen der Wassertemperatur erschrecke. Es ist ziemlich kühl, und ich japse richtig, als ich komplett abtauche.

Einen Augenblick später habe ich mich schon dran gewöhnt, mein ganzer Körper prickelt. Arthur krault in Richtung Ufer, dreht dann um und kommt zurück. Ich paddle mehr auf der Stelle herum, immer in der Nähe des Bootes, falls doch ein Hai kommt und mich anknabbern will. Dann passe ich kurz nicht auf, als eine Welle heranschwappt, und ich schlucke Wasser und muss husten. Arthur schwimmt zu mir.

»Alles klar?«, fragt er besorgt, bereit mich zu retten.

»Ja«, sage ich und räuspere mich. »Es ist herrlich.«

So schwimmen wir noch eine Weile herum, bis wir erfrischt genug sind. Arthur steigt als Erster zurück aufs Boot und verschwindet in der kleinen Kajüte, um sich umzuziehen. In der Zeit klettere ich auch aus dem Wasser und wickle mich in ein Handtuch ein. Als mein Begleiter wieder aus der Kajüte kommt, die Haare zurückgestrichen und noch ein paar Tropfen Wasser im Gesicht, weist er mir den Weg, damit ich mich im Bootsinneren ungestört umziehen kann. Als ich wieder rauskomme, holt er gerade zwei Bier aus einer Kühltasche, öffnet beide und reicht mir eins.

Ich kann mich nicht erinnern, dass mir ein Bier jemals so gut geschmeckt hat. Filou schlabbert an seinem Wassernapf herum, dann setzt er sich neben Arthur auf die Bank an der Reling. Der streichelt ihm über den Kopf.

»An dem Tag, nachdem ich in mein Appartement gezogen bin, kam ich morgens aus dem Haus, und da saß Filou, als hätte er die ganze Zeit auf mich gewartet«, erzählt Arthur plötzlich. Er lässt Filou nicht aus den Augen. »Als ich in die Boulangerie ging, begleitete er mich wie selbstverständlich und hielt davor die Stellung, um dann mit mir zurück zu meiner Wohnung zu laufen. Ich habe überall rumgefragt, ob einer einen Hund vermisst, aber er fehlte niemandem. Und da habe ich gewusst, dass er zu mir gehört.«

Er wischt mit dem Daumen über die Wassertropfen, die sich an der kalten Flasche gesammelt haben. Dann gibt er sich einen Ruck und sagt: »Ich glaube, Marie hat ihn mir geschickt, damit er auf mich aufpasst.«

Er trinkt einen Schluck, als ob er den Schmerz schnell wieder runterspülen wollte. Filou legt ihm den Kopf auf den Schoß und blickt ihn treuherzig an.

»Das glaube ich auch«, sage ich. »Er ist ein ganz besonderer Hund.«

Wir sitzen eine Weile in dem sanft schaukelnden Boot. Dann muss ich plötzlich prusten, weil mir mein Vormittagserlebnis in den Sinn kommt. »Ich dachte heute, Filou müsste mich wieder mal aus dem Gefängnis befreien.« Ich berichte Arthur von meinem aufregenden Tag in der Villa der Dupins. Er lacht und schüttelt den Kopf. »Diese Frau ist ja wirklich krass drauf. Und was ist jetzt mit deiner Tochter?«

»Tja«, sage ich, »wenn Saskia tatsächlich weiß, dass Max gar nicht reich ist, und sie trotzdem bei ihm bleibt, dann kann ich wohl nichts machen.«

»Das stimmt«, erwidert Arthur. »Liebe kann man nicht planen. Und nicht verhindern. Selbst wenn man möchte.«

Er schaut mich einen Moment an, es kribbelt heftig in meinem Magen, dann steht er auf und zieht den Anker ein. »Na, dann auf nach Hause! Ich kriege langsam Hunger.«

Die Sonne neigt sich dem Horizont zu und bringt das Meer zum Glühen. Alles ist wie mit Gold überzogen. Ich schaue über die Reling und auf das Gischtwasser, das vom Bug wegspritzt. Auf einmal bellt Filou aufgeregt, und da sehe ich sie: Delfine, die gemeinsam durch das Wasser jagen und immer wieder aus den Wellen springen, elegante Bögen in der Luft ziehen, um dann wieder ins Meer zu tauchen. Eine ganze Weile bleiben sie neben uns, bis sie plötzlich abdrehen.

»Das war …«, fange ich an, »… das war unglaublich.«

Arthur grinst. »Hab ich extra für dich bestellt.«

Donnerstag, 12. Juli, 20:37 Uhr

Als wir in den Hafen einlaufen, fühle ich mich, als würde ich schweben. Als wäre ich ein neuer Mensch, der alles hinter sich gelassen hat, der keine Sorgen mehr hat, zumindest für diesen Moment. Es fühlt sich himmlisch an. Wie ein neues Leben, das sich vor mir ausbreitet.

Beruht Treue nur auf einem Mangel an Möglichkeiten?

Ich meine, neunzig Prozent meiner Zeit verbringe ich zu

Hause, da kann ich ja gar nicht in verführerische Situationen kommen. Im Gegensatz zu Patrick, der dutzendweise Laborantinnen, Doktorandinnen, Assistentinnen und Kolleginnen hat und eng mit ihnen zusammenarbeitet. Und wie heißt es immer? Gelegenheit macht Liebe. Patrick hat viele Gelegenheiten, weswegen bei mir immer eine gewisse Unsicherheit da ist, ob er nicht die Fühler nach anderen ausstreckt. Bei mir dagegen hält er es wohl für völlig selbstverständlich, dass ich ihm treu bin. Ich meine, wenn man keine anderen Männer kennenlernt, dann bleibt einem ja auch gar nichts anderes übrig. In den letzten achtzehn Jahren hatte ich, bis auf den einen oder anderen Handwerker oder gelegentliche Gespräche mit Vätern von Schulfreundinnen, im Grunde außerhalb unseres Freundeskreises keinerlei Kontakt zu Männern.

Und jetzt also Arthur.

Geübt lenkt er das Boot in den Hafen, steigt mit sicherem Schritt auf den Anleger, das Seil in der Hand, das er jetzt um einen Poller schlingt. Ich mache mich bereit, das Boot zu verlassen. Da fällt mir auf der Promenade ein Mädchen auf, das zu uns rüberzuschauen scheint. Aus der Entfernung sieht sie aus wie Saskia. Ich habe den Eindruck, dass sie uns beobachtet, und überlege, ob ich winken soll. Aber dann spaziert das Mädchen telefonierend davon. Ich habe mich wohl verguckt.

»Wollen wir noch was essen gehen?«, fragt Arthur, nachdem er mir an Land geholfen hat.

»Das wäre sehr nett«, erwidere ich, »aber das war so ein schöner langer Tag. Für heute ist es genug.«

»In Ordnung.« Er wirkt nur ein bisschen enttäuscht.

»Morgen«, tröste ich ihn lächelnd. »Morgen gern. Da lade ich dich ein.«

»Na dann«, sagt er zu Filou, »sind wir heute Abend wohl unter uns.«

»Bis morgen«, rufe ich, mache schnell einen Schritt auf ihn zu und küsse ihn zum Abschied auf die Wange, links, rechts, wie es die Franzosen machen. »Danke, Arthur.«

Donnerstag, 12. Juli, 21:23 Uhr

In der entspannten Stimmung der hereinbrechenden Sommernacht schlendere ich zurück zu Josephines Pension. Der Duft der Orangenblüten begleitet mich auf dem Weg, Essensgerüche dringen aus den Häusern auf die Straße, ich höre das Töpfeklappern und aufgeregte Plaudern der Menschen, die sich um die Tische versammeln, die auf Balkonen, Terrassen und in den Gärten stehen.

Josephine sitzt auf ihrem Stuhl, eine Katze auf ihrem Schoß, die sich schnurrend streicheln lässt. »Ah, Oriette, *tout va bien?*«

»*Oui*«, sage ich strahlend.

Sie steht auf, was die Katze mit einem enttäuschten Fauchen hinnimmt, und bietet mir einen Teller Suppe an, den ich dankbar entgegennehme. Nach dem Essen rufe ich zu Hause an. Mir ist da so ein Gedanke gekommen, dem ich nachgehen möchte. Doch es geht niemand ran. Was ungewöhnlich ist für die Uhrzeit. Ich überlege, ob ich Patrick anrufen soll, entscheide mich dann aber für die Handynummer meiner Mutter. Nach dem ersten Klingeln meldet sie sich schon.

»Wo seid ihr?«, frage ich.

»Ich bin wieder zu Hause«, sagt meine Mutter. »Patrick ist mit den Mädels zu seinem Bruder.«

»Um diese Uhrzeit?«, rufe ich. »Morgen ist doch Schule.« Meine Mutter lässt meinen Vorwurf in Schweigen verhallen. Und ich denke: Was soll's? Soll Patrick machen. Ich kann es gerade sowieso nicht ändern. Außerdem ist morgen der letzte Schultag, da ist es nun wirklich nicht schlimm, wenn die Mädchen unausgeschlafen sind. Deswegen frage ich, weswegen ich angerufen habe: »Weiß Saskia Bescheid?«

»Wie meinst du das?«

»Weiß Saskia, dass ich hier bin? Ich hab das Gefühl, sie geht mir aus dem Weg.«

»Henriette«, sagt meine Mutter. »Wir … also Patrick … er hielt es für das Beste, ihr zu sagen, dass du ihr nachgefahren bist.«

»Aber er hatte mir versprochen, ihr nichts zu sagen.«

»Mag sein, doch dann …«

»Dann wollte er sie wohl warnen, meinst du, vor ihrer durchgedrehten Mutter.«

»Werd doch nicht gleich sauer, Henriettchen.«

Henriettchen hat sie mich das letzte Mal als Kind genannt. Da muss sie jetzt nicht mehr damit anfangen. Ich beende das Gespräch und ärgere mich, dann schließe ich die Augen und sehe die Delfine vor mir, die über das goldene Wasser springen.

Freitag, 13. Juli, 9:43 Uhr

Ich habe beschlossen, heute eine Touristin zu sein. Ein paar Kilometer von hier entfernt soll es einen tollen Aussichtspunkt geben, eine kleine Kapelle über dem Meer. Da werde ich hinfahren und eine Wanderung machen. Auf dem Rückweg werde ich bei dem Grand Hotel halten und vielleicht – wenn mir danach ist – versuchen, mit Saskia zu sprechen. Aber wenn sie sowieso weiß, dass ich hier bin, und mir bisher aus dem Weg gegangen ist, dann sollte ich es wohl einfach sein lassen. Es erscheint mir immer unwichtiger. Was würde es denn auch ändern?

Als ich am Hafen vorbeifahre, merke ich, dass dort viel mehr los ist als in den vergangenen Tagen. Das liegt bestimmt an dieser Riesenjacht, die gerade in den Hafen einläuft. Ach ja, Max' Fotoevent! Das hatte ich ganz vergessen. Ich hoffe, Flora auch.

Wegen des Verkehrs kann ich nur im Schritttempo fahren. In dem Trubel auf dem Gehweg fällt mir eine schwarzhaarige Frau auf, die neben einem Motorroller steht, der aussieht wie Floras. Als ich schon fast um die Ecke bin, werfe ich noch mal einen Blick in den Rückspiegel. Die schwarzhaarige Frau zieht ein Fernglas aus der Tasche, während sie telefoniert. Sofort steige ich auf die Bremse. Natürlich ist das Flora! Mit Perücke …

Hinter mir hupt jemand, und ich fahre in eine Parklücke, die zwar irgendwie nicht so richtig offiziell aussieht, aber darauf kann ich jetzt keine Rücksicht nehmen. Ich muss Flora davor bewahren, was richtig Dummes zu machen! Schon springe ich aus dem Auto. Da ich schon ahne, wo sie hinwill, kürze ich ab und erwische sie tatsächlich am Bootsverleih.

»Flora«, rufe ich, kurz bevor sie am Schalter an der Reihe ist.

Sie versucht, ihre Tarnung aufrechtzuerhalten, indem sie mich ignoriert und einfach weitertelefoniert. Erst als ich bei ihr bin und sie am Arm fasse, reagiert sie.

»Was denn?«, zischt sie. »Lass mich in Ruhe, ich hab was zu erledigen.« Der Mann am Bootsverleihschalter bedeutet Flora heranzutreten, aber ich zerre sie weg.

»Was soll das?«, herrscht sie mich an und hält die Hand auf das Handy, damit derjenige in der Leitung nicht mithören kann.

»Flora«, sage ich eindringlich. »Lass es. Es funktioniert nicht und bringt nur Ärger.«

Sie schiebt die Unterlippe vor. »Laranah sagt aber, dass es funktioniert«, beharrt sie und fuchtelt mit ihrem Handy herum.

»Ist sie das?«, frage ich. »Lass mich mal ran!« Ich strecke die Hand nach dem Handy aus.

»Nein.«

»Komm, ich will mal mit ihr sprechen.«

»Nein!« Flora dreht sich ab, stößt gegen meinen Arm, das Handy fällt ihr aus der Hand, und ich sehe das Bild auf dem

Display. Es zeigt eine seltsame Vorwahl und ein noch seltsameres Kontaktbild, eine Art ätherisches Mandala und das Logo einer …

»*Eine Astro-Hotline!*«, rufe ich entsetzt, reiße Flora das Smartphone aus der Hand und beende das Gespräch.

»Was hast du gemacht?«, jammert Flora, als ich es ihr zurückgebe.

»Dich vor einer Betrügerin gerettet, die dich mit falschen Versprechungen um den Finger gewickelt hat, um dir Geld aus der Tasche zu ziehen.«

»Du hast ja keine Ahnung. Sie glaubt an mich und an meine Beziehung zu Max.«

»Das ist Blödsinn, und das weißt du auch. Sie erzählt dir nur, was du hören willst. Für einen Euro neunundzwanzig pro Minute!«

»Stimmt nicht«, brummt Flora. »Es ist ein Euro neunundsiebzig.«

Ich starre sie einen Moment an. Flora schiebt beleidigt ihre Unterlippe vor.

»Weißt du, was echte Freunde machen?«, frage ich. »Echte Freunde sagen einem manchmal etwas, das man nicht hören will.« Plötzlich muss ich an Katrin denken. Flora blinzelt mich störrisch an. »Hör mal«, sage ich sanft. »Lass Max. Er … will nichts von dir. Und je mehr du ihn bedrängst, desto mehr weicht er zurück. Das ist … das ist so. Das, was man am liebsten hat, muss man loslassen können, sonst macht man alles kaputt.« Plötzlich weicht alle Energie aus ihr, und sie fängt an zu schluchzen. »Ach, Flora. Kopf hoch. Du bist noch jung. Du wirst jemand anderen finden.« Ich tätschle ihr den Rücken.

»Meinst du echt?«, fragt sie hoffnungsvoll.

Nein, weiß ich nicht. Du bist nämlich eindeutig total von der Rolle.

»Natürlich«, sage ich lächelnd. »Irgendwo da draußen ist jemand, der genau zu dir passt.«

Flora schnieft ein paarmal.

Mit hängenden Schultern und zitternder Stimme fragt sie: »Kannst du mich nach Hause bringen? Ich schaff das nicht allein.«

»Zum Wohnmobil?«

»Ja.«

»Okay«, sage ich. »Dann komm.« Auf der Straße, in der mein Auto steht, ist der Verkehr mittlerweile zum Erliegen gekommen. Was wohl an dem Abschleppwagen liegt, der ein Stück weiter einen orangefarbenen Hyundai auf die Ladefläche zieht. Ich stöhne. »Na super, das hat mir gerade noch gefehlt.«

»Was ist?«

»Das ist mein Auto da vorne.«

»Ist nicht so schlimm«, tröstet Flora mich seufzend. Ich denke gerade, sie wird mir anbieten, die Abschleppgebühr zu übernehmen, da krächzt sie: »Dann fährst du mich halt mit dem Roller.« Sie hält mir den Schlüssel hin.

»Äh. Ich kann nicht Roller fahren.«

»Das ist ganz einfach.« Sie weist in Richtung Lenker. »Hier drehen, da ziehen.«

»Ich kann das nicht«, wiederhole ich.

»Ich auch nicht«, flüstert Flora. »Mit Max hat mich alle Kraft verlassen.«

»Ich darf das auch nicht. Ich hab keinen Führerschein für einen Motorroller.«

»Es ist ein Elektroroller«, korrigiert Flora.

»Na und? Dafür braucht man auch einen Führerschein.«

»Mann, Henriette. Wir sind hier in Frankreich. Niemanden interessiert, ob du einen Führerschein für das Ding hast!«

Sie setzt sich auf den hinteren Sitz, die Schultern unter der schweren Last der Erkenntnis über die Vergeblichkeit ihrer Liebe zu Max gebeugt, und hält sich am Gepäckträger fest.

»Auf was wartest du?«, schnauzt sie schniefend.

Freitag, 13. Juli, 10:23 Uhr

Zu Fahrraddiebstahl, Hausfriedensbruch, Annahme von Diebesgut und Parken im absoluten Halteverbot gesellt sich also auch noch Fahren ohne Führerschein. Diese Frau hat wirklich keinen guten Einfluss auf mich. Spaß macht es trotzdem. Wobei wir mehr schlecht als recht über die Straße eiern, bis ich die Bedienung des Motorrollers einigermaßen raushabe.

Zum Glück ist es nicht weit bis zum Campingplatz. Als wir am Wohnmobil angekommen sind, lässt Flora sich vom Sitz plumpsen, reißt sich die Perücke vom Kopf und stolpert in ihr mobiles Heim, wo sie sich völlig entkräftet aufs Bett schmeißt.

Ich beschließe, sie erst einmal in Ruhe zu lassen, weil ich dringend telefonieren muss. Mit Katrin, meiner lieben besten Freundin. Als sie nicht drangeht, bin ich etwas enttäuscht, aber weil ich nicht eine Sekunde länger warten möchte mit meiner Nachricht an sie, spreche ich ihr auf die Mailbox.

»Ich weiß jetzt, was du gemeint hast. Nicht Saskia hat das Problem. *Ich* habe das Problem. Ich habe ein Problem damit, dass sie aus dem Haus geht. Völlig unabhängig davon, für welche Ausbildung sie sich entscheiden würde. Weil ich nicht weiß, was ich machen soll, wenn die Kinder ausgezogen sind. Es ist *meine* Krise, mein Problem.« Ich mache eine kleine Pause. Dann füge ich noch hinzu: »Danke, dass du mir geholfen hast, das herauszufinden. Du bist eine super Freundin. Und ich bin auch immer für dich da, damit du das nur weißt.«

Ich atme einmal tief durch und gehe ins Wohnmobil.

Flora hockt wie ein Häufchen Elend auf der Bettkante und friemelt an einem Taschentuch herum.

»Meine Aura ist total am Arsch«, jammert sie. »Ich kann unmöglich so …« Sie schnäuzt in Elefantenlautstärke in ein Taschentuch. »Henriette, du musst was für mich machen.«

»Was denn?«, frage ich argwöhnisch.

»Du musst mich bei einem Job vertreten.«

»Ich fahr das Fluchtauto nicht«, sage ich schnell. Sie sieht mich mit ihren rot geweinten Augen verwirrt an. »Das war ein Scherz«, versuche ich sie aufzumuntern. »Also, um was geht es?«

Freitag, 13. Juli, 11:23 Uhr

Während sie mir sagt, was ich machen soll, fängt mein Herz an zu rasen. Ich meine, ich hole gern für andere Leute Pakete bei der Post ab, wenn sie mir eine Vollmacht geben. Ich schreibe im Namen der Eltern Mails an die Schulleitung, in denen ich auf den verheerenden Unterrichtsausfall aufmerksam mache. Und ich backe gern Kuchen für Schulfeste und Straßenfeste und Gartenfeste. Aber ich kann doch nicht bei einer *Firmenfusion* von zwei Logistikunternehmen beraten! Und überhaupt. Das ist ja wohl ein Scherz.

Ich starre Flora an, die auf dem Bett mit den hellgrauen Satinlaken hockt, und warte darauf, dass sie diesen Witz aufklärt. Was sie nicht tut.

»Lass mich raten«, flachse ich. »In deinem Horoskop stand, dass du zwei gegensätzliche Dinge miteinander vereinen sollst.«

»Wie bitte?« Flora richtet sich auf und sieht mich verwirrt an. »Was redest du denn da für einen Unsinn?«

Ich mustere sie auf Anzeichen von Humor, aber sie bleibt völlig ernst.

»Dann ist das kein Quatsch?«, frage ich. »Du berätst wirklich Unternehmen, die sich zusammenschließen wollen?«

Sie nickt, während ihr schon wieder Tränen aus den Augen kullern.

»Ist das denn so einfach?«, frage ich, weil ich gar nicht glauben kann, dass die wahnsinnige Flora einem seriösen Job nachgeht.

Sie stöhnt auf und schnalzt verächtlich mit der Zunge. »Natürlich ist das nicht *einfach*. Fusionen sind hochkompliziert. Da geht es um Gesellschaftsrecht, Steuerrecht, finanzjuristische Belange, Risikoanalysen.« Sie deutet auf eine Mappe, die auf ihrem Tisch liegt. »Da steht alles drin«, sagt sie und schnäuzt sich.

Und dann sehe ich, was auf dem weißen Aufkleber der Mappe in einem schicken Schriftzug steht:

Dr. iur. Florentine Olschewski

LLM (MASTER OF LAWS)

FACHANWÄLTIN FÜR UNTERNEHMENSRECHT

WIRTSCHAFTSMEDIATORIN

»Du bist *promovierte Juristin?*«, frage ich verblüfft.

»Sieht ganz danach aus.« Sie zuckt mit den Schultern.

»Und ich dachte, du wärst Juwelendiebin oder so.« Auf den Schreck muss ich mich erst einmal setzen.

»Wie kommst du denn auf so eine beknackte Idee?«

»Weiß auch nicht«, murmle ich ausweichend.

»Hab in London und Straßburg studiert«, sagt sie mit ihrer Grabesstimme.

»Aber …«, ich weise auf das Wohnmobil, »… warum wohnst du dann auf einem Campingplatz?«

»Was soll ich mit einem Haus, wenn dort niemand auf mich wartet?« Sie beginnt wieder zu weinen. Während sie sich ein Taschentuch auf die Augen presst, sagt sie: »Und Hotels hasse ich einfach. Die sind immer so miesepetrig. Da steckt man mal *ein* winziges Shampoofläschchen ein, und schon tun sie so, als wäre man ein Schwerverbrecher.«

Unwillkürlich muss ich grinsen, weil ich mir lebhaft vorstellen kann, dass es hier nicht nur um Shampoofläschchen geht. »Du hast Hausverbot in den meisten Hotels«, schlussfolgere ich.

»Ja«, brummt sie. »Diese Korinthenkacker. Aber was soll's. Hier drin hab ich alles, was ich brauche.«

Sie springt auf und öffnet eine Schiebetür, hinter der sich ein mehr als großzügiger begehbarer Kleiderschrank befindet. In dem unter anderem drei flauschige Bademäntel hängen. Einer hat das Logo des *Hilton* auf dem Ärmel. Sie fängt an, die Kleider auf der Stange durchzugehen. Es sind alles unheimlich schick aussehende Businessklamotten.

»Flora, du musst das selbst machen«, sage ich bibbernd. »Ich bin nur Hausfrau und Mutter und Vorsitzende der Bürgerinitiative ›Verkehrsberuhigung Storchenweg‹.«

»Du könntest Klofrau sein, das würde schon ausreichen«, sagt sie. »Du musst einfach nur das Konzept abgeben und einen auf dicke Hose machen. Das Einzige, was du nicht machen darfst, ist heulen. Wenn man einmal vor solchen Typen in Tränen ausgebrochen ist, kann man sich gleich ins Knie schießen. Da ist es vorbei mit dem Respekt. Und weil ich *auf jeden Fall* anfange zu heulen, weil mich doch alles an Ma… Max erinnert, musst du da hin.« Ein erstickter Schluchzer entfährt ihr.

»Aber wie soll das gehen?«, jammere ich. »Was soll ich denn da sagen? Ich hab doch überhaupt keine Ahnung.«

»Egal. Du knallst ihnen die Mappe auf den Tisch und erklärst, dass da alles schwarz auf weiß drinsteht.«

»Das kann ich nicht.«

»Jeder Fahrradbote könnte das«, herrscht Flora mich auf einmal unheimlich an. »Du musst einfach so tun, als ob dich niemand ins Bockshorn jagen könnte. Und wenn jemand eine Vogelspinne auf der Schulter sitzen hat, musst du so wirken, als wolltest du erst die Spinne fressen und dann den Typen!«

Ich muss schlucken. »Und wenn ich es verbocke?«

»Kannst du gar nicht«, behauptet Flora. »Da sitzen zwei Typen mit Riesenegos und lassen Dampf ab. Du gibst ihnen die Mappe, und dann gehst du wieder.«

»Ich soll das nur abgeben?«, wiederhole ich.

Sie nickt. »Nur abgeben.« Hm. Das erscheint mir vielleicht doch eine Aufgabe von überschaubarem Anforderungsprofil zu sein. Mir ist natürlich trotzdem nicht wohl bei der Sache. Aber Flora sieht gerade so elend aus, und sie tut mir richtig leid, wie sie so mutterseelenalleine in einem Wohnmobil vor sich hin heult und … »Wenn du es nicht machst«, jault Flora plötzlich auf, »dann leih ich mir jetzt ein Boot …«

»Flora!«

»… und versenke die Jacht von Max. Und wenn wir beide dann von den Fluten des eisigen Mittelmeeres verschlungen werden wie Rose und Jack von der *Titanic* …«

»Herrgott, Flora. Ich mach es!«

»… dann musst du das mit deinem Gewissen …« Sie hält plötzlich inne. »Warum sagst du das nicht gleich?«, fragt sie so vorwurfsvoll, dass ich gute Lust hätte, meine Einwilligung zurückzuziehen.

»Atlantik«, korrigiere ich sie säuerlich. »Die *Titanic* ist im Atlantik versunken, nicht im Mittelmeer. Und in dem Film ist nur Jack gestorben, um seine Rose zu retten.«

Flora wiegt anerkennend den Kopf. »Siehst du«, sagt sie, »wenn du so besserwisserisch auftrittst, kann gar nichts passieren.« Sie schaut auf die Uhr. »Jetzt ist Schluss mit dem Geplauder. Du musst dich umziehen. Der Wagen kommt gleich.«

»Wie umziehen? Ich hab nichts anderes dabei.«

»Natürlich nicht. Deswegen kriegst du ja auch was von mir.«

Ich lache auf. »Von dir passt mir nichts.«

»Doch. Ich hab noch meinen Fettanzug.«

»Fettanzug?«, wiederhole ich verdutzt.

»Ja, von meiner schlimmen Phase. Du meine Güte, hab ich da gefressen, es war furchtbar. Und ich hab den Fettanzug aufgehoben, um mich daran zu erinnern, dass das nie wieder passieren …«

»Also, jetzt reicht es! Ich weiß, dass ich ein paar Pfunde zu viel auf den Rippen habe, aber *fett* …«

»Da«, sagt sie und wirft mir einen schwarzen Hosenanzug aus dem feinsten Stoff zu, den ich jemals in Händen gehalten habe. Er ist von Valentino. In Größe *42*. Wenn ich nicht so aufgeregt wäre vor meiner Premiere als Firmenfusionsberatungsassistentin, würde ich jetzt in herzhaftes Lachen ausbrechen.

Freitag, 13. Juli, 12:01 Uhr

Das Treffen findet in Toulon statt, in der Nähe des Flughafens. Ich sitze im Fond einer schwarzen Limousine. Normalerweise würde ich jetzt die ganze Zeit den Chauffeur anstarren, der eine frappierende Ähnlichkeit mit Elyas M'Barek aufweist, aber ich habe mich entschlossen, zumindest einen Blick in Floras Skript zu werfen. Sie hatte völlig recht. Da geht es um Bilanzrecht und Steuerrecht und um Arbeitsverträge, aber auch um irgendwelche Integrationsmaßnahmen, die für eine erfolgreiche Fusion wichtig sind, weil nur mit gelungener Zusammenführung der Arbeitskraft sich Synergieeffekte realisieren lassen können.

Kurzum: Ich kapiere das meiste von dem, was Flora da geschrieben hat, überhaupt nicht. Das Einzige, was ich ungefähr raffe, ist, dass die Angestellten verunsichert sind, wenn sie nicht wissen, wie es nach dem Firmenzusammenschluss konkret weitergeht. Ich muss an Frau Ohligs denken, die Erzieherin in der Ganztagsgrundschule, die sich solche Sorgen um ihren Job gemacht hat, als der Träger gewechselt hat.

Als ich vor dem Firmengebäude stehe, in dem das Treffen

stattfinden soll, bin ich so nervös wie sonst nur vor einem Kindergeburtstag, an dem man ja nie weiß, wer wann warum ausflippt und ob man es schafft, die Nerven zu bewahren angesichts von völlig überzuckerten Kindern, die alle ihren Aggressionen freien Lauf lassen und mit Wasserbomben um sich werfen wie ein Vietcong auf Speed oder auf Piñatas eindreschen, als ginge es um den Schatz von El Dorado. Ich habe über zwanzig Kindergeburtstage hinter mich gebracht. Da werde ich es doch wohl schaffen, mit zwei Männern mittleren Alters klarzukommen. Außerdem passt mir ein Hosenanzug in Größe 42. Er zwickt zwar ein bisschen am Bund, und das Jackett lasse ich lieber offen, aber er sieht trotzdem super aus, und ich fühle mich schon viel erfolgreicher.

Der Fahrer des Wagens hält mir die Glastür auf, und ich setze vorsichtshalber mein hochnäsiges Gesicht auf, das ich mir im Verlauf unseres Kampfes für die Verkehrsberuhigung am Storchenweg für Audienzen bei Kommunalpolitikern zugelegt habe, die ja gern mal so tun, als wären Bürgerbegehren komplett unter ihrer Würde. Am Empfang steht eine dürre Frau in beigefarbenem Kostüm und nimmt mich unterwürfig lächelnd in Empfang. Ich würde ihr gern meine abweisende Miene erklären, ihr sagen, die sei nicht auf sie gemünzt, dann würde ich noch einen schwesterlichen Scherz über Machos in Anzügen folgen lassen, aber dann entsinne ich mich, dass ich hier in Vertretung von Dr. Florentine Olschewski bin, Master of Superlaw oder so ähnlich. Da kann ich jetzt nicht schon meine Rolle aufgeben. Also reingehen, einen auf dicke Hose machen, auf den Tisch hauen, Abgang.

Die Empfangsdame geleitet mich zu einer dunkelblauen Tür, klopft, mein Herz stolpert ein, zwei Mal und ich beruhige mich damit, dass Flora gesagt hat, ich muss nur die Mappe abgeben.

Die Tür geht auf. Dahinter ein Konferenztisch, an dem die

gesamte Familie Windsor Platz finden würde, samt Sarah Ferguson. Die Tischplatte ist aus Glas, was ich ziemlich irritierend finde. Vermutlich wollen die Chefs verhindern, dass während eines Meetings irgendwer an seinem Handy rumspielt. Am anderen Ende des Raumes sitzen zwei Männer und starren sich finster an.

»So wird es nicht funktionieren«, sagt der eine und verschränkt die Arme kämpferisch vor der Brust. Seine gelbe Krawatte wird dabei verschoben und guckt schief aus dem Jackett raus.

»Ich hatte von Anfang an Bedenken«, röhrt der zweite, er hat einen roten Bart, hellblaue Augen und ein rosiges Gesicht, das er jetzt mir zuwendet.

Ich bin froh, dass es zwei deutsche Firmen mit Verbindungen nach Frankreich sind, so kann ich wenigstens die normale Kommunikation der Höflichkeit bestreiten.

»Guten Tag, die Herren«, sage ich und bemühe mich um eine tiefe Stimme. »Ich bin in Vertretung von Dr. Florentine Olschewski hier.« Am liebsten hätte ich noch hinzugefügt: Und ich habe keine Angst vor Ihnen, auch wenn es so aussieht. Die beiden stehen auf, Hände werden geschüttelt, ich höre ihre Namen, aber sie rauschen widerstandslos durch mein aufgewühltes Hirn. Sie starren mich an, als erwarteten sie von mir irgendeinen Wortbeitrag. Ich halte das Skript so fest umklammert, als hätte in meiner Hand bereits die Totenstarre eingesetzt. »Hier«, setze ich an, »ist das Skript, in dem alle Informationen …«

»Das können Sie sich sparen«, blökt der Rothaarige mich an, »solange Herr Schneiderbeck nicht einsieht, dass die Firmenzentrale im Saarland angesiedelt werden muss.«

»Aber«, knattert die gelbe Krawatte, anscheinend Schneiderbeck, los, »es geht doch um unsere Mitarbeiter an den jetzigen Standorten und …«

Die beiden verlieren sich in irgendwelchen Fachbegriffen, die meiner Meinung nach auch Mongolisch sein könnten. Jeder von ihnen bleibt stur. Es geht um Rückhalt der Belegschaft, Risikobilanzen und Renditeerwartungen. Da fliegen Zahlen durch den Raum wie ein Schwarm aufgescheuchter Möwen. Die Aufregung erinnert mich an ein Elterntreffen, an dem sich alle vor Empörung überschlugen, weil die Deutschlehrerin so lange ausfiel, ohne dass die Schulleitung sich darum zu kümmern schien. Erst, als ich ihnen von meinem Gespräch mit der Schulleiterin berichtete, die alles tun werde, was in ihrer Macht stehe, um das Problem zu beheben, legte sich der Ärger.

Plötzlich bemerke ich, dass es still ist und die beiden Männer mich erwartungsvoll anschauen. Ups. Haben sie eine Frage gestellt? Ich räuspere mich und wende mich an die gelbe Krawatte.

»Die Sache ist doch die«, fange ich an. »Wenn Sie den Leuten das Gefühl geben, dass Sie ihre Sorgen nicht ernst nehmen, entsteht Unmut.« Die Herren starren mich einen Moment verwirrt an. Mist. Ich wollte doch gar nichts sagen. Das Skript, Henriette. Du sollst nur das Skript abgeben. Ich knalle es auf den Tisch, in zweifacher Ausführung natürlich. »Hier drin ist alles genau ausgeführt, was unserer Meinung nach beachtet werden muss. Auch ein Vorschlag meiner Kollegin für die betriebsinterne Kommunikation.«

Wieso habe ich das schon wieder gesagt?

»Betriebsinterne Kommunikation?«, fragt der Rothaarige verärgert. »An dem Punkt sind wir doch noch gar nicht.«

»Äh … Ja. Aber die Fusion bedeutet ja auch eine Umstrukturierung, und die bringt Unruhe ins Geschäft. Je früher Sie die Beteiligten informieren, desto besser. Sie glauben ja gar nicht, wie schnell Gerüchte über Affären … äh … *Fusionen*«, korrigiere ich mich schnell, »also Gerüchte über Firmenzusammenschlüsse entstehen. Da braucht nur einer was aufzuschnappen, und schon werden die Leute nervös. All das, was dann nicht gesagt wird, vergiftet die Atmosphäre. Und in einer vergifteten Atmosphäre kann niemand arbeiten.«

»Hm«, macht der Rothaarige.

»Sag ich doch«, brummt die gelbe Krawatte.

»Noch eine persönliche Anmerkung meinerseits«, höre ich mich sagen.

Nein, Henriette. Du sollst diesen beiden hochbezahlten Managern keine Ratschläge geben!

Aber die beiden schauen mich tatsächlich aufmerksam an. Also muss ich mir jetzt was aus den Fingern saugen.

»Wissen Sie, es geht doch immer nur darum, *wie* man miteinander redet. Sie beide müssen das Vorbild sein. Sie sind ja sozusagen die Eltern, und ihre Mitarbeiter sind die Kinder. Und wenn sich die Mitarbeiter Sorgen machen, wie es weitergeht, und sie vielleicht Angst um ihren Job haben, können sie nicht hundert Prozent geben. Dann kann es passieren, dass die Leute Ihnen einfach weglaufen. So sieht es aus.«

Jetzt halt endlich die Klappe, Henriette.

Ich verstumme.

»Wer sind Sie noch mal?«, fragt die gelbe Krawatte verwirrt.

»Ich bin Henriette Henkemeier, die Vertretung von Dr. Florentine Olschewski. Und alles Weitere steht in dem Skript.« Der Rothaarige schlägt die Mappe auf, die gelbe Krawatte blättert durch das Skript. Ich schaue wichtig auf die Uhr. »Meine Herren, ich habe noch einen Termin. Wenn Sie keine weiteren Fragen haben, würde ich Sie jetzt gern allein lassen.«

Ich stehe auf. Ich muss hier raus, denn viel länger kann ich nun wirklich nicht die knallharte Geschäftsfrau spielen.

»Also, bleiben Sie bei Ihrer Analyse, dass sich der Zusammenschluss lohnt?«, fragt die gelbe Krawatte.

»Natürlich«, sage ich mit fester Stimme. »Auch wenn es vielleicht jetzt noch nicht so aussieht. Aber das wird schon. Als die Klasse meiner Tochter zu Beginn der Siebten aufgelöst wurde, war das ein einziges Heulen und Zähneklappern. Nach drei Wochen im neuen Schuljahr hat keiner mehr von der alten Klasse geredet.«

Halt. Die. Klappe. Henriette!!!!

»So, und jetzt muss ich los. Auf Wiedersehen.«

Ich stehe auf, nicke den beiden Männern zu, die mich immer noch ein bisschen konsterniert anstarren. Hat mein Gestammel dazu beigetragen, die dicke Luft aufzulösen? Offensichtlich. Jedenfalls wirken die beiden Männer jetzt versöhnlicher. Bei der Verabschiedung bedankt sich die gelbe Krawatte für mein Kommen. Dabei legt er mir seine Hand auf den Arm, was mir unangenehm ist.

Und da sage ich ganz ruhig: »Nehmen Sie Ihre Hand bitte da weg. Das mag ich nicht.«

Freitag, 13. Juli, 15:56 Uhr

»Und da hat er erschrocken die Hand weggezogen und sich entschuldigt. Ich hab dann noch gesagt ›Alles Gute, meine Herren‹ und bin gegangen«, beende ich den Bericht an Flora.

»Na also«, sagt sie. »Wusste ich doch, dass es klappt.«

Wir sitzen einen Moment ruhig da und trinken Floras Spezialeistee.

»Und jetzt?«, frage ich aufgeregt. »Was passiert als Nächstes?«

»Jetzt müssen sich die Geschäftsführungen einigen, ob das eine Unternehmen in das andere integriert oder ob besser eine neue Gesellschaft gegründet werden soll. Da geht es um die Egos der Geschäftsführer und um Steuerrecht. Was den Arbeitern letztlich egal ist. Die wollen nur wissen, was sich für sie ändert. Von daher hast du genau den Kern des Problems erkannt.«

Ich bin stolz auf mich, dass ich das geschafft habe. Auch wenn ich mich des Eindrucks nicht erwehren kann, dass ich ziemlichen Unsinn geredet habe und dass die beiden Typen das natürlich durchschaut haben. Flora war eben am Telefon, als ich kam, und ich glaube, sie hat mit der gelben Krawatte geredet. Egal. Ich habe es hinter mich gebracht, ich habe nicht geheult, und Flora hat mich auch noch gelobt. Sie ist ziemlich abgedreht, aber seitdem ich weiß, womit sie sich beruflich beschäftigt, habe ich ein bisschen Hochachtung vor ihr.

»Wie lange wirst du noch hierbleiben?«, frage ich.

Flora zuckt mit den Schultern. »Mal sehen. Vielleicht fahre ich morgen, vielleicht bleibe ich noch. Irgendwie ist mir gerade mein Lebensziel abhandengekommen.« Sie seufzt. »Du hast es so gut. Du bist verheiratet, du hast Kinder. Du hast alles im Leben.«

»Du doch auch«, rufe ich. »Du hast einen tollen Job.«

»Den hast du natürlich nicht«, stellt Flora zufrieden fest.

»Nein, den hab ich nicht.«

»Aber du hast einen Mann. Hast du doch, oder?«

»Ja«, sage ich einfach mal so, obwohl ich mir da momentan gar nicht mehr so sicher bin. »Und bald wirst du auch jemanden finden.«

»Meinst du echt?«, fragt sie hoffnungsvoll.

»Na klar. Du bist eine … attraktive Frau. Und überhaupt nicht langweilig.«

»Du auch nicht«, sagt sie. »Obwohl du schon so alt bist.«

»*Danke*, Flora. Danke.«

Ich hebe schmunzelnd das Glas und stoße mit ihr an. Als ich ausgetrunken habe, gehe ich allein runter zum Strand und setze mich in den Sand, ziehe die Schuhe aus und lasse die Sandkörner durch meine Zehen rinnen. Dann laufe ich barfuß durch das flache Wasser. Ich bin froh, dass ich endlich eingesehen habe, dass es nicht Saskias Krise war, sondern meine, die mich hierhergeführt hat. Das heißt aber noch nicht, dass ich weiß, wie ich damit richtig umgehen soll. Ich finde es schon schwierig. Bei jedem anderen Job, den man mit Leidenschaft und Erfolg gemacht hat, bekommt man am Ende eine Abfindung und ein Zeugnis oder sonstige Anerkennung. Als Mutter wirst du einfach ausrangiert, und dann stehst du mit leeren Händen da. Es gibt keinen weiteren Schritt auf der Karriereleiter. Nein, deine berufliche Laufbahn ist von einem auf den anderen Tag vorbei, wenn die Kinder aus dem Haus sind. Es fühlt sich an, als wäre man unehrenhaft entlassen worden.

Aber so ist es nun mal. Was ich zu Flora gesagt habe, gilt natürlich auch für mich. Ich kann meine Töchter nicht ein Leben lang an mich binden. Und die Lücke, die sie hinterlassen, die muss ich selbst füllen. Ich seufze. Es war ein Riesenfehler, dass ich damals alles hingeschmissen habe und den leichten Weg gegangen bin. Das lässt sich nicht mehr rückgängig machen. Trotzdem … Ich kann den Fehler wiedergutmachen. Ich muss einfach neu anfangen.

Manchmal muss man was für sich tun,
um für andere da sein zu können.

HENRIETTE HENKEMEIER

Freitag, 13. Juli, 19:01 Uhr

Als ich den Hügel raufkomme, warten Arthur und Filou wie verabredet schon auf mich vor Josephines Pension. Bei ihrem Anblick wird mir warm ums Herz und ein bisschen flau. Ich streichle Filou ausgiebig, dann richte ich mich auf und sehe Arthur an.

»Es tut mir leid, ich kann nicht mit euch essen gehen«, sage ich mit fester Stimme. »Ich packe meine Sachen und fahre morgen früh zurück nach Hause.«

Arthurs Gesicht bleibt unbeweglich. Dann nickt er. »Das habe ich mir gedacht. Gut so.«

Ich gebe ihm die Hand. »Vielen Dank für alles«, sage ich und kann mich nicht dagegen wehren, dass es feierlich klingt.

»Ich hab zu danken.« Er drückt meine Hand, dann lassen wir uns wieder los. Ich wende mich an Filou und kraule ihn hinter den Ohren. »Pass auf dein Herrchen auf!«

Er scheint zu nicken, legt den Kopf schief, als wollte er fragen, ob ich mir sicher sei. Ja, das bin ich. Treue ist eben nicht nur ein Mangel an Möglichkeiten. Es ist eine Frage der Einstellung. Und der Liebe. Ich werde neu anfangen. Mit Patrick. Wenn er mich überhaupt noch will. Aber ich werde nicht diejenige sein, die aufgibt, nur, weil es mal schwierig ist.

»Na, dann komm, Filou«, sagt Arthur. »Wollen wir doch mal sehen, ob wir ein paar Fische bekommen am Hafen.«

Ich schaue den beiden hinterher, wie sie langsam die Straße hinunterschlendern und wünsche ihnen stumm viel Glück.

Freitag, 13. Juli, 19:33 Uhr

Ich sitze mit Josephine im Innenhof. Sie raucht eine Zigarre und erzählt mir, dass sie eines der Hühner schlachten muss, was sie selbst auch sehr bedauert, was aber eine Notwendigkeit ist. »*C'est la vie*«, sagt sie. Vielleicht redet sie auch nur über das Wetter. Wie kann ich das schon so genau wissen, bei dem wenigen Französisch, das ich verstehe?

Auf der Straße nähert sich ein Auto. Es schiebt sich den Hügel rauf. Es muss entweder ziemlich alt oder recht groß sein, sonst würde der Motor nicht so laut röhren. Und dann hält vor Josephines mit Bougainvillea bewachsenem Tor ein schäbiger blauer Mercedes-Bus. Mir bleibt für einen Moment das Herz stehen, als sich die Seitentür mit einem lauten Ratschen aufschiebt.

Freitag, 13. Juli, 19:36 Uhr

Obwohl mir die beiden Menschen, die dort aus dem Wohnmobil stürmen, sehr vertraut sind, brauche ich ein, zwei Sekunden, um zu begreifen, dass sie es wirklich sind.

»Mama«, ruft Ida und rennt in meine Arme, und auch Nelli stürmt hinter ihr her und wirft sich ebenfalls in meine Umarmung. »Aber … aber was macht ihr denn hier?«, stammle ich, und merke schon, wie mir die Tränen in die Augen steigen, so überwältigt bin ich vom Anblick meiner Kinder.

»Wir kommen dich besuchen«, kräht Ida.

»Ich wollte doch morgen nach Hause kommen«, rufe ich verwirrt und kann das Ganze gar nicht begreifen. Und da kommt mein Mann ums Auto herumgeschlendert. Patrick ist unrasiert, sein T-Shirt ist zerknittert, seine Haare sind zerzaust, und ich glaube, er hat nie besser ausgesehen als jetzt, da er in kurzen Cargoshorts auf mich zugeht und mich so besorgt und intensiv anschaut, dass es in meinem Magen anfängt zu prickeln, als hätte ich zu viel Brause gegessen. »Da bist du ja«, sage ich, und drücke mich ganz fest an ihn, und er riecht wie immer nach Heu und Zitronen, und ich muss ein bisschen weinen. »Aber … wieso?«, frage ich und wische mir eine Träne von der Wange. »Wieso seid ihr hier?«

»Wir wollten dich überraschen«, ruft Ida.

»Aber deine Arbeit … und die Schule! Die Ferien fangen doch erst morgen an.«

»Na und?«, sagt Patrick grinsend. »Ich hab der Lehrerin gesagt, es sei ein familiärer Notfall.«

»Ach, ist es gar nicht«, winke ich ab. »Du hattest recht. Ich glaube, Saskia kommt ganz gut ohne uns zurecht.«

Die drei schauen mich an. »Wir sind wegen dir hier, Mama«, ruft Ida. »Nicht wegen Saskia.«

»Wegen… *mir?* Wieso?«

»Weil du unsere Mama bist«, sagt Nelli und nimmt meine Hand.

»Und meine Frau, die ich über alles liebe«, sagt Patrick. Er sieht mich immer noch prüfend an. »Ich glaube, es ist wichtig, dass ich dir das sage.«

Ich werde rot. Arthur … Das Mädchen am Hafen war vielleicht wirklich Saskia. Was soll er denn jetzt denken? Auf einmal ist mir die Sache superpeinlich, obwohl ich ja weiß, dass ich ein gutes Gewissen haben kann.

»Patrick, ich …« Er sieht mich schief an. »Ich bin so froh, dass du hier bist«, sage ich einfach nur und drücke mich wieder an ihn und schluchze ein-, zweimal in sein T-Shirt. Weil Ida mich so seltsam mustert und auch Nelli komisch guckt, erkläre ich: »Ihr wisst doch, dass Erwachsene manchmal weinen, wenn sie besonders glücklich sind, oder?«

»Natürlich, Mama«, sagt Nelli. »Du weinst ja auch bei *Germany's next Topmodel*, wenn die Kandidatinnen von ihren Familien überrascht werden.«

»Erwachsene sind so komisch«, sagt Ida kopfschüttelnd.

Aber dann entdeckt sie die Katze auf Josephines Türmatte und stürzt sich auf sie. Josephine verabschiedet mich wie eine langjährige Freundin, als ich das Zimmer räume und bezahle. Sie drückt mich wieder an sich, sodass ich fast keine Luft mehr bekomme, dann umarmt sie auch noch den verdutzten Patrick. Nelli und Ida können sich kaum von der Katze trennen, die sich die überraschende Zuwendung gern gefallen lässt.

Wir fahren zum Campingplatz. Den Weg kenne ich ja. Patrick erzählt, dass er das Wohnmobil spontan von seinem Bruder geliehen hat. Und dass sie von Anfang an unter einer Decke gesteckt haben: Patrick. Katrin. Meine Mutter. Saskia. Sie haben sich über eine WhatsApp-Gruppe ausgetauscht. Der Name: *Henriette dreht durch*. Es war alles abgesprochen. Saskia sollte verhindern, dass ich sie treffe, damit ich noch ein paar Tage bleibe. Sie haben mir extra nicht geschrieben, dass sie mich vermissen, damit ich zur Ruhe kommen kann. Die Sprüche, dass ich mich entspannen soll, waren nett und ernst gemeint. Pff! Wenn ich nicht wüsste, dass sie recht gehabt haben, würde ich mich jetzt ziemlich aufregen. Aber dafür bin ich viel zu glücklich. Ich kann immer noch nicht glauben, dass Patrick sich von seinem *ach, so wichtigen* Job für ein paar Tage losgemacht hat, um mir hinterherzufahren.

Freitag, 13. Juli, 20:01 Uhr

Mein Mann baut mit Nelli und Ida ein Zelt auf, weil wir ja zum Schlafen gar nicht alle in das Wohnmobil passen. Ich halte derweil Ausschau nach Flora. Wir haben ein Stück von ihr entfernt einen Platz zugewiesen bekommen, aber es würde mich nicht wundern, wenn sie gleich auf der Matte stünde, so oft wie wir uns in den letzten Tagen begegnet sind. Doch Flora kann ich nicht entdecken. Dafür kommt jemand anderes herangeschlendert. Eine junge Frau in Shorts und neckischem T-Shirt, eine Sonnenbrille in den Haaren. Sie lächelt verschmitzt.

»Hi, Mama«, sagt Saskia.

»Saskia!«, rufe ich erleichtert und umarme sie. »Gut siehst du aus.«

»Du auch. Und so braun gebrannt. Kommt das etwa vom *Segeln?*« Sie schaut mich herausfordernd an.

»Ha, ha«, mache ich. »Hast du mir etwa *hinterherspioniert?*«

»Nur ein bisschen«, gibt Saskia zu.

»Dass du dafür Zeit hattest, wo du jetzt einen Job als Zimmermädchen hast im Grand Hotel am Strand«, sage ich. Da sieht sie mich erstaunt an, aber anstatt zu streiten, müssen wir beide lachen. »Nein, im Ernst«, sage ich dann. »Es tut mir echt leid, was passiert ist. Und dass ich dir in deine privaten Angelegenheiten reingepfuscht habe. Ich … ich glaube, ich bin tatsächlich ein bisschen durchgedreht.«

»Kann ja mal passieren«, sagt sie großzügig.

Ihre Wut ist verraucht, denke ich erleichtert. Vielleicht war es gut, dass wir uns ein paar Tage nicht gesehen haben. Sie wirkt auf einmal viel erwachsener.

»Ich möchte es dir gern erklären, wenn ich darf.« Sie nickt und während wir über den Campingplatz spazieren, erzähle ich ihr von meiner Angst, irgendwann nicht mehr als Mutter gebraucht zu werden und dann vor dem Nichts zu stehen, weil ich damals den Fehler gemacht habe, keine richtige Ausbildung zu machen. Und dass das auch mit einem Mann zusammenhängt – Leander, dem Erstsemesterkiller. »Er war schon Anfang dreißig, der Assistent vom Professor, ein schöner Kerl, der die Frauen um den Finger gewickelt hat. Ich hatte mich in ihn verliebt und fühlte mich total geehrt, dass er mich aus all den Studentinnen, die ihn anhimmelten, auserwählt hatte. Er war unheimlich beliebt. Ich dachte, ich würde auch beliebt, wenn ich seine Freundin wäre. Er lud mich auf eine Party ein. Und da hat er mich betrunken gemacht. Und dann …« Ich muss kurz Luft holen, um auch den Rest zu erzählen, der mir seit über fünfundzwanzig Jahren zu schaffen macht. »Ich war noch Jungfrau damals, aber ich wollte mit ihm schlafen. Es sollte etwas Besonderes sein. Dann hat er mich aber noch auf dieser Party in einem der Zimmer dazu gedrängt, und ich konnte mich nicht richtig wehren, weil ich so betrunken war und weil ich Angst hatte, als Langweilerin dazustehen. Außerdem dachte ich, dass er mich liebt. Auf einmal habe ich gemerkt, dass ein paar von seinen Freunden zugeguckt haben. Und hinterher wollte Leander nichts mehr von mir wissen. Ich hab mich so geschämt! Alle haben mich angestarrt und über mich gelacht, jedenfalls hatte ich das Gefühl. Ich hab's an der Uni nicht mehr ausgehalten.«

»Oh, Mama«, sagt Saskia mitfühlend. »Das ist ja schlimm. Das tut mir leid für dich.«

»Und als du mit Max … Ich wollte einfach nicht, dass du aus den falschen Gründen etwas machst. *Es* machst. So wie ich damals. Ich habe mit diesem Leander geschlafen, weil ich dazugehören wollte, weil ich beweisen wollte, dass ich nicht das Mauerblümchen bin. Und ich bereue es bis heute. Ich wollte unter allen Umständen verhindern, dass dir so was auch passiert. Dass du was mit Max anfängst, nur um uns zu beweisen, dass du machen kannst, was du willst. Oder um mir eins auszuwischen. Wenn man mit jemandem schläft, besonders wenn es das erste Mal ist, sollte es aus dem richtigen Grund sein. Aus Liebe.«

»Aber«, ruft Saskia empört, »ich hatte niemals vor, mit ihm zu schlafen. Der ist absolut nicht mein Typ! Ich hab ihm von Anfang an gesagt, dass ich nur mitfahre, um mal von zu Hause wegzukommen.« Sie zuckt entschuldigend die Achseln. »Sorry, Mama.«

»Schon gut. Ich weiß ja, dass ich dich genervt habe. Und das tut mir auch leid, echt.«

»Ich hab ihm sofort gesagt, dass ich in einem eigenen Zimmer schlafe, in der Villa von diesen Leuten, und mir dann was Eigenes suche. Ich wohne jetzt mit einer Dänin und einem Mädchen aus Mali in einer kleinen Wohnung in der Nähe vom Hotel.«

»Das gibt's doch gar nicht«, sage ich und schaue meine Tochter mit neuen Augen an. Wie selbstbewusst sie ist! »War er da nicht enttäuscht?«, frage ich.

»Ach was!«, ruft sie. »Oder vielleicht ein bisschen. Aber erstens ist mir das egal und zweitens … Er mag ein Weiberheld sein, Mama, trotzdem ist er kein Arsch. Max ist in Ordnung.«

»Wenn du das sagst, dann ist das wohl so«, sage ich und umarme sie noch mal und flüstere ihr ins Ohr, wie stolz ich auf sie bin. Dann fällt mir noch etwas sehr Wichtiges ein. »Was hast du Papa gesagt, warum er kommen soll?«, frage ich mit klopfendem Herzen und denke an Arthur. Nicht dass es da Missverständnisse gibt.

»Nichts«, sagt Saskia. »Das war ganz allein seine Idee.«

»Wirklich?«, frage ich verwundert.

Sie nickt. »Er meinte, es sei ja auch seine Schuld gewesen, dass du mir nachgefahren wärst. Und außerdem wär's dringend an der Zeit, mal etwas Neues zu machen.«

Freitag, 13. Juli, 20:58 Uhr

Später setzen wir uns an den wackligen Klapptisch, den wir vor dem Auto aufgebaut haben. In einem kleinen Laden in der Nähe des Campingplatzes haben wir Baguette besorgt und Käse. Teller gibt es keine. Jeder reißt sich ein Stück vom Brot ab, und wir schneiden den Käse und essen mit der Hand. Dazu gibt es Tomaten und Melone und Schokocrêpes, die Patrick und die Mädchen vorher gekauft haben. Es schmeckt vorzüglich! Immer wieder muss ich Patrick anschauen. Er hat sich einfach ins Auto gesetzt und ist tausendzweihundert Kilometer gefahren. Für mich! Wie er da neben mir sitzt, wird mir ganz warm an meiner Seite. Ida erzählt stolz, dass sie jetzt im Schwimmverein ist und schon zweimal beim Training war.

»Das ist so cool da. Ich hab auch schon eine Freundin da. Jette heißt sie«, plappert Ida aufgeregt.

»Ist Jette nett?«, frage ich.

»Total«, sagt Ida und beißt in einen Schokocrêpe. »Hey, da sind ja so Knusperkugeln drin«, ruft sie begeistert.

»Echt?«, fragt Nelli. »Dann muss ich die auch mal probieren.«

Ich sage zu Patrick: »Super Idee mit dem Schwimmverein.«

»Von deiner Mutter«, erklärt Patrick.

Da bin ich aber baff. Und dann fällt mir was ein. Wir haben ja noch Champagner!

»Guckt mal hier!« Ich ziehe die Flasche aus meiner Tasche.

»Ein Dom Pérignon 1998! Wo hast du den denn her?«, fragt Patrick verwundert.

Und in diesem Moment sehe ich Flora, die versonnen über den Weg schlendert. »Sie hat ihn mir geschenkt!« Ich winke ihr aufgeregt zu.

»Ach was«, sagt Flora, als sie näher kommt. »Wen haben wir denn da?«

»Das ist meine Familie«, erkläre ich stolz. »Mein Mann Patrick, Nelli und Ida. Und das da ist Saskia.« Flora verzieht verächtlich den Mund, aber ich werfe ihr nur einen unmissverständlichen Blick zu, und sie rollt entschuldigend mit den Augen. »Das hier ist Flora«, stelle ich sie vor. »Wir haben hier einiges zusammen … *erlebt.*« Ich muss jetzt schon kichern, dabei habe ich noch nicht einen Schluck Champagner getrunken.

»Hi, Familie!« Flora lässt sich auf den Klappstuhl fallen, den Patrick aus dem Wohnmobil für sie geholt hat.

»Willst du mitessen?«, frage ich.

»Okay.«

Dann springt sie noch mal auf und steht kurz darauf wieder da mit einer Menge Knabberzeug – Salzchips und Nüsse und Oliven. Wir stoßen mit dem lauwarmen, aber dennoch köstlichen Champagner zusammen auf Freunde und Familie an, und es fühlt sich richtig festlich an.

Freitag, 13. Juli, 22:18 Uhr

»Nelli hat unheimlich viel gegessen«, stelle ich begeistert fest, als ich nach dem Essen mit Patrick den Müll wegbringe.

Der dunkelblaue Himmel franst am Rand ins Orange aus, und auch, wenn sich neben uns Müllcontainer aufreihen, finde ich es idyllisch, mit meinem Mann hier zu stehen. Die Luft ist lau, Gelächter und Gespräche wehen durch den Sommerabend, Kinder sausen mit Fahrrädern über die Wege des Campingplatzes, hinter uns wird im Scheinwerferlicht Boule gespielt.

»Ja«, sagt Patrick. »Seit Andrea bei ihr abgemeldet ist, ist sie wieder viel lockerer drauf.«

»Wieso ist er bei ihr abgemeldet?«, will ich natürlich sofort wissen.

»Er ist jetzt wohl mit einer Katharina befreundet, und Nelli mag sie nicht.«

Ist das nicht wunderbar? Es gibt tatsächlich Probleme, die sich einfach von selbst erledigen. Patrick nimmt meine Hand, und zusammen schlendern wir zurück zu unserem Platz, wo Saskia, die heute Nacht bei uns bleibt, sich mit Flora unterhält. Nelli und Ida haben sich schon im Wohnmobil verkrochen, unterhalten sich und albern herum. Wir beschließen, noch eine Runde zu drehen.

»Ich kann immer noch nicht glauben, dass ihr gekommen seid«, sage ich. »Und ich freue mich so darüber.«

»Ja, ich freu mich auch.« Patrick seufzt. »Als du weg warst, ist mir klar geworden, wie viel schiefgelaufen ist in letzter Zeit.«

»Das ist es«, sage ich leise. »Ich war nur … Ich wusste wirklich nicht mehr, ob … ob du mich noch liebst.«

»Natürlich liebe ich dich noch. Was ist das für eine Frage?«, will er empört wissen.

»Na ja. Wenn dein Mann nur noch die Arbeit im Kopf hat, wo eine Assistentin rumschwirrt, die aussieht wie Natalie Portman, kann man schon mal Zweifel kriegen.«

»Wie bitte?«, fragt Patrick erstaunt.

»Ja, natürlich macht man sich Gedanken, … wenn … wenn man so eng zusammenarbeitet und abends …«

»Diese Frau geht mir unglaublich auf die Nerven«, unterbricht Patrick mich.

»Was?«, rufe ich. »Ehrlich?«

»Und wie! Sie ist so beflissen. Dauernd steht sie neben mir und will mir Kaffee bringen, sie spielt sich auf mit den Terminen, als ob sie mein Vormund wäre. Und dann findet sie hier einen imaginären Fehler, den ich untersuchen soll, und macht mich auf irgendeinen Fliegenschiss aufmerksam. Die Frau ist eine echte Landplage.«

»Warum hast du das nicht früher gesagt?«, rufe ich verwundert.

Er zuckt die Achseln. »Ich wollte dir nicht mit Gejammer auf die Nerven gehen.«

»Das ist doch kein Gejammer. Als Ehefrau kann man gar nicht oft genug hören, wie nervig die Assistentin ist, die so aussieht wie Natalie Portman.«

»Hm, gut zu wissen.« Patrick schmunzelt. »Muss ich mir merken, falls ich mal wieder eine Assistentin haben sollte.«

»Äh … Wie jetzt? Hat sie gekündigt?«

»Nein«, sagt Patrick. »Aber ich werde kündigen. Wenn du damit einverstanden bist«, fügt er hinzu. »Ich habe von Anfang an gemerkt, dass dieser Job nur was ist für Leute, die ausschließlich ihre Karriere im Sinn haben. Das ging mir so auf die Nerven. Ich hatte einfach keine Kraft mehr für die Familie und für dich. Ich meine, das hast du ja auch gemerkt neulich, als ich noch nicht mal mehr auf deine …«, er grinst, »… na ja … deine kleine Peepshow reagieren konnte.«

»Ach«, werfe ich ein, »war doch nicht so schlimm.«

»Doch«, widerspricht er. »Ich hab gemerkt, dass dir das was ausgemacht hat. Und mir hat es auch was ausgemacht. Mir hat das wirklich leidgetan. Aber ich konnte einfach nicht mehr und …«

»Schon gut«, sage ich und drücke seine Hand. »Ich weiß, wie viel Energie dir der Job geraubt hat.« Ich will weiterreden und ihm gut zusprechen, dann merke ich, dass er noch nicht fertig ist mit seiner kleinen Rede.

»Und in der letzten Woche habe ich gemerkt, wie viel ich auch mit den Kindern verpasse. Es war so toll auf Idas Grillfest. Und bei Nellis Ballettaufführung. Und irgendwann sind sie aus dem Haus und brauchen uns nicht mehr so. Deswegen möchte ich mehr Zeit mit ihnen verbringen. Und mit dir!« Er sieht mich zärtlich an, und ich kuschle mich an ihn. So was Schönes hat mir mein Mann seit unserer Hochzeit nicht mehr gesagt. »Aber dann müssen wir finanziell etwas kürzertreten«, gibt er zu bedenken.

»Das macht nichts«, sage ich. »Ich finde, das ist eine super Entscheidung. Außerdem habe ich auch was beschlossen. Ich werde wieder arbeiten gehen.«

Patrick zieht mich an sich. »Ich würde mal sagen, das passt doch.«

»Wir sind eben ein Team«, erkläre ich.

Und dann küsst er mich, sodass mir fast die Luft wegbleibt.

Samstag, 14. Juli, 10:08 Uhr

Als ich von den verschiedenen Geräuschen des Campingplatzes, die durch die Zeltwände dringen, aufwache, muss ich unwillkürlich lächeln. Patrick ist da! Er ist hierhergefahren, um mir zu sagen, dass er mich liebt. Ich kann es immer noch kaum glauben. Auch nicht, dass wir in einem Zelt geschlafen haben. Kein Wunder, dass ich mich auf einmal fühle wie ein Teenager. Als wir die Tür vom Wohnmobil aufgehen hören, stecke ich nur die Nase durch den Reißverschluss und schicke die drei Mädchen fürs Frühstück einkaufen, damit wir noch mal die Luftmatratze auf ihre Flexibilität testen können. Ein Bett ist natürlich bequemer, aber gegen Sex in einem Zelt ist auch nichts einzuwenden.

»Und was machen wir jetzt?«, frage ich, als wir später alle mit Croissants, Kaffee und Himbeermarmelade an dem Wackeltisch sitzen. »Fahren wir nach Hause? Nächste Woche müssen wir doch nach Dänemark.«

»Nein«, sagt Patrick. »Müssen wir nicht. Wir haben einen Urlaubstausch gemacht. Dirk und Jule fahren nach Dänemark, und wir fahren mit dem Wohnmobil, wohin wir wollen. Die Mädchen und ich haben beschlossen, dass es Zeit ist, was Neues zu erleben.«

»Oh, wie schön«, rufe ich begeistert. Was für eine Überraschung! »Wir können uns hier schon einiges angucken. Da gibt es so eine Kapelle …« Und da fällt mir was ein. »Oh mein Gott! Mein Auto!«, rufe ich. »Das muss ich noch bei der Polizei oder wohin auch immer es abgeschleppt wurde abholen.«

Samstag, 14. Juli, 11:14 Uhr

Als wir auf der Polizeistation fragen, wo wir mein Auto wiederbekommen, schaut mich der Gendarm, der mich wegen Fahrraddiebstahl geschnappt hatte, so streng an, als wäre ich die schlimmste Verbrecherin aller Zeiten. Als er Patrick sieht, meine ich, einen erstaunten Blick über sein Gesicht huschen zu sehen. Als ob er sich wundern würde, dass ich dieses Mal mit einem anderen Mann hier bin. Aber vermutlich kommt mir das nur so vor. Vielleicht hofft er auch einfach nur, dass Filou ihn mal wieder »besuchen« kommt.

Die Verständigung klappt allerdings selbst ohne Unterstützung durch einen vierbeinigen Dolmetscher problemlos. Saskia springt als Übersetzerin ein. Dass ihr Französisch so gut ist, wusste ich gar nicht. Sie ist sehr charmant und plaudert mit dem Gendarmen noch ein bisschen über den heutigen Nationalfeiertag, sodass sich seine steinerne Miene nach und nach lockert. Ich bin beeindruckt. Eine Stunde später haben wir mein Auto ausgelöst und können entspannt in der Gegend rumdüsen. Ein paar Tage werden wir in Saint-Mandrier-sur-Mer bleiben, schwimmen gehen, Eis essen an der Promenade und am Hafen Fisch kaufen, den wir am Campingplatz grillen können. Heute geht es zu der kleinen Kapelle Notre Dame du Mai, die eine traumhafte Aussicht bietet. Zum Glück haben wir Schwimmsachen in unsere Rucksäcke gepackt, denn wir kommen an einigen wunderschönen Buchten mit glasklarem Wasser vorbei, wo wir uns auf dem Rückweg erfrischen.

Saskia wird immer dabei sein, wenn ihr Job im Hotel es zulässt. Und auch Flora wird uns das eine oder andere Mal begleiten, wenn sie nicht gerade mit der gelben Krawatte und dem Rotgesichtigen zu tun hat. Sie ist immer noch seltsam widersprüchlich in ihrem Denken und Verhalten, aber auch erfrischend lustig. Und ich habe den Eindruck, dass Saskia und sie sich wirklich gut verstehen.

Freitag, 20. Juli, 19:10 Uhr

Morgen wollen wir weiterfahren, Nelli, Ida, Patrick und ich. Saskia möchte noch bis Ende August bleiben, um ihre Vereinbarung mit dem Hotel einzuhalten. Zum Abschied hat Flora uns alle zum Essen eingeladen. Sie will in das Terrassenrestaurant mit dem unmöglichen Kellner.

»Ich habe noch eine Rechnung mit ihm offen«, sagt Flora. »Der Kerl hat mich genervt. Und mir kommt da auch schon eine Idee, wie wir es ihm heimzahl…«

»Flora«, unterbreche ich. »Hör auf. Ich kenne da ein viel besseres Restaurant, in dem wir uns alle entspannen können.«

»Hmpf«, macht Flora. »Du weißt wirklich, wie man jemandem den Spaß verdirbt.« Ich schaue sie streng an, und sie fängt an zu lachen. »Okay, okay. Dann machen wir es eben auf deine langweilige Art.«

Als sie das Restaurant mit dem kleinen Innenhof betritt, knufft sie mich freundschaftlich in die Seite. »Ich muss zugeben, das sieht gar nicht mal so schlecht aus für jemanden, der so wenig Ahnung hat wie du.«

»Ich möchte gern wissen, ob die das Essen mit der Hand rumtragen oder ob es einen *Speisenaufzug* gibt. Willst du mal nachsehen?« Ich unterdrücke ein Kichern.

»Ha, ha«, macht Flora.

Dann verstummt sie und schaut gespannt zum Eingang. Wo Max steht. Saskia hat ihn überredet mitzukommen. Vorher hat sie sich von Flora versichern lassen, dass es zu keiner peinlichen Situation kommt. Das ist mir nur recht. Jetzt, da Flora dabei ist, der sogar ein Gericht ihr unmögliches Verhalten bescheinigt hat, kann ich leichter meinen persönlichen »Monstermoment« mit Max verdrängen. Er kommt auf sie zu und begrüßt sie skeptisch. Flora bleibt zum Glück wirklich ruhig und gibt ihm geschäftsmäßig die Hand. Ich kann nicht glauben, dass ich ihn mal attraktiv fand. Aber das liegt sicher auch daran, dass ich Patrick noch nie attraktiver und liebenswerter fand als in diesen Tagen an der Côte d'Azur.

Samstag, 21. Juli, 10:16 Uhr

Wir haben alle zusammen gefrühstückt, Nelli, Ida, Saskia, Patrick und ich, und bauen gerade das Zelt ab, als Patrick auf einmal fragt: »Was machen wir eigentlich mit deinem Auto? Willst du damit hinter mir herfahren?«

»Nee«, sage ich. »Ich möchte mit euch fahren.«

Er stutzt. »Und dein Auto?«

»Da hab ich schon eine Idee«, sage ich und wende mich an Saskia. »Ich hab extra eine Beule reingefahren. Das macht man in Frankreich so, hab ich mir sagen lassen.« Ich reiche ihr die Autoschlüssel. »Hier. Vielleicht möchtest du es haben, solange du hier bist.«

»Echt jetzt, Mama?«, fragt sie aufgeregt.

Ich nicke. »Aber du musst mir versprechen, vorsichtig zu fahren.«

Ich weiß, dass das Kinder nervt, wenn man das immer sagt. Ich kann trotzdem nicht anders. Ich bin und bleibe ja ihre Mutter, auch wenn sie in die Welt hinausziehen.

Dienstag, 15. August, 9:46 Uhr

Der Moment, in dem man die Post durchsieht, markiert immer den Zeitpunkt, an dem man bereit ist, den Alltag wieder Einzug halten zu lassen. Wir sind seit gestern Abend zu Hause, und ich stehe in der Diele vor dem Berg Briefe, den Miriam dort abgelegt hat. Immerhin ist sie eine zuverlässige Housesitterin, wenn wir im Urlaub sind. Ich starre die Post einen Moment an, dann beschließe ich, sie erst nach dem Frühstück abzuarbeiten. Während der Kaffee durchläuft, höre ich den Anrufbeantworter ab. Hilde hat mir ein paarmal aufs Band gesprochen. Wir haben es geschafft. Die Verkehrsberuhigung kommt! Das sind ja mal gute Neuigkeiten.

Der Zitronenbaum lässt die Blätter hängen, dieser Sommer

ist einfach zu heiß, und die beiden Zitronen haben während unserer Abwesenheit beschlossen herunterzuplumpsen. Mache ich wohl gleich mal einen Eistee. Vielleicht probiere ich sogar Floras geheimes Familienrezept aus. Nach einem ausgiebigen Frühstück auf der Terrasse und dem gemeinsamen Abräumen gebe ich Patrick einen Kuss. Er fährt in die Firma, um mit seinem Chef zu sprechen, wie es weitergehen kann. Er möchte wieder ins Labor. »Nur ich und die chemischen Elemente«, hat er gesagt. »Das ist viel entspannender.« Und vor allem planbarer. Dann wäre er zu festen Uhrzeiten zu Hause, die Arbeitszeit würde reduziert.

Als er geht, laufe ich ihm hinterher und umarme ihn noch mal. »Ich vermisse dich jetzt schon«, sage ich, und obwohl es sich ein bisschen lächerlich anhört, wo er doch nur ein paar Stunden weg sein wird, meine ich es völlig ernst.

»Ich dich auch«, sagt er.

Ich schaue ihm nach, bis er um die Ecke verschwunden ist. Es ist so schön, wieder einen Mann an seiner Seite zu haben. Einen, der da ist und mit anpackt und nicht nur wie ein Gast im eigenen Haus auftritt. Und der einem immer wieder zeigt, dass er einen liebt.

Mittwoch, 16. August, 16:09 Uhr

Katrin ist da. Noch bevor ich auch nur eine Geschichte aus dem Urlaub erzählt habe, fällt mir auf, wie sie strahlt. Und das hat einen guten Grund. Steven hat seine Meinung geändert und ist bereit, mit ihr eine Familie zu gründen.

»Endlich«, sagt sie. »Ich hatte schon gedacht, ich müsste ihn verlassen, um mir den Traum von eigenen Kindern zu erfüllen.« Sie erzählt, dass Steven mit seinen beiden Söhnen darüber gesprochen hat, ob sie was dagegen hätten, noch ein Geschwisterchen zu bekommen – und Noah und Jason haben total cool gesagt, dass das für sie in Ordnung gehen würde. »Und jetzt ist also das Projekt Babyplanung angesagt«, erklärt sie und lacht.

»Komm mal her, ich muss dich umarmen«, sage ich feierlich und drücke sie an mich. »Ich freu mich so für dich. Für euch!«

Katrin ist wie ausgewechselt, und mir wird klar, was für eine dunkle Wolke über ihr geschwebt hat in den letzten Monaten. Ich muss ihr noch versprechen, niemandem etwas davon zu erzählen, damit es keinen Druck gibt.

»Wer weiß, wie lange es dauert, bis ich schwanger bin«, sagt sie. Dann will sie natürlich wissen, wie es bei uns gelaufen ist. Wobei sie gleich anfügt: »Es muss super gewesen sein, so wie du aussiehst.«

»War es auch«, bemerke ich.

Und dann lachen wir uns gemeinsam schlapp über meine Erlebnisse mit der verrückten Flora, die mich zwar mehr als einmal in die Bredouille gebracht, aber auch dafür gesorgt hat, dass mir klar geworden ist, was alles nicht gut läuft und wie dringend ich ins Berufsleben einsteigen will.

Katrin freut sich über meinen Entschluss. »Das wird dir guttun«, vermutet sie.

Jetzt muss es nur noch mit meinen Bewerbungen klappen. Weil ich in dem Bereich so wenig Erfahrung habe, hole ich mir dazu Hilfe.

»Henriettchen«, sagt meine Mutter erstaunt, als ich später vor ihrer Tür stehe.

»Hallo, Mutter«, sage ich.

»Komm rein.«

Ich folge ihr in ihre Wohnung. Vielleicht liegt es daran, dass ich sie nicht mit meinem Elternhaus verbinde, wo immer mein Vater präsent war, dass ich mich in ihrer Wohnung so fremd fühle. Vielleicht aber auch schlicht daran, dass ich noch nicht oft hier war. Es ist aufgeräumt und trotzdem sehr gemütlich, mit großen Kissen in verschiedenen Grüntönen auf dem Sofa und einer hellgrauen Decke mit blauen Sternen.

»Genau die haben wir auch!«, entfährt es mir. »Die ist superkuschelig, oder?«

»Und wie«, sagt meine Mutter, »ich komme ohne überhaupt nicht aus.«

Auch wenn sie versucht, keine große Sache daraus zu machen, dass wir uns offenbar in manchen Dingen doch ähnlich sind, sehe ich, wie sehr sie diese Kleinigkeit freut. Ich verstehe das. Ich fand es ja auch so toll, dass Saskia sich das gleiche Kleid gekauft hat wie ich.

Als wir in der Küche sitzen und Kaffee trinken und ich schon von den nettesten Erlebnissen aus dem Urlaub berichtet habe, komme ich zum wichtigsten Grund für meinen Besuch. Ich bitte sie um Hilfe bei meiner Bewerbung.

»Wirklich?«, fragt sie, »ich darf dir helfen?«

Ich habe schon einen Kloß im Hals, weil ich sehe, wie ihre Augen zu schimmern beginnen. Aber bevor wir beide in Tränen der Rührung ausbrechen, erkläre ich ihr schnell mit belegter Stimme, dass Flora mir einen Kontakt verschafft hat zu einem ihrer Mandanten. Der hat in seiner Cateringfirma ein Programm für Mütter konzipiert, die wieder in den Beruf einsteigen wollen.

»Es ist erst mal ein Traineejob mit entsprechend geringer Bezahlung«, erzähle ich, »trotzdem möchte ich das unbedingt machen. Und immerhin geht es um Essen, da kenne ich mich ja ein bisschen aus.«

»Das finde ich richtig toll«, sagt meine Mutter. »Was Essenszubereitung angeht, kann ich dir zwar nicht viel helfen«, fügt sie lachend hinzu, »wie man eine vernünftige Bewerbung schreibt, das weiß ich allerdings.« Sie trinkt einen Schluck von ihrem Kaffee, verzieht den Mund ein bisschen, dann schaut sie mich an und fragt: »Hab ich dich genervt damit, dass du dir einen Job suchen sollst?«

»Na, und ob«, gebe ich zu. »Aber so was machen Mütter nun mal. Manchmal gehen sie ihren Kindern eben auf die Nerven.«

Da lächelt meine Mutter erleichtert. »Ich will doch auch nur, dass du glücklich bist und was aus deinem Leben machst, sodass du später nicht so viel bereust.«

Mir spukt eine Frage im Kopf herum, die ich schon ganz lange mit mir rumschleppe und die ich mich nie zu stellen getraut habe. Weil wir nie wirklich geredet haben, sondern nur oberflächlich geplaudert.

Jetzt und hier frage ich meine Mutter: »Bereust du denn irgendwas?«

»Ja. Natürlich, Henriettchen«, bricht es aus ihr heraus. »Ich bereue, dass ich nicht so viel für euch da war. Und dass ich die Ehe nicht aufrechterhalten konnte. Ich habe es nicht geschafft, die Familie zusammenzuhalten so wie du.«

»Warum hast du Papa eigentlich verlassen?«

Sie sieht mich verdutzt an. »*Er* wollte die Scheidung. Nicht ich.«

»Was? Aber … Ich habe immer gedacht …« Mir bleibt der Mund offen stehen vor lauter Verwunderung.

»Weil ich ausgezogen bin, hast du gedacht, dass ich euch verlassen habe.« Sie seufzt. »Ich bin ausgezogen, weil ihr es viel mehr gewohnt wart, dass euer Vater da war. Ich hatte gehofft, dass es dann für euch leichter wäre.«

»Aber Papa hat doch gesagt …« Ich verstehe nicht ganz.

Mein Vater, der sich immer für uns aufgeopfert hat, hat es so dargestellt, als wäre die Trennung von meiner Mutter ausgegangen. Er hat uns zu verstehen gegeben, dass ihr die Karriere immer wichtiger war als die Familie.

»Ich wäre sehr gern für euch da gewesen«, sagt meine Mutter. »Ich mochte meinen Beruf. Es ist dennoch nicht mein Plan gewesen, so viel zu arbeiten. Es ging nicht anders damals. Dein Vater war ein sehr netter Mann. Aber in mancher Hinsicht zu nett. Er war sanft, großzügig und auch … schwach. Und damit einfach nicht geschaffen für die Arbeitswelt.« Ich erinnere mich daran, wie er auf einem Elternsprechtag mit meinem schrecklichen Geschichtslehrer sprach, dem er eigentlich die Leviten lesen sollte. Der Lehrer hat meinen Vater dann aber ebenso runtergeputzt wie zuvor mich, und mein Vater hat keinen Ton rausgebracht. »Er fühlte sich einfach viel wohler zu Hause, bei euch. Und weil mir mein Job immer Spaß gemacht hat, habe ich die Aufgabe des Ernährers übernommen. Dass er als Mann finanziell von mir abhängig war, hat dein Vater jedoch auch nicht verkraftet. Wir haben uns sehr viel gestritten und dann … tja … ging es eben nicht mehr. Es tut mir sehr leid. Nur eines musst du mir glauben: Ich wollte immer nur das Beste für euch.«

»Das glaube ich«, sage ich und muss an meine eigenen Kinder denken.

Obwohl man als Mutter alles richtig machen will, kann man nicht verhindern, dass Kinder schon mal genervt oder enttäuscht sind. Erziehung kann nicht fehlerlos laufen. Es gibt dafür kein Rezept, das man nur befolgen muss, um das perfekte Ergebnis zu erzielen. Kinder sind kein Backwerk, bei dem man sich lediglich genug Mühe geben muss, damit am Ende eine Prachttorte rauskommt. Man kann versuchen, es so gut wie möglich zu machen, und sieht dann, dass manches schiefgeht und manches funktioniert. So wird es immer sein.

»So, genug geplänkelt«, sagt meine Mutter, steht energisch auf und holt ihren Laptop. »Jetzt setzen wir mal eine Bewerbung auf. Die Arbeit in der Bürgerinitiative zur Verkehrsberuhigung und deine ehrenamtliche Arbeit in der Schule werden wir für deinen Lebenslauf mitverwenden.« Eine Stunde später drucken wir die erste Fassung aus, meine Mutter überfliegt sie mit geübtem Blick. »Das sieht doch schon ganz gut aus«, sagt sie.

Sie reicht mir das Blatt, und als ich es nehme, sage ich: »Danke, Mami.«

Ich fange an zu lesen, dann wird mir erst bewusst, was ich gerade gesagt habe. Als ich zu ihr hochschaue, sehe ich, dass sie verstohlen eine Träne abwischt.

Freitag, 4. September, 13:35 Uhr

Im Briefkasten liegt ein Brief von der Firma, bei der ich mich beworben habe. Patrick ist dabei, als ich ihn hektisch öffne. Freitags hat er schon um eins Schluss. Es ist eine Zusage, und meine Mutter ist die Erste, die ich anrufe.

»Ich kann es nicht glauben«, sage ich, »am 1. Oktober werde ich bei der Cateringfirma erwartet.

»Gratuliere, mein Schatz«, erwidert meine Mutter stolz.

Sie hat mich auf das Bewerbungsgespräch vorbereitet, mir Nachhilfe in verschiedenen Computerprogrammen gegeben und mir ganz viel Mut gemacht. Zur Feier des Tages beschließen wir, beim Chinesen essen zu gehen. Zudem hat Saskia eine große Neuigkeit.

»Ich habe mich an der Uni in Straßburg für den Integrierten Studiengang deutsch-französisches Recht eingeschrieben«, verkündete sie gestern Abend. »Erst mal mache ich meinen Bachelor. Danach studiere ich dann wahrscheinlich noch Europäisches Unternehmensrecht. Flora wird mir helfen, hat sie gesagt. Auch bei der Wohnungssuche. Sie hat mir schon für den Anfang ein Zimmer bei einer Kollegin vermittelt.«

Straßburg also. »Finde ich super«, sagte ich. »Im Elsass kann man gut essen.«

»Dann kommt ihr mich ab und zu besuchen?«, fragte sie.

»Aber klar«, versprach Patrick.

Später machen wir uns alle schick zum Essengehen. Nur eine Sache müssen wir noch erledigen. Meine Wetter-App zeigt nämlich an, dass es einen überraschenden Kälteeinbruch geben soll.

»Wir müssen die Palme reinholen«, sage ich zu Patrick und deute auf die Terrasse, wo die mannshohe Palme steht, die wir aus dem Urlaub mitgebracht haben. Wir hatten sie in einem Leclerc-Supermarkt entdeckt.

»Wolltest du nicht immer eine Palme haben?«, hat Patrick gefragt.

»Ja, schon«, habe ich geantwortet. »Aber ist das nicht unpraktisch, sie jetzt mitzunehmen?«

»Klar ist das unpraktisch«, hat er gesagt. Und dann haben wir sie gekauft.

»Wo soll sie hin?«, fragt er jetzt, als er sie reinschleppt.

»Ich dachte hierher.« Ich zeige auf den Platz neben dem Sofa. »So können wir unter Palmen fernsehen.«

»Perfekt«, sagt Patrick, stellt die Palme ab und küsst mich.

Nachher l(i)ebt man immer klüger

Frida Matthes
VOM GLÜCK UND DEN TAGEN DAZWISCHEN
Roman
320 Seiten
ISBN 978-3-404-17762-2

Nach zahlreichen gescheiterten Liebesbeziehungen beschließt Emmi mit Ende 30 die Suche nach dem perfekten Mann ein für alle Mal zu beenden und alleine glücklich zu werden. Trotzdem (oder gerade deswegen) schmuggelt sie sich auf der Hochzeit ihres Exfreundes ein – mit ungeahnten Folgen. Um sich von den Ereignissen abzulenken und einem drohenden Urlaub mit ihren Eltern zu entkommen, begibt sie sich kurzerhand mit vier sehr ungleichen Frauen auf eine spontane Fahrt ins Ungewisse …

Ein wunderbarer Roman über eine Normandie-Reise, die mit zahlreichen Erkenntnissen über die Liebe und das Leben überrascht

Die Welt, wie sie uns gefällt: Ein unvergessli-cher Sommer in Schweden

Mia Jakobsson
EINE SOMMERLIEBE
IN SCHWEDEN
Roman
DEU
288 Seiten
ISBN 978-3-404-17935-0

Ein Sommer auf der Insel Smögen? Klingt idyllisch! Doch die Bäckerin Tove und ihre drei Kinder reisen nicht ganz freiwillig dorthin. Sie sind auf das Geld des Knäckebrot-Fabrikanten Patrik angewiesen. Und der wiederum braucht, quasi leihweise, eine Bilderbuch-Familie, um einen amerikanischen Investor zu beeindrucken. Aber kann der ewige Junggeselle Patrik überzeugend den Familienvater spielen? Und wie soll Tove den kleinen Benny dazu bringen, einen fremden Mann Papa zu nennen?
Mit leckeren Rezepten zum Nachbacken

Lübbe